Martin Meyer-Pyritz
Brandgefährlich II

Martin Meyer-Pyritz

Brandgefährlich II

Droste Verlag

Bibliografische Information Der Deutschen Bibliothek
Die Deutsche Bibliothek verzeichnet diese Publikation in der Deutschen Nationalbibliografie; detaillierte bibliografische Daten sind im Internet über http://dnb.ddb.de abrufbar.

Umschlag unter Verwendung von Fotos
der Fa. Excalor Hitzeschutz GmbH (Coverbild),
sowie des Autors
Satz: Fanslau Communication/EDV, Düsseldorf
Druck und Bindung: Clausen & Bosse, Leck
ISBN: 3-7700-1172-4

www.drosteverlag.de

Inhalt

Vorwort

Eine geradezu erdrückende Informationsflut erreicht uns täglich über die Medien. Das Leid und die Not der ganzen Welt wird uns via Satellit oder Kabel ins Haus geliefert.

Dennoch haben wir die Chance, unser Leben harmonisch zu gestalten. Den hektischen »Zwängen«, die eine Großstadt produziert, kann man gerade hier mit vielen Möglichkeiten entgegenwirken: Ein Spaziergang durch die erholsame Natur, der Besuch eines der vielen Konzerte, Theaterstücke oder Museen, das Lesen eines guten Buches oder einfach die herzerfrischende Gesellschaft unter Freunden bestimmen ebenfalls die Qualität unseres Lebens.

Als Leitender Branddirektor der Stadt Düsseldorf obliegt es mir und meinen Mitarbeitern, Ihnen, den Bürgern und Gästen unserer Stadt, ein Höchstmaß an Sicherheit für Ihr Leben, Ihre Arbeit und Ihre Freizeit zu gewährleisten.

Rund um die Uhr ist ein großer Teil der 785 Düsseldorfer Berufsfeuerwehrmänner an zehn Feuerwachen tagtäglich für diese Aufgabe in Alarmbereitschaft.

Unterstützt von hochmotivierten Freiwilligen Feuerwehren, von unverzichtbaren Hilfsorganisationen und hervorragenden Werkfeuerwehren, führen wir ebenfalls den Rettungsdienst durch.

Oft weit über 100.000 Mal im Jahr rückt alleine die Berufsfeuerwehr Düsseldorf zu ihren vielfältigen Einsätzen aus!

Die Feuerwache Sechs, Hauptschauplatz des vorliegenden Buches, bewältigte im Jahr 1999 im Schnitt 22 Einsätze pro Tag.

Dieses Buch ist ein Roman, aber gleichzeitig viel mehr – es hat die Seele unserer Feuerwehr eingefangen.

Ich bin stolz und freue mich, dass einer unserer Feuerwehrmänner in Worte gefasst hat, was es bisher in dieser Art noch nicht zu lesen gab.

Sie, lieber Leser, erhalten einen realistischen Einblick in unsere oft gefährliche Arbeitswelt. Eine Welt, die den meisten Menschen wahrscheinlich unbekannt ist und von der doch so vieles abhängt.

Bitte bedenken Sie dabei: Was in Düsseldorf passiert, geschieht auch in anderen Städten – auf der ganzen Welt und zu jeder Zeit.

Gott sei Dank gibt es überall beherzte Feuerwehrmänner und -frauen, die sich mit Mut, Tatkraft und Idealismus diesen schweren und gefährlichen Herausforderungen stellen!

Wir können nicht alle schlimmen Ereignisse verhindern, aber wir bekämpfen ihre Auswirkungen mit ganzem Herzen und mit ganzer Kraft zum Wohle unserer Stadt und all derer, die darin leben.

Ihr Armin Harbort
Leitender Branddirektor der Landeshauptstadt Düsseldorf

STADT DÜSSELDORF

Nicht ewig freut
man sich der Ruhe
und des Friedens,
und doch ist Unglück
und Zerstörung
nicht das Ende.
Wenn das Gras
vom Steppenfeuer
verbrannt ist,
sprosst es im
Sommer neu.

Weisheit aus der Mongolischen Steppe

Tödliche Reifen

Eine eisige Kälte hatte die Stadt fest im Griff.

Zwar entsprachen die Minustemperaturen und auch die heftigen Schneefälle absolut der Jahreszeit, aber die Stadt ächzte und stöhnte unter den damit verbundenen Belastungen. Endlose Staus verstopften die Zufahrtstraßen, die sich bis in die Innenstadt fortsetzten. Unzählige Bagatellschäden entstanden durch überfrierende Nässe in den frühen Morgenstunden. Sie legten den sowieso schon kriechenden, stockenden Verkehr vollends lahm und sorgten so für ein Dauerchaos.

Frierend standen die Menschen auch auf den zugigen Bahnhöfen und fluchten. Kaum ein Zug lief pünktlich ein. Ausfälle und Verspätungen waren an der Tagesordnung.

Jedes Jahr das gleiche Dilemma, als wäre jeder Wintereinbruch der erste.

Aber wie immer in der Not gab es auch einige, die davon profitierten.

In den Reifenläden klingelten die Telefone ohne Unterlass.

»Nein, tut mir Leid. Wir können frühestens übernächste Woche montieren.«

»Ja, die Reifen haben wir vorrätig, aber es gibt Lieferschwierigkeiten bei den Stahlfelgen.«

Frustrierte Kaufwillige knallten verärgert den Hörer auf. Unabhängig davon und unabhängig von den vielen Frechheiten, die sich gestresste Verkäufer von ebenfalls gestressten Kunden am Telefon anhören mussten, lief der Reifenhandel auf Hochtouren.

Alle Geschäfte waren mehr oder weniger ausgebucht.

Die Autofahrer zahlten fast jeden Preis und die unzähligen, unbelehrbaren Sommerreifenfahrer sorgten für volle Auftragsbücher in den Werkstätten. Die Karosseriebauer und Lackierer konnten sich vor Arbeit kaum retten.

Leider ging nicht jeder Verkehrsunfall glimpflich ab, nicht immer beschränkte es sich auf Blechschäden.

Unablässig heulten die Sirenen der Einsatzfahrzeuge von Polizei und Feuerwehr, unterstützt von den Rettungswagen des DRK, der Johanniter, der Malteser und des ASB, ohne deren unermüdlicher Einsatzeifer das System längst zusammengebrochen wäre.

Dementsprechend hektisch ging es in den Notfallambulanzen der Krankenhäuser zu. An solchen Tagen amortisierten sich die Röntgengeräte wie von selbst.

Schwester Mariola von der inneren Aufnahmestation des Benrather Krankenhauses hatte heute früh ihren Dienst übernommen und löste die Nachtschwester ab.

Vier Neuzugänge innerhalb der letzten sechs Stunden. Drei hatte die Feuerwehr gebracht, einen die Polizei.

Einen von ihnen, das sagte ihr ihre langjährige Berufserfahrung, würde sie wohl nicht lange behalten. Schon bei der ersten Begutachtung seines hinlänglich bekannten Krankheitsbildes stand für sie fest: Das war einer von der Sorte Patient, den man spätestens nach zwei Stunden wieder nach Hause schicken konnte. Es sei denn, er würde die Aufnahmestation von sich aus schon vorher verlassen, was sie keineswegs verwundern sollte. Ein typisches Alkoholproblem.

Der letzte Patient war ohne fremde Hilfe und ohne Begleitung selber ins Krankenhaus gekommen, hatte über stechende Schmerzen in der Brust geklagt.

Schwester Mariola studierte die Eintragungen im Aufnahmebuch. Irgendwie kam ihr dieser Patient bekannt vor ... nur der Name – also dieser Name stimmte nicht mit ihrem Gedankenbild überein.

Hans-Peter Jürgens stand da in fein säuberlicher Handschrift, *Geboren 25. 03. 67.* Dazu Wohnort, Straße, Konfession usw.

Sein EKG war ebenso unauffällig gewesen wie alle nachfolgenden Untersuchungen, die man bei ihm durchgeführt hatte.

Eigentlich, so befanden die Ärzte, hätte er nach Hause gehen können. Er war aber, nachdem er geradezu panisch ängstlich gedrängt hatte, auf eigenen Wunsch zur Beobachtung für diese Nacht geblieben. Etwas, das die Schwester nicht verstehen konnte.

Sie schüttelte den Kopf, *freiwillig eine Nacht im Krankenhaus ... na ja.*

Dabei warf sie einen langen forschenden Blick durch die große Glasscheibe, die den Patientenraum mit den drei Betten von dem in der Mitte befindlichen Untersuchungsraum trennte, in welchem sie sich befand.

Auf der anderen Seite spiegelbildlich angeordnet war ein gleicher Patientenraum. Hier standen ebenfalls drei Betten, alle waren belegt. Nur konnte man die Patienten nicht sehen, da der Blick durch die Glasscheibe wegen des zugezogenen Lamellenvorhangs verdeckt war. Beide Räume konnten durch breite Schiebetüren betreten werden.

Friedlich lagen die Neuzugänge in ihren Betten und schliefen.

Die anfallende Routinearbeit sorgte dafür, dass Schwester Mariola ihre Gedanken über den seltsamen Patienten schnell vergaß.

Aus der Ferne drang das leise Tatü-Tata eines Rettungswagens an ihr Ohr. Im Laufe der Zeit hatte sie gelernt, die Sirene eines Polizeiautos von der eines Rettungswagens der Feuerwehr zu unterscheiden. Und hier, sie war sich absolut sicher, handelte es sich um einen RTW der Feuerwehr. Besorgt stellte sie fest, dass er näher kam. Das könnte weitere Arbeit bedeuten.

Nein, bitte nicht schon wieder ...

Sie erstickte bereits in Arbeit und hatte doch jetzt schon mehr zu tun, als eine Person alleine schaffen konnte.

Ihr frommer Wunsch sollte indes nicht in Erfüllung gehen. Der stressige Krankenhausalltag nahm seinen Lauf.

Das Telefon auf dem Schreibtisch vor ihr klingelte. Sie hob den Hörer ab: »Ja ... Schwester Mariola hier«, meldete sie sich mit fragendem Unterton.

In der Stimme am anderen Ende der Leitung erkannte sie den Nachtpförtner.

Sie klang müde und abgespannt: »Ist der Aufnahmearzt bei Ihnen?« Ohne die Antwort abzuwarten, fuhr er weiter fort: »Ich habe ihn schon angepiept, aber er meldet sich nicht.«

»Was gibt es denn?«

»Wir haben einen Notfall, die Feuerwehr hat eben angerufen und Herzalarm ausgelöst.«

»Tut mir Leid, bei mir ist er auch nicht ... oh Moment, er kommt gerade durch die Tür. Ich sag ihm Bescheid.«

»Danke!« Gestresst hing der Pförtner ein und blickte auf die große Uhr im Foyer. Gott sei Dank, seine Ablösung musste jeden Moment kommen. Die Nacht war auch für ihn sehr anstrengend gewesen und er sehnte sich nach seinem Feierabend.

Einer, der eigentlich ebenfalls Feierabend haben müsste, war Dr. Lux. Wie er die Tür zur inneren Ambulanz durchschritt, sah er aus, als könne ihn nur noch eine Tasse frisch gebrühten, heißen Kaffees retten.

Genau dieser Wunsch war auch der Grund, weshalb er hierher gekommen war. Mariolas Morgenkaffee hatte schon manchem Doc nach einer fürchterlichen Nacht das Leben gerettet.

Dr. Lux hatte diese wundersame Rettung bereits mehrere Male am eigenen Leibe erfahren dürfen. Und nur dieses Wissen hatte ihn veranlasst, seine viel zu schmale Liege links liegen zu lassen. Das Teil war sowieso fürchterlich unbequem, aber in dieser anstrengenden Nacht hätte er sie liebend gerne, wenigstens für ein paar Stündchen, genutzt. So hatte es lediglich für ein halbes Stündchen gereicht, ein halbes Stündchen, in dem sich kein Schlaf einstellen wollte.

Mit müden Gliedern und übernächtigten Augen schleppte sich Dr. Lux über den Flur in Richtung Mariola-Kaffee.

Diese überfiel ihn sofort mit der Nachricht des Pförtners.

Die Enttäuschung über den verpassten Kaffee stand Dr. Lux überdeutlich ins Gesicht geschrieben. »Ich komme wieder!«, rief er ihr noch zu und lief eilig nach unten, wo er wegen des Herzalarms dringend benötigt wurde. Wie zum Hohn hörte er noch das piep, piep, piep der Kaffeemaschine. Der Kaffee war durchgelaufen.

Zu spät …, bedauerte Schwester Mariola den armen Doktor und goss sich zufrieden ihren eigenen Becher voll. Ein genüsslicher Duft erfüllte den Raum. Kurz darauf wurde sie von einer Patientin im dritten Bett des rechten Raumes gerufen und war damit für einige Zeit beschäftigt.

Als sie das Aufnahmezimmer wieder betrat, saß Frau Dr. Heinz an einem der beiden Schreibtische und studierte die Krankenakten.

»Was Wichtiges?«, fragte sie die Schwester, ohne den Kopf zu heben. Dabei deutete sie auf den Eintrag von Hans-Peter Jürgens. »Seltsamer Bursche, wann ist der denn gegangen?«

»Wieso gegangen?«

»Na, hier fehlt der Eintrag über seine Entlassung.«

»Der ist ja auch noch da«, entgegnete Schwester Mariola.

»Sein Bett ist aber leer.«

Mariola blickte durch die Scheibe. Tatsächlich, mit Erstaunen sah sie das leere und seltsamerweise akkurat zugedeckte Bett.

Ob er nur zur Toilette ist? Unmöglich, sie verwarf den Gedanken. Wer richtet denn sein Krankenhausbett so her, dass es fast aussieht wie unbenutzt?

Der mit dem Alkoholproblem schnarchte immer noch tief und fest im Nebenbett. Eigentlich hatte sie ziemlich sicher mit dessen Entlassung gerechnet, aber der andere? Und was hatte dieser Typ einen Zirkus veranstaltet, um bleiben zu können.

»Ein tolles Ding, da hat der sich anscheinend klammheimlich aus dem Staub gemacht.«

Na ja, er ist nicht der Erste …, so etwas kam immer wieder mal vor, und darum maßen die beiden Frauen dem Vorfall auch keine große Bedeutung bei, besonders da aus medizinischer Sicht kein Grund zur Beunruhigung bestand.

Aber seltsam ist das schon, und überhaupt, der ganze Typ, sein Verhalten ... hmm.

Schwester Mariola nahm sich vor, den Oberarzt zu informieren, aber das musste nicht gleich sein, jetzt gab es Wichtigeres zu tun. Der Oberarzt würde ihr sicher sagen, dass sie bestimmt etwas anderes zu tun hätte, als sich um »seltsame« verschwundene Krankenhauspatienten zu kümmern.

Sie schob das Bett hinaus auf den Flur zu den anderen benutzten Betten. Später würde jemand von der Bettenzentrale kommen und sie abholen.

Zuvor hatte sie sich allerdings vergewissert, dass die Tasche und die Kleidung des Patienten nicht mehr im Schrank hingen. Beruhigt stellte sie fest, dass dies der Fall war. Erst danach fühlte sie sich sicher und konnte davon ausgehen, dass dieser Patient das Krankenhaus »normal« verlassen hatte. Sie konnte sich nämlich auch an so unangenehme Fälle erinnern, bei denen Patienten ebenfalls unbeobachtet das Haus verlassen hatten, aber dann halb nackt und ohne Schuhe draußen in der Kälte herumirrten.

Unten in der Notaufnahme rangen drei Ärzte und mehrere Helfer um das Leben des Patienten, den wir soeben mit unserem Notarztwagen eingeliefert hatten. Es stand schlecht um ihn. Sein Zustand schien hoffnungslos.

Noch vor zwei Stunden hatte ich mich in sein zerbeultes Autowrack hineingezwängt.

Sein Wagen, ein hoch betagter Kombi, hatte die Straße unfreiwillig verlassen, klemmte zwischen den Stämmen junger Erlen im Straßengraben.

Mechmed Moutoglu hatte sich diesen alten Wagen auf Pump gekauft. Von den Banken hatte er keinen Kredit erhalten. Wer gibt einem jungen Türken ohne Job und ohne festen Wohnsitz schon Geld?

Aber Mechmed war nicht dumm. Er hatte Ehrgeiz und besaß die innere Bereitschaft auf vieles zu verzichten – zumindest für einige Jahre. Dann, so hoffte er, würde sein Geschäft florieren – ein Geschäft, das zwar noch nicht richtig begonnen hatte, aber er war zuversichtlich. Von Freunden hatte er sich das nötige Geld zusammengeborgt.

Immer wieder wanderten seine Gedanken in die ferne Heimat. Bei dem Gedanken an seinen Vater wurde ihm besonders wehmütig ums Herz.

Der stolze alte Mann hatte alle seine Hoffnungen auf ihn, Mechmed, den Ältesten seiner drei Söhne gesetzt. Für ihn, Mechmed, hatten die anderen verzichtet. Nur er hatte nach Deutschland einreisen dürfen.

Mechmed kannte seine Verantwortung und hatte darum fleißig diese schwere Sprache gebüffelt. In der Heimat hatten ihn seine Kameraden deswegen ausgelacht, aber er wusste, was er wollte. Seine Familie war arm. Was sie ihm mitgeben konnten, war nicht viel, aber alles, was sie selber entbehren konnten.

»Insch Allah« (Geh mit Gott), hatte der Vater ihm unter Tränen ins Ohr geflüstert, als er ihn zum letzten Mal liebevoll umarmte.

In Frankfurt am Main besaß sein Vater einen Freund, dort sollte Mechmed sich melden. Leider entpuppte sich der »Freund« als falscher Fuffziger.

Er war korrupt, ach was, kriminell war er, wie Mechmed feststellte. Man wollte ihn zu Kurierfahrten für illegale Waren über die Grenze einsetzen.

Mechmed war entsetzt. Er war ein aufrechter Mann aus den Bergen, einer der Allahs Wort ernst nahm. Der »Freund« brachte Schande über sein Volk. Deshalb zog er schnell weiter. Aber was nun?

Er war ganz allein in einem fremden Land. Auf jeden Fall musste er Frankfurt verlassen. Er wusste bereits zu viel, das konnte ihm gefährlich werden. Ein Lkw-Fahrer nahm ihn mit nach Düsseldorf. Hier fragte er sich durch, landete endlich beim Imam und dem Türkischen Verein. Man half ihm. Nach mehreren Jobs, die alle nicht viel einbrachten, hatte er dennoch etwas

Geld auf die Seite gelegt. Neue Freunde gaben auch etwas dazu und von diesem Geld kaufte er den alten Kombi.

Er besaß zwar einen Führerschein, hatte aber noch nie ein eigenes Auto gehabt.

Es war ein tolles Gefühl. Seine kräftigen Hände strichen zufrieden über das glatte Lenkrad. Leider waren die abgefahrenen Reifen ebenso glatt. Man hatte seine Unwissenheit und Blauäugigkeit sogleich erkannt und ihm skrupellos diesen alten Hobel aufgeschwatzt.

»Junge, du bekommst ein Superauto, was echt Gutes. Mach ich wirklich nicht bei jedem. Aber du gefällst mir. Komm, du zahlst jetzt und ich melde ihn heute noch an. Kostet dich keine Mark mehr. Morgen Nachmittag kannst du ihn holen. Na, was denkst du?«

So hatte man ihn, den Jungen aus den Bergen, übertölpelt. Dass der korrupte Kerl die guten Reifen nach der Anmeldung gegen diese profillosen Schluppen auswechselte, stand natürlich auch nicht im Vertrag.

Jetzt rollte der Wagen schwammig über die Autobahn. Die ausgeleierten Stoßdämpfer konnten die schwere Last der Lieferung, die er transportierte, nicht mehr abfedern. Tief hing der Wagen über dem Asphalt. Papier wiegt viel, und Mehmet hatte reichlich geladen.

Ein guter Auftrag, endlich einer, der ihm auch gutes Geld einbrachte.

So sollte es weitergehen, dachte er, *dann habe ich in spätestens zwei Jahren einen echten Lieferwagen, dann einen Lkw, dann mehrere ...*

In der Ausfahrt kuppelte er hinunter, die Gänge hakten. Um die Geschwindigkeit zu drosseln, musste er sehr kräftig auf das Bremspedal treten. Dass die Beläge verschlissen waren und er längst auf Metall bremste, ahnte er nicht einmal.

Ich hab wahrscheinlich doch zu viel geladen, dachte er und geriet ins Schwitzen.

Die Kurve zog sich langsam zu. Gefährlich dicht rutschte der Wagen am weißen Randstreifen entlang.

Mechmed spürte die Angst, aber er konnte wenig machen und bremste verzweifelt nur noch fester. Jetzt fuhr der Vorderreifen bereits über die Grasnarbe.

Gleich rutsche ich in den Graben. Weit aufgerissen blickten Mechmed's Augen entsetzt nach links, wo es steil abwärts ging, dann wieder schnell nach vorne.

Allah sei Dank!

Die Kurve, die ihm fast zum Verhängnis geworden war, endete im letzten Moment und sein Wagen schlingerte wieder geradeaus.

Mechmed war schweißgebadet. Er atmete tief durch.

»Scheiß Karre«, fluchte er zum ersten Mal und beschloss, langsamer zu fahren. Etwas später fuhr er über die Baumberger Allee. Ein Wunder, dass er es bis hierher überhaupt geschafft hatte.

Spiegelglatt überzog der eisige Nachtfrost die im trüben Scheinwerferlicht schwarz glänzenden Strassen und tief hängende dichte, graue Wolken bedeckten den nächtlich dunklen Morgenhimmel. Wahrscheinlich musste man in der nächsten Zeit mit weiteren Schneefällen rechnen.

Mechmed hatte nur auf der Autobahn fahren können, weil sich die Räumfahrzeuge der Straßenmeisterei seit Stunden schon im permanenten Einsatz befanden und Unmengen von Salz über die am Heck befindlichen, rotierenden Teller auf die Fahrbahn schleuderten.

Auf der Baumberger Allee hatte noch niemand gestreut und daher beendete schon die erste scharfe Kurve Mechmeds Unglücksfahrt.

Es ging alles viel schneller, als er selbst es registrieren konnte.

Wir benötigten über zehn Minuten, bis wir die Unfallstelle erreichten. Die vereisten Straßen zwangen uns zu einer extrem langsamen Fahrweise. Dafür kamen wir aber auch mit Gewissheit an.

Noch bevor ich den Notarztwagen verließ, gab ich über Funk die erste Rückmeldung an die Leitstelle:

»Eingeklemmte Person in PKW. Wir benötigen das LF an der Einsatzstelle.«

Mit den Jahren entwickelt man einen Blick dafür, wenn weitere Hilfe gebraucht wird.

Zu meiner Erleichterung lag kein Spritgeruch in der Luft, dafür beunruhigte mich die Situation des Fahrers um so mehr.

Ohne die hydraulischen Geräte unseres LF hatten wir mit unserer kleinen Brechstange keine Chance, die verklemmten Türen zu öffnen. Und selbst wenn uns dies gelänge, schienen die Beine des Fahrers so eingekeilt, dass es uns wohl unmöglich wäre, ihn zu befreien.

Trotzdem zwängte ich mich durch die Heckscheibe in den Innenraum des deformierten Fahrzeuges. Dazu durchschnitten wir die Gummidichtung mit einem Messer und rissen sie mitsamt der noch intakten Scheibe heraus.

Viel Platz gab es nicht, überall war der Weg von überwiegend aufgerissenen, DIN A4 großen Papierpaketen versperrt. Es war sehr mühsam, sich da hindurch zu wühlen. Zum Teil warf ich die Pakete hinter mich oder schob sie so gut es ging an die Seite, um voran zu kommen.

Der Wagen lag etwas schräg zur Fahrerseite geneigt, was die Sache nicht gerade vereinfachte. Endlich war ich hinter dem Mann angelangt und legte meine Fingerkuppen an seine Halsschlagader.

Gott sei Dank, er lebt . . ., nur wie lange noch?

Der Fahrer befand sich in akuter Lebensgefahr und drohte zu ersticken, da sein Brustkorb kaum mehr das nötige Lungenvolumen aufnehmen konnte. Stramm wurde er zwischen dem Lenkrad des Wagens und der Rücklehne seines Sitzes eingeklemmt. Schwer pressten die Berge von Papierpaketen gegen seinen Rücken. Der Druck dieser Last war so hoch, dass der Mann nicht mehr ausreichend atmen konnte.

Die gesamte Ladung war verrutscht. Ich versuchte so schnell wie möglich die Papierpakete hinter der Rücklehne zu entfernen, aber das war wesentlich mühseliger als erwartet und überaus anstrengend.

Ich selber lag bei dieser schweißtreibenden Arbeit bäuchlings auf einem höchst rutschigen Untergrund. Hinter mir hatte sich mein Kollege von der Werksfeuerwehr, der heute mit uns fuhr, ebenfalls hereingeschoben. Ich reichte ihm ein Papierpaket nach dem anderen an und er beförderte es weiter nach draußen. Langsam erhielten wir etwas Platz, aber immer wieder rutschte neues Papier nach.

Verdammt, so wird das nichts.

Besorgt registrierte ich, wie sich die Gesichtshaut des Fahrers bläulich verfärbte. Zuerst waren es nur seine Ohrmuscheln, aber die fortschreitende Zyanose sagte mir genau, dass er dringend Sauerstoff benötigte.

Von rechts oben klopfte jemand an die Karosserie. Ich drehte meinen Kopf und erkannte Erwin.

Er rief mir zu: »He, Martin, wir geben dir jetzt eine Decke! Leg die über euch, wir arbeiten mit dem Spreizer!«

Sein vertrautes Gesicht verschwand vor der schmalen Öffnung, die einst ein Seitenfenster gewesen war und die feuerfeste Schutzdecke wurde hindurchgestopft. Ich zog sie so gut es ging über den verletzten Fahrer und konnte jetzt nur noch abwarten.

Sekunden vorher hatte ich überhaupt nicht auf die Geräusche um mich herum geachtet.

Jetzt, als ich still und bewegungslos in diesem Wrack verharrte, registrierte ich genau sämtliche Aktivitäten meiner Kollegen.

Sie setzten den hydraulischen Spreizer rechts seitlich über mir an. Das Kreischen von aufreißendem Metall, das Rucken, als die Türscharniere ausbrachen, all das drang in meine Ohren.

Es gibt Menschen, die behaupten, dass eingeklemmte Unfallopfer durch unsere lauten und teilweise erschütternden Aktivitäten einen weiteren Schock erleiden würden.

Dagegen stehen Aussagen von Betroffenen – Menschen, die solche fürchterlichen Unfälle durchlebt hatten.

Sie berichten genau das Gegenteil und sprechen statt dessen davon, dass die Hoffnung in ihnen wuchs, als sie nach langen grauenvoll bangen Minuten endlich diese bei ihrer Rettung verursachten Geräusche hörten, diese Bewegungen verspürten.

Jetzt werde ich gerettet, schießt ihnen durch den Kopf und das lässt sie für weitere Minuten oder gar Stunden durchhalten.

Daran musste ich denken. Gleichermaßen wurde mir aber auch klar, dass wir, die Retter, gar keine Chance zum geräuschlosen Arbeiten haben.

Mal ist Fingerspitzengefühl angesagt, einen Augenblick später Brachialgewalt und fast immer sitzt uns die Zeit im Nacken. Dabei kommt es uns oft vor, als wandelten sich die Sekunden zu Minuten und die Minuten zu Stunden.

Ich hatte jetzt das beklemmende Gefühl, die Zeit würde stehen bleiben. Dabei hatten meine Kollegen vom Zeitpunkt ihres Eintreffens bis zum Heraustrennen der Seitentüre nur wenige Minuten gebraucht.

Kaum hatten sie die Beifahrertüre entfernt, griffen durch diese große Öffnung auch mehrere hilfreiche Hände hinein und entfernten nicht nur das immer noch in großer Menge vorhandene und die Rettungsaktion behindernde Papier, sondern auch mich.

Mit den Worten: »Komm raus hier, wir brauchen Platz« fasste ich die angebotenen Hände und ließ mich durch die Türöffnung hochziehen.

Reiner, unser Gastfeuerwehrmann und Rettungsassistent der Werksfeuerwehr Henkel, war durch das Heckfenster zurückgekrochen.

Jetzt standen wir abwartend neben dem Autowrack und beobachteten die weiteren Bemühungen der anderen Kollegen. Es gab für uns, zumindest im Moment, nichts zu tun. Unser Notarzt eilte aus dem NAW zu uns. In der rechten Hand trug er einige aufgezogene Spritzen. Ihm folgte Achim mit zwei fertig vorbereiteten Infusionen.

»Wie sieht's aus, Martin? Komm ich jetzt endlich ran?«

Ich zuckte mit den Schultern. »Weiß nicht, wir setzen gerade schweres Gerät zur Rettung ein. Ich glaube nicht, dass du dazwischen passt.«

Volker Zenz, der Notarzt, hörte meine Antwort nicht gern und ging schnurstracks weiter zum Autowrack, Achim hinterher.

»Moment Doc! Sie können jetzt hier nicht arbeiten.«

»Ich muss aber unbedingt nach dem Fahrer sehen!«

Es lag sehr viel Nachdruck in seinen Worten, aber der Einsatzleiter schüttelte dennoch den Kopf.

»Unmöglich, Doc, ist viel zu gefährlich! Sie sehen doch, mit welchem Gerät wir hier arbeiten.«

Verärgert blickte Dr. Zenz zu mir und winkte mich heran. »Das geht doch nicht. Die können mich doch nicht so lange warten lassen, bis der Mann draußen ist. Wenn ich jetzt nicht sofort etwas unternehme, stirbt dieser junge Mensch wahrscheinlich.«

Seine Hand mit dem ausgestreckten Zeigefinger deutete in Richtung des Verunglückten. Dann ging er erregt zwei Schritte weiter, drehte sich erneut um und sprach so laut, dass jeder es ebenfalls hören konnte und wohl auch sollte: »Wenn es zu spät ist, haben deine Feuerwehrkollegen sowieso alle Zeit der Welt.«

Er zuckte resigniert die Achseln. »Aber jetzt könnte ich doch durch die offene Türe wenigstens die Infusion anlegen, vielleicht wird er so gerettet.« Dann redete er etwas leiser, da nur ich es hören sollte: »Sprich du doch mal mit deinen Kollegen.«

Ich teilte seine Meinung, nickte nur bestätigend mit dem Kopf und sagte: »Komm.«

Leise wechselte ich danach einige Worte mit Horst.

»Meinetwegen.«

Ich hatte auch nichts anderes erwartet. Immerhin war Horst selber jahrelang als Teamführer mit dem Notarztwagen unterwegs gewesen.

Er hob beide Hände hoch, winkte seinen Männern zu und rief: »Okay, Männer! Stoppt mal kurz und lasst den Doktor ran!«

Breitwillig wurde ihm jetzt Platz gemacht und er kroch gefolgt von Achim durch die entstandene Türöffnung in das

Autowrack. Da mittlerweile der größte Teil der Ladung entfernt worden war, hatten die beiden etwas Platz.

»Der Mann muss sofort intubiert werden!«, rief Dr. Zenz aus dem Wageninneren.

»Auch das noch«, stöhnte Horst neben mir.

Aber es war kein Stöhnen der Verärgerung, sondern mehr das mitfühlende Wissen um die extreme Schwierigkeit des Vorgangs in dieser hochdramatischen Situation.

»Wie will er denn den Kopf überstrecken ...«, dachte er laut und wies Achim an, die Kopfstütze herauszuziehen.

Achim setzte diesen Ratschlag sofort in die Tat um, aber seine Bemühungen waren erfolglos. Trotz Aufbietung aller Kräfte ließ sich die Kopfstütze nicht herausziehen.

»Gib mir mal die Schere! Ich knipse die Rohre einfach durch.«

Eine gute Idee. Erwin, der das Hydraulikgerät immer noch in den Händen hielt, beugte sich hinunter und übergab die schwere Schere an Achim.

Der Doc legte schützend und stabilisierend seine Hände um den Kopf des Verunglückten.

»Keine Sorge«, beruhigte Achim, »mit dem Ding arbeite ich so sicher, wie du mit einem Stethoskop.«

Geschickt hantierte er den stählernen Papageienschnabel und mit der simplen Bewegung seines Daumens übertrugen sich gewaltige Hydraulikkräfte auf die Schneiden.

Zuerst trennte er das rechte, dann das linke verchromte Rundeisen durch, jedes Mal knapp über der Rückenlehne. Die Kopfstütze fiel nach hinten weg.

»He, Achim! Wenn du schon dabei bist, trenn den Lenkradkranz auch durch!«

»Okay, Horst!«

»Geht das?«, fragte Dr. Zenz.

»Klar, kein Problem.«

»Das wäre sehr gut. Ich schätze, mit dieser Maßnahme können wir seinen eingeklemmten Brustkorb ausreichend entlasten.«

Im Moment mussten sämtliche anderen Arbeiten zurückgestellt werden, so dass auch ich einen Blick in das Wageninnere werfen konnte, ohne meine Kollegen zu behindern.

Genau die gleiche Arbeit mit der hydraulischen Schere hätten meine Kollegen vorhin sicher genauso durchgeführt, dachte ich. Aber in der Kombination mit dem Notarzt war es noch effektiver. Außerdem war Achim der richtige Mann – einer der Versiertesten, wenn es um die Arbeit mit Hydraulikgeräten ging.

Sekunden später hatte er den Lenkradkranz mit mehreren Schnitten beseitigt und reichte die schwere Hydraulikschere wieder in die Höhe.

Nach dem kurzen Blick in den Wagen wandte ich mich wieder ab. Wenngleich meine draußen stehenden Feuerwehrkollegen »Pause« hatten, traf das für uns nicht zu. Der Rest des Rettungsteams war in der Zwischenzeit nicht untätig gewesen.

So stand bereits die Krankentrage mit der Vakuummatratze in unmittelbarer Nähe. Auf ihr lagen diverse Notfallkoffer und griffbereit die Utensilien zur Intubation.

Unten aus dem Wagen rief Achim:

»Der Doc will intubieren!«

»Ich hab einen 38er und einen 42er Tubus fertig gemacht. Welchen willst du haben?«

»Gib mir lieber den kleinen. Aber mit Führungsstab!«

Schnell schob ich den Führungsstab in den geforderten Endotrachealtubus, reichte aber zuerst das Laryngoskop hinunter.

Das Intubieren in einer medizinisch kritischen Situation allein erfordert schon eine gewisse Routine. Eine Intubation in dieser besonderen Zwangslage hingegen war zusätzlich äußerst schwer durchzuführen, aber Dr. Zenz schaffte es.

»Okay, blocken und Oxylog anschließen!« Erleichtert wischte er sich den Schweiß von der Stirne.

Achim, der ihm assistierte, steckte den Beatmungsschlauch auf den Konnektor und sogleich strömte der lebenswichtige Sauerstoff aus der Stahlflasche über das Beatmungsgerät in den

Schlauch und von da weiter durch den Endotrachealtubus in die Lungen des Verletzten.

Es war höchste Zeit gewesen.

»100 Prozent Sauerstoff bitte!«

»Hab ich eingestellt.«

»Gut! Frequenz?«

»16 Atemzüge pro Minute.«

»Ja, können wir lassen.« Dr. Zenz war zufrieden. »Lass mich mal sehen.«

Achim drehte den Oxylog so, dass der Doc den Monitor betrachten konnte.

Er fasste einem kleinen schwarzen Drehknopf und veränderte das PEEP-Ventil.

»Ist besser so«, erklärte er dabei, »beide Lungeflügel sind stark gequetscht, wir müssen vorsichtig sein.«

»Was ist, Doc? Fertig?«, rief Horst, »wir müssen nämlich selbst wieder reinklettern.« »Kann ich nicht hier bei ihm bleiben?«

»Unmöglich oder habt ihr da unten noch Platz für zwei weitere Leute?«

»Na gut, ich komme raus.«

Zuerst half man dem Notarzt, dann folgte Achim.

»Saubere Arbeit Doc«, lobte Horst, »war doch gut, euch da runter zu lassen.«

Dr. Zenz blickte zurück in den Wagen.

Es war klar, dass er am liebsten bei seinem Patienten geblieben wäre. Horst spürte das und versuchte zu erklären: »Sieh mal, du hast alles getan, was in dieser Situation möglich war. Jetzt sind wir dran, und ...« sie sahen beide durch das Loch in den Wagen, in dessen Inneren die Feuerwehrmänner zu zweit arbeiteten, »da ist wirklich kein Millimeter Platz mehr.«

Dr. Zenz nickte stumm und machte bereitwillig Platz. Er fügte sich in das Unvermeidliche und so standen wir jetzt wieder gemeinsam beisammen.

Es war eine bange Zeit des Wartens, bis der Mann nach langen Mühen endlich auf unserer Trage lag. Er hatte schwerste äußere und wahrscheinlich lebensgefährliche innere Verletzungen. Ein klassisches Polytrauma.

»Ich habe den Hubschrauber kommen lassen?«

»Gute Idee. Er kann im Benrather landen.«

»Nicht in der Uni-Klinik?«

»Nein. Ich glaube, eine reelle Chance, wenn der Mann überhaupt eine hat, dann nur in der Unfallklinik von Duisburg-Buchholz ... vorher bekommt er aber die notwendige Versorgung, die wir ihm hier beim besten Willen nicht geben können.«

Jetzt saß ich hier in einem kleinen Raum des Benrather Krankenhauses. Nebenan bemühten sich mehrere Ärzte um das Leben unseres frisch eingelieferten Unfallopfers.

Der Hubschrauber landete und wenig später rief jemand über den Flur: »Könnt ihr noch einmal anfassen!?«

Das war Dr. Zenz. Sicher meinte er uns mit dieser Aufforderung. Es ist durchaus üblich, dass die NAW- und auch die RTW-Besatzung beim Umlagern oder wie hier bei der Vorbereitung zum Weitertransport mit anfasst.

Daher stand ich auf und ging in den Behandlungsraum.

Der Patient wurde nach wie vor beatmet, die Infusionen hatten sich um etliche vermehrt, darunter auch Frischblutkonserven.

»Herr Meyer-Pyritz, was ist mit der Vakuummatratze?«

»Können wir lassen, die passt doch in den Hubschrauber, oder?«

Der Fliegerarzt drehte sich mir zu: »Kein Problem, nicht das erste Mal, dass wir eine fremde Matratze einladen«.

»Dann sind wir uns ja einig. Wir handhaben das hier in Düsseldorf nicht anders. Warum sollen wir den Patienten auch unnötig belasten.«

»Gut, also dann! Zwei ... drei ... und hebt an!«

Mehrere Hände folgten dem Kommando von Dr. Lux.

Die Vakuummatratze schwebte mit dem darauf liegenden Patienten kurz in der Luft und wurde sogleich auf die untergeschobene Spezialtrage gelegt.

Klettverschlüsse schlossen sich sorgfältig übereinander und ab ging es zum Hubschrauber.

Ich blieb alleine zurück. Es waren ja genügend Helfer zum Tragen dabei, so dass ich nicht mit anfassen musste. Und der Abflug des Hubschraubers interessierte mich nicht mehr, da ich selber schon zu viele Hubschrauber hatte starten und landen gesehen, als dass mich dieses Spektakel in die winterliche Kälte hätte locken können.

Dr. Zenz und Dr. Lux kamen als Erste zurück. Sie schienen sich angeregt zu unterhalten und waren erstaunt, dass ich hier drinnen geblieben war.

»Hab genug Hubschrauberflüge hinter mir«, winkte ich ab, als sie mich fragten, warum ich nicht mit nach draußen gegangen sei.

»Ach ja, du fliegst ja auch für die Deutsche Flug-Ambulanz.«

»Richtig.«

»Also, Hubschrauber fliegen stelle ich mir toll vor«, sinnierte Dr. Zenz.

»Weißt du, was ich mir toll vorstelle?«, entgegnete Dr. Lux trocken.

Wir sahen ihn beide neugierig an.

»Einfach nur sechs Stunden Schlaf. Nur sechs Stunden am Stück. Nicht mehr, das würde schon reichen. Man ist ja nicht verwöhnt.«

»War deine Nacht so schlimm?«

»Schlimm ist gar kein Ausdruck«, entgegnete er.

Ich schaltete mich ein: »Wer von euch kommt denn heute Abend auf die Wache?«

»Du Sadist«, stöhnte Dr. Lux auf, »ich bin dran. Ich mach noch die Sonografie und leg mich dann etwas aufs Ohr. Na ja, nicht lange, denn um Sieben steh ich ja schon wieder bei euch auf der Matte.«

Dr. Zenz scherzte: »Bis dahin fahr ich alles weg, dann hast du heute Nacht Ruhe.«

»Schön wär's, aber meistens kommt es anders.«

Beide Ärzte sprachen aus Erfahrung. Sie fuhren seit einigen Jahren mit uns als Notärzte auf dem NAW und konnten über gute wie auch schlimme Nächte berichten; grundsätzlich überwiegen die arbeitsreichen Nächte.

Atemnot!

Tatsächlich sollte sich die scherzhafte Bemerkung von Dr. Zenz seinem Kollegen gegenüber bewahrheiten. Wir fuhren an diesem Tag noch viele Einsätze, was Dr. Lux, der kurz vor sieben Uhr abends seinen Kollegen ablöste, jedoch nicht retten sollte.

Er hatte sich noch nicht einmal richtig umgezogen, da dröhnte es bereits aus dem Lautsprecher seines kleinen Zimmers.

»Einsatz für den Notarzt! XX-Straße 34, Atemnot!«

Hastig streifte er den weißen Pullover über und sprintete die Treppe hinunter.

»Raketendoktor!«, rief einer meiner Kollegen anerkennend.

In der Tat, Dr. Lux erreichte als Erster unseres Teams den NAW und zog bereits die seitliche Schiebetüre zu, als wir eintrafen.

Ich selbst war ziemlich verschwitzt.

Der Doppelgong hatte mich aus der Sporthalle im Keller geholt, wo ich mir mit einigen anderen ein heißes Match geliefert hatte.

Fußballtennis – wir lagen drei Punkte zurück. Deshalb rief mir Uli nach: »Feigling! Endlich verlierst du und dann läufst du weg!«

»Ich komme zurück! Wartet auf mich!«

Dann war ich auch schon in Hemd und Hose gesprungen und eilte die Treppe herauf.

Die Fußballer hatten natürlich nicht auf mich gewartet und das war vernünftig.

Glücklicherweise stellte sich die Atemnot, zu der man uns geschickt hatte, als ein harmloses Verschlucken heraus, das lediglich einen heftigen Hustenreiz ausgelöst hatte.

Aber uns sollte ein weiterer Einsatz die nächsten Stunden in Atem halten.

Rainer empörte sich kurze Zeit später im Wagen:

»Meine Güte, ihr werdet aber auch zu allen Lappalien gerufen. Ich käme nicht im Traum drauf einen Notarzt zu rufen, weil ich Limonade in die falsche Kehle bekommen habe.«

Ich stimmte ihm zu. Dieser Einsatz war wirklich nicht notwendig gewesen. Aber manchmal ist die Dramatik des Geschehens bei den Betroffenen bis zu unserem Eintreffen wieder abgeklungen und man ist leicht geneigt, die Situation falsch einzuschätzen.

Ich bemühe mich immer jungen Kollegen, die erst über wenig oder keine praktische Erfahrung verfügen sowie denen, die als Praktikanten auf dem NAW mitfahren, zu vermitteln, wie wichtig es ist, sich nicht von der momentanen Lage täuschen zu lassen.

»Ihr müsst euch ein möglichst genaues Bild machen. Erforscht die Vorgeschichte, sammelt die Fakten und denkt stets daran, was passieren kann, wenn ihr zu oberflächlich vorgeht oder eine vorgefasste Meinung habt. Wenn die sich als falsch erweist, kann das fatale Folgen nach sich ziehen.«

Meist füge ich ein eindrucksvolles Erlebnis an und überzeuge durch die Dramatik der Geschichte.

Meinem Feuerwehrkollegen Reiner brauchte ich kein Beispiel liefern.

Er besaß genug Berufserfahrung und verstand mich sofort.

Das Stammhaus der Werksfeuerwehr Henkel sowie eine von weltweit mehreren Produktionsstätten dieses Chemiekonzerns liegt in Düsseldorf. Das weitläufige Gelände ist eine Stadt für sich mit tausenden Angestellten und einer großen modernen Feuerwehr.

Zu deren Fahrzeugpark gehörten natürlich auch eigene RTW und eine Notärztin. Aus diesem Grund fuhr Rainer mit uns.

Er und seine Kollegen, allesamt genauso befähigte Rettungsassistenten wie wir, kommen immer wieder zu uns, um ihr Wissen auf neuestem Stand zu halten oder zu erweitern.

Eine Stadt wie Düsseldorf mit jährlich Zehntausenden von Einsätzen war dazu natürlich wesentlich prädestinierter als eine Firma, die über ein ausgezeichnetes Sicherheitsmanagement verfügt und stolz auf ihre niedrige Unfallstatistik blicken kann.

Als wir nur noch wenige hundert Meter von unserer Feuerwache entfernt waren, meldete sich die Leitstelle:

»Sie besetzen Feuerwache Sieben«, hieß es, nachdem ich mich auf ihren Funkruf gemeldet hatte.

Keiner von uns war darüber sonderlich glücklich, denn uns allen hing der Magen in den Kniekehlen. Ich blickte auf meine Armbanduhr, zehn Minuten nach dreiundzwanzig Uhr. Wir hatten jetzt drei Einsätze in Folge gefahren, ohne die Wache zwischendurch gesehen zu haben. Unseren Notarztwagen konnte man kaum mehr als solchen erkennen. Eine schmutzig graue Schicht hatte sich über die rot-weiße Leuchtfarbe gelegt. Eigentlich hätten wir ihn längst einmal waschen müssen, aber wann?

Jetzt saßen wir im Aufenthaltsraum der Feuerwache Sieben und ein verführerischer Duft zog über die Durchreiche der Küche in unsere Nasen.

Irgendwer bereitete sich zu dieser späten Stunde noch Bratkartoffeln.

Hmm, lecker! Genüsslich sog ich die Luft ein und leckte mir über die Lippen.

»Das ist seelische Grausamkeit«, stöhnte Reiner.

Wir sahen uns gegenseitig an wie ausgehungerte Wölfe.

»Nicht seelische, körperliche«, verbesserte Dr. Lux.

»Ist mir doch egal, ob seelisch oder körperlich! Ich schau mal nach, ob da nicht was für uns übrig ist!« Achim hatte diese Worte recht laut gesprochen.

Prompt erschien das freundliche Gesicht unseres Kollegen Dirk Leisten in der Durchreiche:

»He Jungs, wollt ihr mitessen?«

Und ob wir wollten. Das Angebot schlugen wir nicht aus. Zwar hatte jeder von uns noch sein Abendbrot auf der eigenen Wache, aber wer konnte schon sagen, wann wir wieder dorthin kämen. Außerdem roch das hier wirklich besser, als die leckersten Pommes.

»Hast du denn genug?«, rief ich.

Sofort gab mir Achim einen Schlag auf den Arm:

»Bist du wohl still, Wahnsinniger.«

Zu unserer Beruhigung kam es aus der Küche zurück: »Kein Problem, es gibt noch eine Menge gekochter Kartoffeln von heute Mittag.«

»Na bitte«, gab ich Achim zur Antwort.

»Zwei Minuten! Dann bin ich so weit!«

»Sollen wir helfen?«, rief ich wieder zurück, was mir einen weiteren Rüffel von Achim einbrachte.

»Mann! Das ist hier mit Bedienung. Ist doch so! Oder ... Dirk?«

Der lachte: »Bleibt ruhig sitzen, ich hab alles im Griff!«

»Siehst du«, trumpfte Achim auf.

»Aber wenn ihr was trinken wollt ... Ihr wisst ja, wo alles steht!«

»Doc?«

»Ich nehme 'ne Cola.«

»Ich auch!«

»Du kannst selber laufen, fauler Sack.«

»Ach«, schmollte Achim scherzhaft, »aber dem Doc bringst du was mit.«

»Klar«, konterte ich, »das geht hier genau nach Rangfolge.«

»Dann ist ja gut, Reiner ... los! Getränke holen!«

Reiner lachte und stand auf. »Komm«, sagte er zu mir, »wir gehen zusammen.«

Auf dem Weg zum Kühlschrank, fragte ich ihn: »Läuft das bei euch auch so locker?«

Er nickte: »Klar, die Einsätze sind schon ernst genug.«

Wir nahmen uns vier Flaschen aus dem Kühlschrank und ich schloss die Tür.

»Lass auf, ich möchte auch was.«

Achim war also doch gekommen und der Doc stand ebenfalls direkt hinter ihm.

»Muss doch selber mal sehen, was die Konkurrenz hier so in ihrer Kantine anbietet.«

Er warf einen prüfenden Blick in den geöffneten Kühlschrank:

»Leider kein Bier«, stellte er mit Bedauern fest.

»Doktor«, sagte ich vorwurfsvoll, »Alkohol ist auf unseren Wachen schon seit vielen Jahren absolut tabu. Selbst als Frostschutzmittel.«

»Bei euch auch?« Er wandte sich an Reiner.

Der lachte: »Natürlich. Das ist bei uns nicht anders.«

»Na ja, ist ja auch richtig so. Ich kann mir als Arzt ebenfalls keine Fahne erlauben.«

»So, so, und jetzt wollten Sie uns also kontrollieren, oder?«

Wir lachten und kehrten zum Tisch zurück.

Dirk hatte sich eine knöchellange, weiße Schürze umgebunden und jonglierte eine riesige, eiserne Pfanne in der rechten und einen Stapel Teller in der linken Hand.

»Essen ist fertig!«

»Mann, das schaffen wir nie!«

»Braucht ihr auch nicht. Der Felsen kommt auch noch.«, gab er zur Erklärung.

Alexander Fels erschien auch sogleich und lachte uns an: »Ach, sieh an, der ausgehungerte NAW von Feuerwache Sechs.«

Er setzte sich, zog die Pfanne zu sich heran und meinte schelmisch: »Und was esst ihr?«

Dirk kann exzellent kochen und seine Bratkartoffeln waren ein Gedicht.

Der Felsen hatte seinen Teller voll gepackt, wir staunten. »Schaffst du das alles?«

»Was denn, den Kinderteller? Seht lieber zu, dass ihr genug mitbekommt. Ich nehme bestimmt noch einmal nach.«

Dazu kam es allerdings nicht. Nach höchstens zehn, zwölf Gabeln gab es Alarm für den Löschzug.

»So'n Mist!«

Felsen stand auf, schob rasch noch eine Riesenportion in den Mund und schon lief er Dirk hinterher, der seine lange Schürze abgeworfen hatte und uns zurief:

»Esst ruhig alles auf! Ich mach später Neue!«

Ich musste lachen, wie sollten wir diese Mengen verdrücken? Und wann wollte er denn Neue machen? Doch kannte ich ihn und Alexander von einer gemeinsamen Zeit an Wache Sechs gut genug, um ihm zuzutrauen, auch weit nach Mitternacht die Pfanne erneut auf den Herd zu stellen.

Wir ließen es uns jedenfalls prächtig schmecken.

»Wer spült?«

»Klar, dass diese Frage von dir kommen musste, Achim. Aber um deine Frage zu beantworten – immer derjenige, der fragt«.

»Ich kann nicht, ich muss fahren«, erwiderte er mit Unschuldsmiene.

»Was hat das denn mit fahren zu tun? Los, mitkommen!«

Ich war aufgestanden und wollte schon in die Küche gehen, da tönte es aus dem Lautsprecher: »Der Notarzt von Feuerwache Sechs kann einrücken!«

»Na also, das passt ja. Auf geht's!«, rief er und stand schneller an der Türe, als das mit seinem gut gefüllten Bauch vereinbar war.

»Von wegen«, ich holte ihn zurück, »erst wird gespült.«

Wir spülten natürlich alle, das ging ruck zuck und bereits fünf Minuten später verließen wir den Hof der gastlichen Feuerwache Sieben und fuhren auf dem kürzesten Weg über die Schnellstraße in Richtung Garath.

Über Funk vernahmen wir die erste Rückmeldung des Löschzugs Sieben:

»Florian Düsseldorf für 7-46-1 kommen!«

»Kommen Sie!«

»Rückmeldung, Brand im zweiten OG eines Wohn-Geschäftshauses. Menschenleben in Gefahr! Ein C-Rohr, vier PA. Zweiter Alarm!«

Wir hatten mucksmäuschenstill zugehört, um nichts zu verpassen, dann hörten wir erst leise, dann immer lauter das Tatü-Tata eines uns entgegenkommenden Feuerwehrautos.

Wenig später sahen wir unser eigenes LF von Wache sechs.

Reiner blickte mich erstaunt an und pfiff durch die Zähne: »Donnerwetter, die sind aber schnell.«

Ich lachte: »Nein, nein, das ist mit Sicherheit nur das Verstärkungs-LF, was sowieso mitgeschickt wird.«

Sein eben noch anerkennender Blick wurde fragend.

Ich erklärte: »Pass auf, Reiner, wir sind ja auch knapp an Personal ...«

»Ich dachte, ihr seid aufgestockt worden?«

»Ja schon, aber im Grunde sind nur so viele eingestellt worden, wie vorher durch Pensionierungen entlassen wurden. Wir sind also quasi auf dem alten Stand. Das bedeutet, dass die Fahrzeuge nach wie vor unterbesetzt sind. Jedenfalls auf unserer Wache«, fügte ich noch hinzu, denn verschiedene Wachen hatten in jüngster Vergangenheit zusätzliche neue Leute erhalten.

»Ja, aber wenn die den zweiten Alarm auslösen, dann ist das doch Quatsch, das zweite Fahrzeug rollt doch automatisch, wie du sagst.«

»Hmm«, brummte ich und konnte darauf nichts erwidern.

Das LF donnerte an uns vorüber.

Salopp hoben wir die Hand zum Gruß, ähnlich wie es bei sich begegnenden Motorradfahrern üblich ist.

»Eigentlich müsste dann ja noch die Drehleiter folgen«, meinte Reiner.

»Davon gehe ich aus«, bestätigte ich.

Achim, der unserem Zwiegespräch bisher schweigend zugehört hatte, schaltete sich jetzt ein.

»Ich wundere mich, warum **wir** nicht dahin fahren. Zweiter Alarm und das, obwohl wir so nahe waren.« Er zuckte mit den Schultern. »Na ja, die müssen es ja wissen.«

»Also, ich finde, ein RTW reicht auch.«

Nach dieser Feststellung herrschte Stille, jeder hing seinen Gedanken nach.

Es war jetzt nicht mehr weit zur Wache. Vorn rechts tauchte schon der hohe Schornstein des Heizwerkes von Garath aus der Dunkelheit auf. Seine neunzig Meter ragten gegen den wolkenverhangenen,bleigrauen, sternenlosen Himmel. Das ließ auf weitere Schneefälle schließen.

Reiner deutete auf den Schornstein:

»Möchtest du da hinaufklettern?«

In seinen Worten schwang eine große Portion Ablehnung.

Energisch schüttelte ich den Kopf.

»Auf keinen Fall!«

Während ich antwortete, folgten meine Augen der metallenen Außenleiter, deren Steigeisen sich wie kleine Striche in regelmäßigen Abständen in die schwindelnde Höhe zogen.

Das Heizwerk flog an uns vorbei. An der übernächsten Kreuzung bogen wir nach rechts ab. Wir befanden uns jetzt in der kleinen Straße unmittelbar hinter unserer Feuerwache und standen vor dem geschlossenen Einfahrttor, durch deren Metallstäbe wir in die erleuchtete Fahrzeughalle sehen konnten.

Offensichtlich war die Drehleiter gerade erst alarmiert worden. Denn während ich draußen am Schaltbrett den Code eingab, rollte das Ausfahrttor in die Höhe und die Leiter verließ mit eingeschalteten Sondersignalen ihren Stellplatz.

Langsam glitt unser langes Einfahrttor auf Metallrollen über die Schienenführung zur Seite. Ich überquerte den Feuerwehrhof bis zur Fahrzeughalle mit wenigen Schritten. Um in die Fahrzeughalle zu gelangen, musste ein weiterer Türcode eingegeben werden.

Hier drinnen herrschte gähnende Leere. Lediglich auf der linken Seite standen noch der Rüstwagen und das Tanklöschfahrzeug. Sämtliche übrigen Plätze waren leer.

Das Ausfahrttor schloss selbsttätig. Die Ampel der Frankfurter Straße schaltete wieder auf grün.

Achim fuhr den NAW auf seinen zugewiesenen Stellplatz, schaltete den Motor aus und trug den Einsatz ins Fahrtenbuch ein. Ich war auf seine Fahrerseite gegangen und steckte die von der Decke herabhängende Stromversorgung in den seitlichen Anschluss unseres Fahrzeugs. Achim, dessen Seitenfenster hinuntergedreht war, lachte: »Ist wohl nicht nötig! Ich schätze, dass wir gleich wieder rausfahren.« Er blickte nicht von dem kleinen schwarzen Buch auf und schrieb seine Daten zu Ende.

»Na, ich hoffe doch, für den Rest der Nacht Ruhe zu haben.« Trotz meiner Antwort hatte ich selbst so meine Zweifel.

»Ich wette eine Cola dagegen. Was ist?«

»Vergiss es. Ich gehe doch keine chancenlose Wette ein.«

Und das war richtig. Denn kaum hatten wir die Verbrauchsartikel aufgefüllt, die neue Sauerstoffflasche montiert und wenigstens über Scheinwerfer, Rückleuchten und Blaulichter geputzt, da flammte auch schon wieder erneut das Alarmlicht auf. Wir vier hatten es also nicht geschafft, uns zur Ruhe zu legen, waren nicht einmal bis zur Treppe gekommen.

»Einsatz für den Notarzt! Einsatz für den Notarzt!«, schallte es durch die riesige, fast leere Fahrzeughalle.

»Sie fahren XXX-Str. Anforderung von Löschzug sieben – Rauchgasintoxikation!«

»Schade!«, rief Achim, als wir auf dem Absatz kehrt machten und zum NAW zurückliefen.

»Was? Der Einsatz?«

»Nein! Die Cola!«

Die Wagentüren flogen auf. Achim zog die »Nabelschnur« wieder raus und startete.

Ich drückte auf den großen roten Ampelknopf und zog an der fingerdicken Schnur.

Sofort rollte das Tor in die Höhe.

Danach sprang ich auf meinen Sitzplatz. »Kennt jemand die Straße?«

»Kein Problem. Ist ganz in meiner Nähe. Nur ein paar Hundert Meter entfernt.«

»Von dir zu Hause oder von deiner Wache?«

Reiner, der mir geantwortet hatte, warf ein:

»Nein, nein, von der Wache. Zwei ... nein drei Querstraßen weiter.«

»Gut, dann brauche ich also nicht in den Stadtplan zu sehen?«

»Nicht nötig, die Ecke kenne ich hundertprozentig.« Reiner beschrieb uns den Weg.

»Okay, Achim, Anfahrt bekannt?«

»Ja, ich weiß jetzt wieder Bescheid. Da waren wir vor einigen Wochen schon einmal. Ich glaube, du warst auch dabei. Der alte Mann mit dem gebrochenen Oberschenkel, wo uns der riesige Hund nicht herein ließ.«

»Richtig, ich erinnere mich. Das ist doch eine Einbahnstraße oder?«

Reiner nickte: »Wir fahren am besten von hinten an. Je nachdem wie die Löschfahrzeuge stehen, kommen wir sonst nicht nahe genug heran. Die Straße ist verdammt eng.«

Anscheinend hatte die Leitstelle eine ähnliche Information erhalten, denn jetzt rief sie uns über das Funkgerät: »Florian 6-81-1 für Florian Düsseldorf kommen!«

Achim hatte den Hörer in die Hand genommen: »Hört, kommen.«

»Fahren Sie über die XX-Straße an und melden Sie sich beim C-Dienst. Sie werden eingewiesen. Kommen!«

»Verstanden. Über XX-Straße, beim C-Dienst melden.«

Die Leitstelle rief noch zwei weitere RTW auf und erteilte ihnen dieselbe Order.

Wir sahen uns an.

Achim pfiff durch die Zähne: »Da scheint es richtig hoch her zu gehen.«

Keiner antwortete, aber wir dachten alle das Gleiche.

Auf der Münchner Straße überholten wir einen Gefahrguttransporter. Riesige Klumpen Schneematsch hingen in seinen Radkästen und an den Schmutzfängern. Die kaum erkennbare orange Warntafel und die nicht mehr lesbare Zahlenkombination ließen uns nur ahnen, dass dieser Tanklastzug eine ätzende Säure transportierte. Das aufgeklebte Piktogramm, ein Reagenzglas, dessen gefährlicher Inhalt auf eine Hand tropfte, war ebenfalls unter dem Schneedreck langer Autobahnkilometer verschwunden.

Reiner schüttelte den Kopf: »Wahnsinn, an dem hätten wir viel Freude, wenn der hier verunglückt.«

»Eigentlich darf der doch um diese späte Zeit gar nicht mehr fahren«, meinte ich.

Achim zuckte die Schultern:

»Vielleicht hat der 'ne Ausnahmegenehmigung.«

Damit war das Thema abgehakt.

Wir näherten uns dem eigentlichen Arbeitsplatz unseres Kollegen Reiner, der Werksfeuerwehr Henkel.

Es ist eine große Feuerwache, deren rote Fahrzeuge wir nur kurz durch die verglasten Tore auf ihren Plätzen stehen sahen, dann flogen wir auch schon vorüber.

Jetzt war es nicht mehr weit.

»Denk daran Achim, wir müssen nur noch zwei Straßen weiter fahren«.

»Ich weiß Bescheid. Hab alles im Griff.«

Weit voraus sahen wir die Blaulichter eines anderen Alarmfahrzeuges blitzen.

»Gib Gas! Das ist bestimmt einer von den RTW. Der denkt wohl, er sei schneller als wir.«

Achim ließ sich von Reiners Aufforderung jedoch nicht beeinflussen.

»Bei dem Wetter fahr ich doch keine Rallye. Außerdem holen wir den sowieso nicht ein, der ist viel näher dran als wir.«

Jetzt erkannten wir den Rettungswagen, es war einer vom DRK. Gerade setzte er den Blinker, um dann links abzubiegen. Bis zu dieser Kreuzung waren es bestimmt noch über hundert Meter.

Wir befanden uns hier in einem der älteren Stadtteile Düsseldorfs.

Das bedeutete: enge Straßen, rechts und links hohe Häuser aus der Jahrhundertwende mit schönen Fassaden. Altbauten, in die man nachträglich Geschäfte eingebaut hatte und darüber liegende Wohnungen mit über vier Meter hohen Decken. Viele dieser gut erhaltenen Gebäude besaßen noch ihre originalen, alten Holztreppenhäuser. Manche davon im Jugendstil gebaut, traumhaft schön, aus brandschutztechnischer Sicht allerdings auch sehr gefährlich.

»Die Übernächste rechts!«, rief Reiner. Achim nickte.

Alexander Fels und Dirk Leisten waren die Ersten, die unter dem auf dem Rücken geschnallten Atemschutzgerät vorgingen. Einen C-Schlauch mitführend, betraten sie das verqualmte Treppenhaus.

Ihre Aufgabe hieß Menschenrettung. Sie mussten die zweite Etage so schnell wie möglich erreichen, die Brandbekämpfung aufnehmen und zu den Menschen vordringen, denn für sie bestand akute Lebensgefahr.

Das wussten die beiden genau, als sie sich auf den gefährlichen Weg begaben. Bei ihrem Eintreffen hatten sie, wie die anderen Feuerwehrmänner, den dichten Qualm aus den Fenstern der zweiten Etage dringen sehen. Verzweifelte Menschen riefen von da um Hilfe. Hier ging es um Sekunden.

Der Zugführer hatte sofort zweiten Alarm ausgelöst und die eigene Drehleiter zur Rettung der Bedrohten ausfahren lassen.

Menschenleben in Gefahr – das heißt oft unter extremem Risiko und mit größtmöglicher Schnelligkeit handeln.

Trotzdem konnten Dirk und Alexander auf den dicken roten Feuerwehrschlauch nicht verzichten. Das war mühsam und hielt natürlich auf, denn sie mussten den Schlauch auf jeder Etage am Geländer festknoten.

Solange er kein Wasser enthielt, war das kein Problem. Aber nach dem Kommando:

»Wasser marsch«, füllen sich die aneinander gekuppelten C-Schläuche blitzschnell.

Jeder fasst 32 Liter Wasser und wiegt dann knapp über 39 Kilogramm! Das zerrt gewaltig nach unten. Im schlimmsten Fall konnten sie im Bereich der eingebundenen Kupplungen abreißen.

Damit das nicht passierte, wurde der zusammengekuppelte Schlauch festgebunden. Diese Zeit mussten sie sich einfach nehmen. Es hätte auch keinen Sinn, ohne Löschwasser in eine brennende Wohnung zu den Menschen vorzudringen, und ein abgerissener Feuerwehrschlauch konnte ebenfalls kein Wasser liefern, zumindest nicht dahin, wo es benötigt wurde.

Wir bogen mit unserem NAW in die Einbahnstraße. Rechts und links parkten Autos dicht an dicht. So blieb nur eine schmale Fahrspur in der Mitte, gerade noch ausreichend, um ein großes Löschfahrzeug durchzulassen.

Ein Polizeiwagen hatte den Zugang in diese Straße gesperrt und ließ nur die nachfolgenden Einsatzkräfte durch. Weiter voraus erblickten wir ein Meer von zuckenden Blaulichtern.

»Fahr langsam! Wir sollten uns einen Platz suchen, von dem wir auch noch wieder wegfahren können.«

»Ich denke, wir sollen uns beim C-Dienst melden?«

»Mach ich jetzt. Bleib hier an der Kreuzung stehen.«

Wir hielten an der Kreuzung vor der Brandstelle. Ungefähr zwanzig Meter weiter stand der letzte Feuerwehrwagen. Der RTW, der vor uns eingebogen war, parkte hier ebenfalls. Auch sie waren so klug gewesen, nicht in diese Sackgasse hineinzufahren.

Über die eingeschaltete Florentine sprach ich jetzt mit dem C-Dienst und erhielt meine Anweisungen.

»Okay Männer. Wir nehmen alles mit. Koffer auf die Trage. Wir sollen einfach nur geradeaus gehen, ein Kollege kommt uns entgegen, der uns führt. Achim, lass den Motor laufen und die Heizung auf volle Stärke.«

Schnell hatten wir in geübter Routine unser Equipment auf die fahrbare Trage gepackt und schon ging es zu Fuß weiter. Wir trugen Feuerwehrhelme, dazu die dicken Lederhandschuhe. Das ist bei einem gemeinsamen Einsatz mit dem Löschzug Standard.

Ein Feuerwehrmann kam uns entgegen.

»Ich soll euch den Weg zeigen!«

»Na dann los. Kannst du uns etwas zur Lage berichten?«

»Nein, tut mir Leid, was im Haus passiert ist, weiß ich selber nicht, aber das Feuer ist bereits gelöscht.«

»Wie viele Verletzte?«

Er schüttelte wie zuvor den Kopf.

»Das kann ich euch wirklich nicht sagen ...«

»Hmm«, brummte ich, »also lassen wir uns überraschen!«

Der Weg bis zum Hauseingang war die reinste Schlitterpartie. Dazu mussten wie immer wieder unsere Trage über dicke, wassergefüllte B-Schläuche heben.

Vorne links an einem Löschfahrzeug erkannte ich den ›Felsen‹, er zog gerade sein Atemschutzgerät aus. Im hellen Licht eingeschalteter Strahler sah ich, wie verdreckt er war. Er musste mitten im Feuer gewesen sein.

Zwei Drehleitern ragten immer noch in die Fenster der zweiten und dritten Etage. Feuerwehrschläuche liefen durch den Leiterpark nach oben und verschwanden in den Fenstern. Vor dem geöffneten Hauseingang stand einer unserer fahrbaren Ventilatoren und verursachte einen Heidenlärm. Er blies frische Luft in das Treppenhaus. Überall liefen Feuerwehrmänner herum. Einige führten Menschen in Schlafanzügen mit übergehangenen Wolldecken zu einem weiter vorne stehenden Rheinbahnbus. Anscheinend hatte die Einsatzleitung den Bus zum kurzfristigen Aufenthalt der Hausbewohner beschlagnahmt.

»He, Martin!« Ich wurde angerufen.

In der Nähe des Eingangs stand Peter Küpperbusch, er hatte C-Dienst und winkte uns zu sich.

Er wollte uns die nötigen Informationen geben, wandte sich aber zuerst an den Feuerwehrmann, der neben dem Lüfter stand.

»Du kannst das Ding jetzt abschalten!«

Erleichtert registrierte er:

»So, der Krach ist vorbei. Jetzt können wir reden. Ihr müsst auf die zweite Etage zu einer Frau Rinke. Die Jungs vom RTW sind schon oben, aber ihr werdet trotzdem gebraucht. Und frag mich jetzt nur nicht warum. Ich bin froh, dass ich dieses Chaos hier einigermaßen in den Griff bekommen habe.«

Wir ließen die Trage draußen stehen, nahmen die Taschen und Geräte und betraten das Treppenhaus.

Der Terrazzofußboden war eine einzige Pfütze, auf der sich eine dünne Eisschicht gebildet hatte. Die Rutschgefahr war jetzt aber gebannt. Die Feuerwehrmänner hatte einfach etwas von dem abstumpfenden Ölbindemittel darüber gestreut.

Es stank bestialisch nach Brandrauch und auf dem Weg nach oben begleiteten uns zwei Feuerwehrschläuche, von denen der eine bereits leer, der andere aber immer noch mit Wasser gefüllt war. Auf der ersten Etage kam uns Stan entgegen. Er schleppte die ersten leeren Schläuche nach draußen. In langen Buchten hingen sie schwer über seiner Schulter.

Stans Gesicht war rabenschwarz, die Augen stark gerötet. Offensichtlich hatte er zu viel Brandrauch mitbekommen.

Im Vorbeimarschieren rief er uns zu.

»Tja Doc, eine Viertelstunde zu spät, da hättest du ein richtiges Feuer sehen können.«

Wir hatten natürlich keine Zeit, uns dieses richtige Feuer schildern zu lassen und stiegen zügig weiter nach oben. So wie ich das sehen konnte, würden meine Kollegen vom Löschzug noch längere Zeit mit Aufräumungsarbeiten beschäftigt sein.

Mit jeder Stufe, die wir nach oben stiegen, wurde der schmierige schwarze Belag auf der Treppe schlimmer.

»Fasst den Handlauf nicht an!«, rief Achim.

Er ging voran und hielt zur Bekräftigung demonstrativ seine linke Hand in die Höhe. Erst vor kurzem hatte er seine alten verschlissenen Handschuhe gegen neue eingetauscht. Der schwarze Ruß stach vom noch hellen Leder der Innenhand stark ab.

Der gleiche Ruß bedeckte alles: Fußboden, Wände, Decken und Türen und Rahmen. Auf der zweiten Etage ging rechts wie links je eine Wohnungstür ab. Beide Türen waren gewaltsam aufgebrochen worden. Anscheinend hatten es unsere Kollegen sehr eilig gehabt. Die Aufbruchspuren an den alten hohen Holztüren waren eindeutig zu erkennen, auch wenn sie jetzt wieder zugezogen waren.

Die Namensschildchen konnten wir unter der Rußschicht nicht mehr lesen. Das war aber auch nicht nötig. Denn bevor wir sie abwischen konnten, rief jemand aus der linken Wohnung: »Wir sind hier drin! Links bei Rinke! ... Aber bitte Schuhe abputzen!«

Ha, das ist gut, dachte ich.

Die ehemals vermutlich naturfarbene Fußmatte glich einem alten stinkenden Kohlensack und konnte nur noch weggeworfen werden. Wo also die Schuhe abputzen? *Na*, dachte ich, *wenn die sich da drinnen noch um unsere schmutzigen Schuhe Gedanken machen können, wird die Situation wohl nicht so schlimm sein*, wie wir befürchtet hatten.

Einer der beiden Rettungsassistenten kam zur Tür. Es war ein Kollege vom DRK. Nach knapper Begrüßung schilderte er uns die Lage:

»... die Frau hat ein eigenes Beatmungsgerät und liegt seit über drei Jahren hier zu Hause. Wir können sie nicht transportieren, aber hier lassen können wir sie auch nicht. Ihr Mann, der sie pflegt, ist ins Krankenhaus gefahren worden. Sie liegt im Nebenzimmer.«

Die Wohnung wirkte außergewöhnlich sauber, sie machte einen richtig gemütlichen Eindruck. Auf einem hellgelben Teppichboden lagen verschiedene Brücken. Leider hatten die Stiefel der eingedrungenen Feuerwehrmänner eine nicht zu übersehende Spur hinterlassen.

Das war leider nicht zu vermeiden gewesen.

Aber wenn wir jetzt auch noch ..., also weitere vier Männer mit vom Brand verdreckten Schuhen, hier durchmarschierten.

Das musste nicht sein. Darum zogen wir kurzerhand unsere Schuhe aus, ließen sie draußen stehen und folgten dem Kollegen vom DRK auf Strümpfen.

Er hatte ebenfalls keine Schuhe mehr an.

Wir staunten nicht schlecht, als wir das Zimmer der Kranken betraten. Der Raum war alles andere als ein Krankenzimmer. Eher eine Mischung aus Bibliothek und Gartenpavillon.

An drei Wänden zogen sich mit Büchern angefüllte Regale bis unter eine geschmackvoll verzierte Stuckdecke empor. Die vierte Wand bedeckte ein Einbauschrank, der in seiner Mitte die Tür umrahmte.

Überall standen kleine Tische mit Blumen und blühenden Pflanzen. Sogar von der Decke hingen Ampeln mit Blumenschmuck herab. Im Gegensatz zu den vorherigen Räumen bestand der Fußboden hier aus gewachsten Holzdielen. Lediglich im Türdurchgang und vor dem hohen zweiflügeligen Sprossenfenster lagen Teppiche. Geschickt angeordnete, kleine Stehlampen tauchten den außergewöhnlichen Raum bei Dunkelheit sicher in ein gemütliches Licht.

Zur Zeit leuchtete aber lediglich eine starke Deckenlampe, die vermutlich nur in bestimmten Situationen für die Kranke Bedeutung hatte.

Deren Anblick rührte mich. Sie lag in einem Spezialbett und wurde tatsächlich künstlich beatmet.

Aber nicht dieser bedauernswerte Lebensumstand war es, der mich und auch die anderen so sehr beeindruckte, wie ich später von ihnen erfuhr.

Es war ihr Gesicht – das sanfte Lächeln dieser Frau – die Ruhe, die sie ausstrahlte, eine Ruhe, die nur aus tiefster innerer Zufriedenheit kommen konnte. Ihr schweres Schicksal hatte sie nicht verzagen lassen. Das Gegenteil schien der Fall zu sein.

Bei unserem Eintreten hielt sie eine kleine Schreibtafel in die Höhe, auf der stand: *Willkommen.*

Dann drehte sie die Tafel um und wir lasen:

Wie geht es meinem Mann?

Solch eine Situation hatte ich noch nie erlebt, niemand von uns. Wir waren mehr als überrascht.

Dr. Lux bat uns, ihn einen Moment mit der Kranken alleine zu lassen.

Diesem Wunsch folgten wir umgehend und warteten in dem Zimmer, durch das wir zuvor eingetreten waren. Unsere medizinische Ausrüstung hatten wir mitgenommen.

Nach einigen Minuten bat mich Dr. Lux herein.

Er stellte mich vor: »Das ist Herr Meyer-Pyritz. Wir arbeiten zusammen. Herr Meyer-Pyritz ist auch Feuerwehrmann.

Ich werde ihn bitten, mit seinen Vorgesetzten abzuklären, ob Sie hier in Ihrer Wohnung bleiben können. Wenn das möglich ist, bemühe ich mich wie versprochen um eine Pflegekraft für Sie.«

Er nahm beruhigend ihre Hand und sprach weiter: »Auf jeden Fall bleibe ich so lange bei Ihnen, bis das alles geklärt ist. Und über Ihren Mann haben wir ja schon gesprochen.«

Obwohl ich eigentlich zu diesem Zeitpunkt nichts versprechen konnte, kam es mir spontan über die Lippen: »Ich denke schon, dass Sie hier bleiben können. Aber ich gehe jetzt, um Ihnen Gewissheit zu verschaffen.«

Meine Kollegen sahen mich erwartungsvoll an.

»Und?«, fragte Achim.

Ich klärte sie schnell auf. Wir waren alle der gleichen Meinung. Man sollte die Frau in ihrer Wohnung lassen. Zwar roch es auch hier etwas nach Brandrauch, aber nur gering und längst nicht so unangenehm wie im Treppenhaus. Und in ihrem Zimmer roch man fast nichts mehr.

Ich gab Achim meine Florentine.

»Wartet am besten hier oben. Ich spreche mit dem C-Dienst. Wenn der sein Okay gibt, funke ich dich an und ihr könnt mit der Ausrüstung wieder zum NAW kommen. Also bis gleich.«

Als ich diese außergewöhnliche Etagenwohnung verließ, betrachtete ich mir eingehend den Wohnungseingang.

Es schien, als sei nicht viel vom Brandrauch eingedrungen, denn lediglich um den Türrahmen zeichnete sich ein schwarzer, unregelmäßiger Rand ab.

Obwohl meine Feuerwehrkollegen die Türe aufbrechen mussten, hatten sie sich also so umsichtig verhalten, dass kein größerer Schaden entstanden war.

Draußen auf der Straße konnte ich den C-Dienst nicht entdecken. Erst nachdem ich mehrere Feuerwehrmänner gefragt hatte, erhielt ich den richtigen Hinweis.

Peter Küpperbusch hatte sich in den Rheinbahnbus begeben, um selbst die Hausbewohner zum Brandgeschehen zu befragen.

Ah, herrlich – hier drinnen war es angenehm warm.

Die Standheizung bullerte wie ein mächtiger Kanonenofen. Mehrere Kollegen kümmerten sich um die Menschen, denen der Schrecken noch im Gesicht stand. Der angenehme Duft von frischem, heißem Kaffee überdeckte den Brandgeruch, der allen anhaftete und von der knapp entgangenen Katastrophe zeugte.

Peter stand ziemlich weit hinten.

Auf meinem Weg durch den Gang lächelte ich ein Mädchen an. Die Kleine schien den Schrecken schon vergessen zu haben und malte mit ihrem Finger lustige Gesichter auf die vom dampfenden Kaffee beschlagene Scheibe.

Peter hatte sein Notizbuch gerade eingesteckt. Ich tippte ihm auf die Schulter.

»Komm mal mit nach draußen, ich muss dich etwas fragen.«

Er verstand mich sogleich und nickte nur.

Ich wollte natürlich nicht vor allen Leuten meine Geschichte erzählen. Daher standen wir jetzt in der klirrenden Kälte und ich schilderte ihm die Situation.

Nach kurzem Nachdenken beschloss er, sich die Wohnung, in der das Feuer ausgebrochen war, noch einmal genau anzusehen und marschierte sogleich los.

»Komm, geh mit.«

Er winkte mir auffordernd zu: »Dabei zeig ich dir direkt, worauf man besonders zu achten hat.«

Ich heftete mich an seine Fersen und er redete weiter.

»Wenn die Deckenkonstruktion nicht beschädigt ist, wird's wohl kein Problem geben. Ich war ja vorhin schon einmal oben. Da waren die Jungs aber erst dabei, die Decke einzureissen.«

»Wie? Und da sprichst du von nicht beschädigt!«

»**Nicht** die Etagendecke ... die Zwischendecke. In der Wohnung gibt es eine abgehängte Zwischendecke.«, erklärte er.

»Ach so.« Ich war beruhigt.

Wir stiegen die Treppe hinauf.

Die Wohnung, die ich jetzt sah, war restlos hinüber.

In zwei Innenräumen hingen nur noch die verkohlten Reste ehemaliger Türblätter. Teilweise war der Putz in riesigen Placken von den Wänden abgeplatzt. Wir stiegen über Berge von durchnässtem Brandschutt. Es stank widerlich. An einigen Stellen stieg immer noch leichter weißlicher Rauch aus den Trümmern am Boden.

Mit Einreißhaken mussten meine Kollegen die Zwischendecke hinunterreißen, um nach gefährlichen, möglichen Brandnestern zu suchen.

»Wenn die alte originale Gipsdecke nicht verletzt ist, wird wohl kaum Feuer bis zum Dielenboden vorgedrungen sein.« Peter deutete nach oben. »Aber, wie du siehst, wir überprüfen das noch genau.«

Mehrere aufgestellte Scheinwerferbrücken erhellten die ausgebrannte Wohnung. Der Strom kam von unserem eigenen Aggregat aus dem Löschfahrzeug, denn hier, in dieser Wohnung, waren sämtliche Sicherungen durch den Brand herausgesprungen.

Wäre das nicht der Fall, hätten die Feuerwehrmänner aus Sicherheitsgründen alles stromlos gemacht. Davon abgesehen, existierte sowieso keine einzige Lampe mehr. Hier war alles zerstört!

»Wie sieht's da oben aus, Erwin?«

Erwin stand auf einer Steckleiter und leuchtete mit seiner Taschenlampe in die letzte dunkle Ecke über der Zwischendecke, von der bis auf ein paar Quadratmeter alles heruntergerissen war.

Er schien zufrieden mit dem Ergebnis seiner Kontrolle, denn er rief:

»Ist gut, Pitter. Hier ist nichts durchgegangen. Die komplette Zwischendecke bestand aus Gipskartonplatten. Wenn das 'ne Holzdecke gewesen wäre, na dann gute Nacht!«

Peter nickte beifällig.

»Sehr gut, dann kann die Frau da oben ja wohl bleiben«, freute ich mich.

Aber Peter schüttelte den Kopf.

»Noch nicht. Zunächst einmal wird das Gesundheitsamt eine Messung durchführen. Erst deren Ergebnis bringt Gewissheit. Solange müssen wir eine Zusage noch zurückhalten. Allerdings glaube ich nicht, dass die Bewohner der oberen Wohnungen davon betroffen sein werden. Ihre Türen waren ja alle geschlossen und ...«

Ich unterbrach ihn: »Wieso habt ihr denn überhaupt die Wohnungen aufgebrochen?«

»Na, du bist gut, bei solch einem Feuer darfst du nichts dem Zufall überlassen! Deshalb müssen die darüber liegenden Wohnungen einfach kontrolliert werden. Stell dir vor, das Feuer frisst sich durch, dann stehen wir in ein paar Stunden wieder hier.«

Ich nickte. »Und was machen wir jetzt mit ihr?«

»Mit deiner neuen Freundin?«

»Wie kommst du denn darauf?«

»Na ja, so wie du dich für diese Frau einsetzt.«

Ich ließ mich auf sein Wortspielchen nicht ein und bohrte stattdessen weiter:

»Also, was ist nun?«

»Mann, du nervst.«

Ich setzte ein unschuldiges Gesicht auf.

Hinter uns hörten wir neue Stimmen.

»Der da ist der Chef, an den müssen Sie sich wenden.«

Wir drehten uns um.

Einer der Feuerwehrmänner deutete zu uns beiden hinüber und vier Männer kamen auf uns zu. Zwei davon waren durch ihre Uniformen unschwer als Polizisten zu erkennen.

Die beiden anderen waren Männer der Stadtwerke. Störtrupp-E, also zuständig für die elektrische Anlage.

Mir war sofort klar, dass sich jetzt alle Vier an den C-Dienst halten würden, sie wollten Informationen und würden ihm daher nicht von der Seite weichen.

Deshalb fürchtete ich um meine eigene Angelegenheit und stieß Peter an.

»He, erst bin ich dran.«

Peter wirkte genervt:

»Och Mensch, **du** bist Notarzt. Wenn da oben kein Qualm in der Wohnung ist, ist das ein rein medizinisches Problem. Das musst du selbst in den Griff kriegen.«

Mit diesen Worten packte er mich bei den Schultern, drehte mich um und schubste mich in Richtung Tür.

»Los jetzt, Mann, ich hab noch mehr zu tun.«

»Danke!«, rief ich lachend, ohne mich noch einmal umzudrehen und ging an den vier Männern vorbei, die mich fragend anblickten.

Dabei hob ich abwehrend die Hände:

»Ich bin nicht der Chef. Der steht hinter mir. Aber passen Sie auf, dass er Sie nicht einfach umdreht und wieder wegschickt. Sie haben ja gerade gesehen, wie er das mit mir gemacht hat.«

Die Vier wussten nicht so recht, was sie zu meiner scherzhaften Äußerung sagen sollten oder ob sie überhaupt etwas antworten sollten. Sie entschieden sich fürs Schweigen, was ich von meinem C-Dienst nicht sagen kann. Der hatte meine Bemerkung nämlich gehört und rief mir nach:

»Ich dreh dir gleich noch was ganz anderes um, du!«

Aber ich war zufrieden. Immerhin lag die gewünschte Entscheidung jetzt bei mir. Über die noch ausstehende Messung des Gesundheitsamtes machte ich mir weiter keine Sorgen.

Es war ja nicht das erste Mal, dass nach einem Brand die Konzentration von noch vorhandenen Giftgasen gemessen wurde. Sicher, in vielen Fällen können die Bewohner wirklich erst nach einer Totalrenovierung wieder einziehen, das träfe hier mit Sicherheit aber nur auf die untere Brandwohnung zu.

Darin konnte niemand mehr leben, das war klar, selbst wenn er es gewollt hätte. Aber für die anderen Wohnungen galt das bestimmt nicht. Die geschlossenen Wohnungstüren hatten das Eindringen des stinkenden, schwarzen und schmierigen Brandrauches verhindert, der mit gefährlichen Giftgasen sonst auch in unbeschadete Wohnungen zieht und sie verseucht. Im schlimmsten Fall kann es passieren, dass heiße Brandgase dort ein neues Feuer entzünden.

Nachdem der riesige Ventilator vor dem Hauseingang abgestellt worden war, hatte man sämtliche Fenster des Treppenhauses weit geöffnet. Frische, kalte Nachtluft strich durch die Flure.

Der Brandgeruch würde noch lange anhalten, aber er war schon wesentlich erträglicher geworden. Viel besser würde es allerdings nicht mehr werden können, dafür saß zu viel von dem Ruß auf den Wänden, da half nur eine gründliche Renovierung.

Oben angekommen, zog ich wieder meine Stiefel aus. Zu meinem Erstaunen fand ich nur noch Achim vor. »Wo ist denn Reiner?«

»Den hab ich runtergeschickt«, entgegnete er mir und erklärte: »Ich habe mir das nochmal genau überlegt.« Achim tippte sich mit dem Finger gegen seine Stirn: »Das wäre doch Wahnsinn, die Frau hier herauszuholen. Hier hat sie doch alles. Stell dir vor, wenn wir die hier runtertragen müssten ... alleine der Anblick vom Treppenhaus. Nee! Der Doc ist auch der gleichen Meinung.«

»So, ihr habt also bereits alles beschlossen?«

Achim winkte beschwichtigend ab: »Wir haben uns lediglich mit dem Gedanken auseinander gesetzt und ein bisschen was in die Wege geleitet.«

»Ah, was denn? Hoffentlich habt ihr der Frau keine falschen Hoffnungen gemacht.«

»Quatsch, was denkst du? Aber der Doc hat mit dem Benrather Krankenhaus gesprochen. Die »Königin« hat Dienst und die würde uns eine Schwester schicken.«

Ich senkte meinen Blick und lauschte seinen Worten, dabei ging mir einiges durch den Kopf.

Achim spürte das, denn als ich wieder aufsah, begegneten sich unsere Blicke.

Ich war während seiner Erklärungen mit mir ins Reine gekommen. Ein kurzfristig aufgestiegener Unmut war schon wieder verflogen.

Ich war ja losgezogen, um mir Rückendeckung zu holen und mein Team traf hier seine eigenen Entscheidungen.

Aber Achim hatte richtig entschieden, es war logisch und vernünftig und ich war gut beraten, seine Vorgehensweise zu akzeptieren.

Unterm Strich, so sagte ich mir, hatten wir dadurch sogar gewonnen. Erstens sparten wir Zeit, denn ich hätte erst jetzt aktiv werden können, und zweitens erwartete ich ja sonst auch weitgehend selbstständiges Handeln von meinem Team.

Ich nickte Achim daher zustimmend zu und lächelte:

»Das war gut so. Peter hat mir auch gesagt, dass dies eine medizinische Entscheidung sei, die wir selber treffen müssen. Allerdings wird das Gesundheitsamt noch eine Messung durchführen.«

Achim winkte ab:

»Kein Problem, wenigstens nicht hier oben.«

Er sah mich fragend an: »Oder hast du Bedenken?«

Ich schüttelte den Kopf.

»Wann soll die Schwester kommen?«

»Noch gar nicht. **He**, ich habe den Eindruck, du glaubst, dass ich dir alles aus den Händen genommen hätte. Das war nur Vorbereitung für den Fall, dass hier alles glatt geht. Also wenn Frau Rinke hier bleiben darf, müssen wir noch einmal anrufen. Erst dann bekommen wir die Schwester. Zufrieden, Chefchen?«

Sein *erst dann* betonte er besonders und bei seinem *zufrieden, Chefchen* lachte er mich so entwaffnend an, dass ich mich meiner dummen Gedanken entlarvt fühlte.

Doktor Lux hatte uns anscheinend sprechen gehört und öffnete die Türe.

»Und? Wie sieht's aus? Ich hoffe doch, dass alles in Ordnung geht?«

»Alles bestens!«, riefen wir im Chor.

Doktor Lux' Gesicht strahlte. Er wandte sich zu seiner Patientin um und verkündete so laut, dass wir es ebenfalls genau verstehen konnten.

»Haben Sie das gehört, Frau Rinke, Sie können hier bleiben. Ich werde jetzt sogleich meine Kollegin, Frau Doktor König, anrufen, damit sie Ihnen unverzüglich eine unserer Schwestern schickt.«

Da die Tür offen war, hörten wir den weiteren Verlauf des Gesprächs ebenfalls mit an.

Frau Rinke fühlte sich zwar erleichtert, befand sich aber dennoch in großer Sorge. Zu viele Fragen, zu viele Ängste bedrängten sie in ihrer außergewöhnlichen Lebenslage.

Wer würde jetzt zu ihr kommen?

Sie war es nicht gewohnt, fremde Personen um sich zu haben. Und was war mit ihrem Mann geschehen? Noch immer hatte sie keine beruhigende Nachricht von ihm erhalten.

All das nahm sie doch stärker mit, als wir uns anfänglich gedacht hatten, jedoch gelang es Doktor Lux, viele ihrer Ängste mit seiner einfühlsamen Art abzubauen.

Ich nahm mir vor, mich nach dem Befinden ihres Mannes zu erkundigen.

Hoffentlich ist ihm nichts Ernstes passiert, ging es mir durch den Kopf. Bei dem Gedanken wurde mir ganz anders.

Gewaltsam riss ich mich aus diesen unangenehmen Überlegungen. Es war Zeit, sich einmal wieder bei der Leitstelle zu melden. Ich vermutete, dass meine Feuerwehrkollegen mit den Aufräumungsarbeiten schon weit fortgeschritten waren.

Wahrscheinlich waren bereits einige Fahrzeuge in ihre Feuerwachen zurückgekehrt.

Ich blickte auf die Uhr.

Du meine Güte, es war fast zwei Uhr nachts. Ich hätte nicht erwartet, dass wir uns schon so lange hier aufhielten.

Hoffentlich ließ uns die Leitstelle die nächste halbe Stunde noch in Ruhe.

Leider schien mein Wunsch nicht in Erfüllung zu gehen, denn unser Funkgerät meldete sich. Es war Reiner, er saß unten im NAW. Jetzt berichtete er Achim, der immer noch die Florentine hatte, was die Leitstelle ihm selbst gerade zugefunkt hatte.

»Die möchten wissen, wie lange wir hier noch benötigt werden. Die beiden anderen Notarztwagen sind im Einsatz und auch für die nächste Zeit nicht frei. Ich schätze, die wollen uns hier bald abziehen.«

»Moment, ich sag's dem Martin.«

Diese Nachricht stimmte mich bedenklich, durchkreuzte sie doch meine gerade frisch gebackenen Pläne.

»Das ist schlecht. Ich kann mir nicht vorstellen, dass die Schwester so kurzfristig hier sein wird.«

Aber gab es nicht die Möglichkeit, die Dinge selbst zu beschleunigen?

»Achim, ich muss unbedingt mit Peter reden, gib mir mal die Florentine.«

Ohne zu fragen, reichte er mir sogleich das Funkgerät.

Ich drückte die Sprechtaste:

»C-Dienst für Teamführer NAW kommen.«

Ich wartete, nichts tat sich, da winkte ich Achim und bat ihn leise: »Frag mal den Doc nach dem Namen der Schwester und wo die abgeholt werden kann.«

»Ah! Gute Idee.« Achim verstand mich und ging in den Nebenraum.

Ich versuchte es ein weiteres Mal:

»C-Dienst für Teamführer NAW kommen.«

Jetzt meldete er sich:

»C-Dienst hier, was hast du?«

»Hör mal, Peter, wir haben ein Problem. Wir brauchen hier schnellstens eine Schwester vom Benrather. Es kann nämlich sein, dass uns die Leitstelle zu einem neuen Einsatz schickt, da bereits alle Notärzte raus sind.«

»Und was habe ich damit zu tun?«

»Könntest du deinen Fahrer losschicken und sie abholen lassen ...?«

Stille.

Dann: »Aber sonst geht's dir gut, oder?«

»Peter!«, rief ich in mein Gerät, »ich finde ...«

Er schnitt mir das Wort ab. »Hör mal, so einfach geht das nicht, die kann doch mit einem Taxi kommen.«

»Peter, das ist wirklich wichtig, wir können doch hier nicht einfach weg.«

Ich sprach eindringlich, erhielt aber nicht die erwünschte positive Antwort. Statt dessen ärgerte ich mich über ein:

»Tut mir Leid, so läuft das nicht.«

»Verdammt, das ist doch bürokratischer Mist! Die Frau können wir nicht alleine lassen. Jetzt haben wir schon eine Schwester und ... es muss doch möglich sein, die abzuholen! Peter, bist du noch da?«

»Ja, ja, nun sag mir schon, wie die Schwester heißt und wo sie auf uns wartet?«

Innerlich jubelte ich auf, beherrschte mich aber und teilte ihm nüchtern die nötigen Informationen mit.

»Seht zu, dass ihr wieder einsatzbereit seid. In spätestens zehn Minuten hast du deine Schwester!«

»Reiner, hast du mitgehört?«

»Na klar, deine geliebte Schwester kommt in zehn Minuten. Ist sie hübsch?«

Ich verzichtete auf den Kommentar: »Ruf die Leitstelle an, die sollen uns noch eine viertel Stunde geben.«

»Ich denke, zehn Minuten?«

»Mensch, überleg doch – zehn Minuten, absolut unmöglich!«

»Na gut, ich gebe es weiter. Was ist mit mir? Soll ich hier auf euch warten, oder?«

»Bleib unten, wir kommen runter, wenn die Schwester da ist, und vorher will ich nichts mehr von dir hören.«

»Okay, ich werde schweigen wie ein Grab.«

Zwei Minuten später hörten wir hier oben einen Wagen mit eingeschalteter Sirene davonfahren. Peter hatte also wirklich seinen C-Dienst-Fahrer losgeschickt.

Jetzt hätte ich ein wenig Luft, Zeit, die ich nutzen wollte, etwas über das Schicksal von Herrn Rinke zu erfahren. Aber meine Überlegungen wurden zunichte gemacht, eine Stimme aus der Florentine rief mich: »Teamführer für NAW kommen! Teamführer für NAW kommen!«

Oh nein, bitte nicht, hoffte ich inständig und meldete mich.

»Hier Teamführer NAW, ich höre.«

Es war Reiner.

»Ihr müsst sofort runterkommen. Wir haben einen neuen Einsatz. Dringend!«

Achim sah gespannt zu mir: »Neuer Einsatz?«

Ich nickte und antwortete in das Funkgerät: »Okay, wir sind unterwegs!«

Dann rief ich den Doktor. Zeit mich zu verabschieden, hatte ich nicht, statt dessen eine gute Idee.

Etwas, das seit geraumer Zeit schon in meinen Gedanken spukte, sprach ich jetzt aus: »Hör zu, Achim, bist du bereit hier zu bleiben?«

»Na, damit hab ich doch kein Problem. Los, beeilt euch.«

Ich sah ihn noch immer fragend an.

»Na, was ist, guck nicht so, ihr könntet schon längst unten sein.«

Wir rannten die Treppe hinunter. Noch vor wenigen Minuten hätte ich ihm, einem der besten Feuerwehrmänner, wegen seiner vermeintlichen Eigenmächtigkeit fast gegrollt. Jetzt ließ ich ihn mit meinen Freund Achim in großer Verantwortung alleine zurück. Ich schämte mich ein wenig.

Draußen war nur noch die Feuerwache Sieben zu sehen. Alle anderen Feuerwehrfahrzeuge waren abgerückt. Lediglich unser NAW und der C-Dienstwagen standen auf der gegenüberliegenden Straßenseite.

Nanu, schoss es mir durch den Kopf. Wieso war der C-Dienst-Wagen überhaupt hier? Ich dachte, der holt die Schwester ab.

In dem Moment sah ich Peter über die Straße zu seinem Auto rennen. Von wo er gekommen war, hatte ich nicht gesehen, es war jetzt auch egal. Aber ich musste doch wissen, was los war. Wurde die Schwester nun geholt oder etwa nicht?

»He Peter! Was ist mit der Schwester? Ich denke, du hast deinen Wagen losgeschickt?«

»Du denkst zu viel!«, rief er zurück, »aber keine Sorge, ich hab mich um alles gekümmert!«

Damit musste ich mich vorerst begnügen, für ein längeres Gespräch war jetzt wirklich keine Zeit, auch wenn ich noch so neugierig war.

Reiner hatte den NAW von unserer vorherigen, weiter entfernten Parkposition hierher gefahren. Der Motor lief und die Seitenscheibe war hinuntergekurbelt.

»Los, kommt schnell! Das ist wirklich dringend!«

Dann bemerkte er, dass ein Mann fehlte.

»He, wo ist denn Achim?«

»Der bleibt hier.«

Ich schwang mich auf meinen Sitz:

»Du fährst, oder hast du ein Problem damit?«

»Kein Problem, wir haben den gleichen Wagen.«

»So, und was liegt an?«

»Erstickung ... und jetzt halt dich fest. Es hat den Bräutigam auf seiner eigenen Hochzeit erwischt.«

»Wo?«

»Hier ganz in der Nähe, ich kenne das Lokal.«

Reiner gab Gas. Wir bogen gefährlich schnell aus unserer Straße in die Kreuzung.

»He, wir wollen noch ankommen!«

»Schnall dich lieber an«, war sein Kommentar auf meinen besorgten Einwand.

Wir donnerten jetzt über eine lange gerade Straße. Ich beugte mich zu ihm hinüber, um auf den Tacho zu sehen.

Reiner lachte: »Wir sind gleich da.«

»Gott sei Dank, meine Nerven sind für ein solches Tempo nicht geeignet.«

»Da vorne rechts.«

Ich sah die helle Leuchtreklame eines alteingesessenen Lokals. Es war für seine gute Küche bekannt und hier ließ sich vortrefflich feiern. Die Reifen quietschten.

Reiner war nicht zimperlich. Abrupt kam der Wagen genau vor dem Eingang zum Stehen.

Aufgeregte Menschen erwarteten uns und drangen sogleich auf uns ein.

»Schnell! Er stirbt!«

Mehrere Stimmen riefen durcheinander.

Ich kürzte die Sache ab. Überflüssiges Zartgefühl und langes Fragen schien mir fehl am Platze.

»Wo ist er?«

Ich sprach den mir am nächsten stehenden Mann direkt an. Er trug einen eleganten dunklen Anzug und machte mir einen relativ gefassten Eindruck, was ich nicht von allen Anwesenden sagen konnte.

Der Alkohol hatte auch das Seinige zu dieser vorgerückten Stunde getan.

Der Elegante nickte nur und drehte sich um: »Kommen Sie, ich zeige es Ihnen.«

Notfallkoffer und EKG-Gerät tragend, eilten wir ihm hinterher.

Im vorderen Gastraum war nichts mehr los. Durch eine große, doppelte Schiebetür erreichten wir den angemieteten Raum für die Hochzeitsfeier. Hier sah es anders aus.

An die vierzig Gäste, sämtlich elegant gekleidet, sahen uns erwartungsvoll kommen. Der Schrecken stand ihnen ins Gesicht geschrieben.

Als sich ihr Kreis für uns öffnete, wurde der Blick auf einen am Boden liegenden Mann frei. Auch er trug Smoking. Sein Gesicht, ja sein gesamter Kopf, Hals und Ohren waren durch akuten Sauerstoffmangel blau angelaufen. Alles deutete auf einen Atemstillstand hin.

Sofort kam mir ein Verdacht.

»Hat er noch etwas gegessen, bevor er stürzte?«

Die Menge sah sich ratlos an. Meine direkte Frage schien sie zu verwirren.

Ich wartete die erwünschte Antwort nicht ab.

Mein Blick schweifte kurz über das Büfett. Auf den festlich dekorierten Tischen standen silberne Tabletts mit appetitlichen

Canapés, kleinen Fleischmedaillons und anderen Köstlichkeiten.

Schnell kniete ich mich neben ihn, prüfte Atmung und Herztätigkeit. Sein Herz schlug noch, aber die Atmung hatte bereits ausgesetzt. Wir mussten rasch handeln, wenn wir sein Leben retten wollten.

Dr. Lux kniete sich neben mich.

»Magillzange und Laryngoskop mit vierer Spatel«, forderte er, ohne aufzublicken.

Reiner hatte bereits den Aluminiumkoffer geöffnet und steckte den gewünschten Spatel auf den Batteriegriff.

Ich beugte mich zur Seite und nahm die Magillzange aus ihrem Fach.

Der Mann lag auf dem Rücken. Wir brauchten ihn also nicht erst umdrehen.

Mit sicherem Griff, in der Rechten die Magillzange, in der Linken das Laryngoskop, schob Dr. Lux beide Metallgeräte durch die Mundhöhle bis tief in den Schlund hinein, um dann mehrere Stücke Fleisch hervorzubefördern.

Nach dem letzten, alle hatten die Größe eines durchschnittlichen Gulaschstückes, zog der Patient selber tief Luft in seine Lungen. Begleitet vom tiefen Geräusch des Einatmens hob sich seine Brust, als wolle sie sämtliche Hemdenknöpfe sprengen. Noch einige Male atmete er so tief ein, dann lief ein Zucken durch den ganzen Körper und begleitet von einem heftigen Hustenanfall, öffnete er panisch seine Augen.

Ein Raunen ging durch die Menge, aber es wurde nicht laut.

Dann breitete sich Stille aus.

Um so deutlicher vernahm jetzt jeder hier im Raum das leise Schluchzen aus einer hinteren Ecke des kleinen Saales. Die unglückliche Braut hatte sich hier, begleitet von ihrer besten Freundin, zurückgezogen und weinte sich die Augen aus. Auf der eigenen Hochzeitsfeier den Bräutigam sterben zu sehen, war mehr als sie verkraften konnte.

Es hätte allerdings auch nicht viel dazu gefehlt. Diesmal hatte jede Sekunde gezählt. Bei einem solchen Bolus muss man ohne zeitliche Verzögerung beherzt handeln, sonst ist es zu spät. Wir drei hatten alle denselben Gedanken gehabt, und die drei Fleischstücke sprachen eine eindeutige Sprache.

Möglicherweise wäre der unvermeidbare Herzstillstand schon in wenigen Sekunden eingetreten. So wich die Zyanose so schnell wie sie gekommen war, und ein jetzt blasser, aber sonst relativ kräftiger junger Mann konnte sich wieder erheben und auf seinen eigenen Beinen stehen.

Natürlich mussten wir ihn mitnehmen.

Eine klinische Abklärung war unabdingbar, denn sollten doch Fleischreste in die Lunge gelangt sein, und wären sie noch so klein, wäre eine schwere Lungenentzündung die unausweichliche Folge gewesen.

Doch zuerst gönnten wir den Liebenden ihr Recht. Sichtlich erschöpft, aber ohne fremde Hilfe ging der neu geborene Bräutigam zu seiner todunglücklichen Braut.

Die konnte ihr wiedergewonnenes Glück noch gar nicht richtig fassen und weinte nun Tränen aus Glück und Leid gleichermaßen.

So nach und nach begriffen auch die übrigen Anwesenden, welch schlimmes Schicksal ihrer Hochzeitsfeier erspart geblieben war.

Niemand kümmerte sich um uns, mir war das ganz recht. Ein neuer Kreis hatte sich um die beiden Liebenden gebildet und wir nutzten die Zeit, unsere Gerätschaften wieder zu verpacken. Ich vermutete nämlich, dass irgendwann doch die unvermeidlichen Fragen an uns gestellt werden würden.

Reiner hatte das Laryngoskop sowie die Magillzange mit dem üblichen Desinfektionsmittel eingesprayt und steckte beide Teile in eine Kunststofftüte. Auf der Wache kämen sie dann in ein Lösungsbad.

Klinische Hygiene ist die absolute Voraussetzung in unserem Geschäft.

Mich beschäftigte der Gedanke, dass der Bräutigam noch ins Krankenhaus gebracht werden musste. Am liebsten wäre mir gewesen, wenn er mit einem Taxi dorthin fahren könnte. Denn der Gedanke an unseren Kollegen Achim, der ja immer noch alleine in der »Brandwohnung« war, bereitete mir ernstes Kopfzerbrechen. Wie leicht konnten wir einen neuen Einsatz erhalten, und dann ...?

Ich teilte meine Überlegungen daher dem Doc mit.

»Nein, nein«, beschwichtigte er, »wir müssen den Mann nicht selber fahren. Ich schreibe jetzt gleich einen Bericht für den Aufnahmearzt und dann sind wir weg.«

»Das ist gut, denn wir sollten schon sehen, dass wir unseren vierten Mann wieder bekommen, bevor wir den nächsten Einsatz erhalten.«

Dr. Lux nickte bestätigend mit dem Kopf:

»Ich kläre das jetzt mit dem Krankenhaus. Allerdings«, gab er zu bedenken, »wäre es mir schon lieber, wenn der Bräutigam von einem RTW gefahren würde.«

»Kein Problem, ich kann uns einen bestellen, aber ... wir können auch selber fahren ... wenn Sie doch lieber ...«

Er schüttelte den Kopf:

»Nein, wir müssen wirklich nicht selbst, nur ... ich wäre beruhigter. Und außerdem muss ich Gewissheit haben, dass er wirklich klinisch untersucht wird. Sie wissen doch. Wenn wir erst einmal wieder weggefahren sind ... nicht?«

Ich verstand.

»Ist schon klar. Ich lass den Wagen über Funk kommen.«

»Bringen Sie mir bitte meine Papiere mit.«

»Ja.«

Draußen wehte ein eisiger Wind. Starkes Schneetreiben hatte eingesetzt. Die Scheinwerfer der wenigen Autos warfen nur noch ein schwaches Licht durch das Dunkel der Nacht und in den Lichterkegeln tanzten die dicken weißen Flocken. Ich registrierte die extreme Wetterverschlechterung mit großem Bedenken.

Hoffentlich bescherte uns das nicht noch weitere Verkehrsunfälle.

Obwohl ich nur die wenigen Meter vom Eingang des Lokals bis zu unserem Notarztwagen ging, legte sich eine leichte

Schneedecke auf Kopf und Schultern. Rasch zog ich die seitliche Schiebetüre auf und stellte die beiden Lederkoffer hinein, die ich mitgenommen hatte.

Hinter mir rief Reiner:

»He Martin, bringst **du** die Papiere mit!?«

Ich blickte mich um.

Reiner stand unter dem schützenden Vordach des Eingangs und machte keinerlei Anstalten rüberzukommen.

»Ich muss noch mit der Leitstelle funken!«

»Ja, aber der Doc braucht seine Papiere!«

Ich schwang mich nach vorne auf den Beifahrersitz, nicht ohne mir vorher zumindest grob den nassen Schnee abgeklopft zu haben. Die Standheizung lief, angenehm.

Die rote Mappe mit den unvermeidbaren Papieren, Dokumentationsbögen, Einweisungsvordrucken und Ähnlichem lag griffbereit. Ich hielt sie hoch und winkte damit.

Reiner winkte gleichfalls. Was mochte er haben?

Ich kurbelte die Scheibe hinunter und hielt erneut demonstrativ die Mappe empor.

»Ich kann nicht kommen!«, rief Reiner.

Schon wollte ich zurückrufen: »Wieso?«, aber verkniff es mir.

Einige Gäste verließen gerade das Lokal und ich fand es doch etwas unpassend, hier und jetzt so herumzuschreien. Also stieg ich wieder aus, hielt die Mappe mit beiden Armen eng an die Brust gepresst und lief mit eingezogenem Kopf und leicht vornüber gebeugtem Oberkörper zurück zum Eingang.

»Danke«, sagte Reiner und nahm mir die Mappe ab.

Ich blickte etwas irritiert und er teilte mir trocken mit:

»Bei dem Sauwetter schickt man doch keinen Hund vor die Tür.«

Sein Blick zeigte mit einem leichten Nicken des Kopfes unmissverständlich nach oben, und ehe ich reagieren konnte, verschwand er und überließ mich diesem Sauwetter, in das man, wie er eben erst gesagt hatte, keinen Hund hinaus schickte – außer seinen Teamführer.

So ein Schlitzohr, er hatte mich einfach ausgetrickst.

Erneut klopfte ich mir den Schnee von den Kleidern und setzte mich wieder in den Wagen. Über Funk erfuhr ich, dass Achim auf uns wartete.

Er hatte aus der Wohnung die Leitstelle angerufen, nachdem die Schwester eingetroffen war. Wir sollten ihn unten auf der Straße aufnehmen.

»Seht zu, dass ihr schnell fertig werdet«, teilte uns die Leitstelle mit, »die beiden anderen Notärzte sind nämlich immer noch im Einsatz. Seitdem es so schneit, knallt es an allen Ecken der Stadt.«

»Wir brauchen trotzdem einen RTW hier.«

»RTW hab ich nicht mehr, ich schick euch die Reserve mit dem Krankenwagen, das reicht doch, oder?«

»Ja, ist okay. Hauptsache, es geht schnell.«

»Schnell ist nicht bei dem Wetter. Zehn Minuten kann das schon dauern. Mir wäre aber lieber, ihr fahrt selbst. Die Uni ist doch gleich um die Ecke. Wenn ich jetzt noch die Reserve rausschicke, fehlen die wieder auf eurem Löschzug.«

Ich musste Jürgen Schulte von der Leitstelle Recht geben.

Der Reservekrankenwagen wird vom Angriffstrupp besetzt und sollte eigentlich nur für wirkliche Unfälle rausfahren, eben als echte Reserve und nicht als besseres Taxi.

»Pass auf, Jürgen, ich spreche mit dem Doc. Ich denke, wir werden dann doch übernehmen. Können wir denn den Achim vorher noch abholen?«

»Ja sicher, nur sieh zu, dass ihr jetzt in die Gänge kommt.«

Also wieder raus aus dem Wagen und durch den Schnee.

Erstaunlich, wie viel in der kurzen Zeit meines Funkgesprächs gefallen war. Ich konnte meine Fußtapfen von eben jetzt schon fast nicht mehr erkennen. Wenn das so weiter ging, mussten wir bestimmt noch die Ketten aufziehen.

Ich brauchte gar nicht bis in den hinteren Saal gehen. Die beiden kamen mir bereits entgegen.

Als Dr. Lux mich sah, rief er mir besorgt zu: »Haben Sie den Wagen schon bestellt?«

»Nein, noch nicht. Die Leitstelle meinte, wir ...«

»Das ist gut«, schnitt er mir das Wort ab und erklärte: »Wir können beruhigt fahren. Die Leute sind sehr einsichtig und ich habe die verlässliche Zusage, dass Herr Bechter, das ist der Bräutigam, unverzüglich in die Uni-Klinik gefahren wird. Der Oberkellner hat die Taxe bereits bestellt.«

»Sehr gut, dann holen wir jetzt Achim ab. Die Schwester ist auch eingetroffen und er wartet unten auf der Straße auf uns.«

Drogen

Aus verständlichen Gründen hat ein Löschboot keine Ketten an Bord, wenn man von der Ankerkette absieht.

Überzogen von einem Eispanzer und mit Schnee bedeckt, lag es durch dicke Taue mit dem Ausleger verbunden ruhig im noch offenen Wasser des Hafenbeckens.

Auf der nachtschwarzen, ruhigen Wasseroberfläche bildeten sich erste hauchdünne, kristalline Eisschichten. Sie begannen gleichzeitig an verschiedenen Stellen und vernetzten sich zu immer größer werdenden Flächen.

Klaus Seibert blickte auf die Uhr. Er schlief unruhig. Mit den Kollegen der Löschbootbesatzung hatte er sich die Nachtwache eingeteilt. In knapp zehn Minuten war er an der Reihe.

Wozu warten, dachte er und stand auf, um seinen Rundgang zu machen.

Bei solchem Wetter war es besonders wichtig, die mit Aluminiumriffelblech beschlagenen Laufwege des Bootes schnee- und eisfrei zu halten.

Ein Blick aus dem Fenster ließ ihn ahnen, dass er reichlich Arbeit bekäme.

Verdammter Mist. Das sah nicht gut aus.

Nachdem er sich die schwere Wetterschutzjacke übergezogen hatte, verließ er die hochgelegene Feuerwehrunterkunft und stiefelte vorsichtig die vereisten Metallgitterstufen zum Boot hinunter.

Ludwig Peil hatte gut lachen. Als Führer der relativ neuen Drehleiter hatte er mit dem aufwändigen Anlegen der alten, schweren Schneeketten nichts mehr am Hut.

Drehleitern dieses Typs wurden nur noch mit werkseitig montierten Schleuderketten gekauft. Das Gleiche galt für moderne Löschgruppenfahrzeuge.

Trotzdem hatte er, wie alle anderen auch, nach der Durchsage sein Bett verlassen und war in gewohnter Schnelligkeit in die Fahrzeughalle geeilt. Es gab nämlich noch genug Alarmfahrzeuge, die nicht über eine solche Einrichtung verfügten, und bei denen mussten jetzt möglichst rasch die Schneeketten aufgezogen werden.

»He Micha! Schwing dich in den Rüstwagen und fahr ihn auf den Platz vom NAW!«

»Geht klar, Ludwig!«

Michael Musch kletterte unverzüglich in das hohe Führerhaus des Unimogs und legte den Natoschalter um. Erst jetzt erhielt er den nötigen Strom zum Starten.

Der Rüstwagen schüttelte sich, als sein Dieselmotor ansprang, dann rollte er langsam aus der Halle. Da er über der Reparaturgrube geparkt war, konnte man die Ketten nicht dort montieren.

Durch das geöffnete Hallentor pfiff ein eisiger Wind, trieb die dicht fallenden Schneeflocken weit bis zur gegenüberliegenden Wand.

»**Tor zu!** Da friert man sich ja den Arsch ab!«

»**Weichei!**«

Uli hatte das Ausfahrttor, das noch von Hand bedient wurde, geöffnet. Der Wind drückte mächtig auf die Torflügel, so dass er sich mit aller Kraft dagegen stemmen musste. Aber weder Körpergewicht noch Muskelkraft konnten der Windkraft standhalten. Uli wurde weggedrückt wie eine Feder.

»**RUMMS!**« mit lautem Krachen schlug das Tor erzitternd gegen den Rahmen.

»Pass doch auf, Mann!«

»Was meinst du, was das für ein Sturm ist, kannst ja selber mal halten!« Uli reagierte verärgert.

Micha drehte eine große S-Kurve auf dem Vorplatz zur Frankfurter Straße, so dass er jetzt wieder mit dem Heck des

Rüstwagens vor dem Ausfahrttor des NAW stand. Er hatte die erste jungfräuliche Spur in dem mittlerweile ziemlich tiefen Schnee hinterlassen und warf zum wiederholten Male seinen Blick in den Rückspiegel.

Ja, öffnet denn niemand das Tor für mich?

Er hupte – nichts tat sich.

Er hupte noch einmal.

Einige Kollegen sahen zwar von ihrer Arbeit auf, aber niemand fühlte sich zuständig.

Sitzen die auf ihren Ohren? dachte Micha und hupte weiter, diesmal etwas länger.

Von draußen besteht nämlich keine Möglichkeit, das Tor zu öffnen.

Ludwig, der bei dieser Kettenaktion das Kommando hatte, kam gerade aus dem Wachgerätelager des Kellers herauf. Rechts und links schleppte er einen schweren Jutesack. In jedem befand sich eine Schneekette.

Gerade hupte Michael zum dritten Mal.

Ludwig ließ die Säcke fallen und stemmte die Hände in die Hüften.

Das kann doch wohl nicht wahr sein. Ich schlepp hier die schweren Klamotten aus dem Keller und die *Kerle sind zu faul, das Tor zu öffnen!*

Bei seinem Blick in die Runde fiel ihm als einziger Uli auf, der nicht arbeitete. Er wusste allerdings nicht, dass Uli gerade erst den Kampf mit dem Ausfahrttor überstanden hatte, denn zu diesem Zeitpunkt hatte er sich im Keller befunden.

Die anderen standen oder hockten zumindest an den Reifen der Feuerwehrfahrzeuge und schienen sehr beschäftigt zu sein.

Uli, natürlich wieder gut gelaunt, sah Ludwig und rief vergnügt:

»Onkel Ludwig, du hast da was fallen gelassen!«

Aber Ludwig war nicht zum Scherzen.

»Pass mal auf, du Frettchen! Hoffentlich ist das Tor bald offen. Du bist nämlich der Einzige, den ich hier nicht arbeiten sehe!«

»Das kann doch nicht wahr sein«, entrüstete sich Uli, »**Ich** bin der Einzige, der hier was tut! Die bluffen doch nur!«

»Vorsichtig!«

»Was sagt der?«

Es hagelte Protest von allen Fahrzeugen.

Uli ging ein paar Schritte zum besagten Tor und zog an einer herabhängenden Leine. Sofort rollte das Tor automatisch unter die Hallendecke.

Die »schwere« Arbeit war vollbracht.

Allerdings wehte wiederum der Wind Kälte und Schnee herein und alle schrien auf.

»Kalt! Kalt, Tor zu!«

Na endlich, dachte Michael und legte den Rückwärtsgang ein.

Als er in die Fahrzeughalle fuhr, näherten wir uns mit dem NAW über die rückwärtige Straße der Feuerwache. Die »Festbeleuchtung« fiel uns schon von Weitem auf.

Das grelle Licht der vielen Leuchtstoffröhren erhielt durch den dichten Schneefall einen milden Schein. Es sah richtig romantisch aus. Allerdings verschwand die romantische Stimmung schlagartig, als sich die Leitstelle meldete:

»6.81.1, wo ist Ihr Standort?«

»Unmittelbar vor der Wache«

»Gut, Sie übernehmen neuen Einsatz. Löschbootstation im Hafen. Person im Rhein.«

Was daran gut sein sollte, verstanden wir zwar nicht, denn von unserer Feuerwache bis zum Hafen war es ein sehr weiter Weg. Der Hafen lag nämlich eindeutig im Revier von Wache eins und drei.

Klaus Seibert hatte die notwendigen Arbeiten ausgeführt. Seine Hände waren klamm und ihn fröstelte. Die Kälte zog unangenehm in seine Kleider und der auffrischende, scharfe Wind blies ihm die Schneeflocken schneidend ins gerötete Gesicht. Er beschloss, einen Kaffee aufzusetzen. Es lohnte nicht, sich noch einmal hinzulegen, er würde die letzte Stunde aufbleiben und seinen Kollegen nicht mehr wecken.

Routinemäßig stieg er vorher noch die steile, schmale Treppe in den Motorraum des Feuerlöschbootes hinunter. Es gab eigentlich keinen besonderen Grund, aber er fand, dass das irgendwie zu seinem Rundgang gehörte.

Die polierten Messingteile schimmerten im Licht seiner Handlampe, die einzige Beleuchtung, die er eingeschaltet hatte.

Der weißliche Lichtkegel leuchtete kurz über die an der Wand befestigten Pressluftatmer, glitt dann über die beiden 785 kW V8 Motoren, die 1992 von der Friedrichshafener MTU-Motoren- und Turbinen-Union eingebaut worden waren.

Klaus betrachtete die Schiffsdiesel mit einem Gefühl aus Zufriedenheit und Stolz. Zufrieden, über diese mehr als ausreichende Kraft zu verfügen und stolz, sie zu beherrschen.

Eines Tages wollte er das Kommando über dieses Vierunddreißig-Meter-Boot übernehmen.

Ein Geräusch, das nicht in die vertraute nächtliche Stille gehörte, ließ ihn aufhorchen. Er lauschte angespannt.

Es kam von draußen, hörte sich an, als stritten unterdrückte Stimmen miteinander. Klaus schaltete die Handlampe aus und stieg wieder an Deck.

Er benötigte kein Licht.

Jeder Tritt, jede Planke war ihm mittlerweile so vertraut, dass er darauf verzichtete. So konnte er unbemerkt erkunden, was da draußen vorging.

Es war eine dunkle Nacht und es schneite immer noch. Weder gelbliches Mondlicht noch funkelnder Sternenschein erhellte die nächtlichen Hafenanlagen. Die Stimmen drangen schwach an sein Ohr, erstickten fast in den dichten Flocken.

Schemenhaft erkannte er drei Gestalten an der gegenüberliegenden hohen Kaimauer. Zusammenhanglose Wortfetzen trieben mit dem Wind hinüber. Er blinzelte angestrengt gegen den dicht fallenden Schnee. Vor dem scharfen Wind, das Gesicht hinter dem schützend erhobenen Arm verborgen, blickte er angestrengt hinüber.

Eigentlich konnte es ihm ja egal sein, was die drei da drüben vorhatten. Es war nicht außergewöhnlich, so früh am Morgen Personen hier im Hafen anzutreffen. Aber irgendwie schien das hier etwas anderes zu sein, als gewöhnlich.

Die wenigen Worte, die Klaus auffing, enthielten eindeutige Aggressionen und das weckte seine Neugierde.

Klaus zog die schwere Wetterschutz-Jacke aus und schüttelte den Schnee ab, dann hing er sie an den blank polierten Messinghaken und betrat den Führerstand des Bootes.

Das lichtstarke 7x50 Marineglas stand an seinem gewohnten Platz. Er blickte hindurch und justierte den Mitteltrieb. Sofort erhielt er ein gestochen scharfes Bild, wenn man von dem weißlichen Schimmer absah, der durch den Schneefall hervorgerufen wurde. Leider konnte er überhaupt nichts mehr von dem offensichtlich erregten Gespräch der drei mitbekommen, aber dafür war es hier drinnen angenehm warm und trocken, was ihm unzweifelhaft vorteilhafter erschien.

Gerade als ihm der Gedanke durch den Kopf schoss, wie blödsinnig es doch sei, Männer mit Pudelmützen zu beobachten, geschah es. Einer der drei stürzte zu Boden.

Verdammt, ich war doch nur einen Augenblick von meinen Gedanken abgelenkt. Hatten die beiden anderen ihn nun geschubst ... oder?

Ihm war so, als sei er gestoßen worden, aber mit Sicherheit konnte er das nicht bezeugen. Dafür stockte ihm der Atem bei dem, was er jetzt zu sehen bekam. Jede Einzelheit brannte sich genau in sein Gedächtnis, das würde er sein Leben lang nicht mehr vergessen.

Der am Boden Liegende versuchte sich aufzurappeln, kam auf Hände und Knie. Da erhielt er von dem größeren einen brutalen Tritt in den Leib.

Klaus zuckte zusammen, als hätte er den Tritt abbekommen.

Mit schmerzverzerrtem Gesicht ging der Mann erneut zu Boden. Seine schreckensweiten Augen schienen genau in das Fernglas zu starren. Natürlich bildete Klaus sich das nur ein.

Instinktiv trat er einen Schritt zur Seite, obwohl ihn hier im dunklen Boot von der gegenüberliegenden Seite niemand erkennen konnte.

Drüben beugten sich die beiden Männer über ihr Opfer. Einer hielt die Arme fest, der andere zog ein Päckchen aus der inneren Jackentasche des hilflosen Mannes.

Seine schwachen Versuche, sich zu wehren, hielten sie nicht von ihrem schändlichen Tun ab. Sie schienen ihn anzuschreien, gestikulierten heftig mit den Armen, deuteten immer wieder zum Wasser und traten wiederholt auf ihn ein. Es schien, als wollten sie ihr Opfer die tiefe Kaimauer hinab in das eiskalte Hafenwasser stürzen.

Das alles hatte sich in nur wenigen Sekunden abgespielt.

In Klaus' Kopf rotierte es, dann handelte er.

Das Fernglas absetzen und den starken Suchscheinwerfer einschalten, war fast eine Handbewegung. Den Scheinwerfer schwenken, so dass sein greller Lichtstrahl die Gruppe drüben erfasste, und das Außenmikro mit der freien Hand ergreifen, war die zweite Bewegung. Irgendwie ahnte Klaus, dass da drüben ein dreckiges Geschäft abgewickelt wurde, das möglicherweise mit dem Leben eines der drei bezahlt werden sollte. Also Mord.

Aber nicht in meinem Hafenbecken! Als der Scheinwerfer auf die Männer fiel, zuckten sie zusammen, sahen erschrocken zum Löschboot herüber und verharrten in ihrer momentanen Haltung.

Jetzt ertönten klare Befehle über den Lautsprecher:

»Achtung! Achtung! Hier spricht die Feuerwehr! Bleiben Sie stehen! Wir kommen zu Ihnen!«

Etwas Besseres war Klaus spontan nicht eingefallen. Aber er hätte sowieso sagen können, was er wollte, die Reaktion der Angesprochenen wäre auf jeden Fall die gleiche gewesen.

Die beiden Männer ließen den dritten liegen und rannten Hals über Kopf davon.

Erleichtert ließ Klaus das Mikrofon sinken, seine Aktion hatte Erfolg gezeigt.

Oben in der Unterkunft der Löschbootbesatzung hatte die Lautsprecherdurchsage die Feuerwehrmänner geweckt. Einige schoben die Gardinen zur Seite, blickten verschlafen nach draußen, um den nächtlichen Ruhestörer auszumachen. Ihr Blick fiel sogleich auf den im Scheinwerferkegel liegenden Mann auf der gegenüberliegenden Kaimauer und sofort waren sie auf den Beinen. Wie weggeblasen war die Müdigkeit. Das sah verdammt nach Arbeit aus.

Klaus ließ den Scheinwerfer eingeschaltet. Das kalte Licht ruhte auf dem regungslos im Schnee liegenden Mann. Ein schneller Blick durch die Fenster zur anderen Seite zeigte ihm, dass er gleich Unterstützung erhalten würde.

Oberhalb des Bootes flammten soeben die Lichter auf und die ersten Feuerwehrmänner eilten die Treppe hinunter.

Klaus griff zum Telefonhörer und wählte die Nummer der Leitstelle. Er benötigte dringend einen Rettungswagen und die Polizei musste ebenfalls alarmiert werden.

Während er die 112 eintippte, hielt er sich das Glas noch einmal vor seine Augen. Ihm war so, als hätte sich der Mann dort drüben gerade bewegt.

Hm, hab mich wohl getäuscht. Dann aber bemerkte er die Bewegung doch.

Zeitlupenartig schob der Mann seinen linken Arm nach vorne, drückte den restlichen Körper mit den Beinen schwerfällig hinterher. Dann folgte wieder eine Pause. Klaus beobachtete diese Kriechbewegung noch ein zweites Mal. Erschrocken riss er das Mikro wieder aus seiner Halterung.

»**Bleiben Sie liegen! Nicht weiterkriechen! Wir sind gleich da und helfen Ihnen!**«

Seine Stimme schallte laut über das Hafenbecken.

Er muss mich doch hören. Verdammter Idiot... was kriecht der denn weiter? Noch zwei Meter und der fällt ins Wasser!

»**Hallo! Sie da drüben! Bleiben Sie liegen**!«

»Hallo! Hier ist die Feuerwehr Düsseldorf!« rief es ebenfalls aus dem Telefonhörer.

»Bitte melden Sie sich! Hallo!«

Klaus war gestresst. Er konnte unmöglich das Fernglas halten, über Mikro mit dem Mann dort drüben sprechen und gleichzeitig das Telefonat mit der Leitstelle führen. Nur hatte er die ja selber angerufen.

Und so rief es zum wiederholten Male aus dem Hörer:

»Hallo! Gehen Sie bitte ans Telefon!«

Gott sei Dank!

Haggi Schröder stürmte als erster in das Führerhaus. Zwar hatte er noch nicht den vollen Überblick, aber er schnappte sich sofort den Telefonhörer und meldete sich mit:

»Löschboot, Schröder hier. Jungs, ich glaube wir haben ein Problem.«

»Haggi, das heißt Houston, wir haben ein Problem. Aber egal, was liegt an?«

»Moment noch!«

Haggi packte Klaus beim Arm:

»Was ist denn überhaupt los?«

Mit ausgestrecktem Arm deutete Klaus nach drüben.

Seine Stimme klang gehetzt:

»Wir brauchen sofort einen RTW und die Bullen! Der Idiot da fällt uns gleich ins Wasser!«

»Scheiße! Halt ihn auf! Egal wie, schrei ihn meinetwegen in Grund und Boden, nur mach was!«

Dann rief er in den Hörer:

»Schnell, einen RTW zur anderen Seite unseres Hafenbeckens, Person droht ins Wasser zu fallen ... und schickt auch die Polizei!«

»Haggi, ist jemand verletzt oder was? Gib mir mal 'n paar Informationen.«

Aber Haggi wusste ja selbst nichts Genaues. So tat er das einzig Gescheite und drückte Klaus den Hörer in die Hand: »Hier, mach du das. Du weißt besser Bescheid. Verdammt, was ist hier überhaupt los?«

Eine Antwort erwartete er erst gar nicht. Die Tatsachen sprachen für sich. Die anderen Männer der Löschbootbesatzung hatten sich jetzt auch eingefunden. Jeder rief, stellte Fragen.

»Ruhe!« Haggis Organ übertönte die anderen.

Es galt, rasch zu handeln.

Er erteilte seine Befehle:

»Schlauchboot vorbereiten! Drei Mann rüber. Wenn der dort runterfällt, müsst ihr ihn rausfischen, bevor er absäuft!«

Er deutete zur gegenüberliegenden Kaimauer.

Sofort rannten drei Mann los.

»Du kommst mit mir!«

Er tippte dem ihm am nächsten Stehenden gegen die Brust.

»Los. Wir nehmen meinen Wagen! Klaus, sprich weiter mit dem Mann, versuch ihn aufzuhalten!«

Und schon stürmte auch er mit seinem Kollegen von Bord.

Klaus war wieder alleine.

In der einen Hand das Mikro, in der anderen das Fernglas. Er hatte die Freisprecheinrichtung eingeschaltet, so dass die Leitung zur Leitstelle weiterhin offen blieb.

Jürgen Schulte, der Disponent der Leitstelle, bekam auf diese Weise alle Gespräche mit und überlegte:

Ich werde denen vorsichtshalber einen Notarzt schicken. Zu dumm, dass Wache Eins und Wache Drei bereits im Einsatz sind. Egal, dann muss Wache Sechs eben noch einmal ran.

»He Klaus, Euer RTW rollt. Ihr bekommt auch noch den NAW von Wache Sechs. Gib mir Bescheid, falls ihr den nicht mehr brauchen solltet!«

Klaus starrte wie gebannt weiter durch das Glas.

Seine Antwort fiel etwas hektisch aus:

»Lass den durchfahren! Ich glaube nicht, dass ...«

Oh nein! Der Kerl ist ja wahnsinnig!

»Hallo! Hallo! Bewegen Sie sich nicht weiter! Sie fallen sonst ins Wasser!«

Hoffentlich schaffen die das rechtzeitig mit dem Auto, dachte er, obwohl er die Hoffnung eigentlich schon aufgegeben hatte, denn die Sache war nicht so einfach. Es gab nämlich kein Alarmfahrzeug hier, jedenfalls keines auf Rädern.

Oben in der kleinen Parkbucht, rechts vom Wendehammer, standen nur ihre Privatwagen. Und die standen dort völlig ungeschützt der Witterung ausgesetzt. Eine Garage oder wenigstens einen Unterstand gab es nicht.

Deshalb fluchte auch Haggi, denn ihre Autos lagen unter dicken weißen Schneehauben verborgen.

Der zweite von rechts musste seiner sein. Ganz sicher war er sich da allerdings nicht. Als er mit einer Hand über die verschneite Seitentüre wischte, kramte er mit der anderen in seiner Hosentasche nach dem Autoschlüssel.

Das alles lief ein wenig hektisch, zu hektisch, wie er sich eingestand. *Ruhig Junge, ganz ruhig*, sagte er zu sich selbst. *Na also*, er zog zwischen dem diversen Kleinkram aus seiner Tasche den Schlüssel hervor. Gut, dass er am Abend zuvor die Türschlösser mit Enteisungsspray behandelt hatte. Nur deshalb funktionierte der Mechanismus einwandfrei, aber die Türdichtungen verursachten ein Geräusch wie zerreißendes Pergamentpapier.

Haggi schwang sich hinter das Steuer, beugte sich zur Beifahrerseite und entriegelte die Seitentüre. Unter anderen Umständen hätte er sich vor dem Einsteigen ordentlich den Schnee aus den Kleidern geklopft, zumindest die Schuhe kräftig gegeneinander geschlagen, um den groben Matsch zu entfernen. Aber dazu hatte er jetzt keine Zeit.

Hier zählte buchstäblich jede einzelne Sekunde!

Lieber Gott, lass den Motor anspringen!

Haggis stummes Stoßgebet kam nicht von ungefähr. Sein Passat war nicht mehr der Jüngste und die alte Batterie war immer noch die erste.

Seine Bitte wurde erhört.

Gott sei Dank!

Ohne Murren sprang der Motor sofort an. Haggi ließ den Heckscheibenwischer arbeiten und legte den Rückwärtsgang ein. Die spärliche Sicht, die ihm durch das blinde Glas geboten wurde, reichte zum Rangieren. Hinter ihm waren fast fünf Meter Freiraum, mehr als genug. Knirschend rollten die Räder durch den tiefen Schnee.

Er schaltete jetzt in den ersten Gang. Das Gebläse lief auf höchster Stufe, dennoch schlug sich der Atem der beiden Feuerwehrmänner wie dichter Nebel auf der Innenseite der Frontscheibe nieder. Haggi beugte sich vor, wischte mit dem Pulloverärmel darüber – erfolglos. Dadurch wurde die Sicht auch nicht besser.

Wie konnte es auch anders sein. Erst wenn die Heizung die nötige Wärme gegen die Scheibe blies, würde es besser werden, aber dazu benötigte der Motor die erforderliche Betriebstemperatur, und das war nach knapp einer Minute unmöglich.

So zogen sie gezwungenermaßen im Schneckentempo einen sauberen Kreis innerhalb des Wendeplatzes und hinterließen eine gestochen scharfe Spur in dem frisch gefallenen Schnee. Auf dem anschließenden, geraden Stück zwischen den alten Speicherhäusern der Hafenanlage ging es ein wenig schneller.

Um auf die andere Seite des Hafenbeckens zu gelangen, mussten sie zwar keine lange Wegstrecke zurücklegen, aber bei ihrem Tempo würden sie doch mehr Zeit benötigen als sie hatten.

Endlich erreichten Sie die Kreuzung der Speditionsstraße. Rechter Hand lag eine der Bootsfahrschulen, sie bogen links ab und nach knapp einhundert Metern erneut links. Die Sicht wurde merklich besser, Haggi gab Gas. Der Wagen geriet ins Schleudern, die Räder drehten auf dem Kopfsteinpflaster durch. Haggi riss das Steuer nach rechts, zog kurz die Handbremse an, sofort brach das Heck zur anderen Seite aus – Handbremse los, gegenlenken, Gas geben – die Reifen griffen, sie fuhren wieder geradeaus. Aber das hatte ihm gereicht, er nahm das Gas wieder zurück und zockelte die restlichen zweihundert Meter in ungefährlichem Tempo weiter.

Ankommen war alles! Hoffentlich nicht zu spät!

Hans-Peter Jürgens hieß in Wirklichkeit Rolf Schelonka.

Seine Leidenschaft galt dem Glücksspiel. Leider hatte es ihm in letzter Zeit kein Glück gebracht. Zur Zeit war er etwas klamm, genauer gesagt, er war pleite. Oder um es noch drastischer auszudrücken, die Schulden standen ihm bis zur Halskrause. Niemand wollte ihm noch etwas leihen und selbst in seinen Stammkneipen (er hatte mehrere) gab man ihm ebenfalls keinen Kredit mehr.

Schelonka hatte in seinen knapp vierzig Jahren schon einige Krisen gemeistert. Allerdings nicht mit Hilfe des Arbeitsamtes.

Für einen »cleveren« Mann wie ihn gab es andere Möglichkeiten. Im schlimmsten Fall machte er Schwarzarbeit, aber wie gesagt – nur im schlimmsten Fall. Doch so weit musste es ja nicht kommen.

Regelmäßig holte er sich seine Stütze vom Sozialamt und genauso regelmäßig verzockte er das Geld oft noch am gleichen Tag. Manchmal gewann er auch. Eine solche Pechsträhne wie in der jüngsten Vergangenheit hatte er aber noch nie gehabt. Diesmal war er gezwungen, anderweitig tätig zu werden.

Einige seiner Gläubiger hatten keine Geduld mehr, und in diesem Fall schien es besser zu sein, darauf zu reagieren. Er hatte sich allerdings auch noch nie zuvor mit Kosovoalbanern angelegt. Acht Riesen waren selbst für ihn nicht so einfach zu beschaffen.

»Ich kann euch eine größere Menge Drogen liefern. Hundert Prozent sauberer Stoff. Einwandfreie Ware, ...«, er senkte seine Stimme, beugte sich vertraulich vor und raunte leise:

»Ampullen ... okay?«

»Wie viel?«

»Mehr als meine Schulden, viel mehr«, beteuerte er.

»Hör zu Mann, wir wollen keinen Stress. Es ist nicht gesund, den anderen ins Geschäft zu pfuschen.«

Schelonka gefiel das nicht, es war seine letzte Option. Bares war im Moment für ihn nicht drin.

»He, Jungs, ich ...«

»Morphium!«, fuhr ihm der Größere ins Wort, »und komm uns nicht mit irgend 'nem anderen Mist. Ist das klar?«

Es war ihm klar und er beeilte sich, das unter eifrigem Kopfnicken zu bestätigen:

»Natürlich Jungs, natürlich.«

Blitzschnell holte der Größere aus und Schelonka fing sich eine schallende Ohrfeige ein:

»Das für die Jungs ... und wenn du uns bescheißt ...«, er machte eine eindeutige Geste mit dem Zeigefinger über seinen Hals.

Schelonkas Magen verkrampfte sich. Sie gaben ihm eine Woche Zeit, dann sollte die Übergabe im Hafen stattfinden.

In dieser Woche übertraf sich Rolf Schelonka selbst. Zumindest war er dieser Meinung und fand, dass er mit seinem Trick glatt eine Anstellung im Düsseldorfer Schauspielhaus verdient hätte. Bei dem Gedanken an seine Vorstellung, die er in drei Krankenhäusern gegeben hatte, musste er im Nachhinein noch grinsen. Er hatte sehr überzeugend gewirkt, zumindest für die erste Nacht hatte es gereicht und mehr hatte er ja nicht benötigt. Zuletzt hatte er die Nachtschwester im Krankenhaus Benrath getäuscht.

Ärgerlich war nur, dass es ihm trotz aller Raffinesse nicht gelungen war, das begehrte Morphium zu ergattern.

In allen Häusern musste er sich mit anderen Medikamenten begnügen.

Immerhin, Valium konnte auch auf dem Drogenmarkt zu Geld gemacht werden, aber er wusste nicht, ob es reichte, um die beiden Albaner zufrieden zu stellen. Er hoffte, sie mit den kleinen braunen Ampullen wenigstens für eine weitere Zeit hinhalten zu können. Eine Woche, das war einfach zu knapp gewesen. Aber mit Hilfe der Ware würde er ja beweisen, was er drauf hatte. Sie würden ihm dann sicher eine Fristverlängerung geben. Immerhin wollten sie ja ihr Geld und bis jetzt hatte er immer noch bezahlt. Einen Moment war er versucht, das Valium selbst zu verkaufen. Er verwarf den Gedanken aber schnell wieder. Nein, er lieferte die Ampullen, das war besser. Damit konnte er beweisen, dass er eine Quelle besaß. Das Weitere würde sich dann ergeben.

Alles lief schief!

Er hatte ein ungutes Gefühl, sofort als er den beiden in der verabredeten Nacht in dieser einsamen Gegend gegenüberstand.

Das Päckchen mit seinem wertvollen Inhalt verbarg er noch unter seinem alten abgetragenen Mantel. Die Chance, es hervorzuziehen, erhielt er aber erst gar nicht. Ihre Fragen trafen ihn noch eisiger als der scharfe Wind, der ihm die Schneeflocken unangenehm schneidend ins Gesicht trieb.

Sie ließen keine Lügen zu und zeigten nicht im mindesten Verständnis. Schelonka verlegte sich aufs Bitten. Die anderen wurden lauter. Ein schlechtes Zeichen, denn er glaubte, dass ihn niemand hören würde.

Plötzlich, ohne jede Warnung, zog der Lange ein Messer. Es lag so überraschend in seiner Hand, die Bewegung hatte er nicht gesehen. Sicher hatte er es aus dem Ärmel in die Hand rutschen lassen, schoss es ihm durch den Kopf.

Der Lange hob den Arm, die Spitze des zweischneidigen Messers zeigte genau auf sein Gesicht, Angst schnürte ihm die Kehle zu, die Beine versagten ihm den Dienst. Auf die hatte er sich bisher so oft verlassen können. Sein Talent als guter Läufer hatte ihn aus einigen schlimmen Situationen gerettet. Doch wo vor wenigen Minuten noch Muskeln gewesen waren, befand sich jetzt nur noch Pudding.

Es gab kein Entrinnen – hier war Endstation.

Diese furchteinflößende Erkenntnis traf ihn wie ein Dampfhammer. Schelonka war alles andere als ein Held. Mit vor Angst schlotternden Knien ging er von selbst zu Boden.

Verächtlich sahen die Albaner auf ihn herab. Sie schimpften lauthals in ihrer Landessprache und traten ihrem wehrlosen Opfer immer wieder in den Leib.

Da flammte ein Scheinwerfer auf, tauchte ihr schändliches Vorhaben in gleißendes Licht. Dazu ertönte eine Lautsprecherdurchsage, aber sie achteten gar nicht darauf, was die Stimme rief, sonst hätten sie gewiss anders reagiert. So schoss beiden nur ein Gedanke durch die Köpfe ... *Polizei!*

Dieser erschreckende Gedanke wirkte auf sie so ernüchternd wie Weihwasser auf Vampire. Bevor sie sich eilig aus dem Staub machten, bückte sich der Kleinere aber noch und zog dem vor Angst und Schmerz wimmernden Schelonka das in braunem

Packpapier eingewickelte Päckchen mit den Ampullen aus der Innentasche des Mantels. Nachdem er ihm einen letzten Tritt verabreicht hatte, rannten die beiden davon und verschwanden im Dunkel der Nacht.

Von stechenden Schmerzen gekrümmt, starrte Schelonka direkt in das grelle Licht. Einer der Fußtritte hatte sein Ohr getroffen. Sein Glück war, dass ihn dabei »nur« die flache Sohle und nicht der Absatz oder die Schuhspitze getroffen hatte.

Er war halb bewusstlos und sein Ohr brannte wie Feuer, aber er lebte noch. In seinem Schädel brummte es wie in einer alten Propellermaschine und darum vernahm er die eindringliche Warnung nicht, die unmissverständlich an ihn gerichtet wurde. Er wusste natürlich auch nicht, dass ihm der Scheinwerfer das Leben gerettet hatte.

Jetzt kroch er orientierungslos, vor Schmerzen fast wahnsinnig, genau diesem Licht entgegen, nicht ahnend, dass er damit seinem Verhängnis immer näher kam. Wieder hielt er inne, seine Bewegungen kosteten ihn die letzte Kraft. Zum tödlichen Abgrund trennte ihn nur ein knapper Meter.

Klaus war verzweifelt. Ununterbrochen hatte er sich die Stimme heiser geschrien, hatte den Mann geradezu beschworen, liegen zu bleiben – vergeblich.

In Gedanken befand er sich bei seinen Kollegen im Schlauchboot.

Das schoss soeben in einer eleganten engen Kurve mit hoch aufbäumendem Bug durch das dunkle Wasser des Hafenbeckens.

Der kleine Scheinwerfer warf einen scharfen Lichtstrahl voraus. In wenigen Sekunden würden sie sich etwas seitlich unterhalb der neun Meter hohen Kaimauer platzieren. Sie hofften natürlich auch, dass Haggi mit seinem Auto rechtzeitig eintreffen würde, aber der war noch nicht zu sehen. Das laute Gebrumm des Außenborders erstarb zu einem leiseren Blubbern. Der Bug senkte sich und das Schlauchboot schaukelte auf den selbst erzeugten Wellen. Gespannt blickten die Männer in ihren Schwimmwesten in die Höhe.

Eine Möglichkeit, die hohe Mauer zu ersteigen, war zumindest in unmittelbarer Nähe nicht vorhanden. Sie durften auch nicht riskieren, sich zu weit zu entfernen. Wenn er hinunterfiele, mussten sie sofort zugreifen. Der Mann war verletzt, es herrschten eisige Temperaturen, da gab es keinen Todeskampf, er würde wie ein Stein untergehen, sie wussten das. Wie oft schon hatten sie in der Nähe eines Lebensmüden bei einer der Rheinbrücken in Bereitschaft gestanden, aber das hier, das war etwas anderes. Ihre Nerven waren zum Zerreißen gespannt.

Die nächstgelegene Polizeiwache war das Präsidium am Jürgensplatz.

Mit heulenden Sirenen jagten zwei Einsatzfahrzeuge vom Hof in Richtung Hafen.

Gleichzeitig donnerte ein Rettungswagen von der Feuerwache Quirinstraße in Oberkassel über die Rheinkniebrücke.

Die längste Anfahrt hatten wir mit unserem Notarztwagen. Tief aus dem Düsseldorfer Süden jagten wir mit fast einhundert km/h über die Frankfurter-/Münchener-Straße.

Schnee und Eis bereiteten keine Probleme, Fahrzeuge des Städtischen Fuhrparks hatten ordentliche Arbeit geleistet. Die Schnellstraße war schneefrei geräumt und gestreut.

So erreichten wir erstaunlich schnell den Fleher Knoten. Jetzt ging es über den Südring in die Völklinger Straße. Wir lauschten gespannt dem Funk – noch kam keine Rückmeldung. Weit voraus tauchte das neu erbaute gläserne Stadttor auf. Ob Clement uns zu dieser frühen Stunde schon hörte?

Gleich, noch bevor es in den Rheintunnel ging, würden wir nach links zum Hafen abbiegen. Noch immer keine Rückmeldung.

Bei dem heftigen Aufschlag zuckten alle Drei im Schlauchboot zusammen. Selbst das Erwartete kommt oft überraschend.

»Paddeln! Paddeln!«

Der Mann war nur wenige Meter entfernt, direkt scharf an der Mauer, hinuntergefallen. Zu nah an der erwarteten Absturzstelle hatten sie nicht warten dürfen, ein zu hohes Risiko, selbst getroffen zu werden. Jetzt blieben nur noch wenige Sekunden, bis er untergehen würde. Innerhalb dieser Sekunden mussten sie die wenigen Meter aus Leibeskräften paddeln und ihn fassen, ehe der Mann unterging.

Christoph Engels kauerte vorn im Bug und lehnte sich weit über die dicke Gummiwulst hinaus. Noch ein Paddelschlag seiner Kollegen. Unmittelbar vor ihm, zum Greifen nahe trieb jetzt der leblose Körper des Mannes.

Mit beiden Händen tauchte er in das eisige Wasser, bekam den dicken Stoff des Mantels zu fassen. Ein Gewicht schwer wie Blei zog an seinen Armen. Innerhalb weniger Sekunden wurden seine Hände taub vor Kälte, aber er biss die Zähne aufeinander, versuchte verzweifelt die schwere Last zu halten und den Mann zur Seite zu ziehen. Alleine konnte er es nicht schaffen. Nur gemeinsam hatten sie eine Chance, ihn ins Boot zu ziehen.

Endlich – das Ganze hatte keine zehn Sekunden gedauert, aber es schien eine Ewigkeit vergangen zu sein. Hilfreiche weitere Hände griffen zu.

Die schwere Rettung gelang. Kurze Zeit später lag der triefnasse Mann auf den Bodenbrettern des stabilen Schlauchbootes. Christofs Hände waren zu kalt, um die Pulskontrolle durchzuführen.

Der Mann lebte, aber den Feuerwehrmännern war klar, dass er so schnell wie möglich ins Warme gebracht werden musste, bevor die lebensbedrohliche Unterkühlung einsetzte. Mit voller Kraft preschten sie in ihrem Boot über das Hafenbecken zurück.

»RTW zum Löschboot, wir haben den Mann!«

Klaus Seibert war in Hochstimmung.

Noch vor wenigen Minuten schien sein Herz zu stocken. Nachdem er den Scheinwerfer auf die Wasserfläche gerichtet hatte und die erfolgreiche Rettungsaktion verfolgte, hätte er jubeln können.

Ja! Ja! *Gut gemacht, Männer! Ihr habt ihn, genau im richtigen Moment. Keine Sekunde zu spät.*

Oben am Kay erschienen zwei neue Gesichter. Haggi und sein Kollege.

»Wir fahren wieder zurück!«, riefen sie den Männern im Schlauchboot zu.

Sekunden später befanden sich die beiden wieder im Wagen. Haggi gab kräftig Gas, fuhr eigentlich viel zu schnell, Ergeiz hatte ihn gepackt:

Wenigstens diesmal will ich nicht zu spät ankommen.

Immerhin schaffen sie es, noch vor Eintreffen des Rettungswagen ihre Löschbootstation zu erreichen. Unten auf der von eingeschalteten Lichtern hell erleuchteten unruhigen Wasserfläche schaukelte das Schlauchboot. Es war mit Vorder- und Achterspring am Ponton angebunden und ... leer. Verflixt, waren die schon wieder schneller! *Na, was soll's*, dachte er und dann tröstete er sich damit, dass es ja immerhin seine Mannschaft war, die diese schwierige Rettung vollbracht hatte.

Polizei und RTW trafen fast zeitgleich ein. Ihre lauten Sirenen verstummten und mehrere Männer stürmten auf Haggi ein. Er hob abwehrend die Hände.

»Keine Panik! Wir haben die Sache im Griff. Mein Kollege bringt euch runter zum Boot. Schon stürmte die Gruppe die Treppe hinunter.

Haggi blieb noch etwas hier oben. Sein Platz war zwar eigentlich jetzt auch dort unten, dort in seinem Löschboot bei seinen Männern. Aber so übermäßig wichtig war das auch nicht, dachte er sich. Die Polizei würde die nötigen Infos von Klaus erhalten, ein guter Mann, wie er sich sagte. Es war nur eine Frage der Zeit, bis er ein eigenes Kommando erhalten würde. *Hmm, eigentlich schade, dann verliere ich einen aus meiner Truppe, wird nicht leicht sein, den zu ersetzten.*

Haggi blickte sinnend auf das Wasser. So langsam beruhigte es sich wieder und auch die dünnen, aufgerissenen Eisflächen fanden sich allmählich wieder zusammen, so, als wäre in dieser Nacht überhaupt nichts Außergewöhnliches geschehen.

Mit unserer lauten Sirene rissen wir ihn aus seinen philosophischen Betrachtungen. Diesmal begleitete Haggi uns nach unten. Auf der Metalltreppe begegneten wir den Polizisten. Sie schienen es eilig zu haben, denn sie rannten, immer zwei Stufen auf einmal nehmend, grußlos an uns vorbei.

»Brecht euch bloß nicht die Beine!«, rief ich, »wir haben schon genug Arbeit!«

Aber darauf reagierte keiner.

»Mann, die haben's aber eilig«, sagte Achim und blickte ihnen hinterher.

Entscheidungen

Wolfgang Clement wurde nicht von den Sirenen der Alarmfahrzeuge geweckt, die in dieser eisigen Nacht durch Düsseldorf dröhnten. Das lag aber weder daran, dass die hypermodernen Außenfronten des gläsernen Stadttors, in dem auch die Staatskanzlei untergebracht war, aus Spezialglas bestanden, noch lag es daran, dass der seit Stunden fallende Neuschnee die Geräusche schluckte wie die spitzen Kegel an den Wänden eines abgeschotteten Tonstudios. Nein, der Ministerpräsident des bevölkerungsreichsten Landes der Bundesrepublik Deutschland konnte nicht geweckt werden, da er bereits seit gut zwei Stunden wach war.

Er hatte die Nacht nicht in einem warmen gemütlichen Bett verbracht, sondern war wegen dringender Entscheidungen in seinem Büro geblieben und hatte gearbeitet.

Entgegen einer weit verbreiteten Meinung, die Politikern blinden Aktionismus vorwarf, entsprach er nicht diesem Klischee.

Er war ein ausgesprochenes Arbeitstier und glaubte, die Probleme der Bevölkerung zu kennen. Zumindest konnte er den aktuellen Brötchenpreis nennen und wusste, wie viel Geld der Automat am Hauptbahnhof schluckt, wenn man ein Viererticket für die S-Bahn ziehen wollte. Er wusste sogar sehr genau, wie hart es viele Menschen traf – zu viele seines Erachtens, wenn die Tarife im Öffentlichen Nahverkehr zum wiederholten Male teurer wurden.

Somit entsprach er nicht unbedingt dem Klischee, das in großen Teilen der verständlicherweise politikverdrossenen Bevölkerung über seinesgleichen vorherrschte.

Allerdings, so gestand er sich ein, hatte es seitens der Politiker zu viele berechtigte Anlässe gegeben, diese Meinung zu schüren.

Bei solchen Gedanken wurde er jedes Mal zornig. Es gab einfach zu viele Emporkömmlinge, die mehr ihren persönlichen Profit im Auge hatten, als sich ehrlich ihrem Amt zu verpflichten.

Lange konnte und wollte er sich diesen Gedankengängen nicht hingeben, sie führten zu nichts, änderten keine Probleme und von denen gab es mehr als genug. Es war seine Aufgabe, sie anzugehen. Es ist ein knallharter Kampf, einer der täglich seine volle Konzentration erfordert.

Vor einigen hundert Jahren hatte Martin Luther als Junker Jörg inkognito sein Exil, die Wartburg, verlassen, um dem Volk aufs »Maul« zu schauen.

Das war heute umgekehrt.

Das Volk, vertreten durch das allgegenwärtige Heer der Journalisten, sah ihm permanent aufs »Maul«.

Das zähe Ringen in der eigenen Partei um passable Mehrheiten, das nie endende Gezerre um die Durchsetzbarkeit von objektiv guten Entscheidungen gegen politische Oppositionen, die oft genug nur um des Widerspruchs Willen opponierte. Den aufrechten Gang beibehalten bei all den unzähligen großen und kleinen Lobbyisten, die mit vielen verständlichen, berechtigten Vorschlägen aber ebenso häufig mit unberechtigten, ja teils unverschämten Forderungen Sand ins Getriebe warfen, das war schon nicht leicht.

Aber was ist schon leicht in der Politik?

Clement rieb mit Daumen und Zeigefinger von seinen Augenwinkeln zum Nasenrücken, verstärkte dort etwas den Druck und gähnte. Dann sah er gegen die weißgraue Wand aus Schnee, blickte über die vielen verschwommenen Lichter der Stadt, deren Geschicke mit dem seinigen so eng verflochten waren wie die Fasern seines Hemdes.

Er hatte schon viel erreicht seit seiner Amtsübernahme. Seine Träume, seine Visionen waren aber eigentlich immer noch dieselben. Er wollte Veränderungen, Veränderungen zum Besseren für jeden Einzelnen, für jeden Mann, für jede Frau, für die Wirtschaft dieses Landes, dem er sich verpflichtet hatte. Im Grunde genommen hatten sich im Vergleich zu früher »nur« die Dimensionen verschoben. Nein, das stimmt nicht ganz, gestand er sich ein zweites Mal bei seinen Grübeleien ein.

Früher, wesentlich früher, hatte er seine Probleme einfacher lösen können. Heute musste er sämtliche Entscheidungen nach außen transparent machen, musste Punkte sammeln in der Gunst der Wähler.

Im Grunde keine verkehrte Sache, nur manchmal wurde es auch auf die Spitze getrieben, da erhielt die PR-Arbeit einen höheren Stellenwert gegenüber der eigentlichen Aufgabenbewältigung.

Tja, die Presse, mein Freund und mein Feind, sinnierte er.

Tief unten im Hafen zuckten Blaulichter. Unterschwellig registrierte sein Gehirn die im Sekundentakt aufflammenden Lichter.

Sein Auge fokussierte, aber die Entfernung und die Sichtverhältnisse ließen eine genaue Betrachtung der Ereignisse, die sich so nah und doch so unendlich weit von ihm abspielten, nicht zu.

Genau wie in der Politik muss man, um manches richtig erkennen zu können, gefährlich nah ran.

Eigentlich könnte ich auch Feuerwehrmann sein, dachte er. Aber selbst bei den vielen Gemeinsamkeiten, denen seine Gedanken so spielerisch nachgingen – *wir halten beide den Kopf hin, wenn es brennt* – bekannte er sich zu seinem ›Job‹.

Er war ein Vollblutpolitiker, das war seine Bestimmung. Aus diesem Grund hatte er die Nacht hier über dringenden Papieren verbracht.

Steuern, das leidige Thema. Wie jeder im Land wusste er natürlich auch, dass man eine Mark nur einmal ausgeben konnte. Diese alte Binsenwahrheit veränderte sich nicht, nur weil sie der arbeitenden Bevölkerung aus der Tasche gezogen wurde. Und sie wurde auch nicht mehr, weil das Gezänk zwischen Bonn und Düsseldorf – ach ... Bonn, das war ja schon wieder Vergangenheit, egal. Also sie wurde jedenfalls nicht mehr, weil er als Ministerpräsident dieses Landes mit der Bundesregierung unterschiedlicher Meinungen über die Verteilung der Steuergelder war.

Mit einem Anflug von Wehmut dachte er an seine Kollegin Nieß-Mache.

Als neu gewählte Dezernatsleiterin war sie für den Haushalt der Feuerwehr in der Landeshauptstadt zuständig und verfügte zur Zeit über ein erstaunlich großes Budget.

Er kannte die leidigen Haushaltsdebatten im Rat der Stadt nur zu Genüge. Der Kostenapparat der Feuerwehr stellte immer wieder neue Anforderungen. Aber durch Gutachten, die vom Deutschen Städtetag in Auftrag gegeben wurden, hatte man viele der dringend erforderlichen Modernisierungen immer wieder vor sich her geschoben.

Diese Frau Nieß-Mache ist resolut, dachte er, *und sie weiß die Dinge richtig anzufassen.* Wie kein anderer vor ihr hatte sie sich in relativ kurzer Zeit die Sympathien der Feuerwehrleute erobert. Was weiter nicht verwunderte, denn nie zuvor waren so viele neue Fahrzeuge angeschafft worden wie in ihrer Zeit. Um den miserablen Personalstand aufzustocken, richtete sie in großem Stil Stellen ein. Selbst die immer wieder ins Gespräch gebrachte, neue Feuerwache im Norden schien nicht mehr nur reine Fiktion zu bleiben.

Sein Blick schweifte in die Ferne.

Im Süden, im Stadtteil Reisholz, lag der Chemiekonzern Henkel, im Norden, in Derendorf, die Produktionsstätten von Daimler Chrysler und noch weiter nördlich erhob sich das imposante Rheinstadion. Danach folgten das Messegelände und der internationale Flughafen Düsseldorf, der so unverzichtbar für diese Region war und doch politisch immer wieder von unterschiedlichsten Interessenvertretern missbraucht wurde.

Alle drei Unternehmen verfügten über ausgezeichnete Werksfeuerwehren, die auch ständig ihren Fuhrpark und ihre Gerätschaften modernisierten.

Das waren sinnvolle Investitionen in die Sicherheit dieser Landesmetropole.

Seine Gedanken schwenkten wieder ins Positive.

»Ja!«, rief er laut, es konnte ihn ja niemand hören.

Dann straffte sich seine Haltung und er wandte sich mit neuer Motivation seinen Unterlagen zu.

Neun Belegschaften von den insgesamt zehn Feuerwachen waren im Laufe des letzten halben Jahres neu eingekleidet worden.

Bei warmem Sommerwetter schwitzt man darin wie ein Affe, stöhnten die Kollegen.

Bei der momentanen klirrenden Kälte zeigten sich die überaus positiven Eigenschaften gegenüber der alten Uniform, die wir auf Wache Sechs immer noch trugen.

Fast überall im Land hatten die Feuerwehren diese nach Sicherheitsaspekten entwickelte Schutzbekleidung eingeführt.

Im Sommer trugen wir noch froh unsere ›gute‹ alte Uniform und lachten über die stöhnenden Kollegen. Aber so wendete sich das Blatt. Der Winter war frostig und auf einmal ärgerten wir uns darüber, zu den letzten zu gehören, denen diese wärmende Bekleidung immer noch fehlte.

»Heinz, wann bekommen wir denn nun endlich diese Superkleidung?«

»Ja, warum kauft die Stadt so wenig ein. Sind wir Feuerwehrmänner zweiter Klasse?«

Heinz Engels winkte beruhigend ab: »Männer, Ruhe! Regt euch nicht auf, ihr erhaltet eure Sachen noch diesen Monat. Darum sitzt ihr ja hier.«

»Willst du uns etwa beibringen, wie wir eine Hose anziehen müssen?«

Brüllendes Gelächter.

Wir saßen im Planspielraum der Feuerwehrschule wie in einem Amphitheater.

Das Planspiel hatte man hinausgeschoben, so dass die »Arena« frei war für andere Demonstrationen.

Heinz Engels dozierte gerne in diesem verhältnismäßig kleinen Raum.

All sein Wissen, seine fundierten Erfahrungen bei der Ausbildung junger Feuerwehrmänner im Realeinsatz mit den neuen Brandcontainern waren in die Entwicklung dieser neuen Schutzbekleidung eingeflossen. Nicht ohne Stolz durfte er von sich behaupten, einer der Väter dieser Schutzbekleidung zu sein. Aber er war weit davon entfernt, sich auf den Marmorsockel zu stellen. Seine vielseitigen Qualitäten hatten ihn an der Feuerwehrschule rasch ganz nach oben getragen, dabei war er in seinem Herzen aber immer Feuerwehrmann geblieben. Und so war er sich auch nicht zu schade uns, seinen »alten« Kameraden, höchstpersönlich die Vorteile und Besonderheiten dieser Bekleidung zu erklären.

»Ihr lacht, Männer, das dürft ihr auch. Aber nachdem ich euch erklärt habe, wie ihr diese Hosen und Jacken anzuziehen habt, werdet ihr nicht mehr lachen.«

In den folgenden eineinhalb Stunden erfuhren wir Außergewöhnliches.

Nie zuvor hatte es soviel Know-How in einer Feuerwehrbekleidung gegeben.

Das, was Heinz Engels uns hier vorführte, war eine gelungene Kombination von einzeln aufeinander abgestimmten Bekleidungsstücken, die, und das war der Knackpunkt, ihre Schutzwirkung nur dann voll zur Entfaltung bringen konnte, wenn man sich an ganz bestimmte Regeln hielt.

Die Zeit verging wie im Fluge.

»... so, dafür habt ihr hier gesessen. Ich denke, jetzt leuchtet jedem ein, wie wichtig dieses Seminar für euch war. Und denkt bitte an die Filmaufnahmen aus Amerika. Ihr habt gesehen, was passiert, wenn man die Kleidung falsch oder unvollständig trägt. So etwas soll niemandem passieren.«

In der Tat, die vorgeführten Originalaufnahmen hatten uns in bisher nicht gekannter, schonungsloser Offenheit gezeigt, was einen unter bestimmten Voraussetzungen erwartet. Auch Kollegen, die wie ich zu den »alten Hasen« zählten, waren beeindruckt.

»Noch eins, ich kann euch nur eindringlich empfehlen, dass ihr euch draußen anzieht und nicht im Fahrzeug. Versucht es erst gar nicht, das geht in die Hose. Als Konzession dazu hat die Leitung der Feuerwehr die Ausrückzeit um dreißig Sekunden angehoben. Trainiert das mal.«

Dann wandte er sich unserem DGL zu: »Wann kommt ihr denn nun dran, Fritz?«

»Wir fahren noch heute Mittag geschlossen mit dem ganzen Zug rüber. Die Kleiderkammer hat extra länger auf«, antwortete er. »Wenn hier was passiert, muss Wache Sieben für uns fahren.«

Das Mittagessen fiel aus. Aber das war uns egal. Endlich sollten wir bekommen, was alle anderen Kollegen schon besaßen.

»Alle drin?«, rief Fritz von vorne.

»Ja, kann losgehen!«, riefen wir gut gelaunt zurück.

»Na dann, Heinrich, gib Gas.«

Vollbesetzt rollten die Großfahrzeuge aus der Fahrzeughalle, aber diesmal ohne Alarm – Ziel, Feuerwache Eins.

Auf der Fahrt in die Innenstadt gab ich eine alte Story zum Besten. »Soll ich euch mal erzählen, was ich mit der Kleiderkammer erlebt habe, als ich anfing?«

»Oh je, ’ne Vorkriegsgeschichte!«

»Pass nur auf, du Pfeife, ich gebe dir gleich Vorkriegsgeschichte.«

Michael, der mir gegenüber saß, ermunterte mich:

»Los, erzähl schon.«

»Ja los, Martin«, forderte jetzt auch Thorsten. Er hatte gerade noch gelästert.

Sie alle wussten nur zu genau, wie gerne ich erzähle und fanden im Grunde auch Gefallen daran. Ich ließ mich daher nicht lange bitten und begann:

»Also, das was ihr heute erlebt, ist wie Weihnachten und Ostern zugleich.«

»Was?«

»Unterbrich mich nicht!«, murrte ich.

»Ich hab doch nur ...«

»Hörst du schlecht? Unterbrich ihn nicht, Mann!«

»Ich will doch nur ...«

»RUHE! Martin erzähl weiter.«

Micha stieß Thorsten den Ellenbogen in die Seite und ich fuhr fort.

»Also, damals hatten wir zwei Kammerbullen. So ’nen Kurzen und ’nen kleinen Dicken.«

»Wie deiner«, kicherte Uli in sich hinein.

»WAS?«

»Nichts, nichts, mach weiter.«

»Wollt ihr nun die Geschichte hören oder ...?«

»JAA!«

Ich blickte streng in die Runde. Unschuldige Augen sahen mich an.

Heuchler!

»Also, diese Kammerbullen rückten so gut wie nichts heraus. Ich hatte den Eindruck, dass die beiden alles als ihr persönliches Eigentum betrachteten. Es war am ersten Tag meiner Grundausbildung. Der komplette Lehrgang fuhr mit dem Feuerwehrbus von Oberkassel rüber zur Feuerwache Eins. Für die Küken unter euch: Damals fand die Ausbildung noch da drüben statt.«

»Sag ich doch, Vorkriegsgeschichte«, kam es erneut über Thorstens Lippen, diesmal allerdings merklich leiser.

Unbeirrt erzählte ich weiter:

»Jeder erhielt zwei Uniformen, zwei Hemden, ein Paar Stiefel, Handschuhe, Helm und Hakengurt. Dazu einen Trainingsanzug, Sportschuhe und so eine wahnsinnige baumwollene Badehose in Blau. Wenn man damit ins Wasser ging, zog sie Dich sofort runter, so sehr sog sie sich voll Wasser und beim Hinausklettern musste man sie bis unter die Brustwarzen hochziehen, damit sie nicht im Wasser blieb.«

»Super!«, Uli lachte, »unten rum also Knickerbocker!«

»So in etwa. Aber das Schärfste war unsere Uniform. Vom Schnitt wie ein Anzug, so richtig mit tiefem V-Ausschnitt und drei silbernen Knöpfen. Und die Hose war eine einfache dünne, schwarze Tuchhose. Mit dem, was wir zur Zeit tragen, überhaupt nicht zu vergleichen.«

»War das noch die Jacke mit den Ärmelstulpen?«

Ich staunte: »Genau, woher kennst du die denn?«

Micha machte ein harmloses Gesicht:

»So was zeigt man uns heute in der Schule. Zum Abschrecken!«

Nachdem sich die erneut aufbrandende Heiterkeit wieder gelegt hatte, erzählte ich weiter:

»Ich bekam eine Hose, die glatt drei Nummern zu groß war. Da hätte man ein Känguru mit vollem Beutel hineinstopfen können. Ich hab natürlich reklamiert, aber der kleine Kurze zog nur seine Stirn in Falten, und dann fauchte er mich an.«

»Na, dem hätt' ich aber ...«

Ich winkte ab:

»Nichts hättest du, gar nichts. Das ist fast fünfundzwanzig Jahre her, da war nix mit Aufmucken. Zu der Zeit mussten wir einen Oberfeuerwehrmann noch siezen, und die Oberbrandmeister besaßen ihren eigenen Tagesraum. Da durfte unsereins nur rein, wenn er Hausdienst hatte – um den Abfalleimer zu entleeren.«

Ungläubig sahen sich meine jüngeren Kollegen an und ich fuhr fort, ohne auf ihre Mienen zu achten:

»Um es kurz zu machen, eine andere Hose gab es also nicht. Da hab ich gesagt, er sollte mir wenigstens 'nen Gürtel geben, ich könnte die Hose ja schlecht immer mit einer Hand festhalten. Hinter seiner Theke stand nämlich ein großer offener Pappkarton voller Ledergürtel, den konnte jeder sehen. Ich zeigte darauf.

»Geht nicht, werden alle gebraucht«, war seine trockene Antwort.

Jetzt wurde ich echt sauer und dementsprechend fiel meine Antwort aus. Da schnitt dieser Blödmann doch von einer riesigen Rolle Kordel einen halben Meter ab und warf ihn auf die Theke.

»Hier! Und jetzt schieb ab! NÄCHSTER!«

»Nee, das glaub ich doch nicht!«, rief Michael.

»Doch!«, lachte ich. »Dabei reichte die Kordel nicht einmal um mich herum, so dass ich damit lediglich die beiden vorderen angenähten Gürtelschlaufen zusammen zerren konnte. Das sah natürlich total bescheuert aus und bei unserem ersten Antreten draußen auf dem Hof erhielt ich prompt den ersten Anschiss von unserem Ausbilder:

»Wie sehen Sie denn aus? Wir sind doch kein Haufen verlumpter Gesellen! Ziehen Sie sich gefälligst anständig an!«

»Und? Hast du was gesagt?«

»Na klar. Einer lieh mir dann seinen Gürtel und am nächsten Tag hatte ich meinen eigenen.«

»Wahnsinn, kannst du dir vorstellen, dass die gleich so 'nen Zirkus mit uns machen?«

»Uli, frag doch mal, ob du nicht noch so 'ne schicke alte Badehose bekommst.«

Uli tippte sich nur an die Stirn:

»Ich glaube, ich wäre ausgerastet, 'nen Oberfeuerwehrmann siezen, wer bin ich denn?«

»Die gibt es doch heute sowieso nicht mehr. Heute fängt jeder gleich als Brandmeister an.«

Das ist wahr, dachte ich, *es hat sich doch vieles verbessert, nicht alles, aber eben doch vieles.*

Jeder erhielt drei komplett neue Garnituren, bestehend aus leichter Tuchhose und schwerer Überhose, leichter Jacke und schwerer, drei viertel langer Überjacke.

Überall waren Reflexstreifen aufgenäht, so dass wir im Dunkeln gut sichtbar wurden. Dadurch konnten wir künftig auf das Anlegen der zusätzlichen orangefarbenen Warnweste verzichten. Alle Bekleidungsstücke bestanden aus schwer entflammbaren Stoffen mit eingearbeiteter Nässeschutzmembran. Es gab viele und große Taschen. An den besonders strapazierten Stellen waren zusätzlich verstärkte Polster eingearbeitet, die von außen mit großflächigen Kevlarbesätzen versehen waren. Damit konnten wir jetzt endlich, ohne uns zu verletzen, auch auf den Knien und Ellenbogen robben. Außerdem erhielt jeder verbesserte Handschuhe und eine flammfeste Kopfhaube, die unter dem Helm getragen wird.

Ich war äußerst zufrieden, nie zuvor war ich so gut ausgestattet gewesen. Allerdings benötigte dieser Kleiderberg viel Platz in meinem viel zu kleinen Spind, so dass ich nicht wusste, wie ich meine anderen Sachen unterbringen sollte.

Um mich herum fluchten und stöhnten die Kollegen. Sie hatten natürlich dasselbe Problem, denn wir hatten alle die gleich großen Spinde.

Das war die Zeit des großen ›Ausmistens‹. Und siehe da, auf einmal passte doch alles hinein, sogar bei mir.

Etliche Zeit war vergangen.

Wir Feuerwehrmänner hatten uns an unsere neue Schutzkleidung gewöhnt. Zwar schimpften wir nach wie vor über die Unbeweglichkeit, die man darin hatte, über den langwierigen Ankleidevorgang und, seit es wieder wärmer wurde, über fürchterliche Schweißausbrüche in diesem dicken Zeug.

Die Belastung des Kreislaufs war tatsächlich ein gravierender Punkt. Die ersten Kollegen, die nach körperlich schweren Brandeinsätzen zusammengebrochen waren, wurden so schnell wie sich die Nachricht verbreitete, als »Weicheier« abgestempelt.

Spätestens, nachdem Ähnliches weiteren Kollegen an anderen Wachen passiert war, musste man erkennen, dass man mit diesen Verurteilungen vorschnell gehandelt hatte.

Selbst der Innenminister des Landes hatte es für angebracht gehalten, seine persönliche, von uns belächelte Lösung in der Tagespresse abdrucken zu lassen. So war doch allen Ernstes zu lesen, dass Kreislaufzusammenbrüche ein klares Indiz eines gestörten Wasserhaushaltes seien.

In der medizinischen Fachsprache heißt das Dehydration.

Und um genau diesem kritischen und überaus gefährlichen Geschehen, ausgelöst durch die neue Schutzbekleidung, vorzubeugen, empfahl er den Feuerwehrmännern, vor dem Einsatz ausreichend Mineralwasser zu trinken.

»Toll, wenn es jetzt alarmiert, rennen wir also anstatt in die Fahrzeughalle erst einmal alle in die Kantine.«

»Oh Mann, bist du blöd! Der meint doch, dass wir während der Anfahrt zum Einsatz noch etwas trinken sollen!«

»Na klar! Kannst du mir bitte sagen, wie ich das unter der Atemschutzmaske machen soll?«

»Stell dich doch nicht dümmer an, als du bist. Natürlich meint der Mann, wir sollen vorher ausreichend Flüssigkeit zu uns nehmen.«

»Ahh!«

Micha, der die mehr ironische als ernst zu meinende Diskussion angezettelt hatte, tippte sich an seine Stirn:

»Ja, dann hab ich das jetzt verstanden. Die Leitstelle alarmiert also mit der Durchsage: Achtung! Feueralarm für Zug Sechs in zehn Minuten! Bis dahin werden die Kollegen gebeten, ausreichend Mineralwasser zu trinken!«

Micha blickte triumphierend in die Runde.

Im Laufe der ziemlich angeregten, allgemeinen Diskussion wurden weitere qualitativ ›berauschende‹ Vorschläge gemacht und genauso schnell auch wieder verworfen.

Es schien in dieser Runde auf jeden Fall sehr lustig zu sein. Die Männer standen genau zwischen der Drehleiter und dem Löschgruppenfahrzeug und hingen die Sachen, über die sie gerade so schimpften, auf die metallenen Haken des fahrbaren Kleiderständers. Ein Eigenprodukt unserer Werkstatt, an dem der Schmied wohl am meisten gearbeitet hatte.

Die Farbe blau stach zwar gravierend vom rot unserer Feuerwehrfahrzeuge ab, aber blau war noch als ausreichender Rest vorhanden gewesen, musste also nicht extra eingekauft werden.

Von der ›heißen‹ Diskussion bekam ich nichts mit. In meiner Eigenschaft als Tagesdienst unterhielt ich mich mit dem heutigen DGL und erhielt die üblichen Instruktionen, deren Umsetzung dann mir oblagen.

»Und denk daran, die Zelte müssen noch heute Morgen aufgebaut werden.«

»Alle?«

»Ja, heute Morgen zwei, und nachdem ihr die wieder verpackt habt, nehmt ihr euch die anderen zwei vor. Meinetwegen kannst du die auch erst am Nachmittag aufbauen lassen. Aber denk daran, dass die Zeit dann ziemlich knapp wird und ich glaube nicht, dass die Jungs am Abend noch Lust haben, die Zelte wieder einzurollen.«

Ich nahm mir den Dienstplan des heutigen Tages zur Hand. Sämtliche Alarmfahrzeuge waren auf dem DIN A4 Papier aufgeführt, dazu die anwesenden Mitarbeiter ihrer Funktion entsprechend eingeteilt.

Zum Aufbau der Zelte benötigte ich jeden verfügbaren Mann, die Besatzungen der weißen Flotte (RTW und NAW) ausgenommen.

Trotzdem beschloss ich, sie dazu zu holen. Zumindest sollten sie zugucken, da diese Arbeit im Ernstfall von jedem Mann auf unserer Wache beherrscht werden musste.

Inklusive dem Dienstgruppenleiter und mir selbst standen also acht Männer zur Verfügung. Die beiden Männer vom Rettungswagen sowie die drei Männer vom Notarztwagen sollten ja nur Zuschauer sein. In der Realität könnte ich auf sie auch nicht zurückgreifen, da sie mit Sicherheit andere Aufgaben zu erledigen hätten.

Na gut, mit den acht Mann oder auch nur sieben, falls der DGL durch seine Tätigkeit im Büro nicht abkömmlich wäre, musste ich es eben schaffen. Andere Dinge würden dafür liegen bleiben.

Ich faltete das Papier wieder zusammen und steckte es in die Hosentasche.

Dann begab ich mich zu unserem ›Kostümfundus‹.

Diese scherzhafte Bezeichnung hatten wir in Anlehnung an den Kostümfundus des Opern- und Schauspielhauses dem Aufbewahrungsraum für die Alarmbekleidung gegeben. Unsere ›Aufführungen‹ besaßen zwar ein reiches Repertoire, aber im

Gegensatz zu den Aufführungen der Oper und des Schauspielhauses trugen wir immer dasselbe ›Kostüm‹: dezentes Dunkelblau mit schwarzen Stiefeln. Auch fehlte uns die reichhaltige Auswahl an diversen Kopfbedeckungen, stattdessen bevorzugten wir stets den gleichen schlichten Hut in knitterfreiem Gelb.

Hier im ›Kostümfundus‹ hängen an langen, fest montierten Kleiderständern die Alarmsachen sämtlicher Feuerwehrmänner, die an dieser Feuerwache beschäftigt sind

Jeder hatte seinen festen Platz.

Allmorgendlich tragen die vom ›Schichtende‹ ihre Sachen hinaus, während die vom ›Schichtbeginn‹ ihre Sachen in die Fahrzeughalle bringen, um sie entweder direkt aufs Fahrzeug zu legen, oder auf den erwähnten blauen, fahrbaren Kleiderständer zu hängen.

Der RTW war bereits vor der offiziellen Wachablösung zu seinem ersten Einsatz alarmiert worden.

»Chirurgischer Notfall in der Firma XXX!«, tönte es aus dem Lautsprecher.

Ich ging mit vollbepackten Armen am NAW vorbei. Links trug ich sowohl die dicke als auch die dünne Jacke sowie den Sicherheitsgurt, rechts die Stiefel mit der bereits darüber gestülpten dicken Überhose und den Helm. Ein kurzer Blick durch die geöffnete, seitliche Schiebetür zeigte mir, dass gerade die allmorgendliche Inspektion der Medikamentenkoffer lief.

Torsten, ein neuer Praktikant der Werksfeuerwehr Henkel, flachste und lachte mich an:

»Man muss die Sachen doch wenigstens einmal am Tag auspacken, nicht wahr, Martin.«

Torsten war wie alle, die uns von der Henkel-Feuerwehr geschickt wurden, fertig ausgebildeter Rettungsassistent mit mehrjähriger Erfahrung. Ich durfte daher davon ausgehen, dass er diese Äußerung im Scherz gemacht hatte.

Irgendwas von »schwitzen wie ein Affe« bekam ich noch mit, als ich den fahrbaren Kleiderständer zwischen den Fahrzeugen erreichte, wo einige Männer ein kleines Schwätzchen hielten.

»Oh, oh! Der Tagesdienst. Männer verteilt euch!«

Tatsächlich löste sich das Grüppchen schnell auf und besetzte die Fahrzeuge.

Das geschah, aber nicht wie sich aus dieser Äußerung ableiten ließe, aus Angst oder übermäßigem Respekt. Das war Teil einer zumindest auf unserer Tour vorherrschenden lockeren Lebensart. Solange die Arbeiten einwandfrei liefen, hatte auch ich damit keine Probleme, und ich sah keine Veranlassung, das gute Arbeitsverhältnis durch übertriebenen Aktionismus zu zerstören. Trotzdem gab es immer wieder Einzelne, die diese vermeintliche Schwäche ausnutzten. Denen musste man dann allerdings Einhalt gebieten.

Bei der heutigen Truppe brauchte ich das jedoch nicht befürchten. Sie waren gute Männer, jeder irgendwie ein Individualist, unterschiedlichste Charaktere, unterschiedliche Fähigkeiten, aber in ihrer Gesamtheit ein schlagkräftiges Team.

Wir würden die vierundzwanzig Stunden schon herumkriegen.

Die Uhr zeigte exakt zwanzig Minuten vor acht.

Im Norden der Stadt hatten die Männer der Düsseldorfer Flughafenfeuerwehr seit zehn Minuten ihren Dienst aufgenommen.

Siebenundzwanzig Fahrzeuge stehen für die Sicherheit von Fluggästen aus aller Welt in ständiger Alarmbereitschaft.

Siebenundzwanzig Fahrzeuge, die nicht nur optisch wie aus dem Ei gepellt in der Halle stehen, sondern jederzeit voll funktionsfähig in dreißig Sekunden aus ihrer momentanen Ruheposition gerissen werden können und einsatzbereit sind.

Die Gewaltigsten unter diesen Fahrzeugen sind drei GFLF 1100/500 der Firma Rosenbauer. Es handelt sich dabei um Großflughafenlöschfahrzeuge, deren V12 MAN Motoren mit 1000 PS oder umgerechnet 735 KW Leistung und einem 10.000 Liter Löschwasservorrat die Höchstgeschwindigkeit von erstaunlichen 138 km/h erreichen.

Sie können nur von sehr erfahrenen Maschinisten gesteuert werden.

Der eigenständige Sechs-Zylinder-Pumpenmotor erreicht eine Leistung von 311 PS oder 229 KW! Sein Frontmonitor schleudert die gewaltige Wassermenge von 1000 Litern pro Minute ca. siebzig Meter weit! Wird der Dachmonitor eingeschaltet, so arbeiten diese Löschgiganten sogar mit 5000 Litern Wasser pro Minute! Darüber hinaus verfügen sie über zwei mal 250 Kilogramm BC-Löschpulver. Mit ihrem 8 KVA Stromerzeuger sind sie von allen externen Stromquellen unabhängig und machen, wenn nötig, mit gewaltigen Scheinwerfern die Nacht zum Tage.

Gegen diese Giganten wirken die ebenfalls nicht gerade kleinen ›normalen‹ Lösch- und Sonderfahrzeuge der Feuerwehr beinahe zwergenhaft.

Ihre Fahrer müssen jeden Punkt auf dem riesigen Flugfeld innerhalb von zwei Minuten erreichen!

Das ist Gesetz.

Dafür trainiert die Mannschaft immer und immer wieder – jeden Handgriff, solange bis er wie im Schlaf mit absoluter Sicherheit und Präzision ausgeführt wird. Denn im Extremfall kann der kleinste Fehler unverzeihlich sein.

Bei der Flughafenfeuerwehr rechnet man nicht in Sekunden – hier geht es um Zehntelsekunden!

Die Kraft und Spurtschnelligkeit ihrer sorgsam gepflegten Fahrzeuge spiegelt sich auch in ihren Namen wieder: *Puma, Simba, Panther* und *Buffalo*!

Natürlich stehen hier ebenfalls Fahrzeuge des Rettungsdienstes.

Die KTW und RTW werden wie bei uns von gut ausgebildeten Rettungsassistenten besetzt.

Der Einsatzbereich der Düsseldorfer Feuerwehr ist riesig:

Das Gelände umfasst 6.130.000 Quadratmeter. Allein das Vorfeld misst schon 722.329 Quadratmeter und alles wird von ihnen betreut.

194.000 Flugbewegungen und 15,9 Millionen Passagiere zeigte die Statistik des Düsseldorfer Flughafen im Jahre 1999!

Ohne die permanente Präsenz der Flughafenfeuerwehr dürfte und könnte der Flughafen seinen Flugbetrieb nicht aufnehmen!

Tausende von Bediensteten arbeiten hier.

Neben den bekannten Maschinen renommierter Linien wie Lufthansa, LTU, British Airways, Air Berlin, Continental Airlines, Deutsche BA oder Condor sind zahlreiche weitere Fluggesellschaften aus allen Kontinenten tagtäglich vertreten.

Sie alle, ihre Passagiere wie auch die Crews, haben ein Recht auf Sicherheit.

Sie alle vertrauen darauf, dass sie gut zu ihren Urlaubszielen gebracht werden, dass sie sicher die Heimat wieder erreichen oder dass sie verlässlich ihren geschäftlichen Verpflichtungen nachkommen können.

Die Männer der Düsseldorfer Flughafenfeuerwehr sind Teil eines verzweigten Sicherheitskonzeptes und jeder, der hier arbeitet, ist sich dieser Verantwortung bewusst.

Vor nicht all zu langer Zeit hat die Leitung der Flughafenfeuerwehr eine neue Führungsspitze erhalten.

Thomas Jeziorek hatte nicht lange gezögert, als die Stellenausschreibung auf seinen Schreibtisch flatterte.

Er war nicht der einzige Bewerber, der die nötige Qualifizierung für diesen Posten mitbrachte. Dennoch fiel die Wahl auf ihn und er war wesentlich früher als erwartet in eine provisorische Wohnung nach Angermund gezogen.

Die Trennung von seiner Familie, die noch im Norden Deutschlands lebte, schmerzte zwar, aber er war mit seiner Frau überein gekommen, den großen gemeinsamen Umzug in Ruhe zu planen.

Die Flughafenfeuerwehr eines international renommierten Flughafens stellt für jeden Feuerwehrchef eine Herausforderung dar.

Der Reiz liegt in der Vielseitigkeit der Anforderungen, der Komplexität dieses sensiblen, hoch technisierten, großflächigen Areals, das betreut werden muss.

Unabhängig von den vielfältigen Aufgaben, die er sowieso sicher und souverän zu beherrschen hatte, interessierte ihn die Geschichte der Luftfahrt grundsätzlich.

Der Traum vom Fliegen. Ist es nicht ein Urtraum der Menschen schlechthin?

Wie viele waren daran gescheitert.

Ikarus verglühte im Licht der Sonne, der Schneider von Ulm stürzte jämmerlich in die Tiefe, aber die Menschen gaben nie auf. Immer wieder gab es neue mutige Versuche, bis der Menschheit endlich der Durchbruch gelang. Vieles hatte sich seitdem verändert.

Thomas Jeziorek blätterte in einem Buch über die Geschichte Düsseldorfs und las:

Am 19. September 1909 landete der Zeppelin Z 3 auf der Golzheimer Heide. Aber erst am 19. April 1927 eröffnete der damalige Oberbürgermeister Robert Lehr nach zweijähriger Bauzeit den Düsseldorfer Flughafen. Im gleichen Jahr überquerte Charles Lindbergh im Mai mit seinem sensationellen Flug als erster den Atlantik.

Jetzt war die kommerzielle Luftfahrt nicht mehr zu bremsen.

Eine Junkers F13 war das erste Flugzeug, das am 19. April 1927 offiziell auf dem Düsseldorfer Flughafen landete. Die Lufthansa bot mit dieser legendären Maschine Flüge nach Berlin und Hamburg für bis zu vier Personen an.

Heutzutage sind natürlich andere Flieger unterwegs. Mit rund 60.000 Landungen pro Jahr liegen die Maschinen vom Typ Boeing 737 immer noch an der Spitze, gefolgt von der DC9 und der MD80. Der moderne Airbus A320 hat sich bereits einen beachtlichen dritten Platz erobert. Eine rasante Entwicklung in nur siebzig Jahren.

Der Wehrleiter nippte an seinem randvollen Kaffeebecher.

Immer noch zu heiß, fand er und setzte den Becher behutsam wieder ab.

Nur nicht schlabbern!

Dann schob er sich mit seinem Drehstuhl etwas zurück und erhob sich.

Er beschloss, der Leitstelle einen Kurzbesuch abzustatten. Ein Blick auf die Uhr zeigte ihm, dass er noch knapp zehn Minuten Zeit hatte, bis der Gesprächstermin für die ÖA anstand.

Eigentlich hätte er andere Dinge gerne vorgezogen, aber auch dieses Thema gehörte zu seinem Pflichtprogramm. Öffentlichkeitsarbeit war unverzichtbar für einen frisch gebackenen Feuerwehrchef.

Thorsten Hiermann, der Pressesprecher des Düsseldorfer Flughafen, würde ihn mit einigen wichtigen Personen bekannt machen. Und es würde nicht bei diesem einen Treffen bleiben.

»Darf ich mal?«

Der Feuerwehrmann hinter dem Schaltpult in der Leitstelle zuckte zusammen. Das Fernglas gerade noch fest gegen die Augen gedrückt, drehte er sich erschrocken um.

Vertieft in seine Beobachtungen, hatte er den Chef weder eintreten sehen noch gehört.

»Was Interessantes?«, fragte Jeziorek und hielt die Hand auf.

Nachdem der Feuerwehrmann ihm das Glas reichte, führte er es vor seine Augen.

»Achten Sie auf die Maschine im Landeanflug auf 12 Uhr, Learjet 35 A.«

»Ja, und?«

»Ein Ambulanz-Jet der Deutschen Flug-Ambulanz, hinten von Hangar drei, kommt Non-Stop von den Kanaren. Eins unserer Fahrzeuge ist rüber und öffnet das Tor für den Rettungswagen der Städtischen Feuerwehr.«

»Mhhm, ich sehe ihn, saubere Landung. Wissen wir, wen er an Bord hat?«

»Ja, männlicher Patient, intubiert und beatmet.«

»Und was war die Ursache dafür?«

»Kann ich nicht sagen, Chef, aber die haben öfters solche Flüge. Diese Flitzer sind verdammt schnell, so um achthundertfünfzig Sachen, und steigen bis auf vierzehntausend Meter Höhe. Nicht schlecht, was?«

Jeziorek setzte das Glas wieder ab. Der kleine Düsenjet war seinem Sichtfeld entschwunden.

»Woher wissen Sie das alles?«

»Ich bin bei denen Mitglied, das kann ich Ihnen nur empfehlen. Ich hab einmal im Urlaub so'n armes Schwein kennen gelernt – Motorradunfall. Da unten wäre der wahrscheinlich elendig verreckt. Glück gehabt, er war über die DFA versichert. Die kamen mit 'nem Arzt, 'nem Sani und dem ganzen medizinischen Equipment, das hier bei uns Standard ist. Die Jungs regelten alles vor Ort, das bekommt man alleine in so einer Situation nicht mehr gebacken und dann ab Richtung Heimat.«

»Und«, Jeziorek rieb bedeutungsvoll Daumen und Zeigefinger aneinander, »wie sieht es damit aus?«

»Kein Problem, absolut in Ordnung. Für sechzig Mark im Jahr werden sie von jedem Punkt der Erde abgeholt. Die zahlen sogar noch für Sachen, die Ihre Krankenkasse hier nicht erstattet.«

»Und Sie bekommen anscheinend Provision, wie?«

»Aber nicht doch Chef, die Sache ist seriös. Ich find das nur gut und …«

»Entschuldigen Sie, wenn ich Sie unterbreche.«

Jeziorek sah gerade wieder auf die Uhr. Seine Zeit wurde knapp.

»Ich habe gleich einen wichtigen Termin. Und drüben wartet auch noch mein Kaffee, von dem ich bisher nicht einen vernünftigen Schluck bekommen habe.«

»Na dann viel Erfolg. Wir drücken Ihnen die Daumen.«

Das war ehrlich gemeint. So skeptisch die Mannschaft auch anfänglich war, ein Führungswechsel ist ja nicht alltäglich, so gut schien die Sache mit dem neuen Chef anzulaufen. Zumindest machte er einen recht passablen Eindruck auf die Männer. Und sie sagten sich:

Wenn der im Ernstfall genauso ruhig und sicher ist wie sonst, dann konnten sie zufrieden sein. Irgendwann würde es sich ja zeigen.

Keiner ahnte zu diesem Zeitpunkt, dass die Entscheidung über seine Übersicht und Nervenstärke bereits heute ihre erste harte Bewährungsprobe erfahren sollte.

Seit den frühen Morgenstunden befand sich eine Maschine der Republik Ghana in der Luft.

Von Accra, direkt an der Goldküste am Golf von Guinea gelegen, stieg eine alte vierstrahlige Boeing 707 mit neun Besatzungsmitgliedern und achtundneunzig Passagieren an Bord gegen den dunklen Nachthimmel auf. Hier in der Nähe des Äquators vollzog sich der Übergang von der Nacht zum Tag mit rasanter Schnelligkeit.

Die Piloten zählten zu den erfahrensten ihrer Gesellschaft und fühlten sich frisch und ausgeruht.

Das Intercontinental, in dem sie die Nacht verbracht hatten, war das Einzige seiner Klasse in Akkra.

Vollklimatisiert, anders konnte man es auch kaum aushalten. Temperatur und Luftfeuchtigkeit besaßen um diese Jahreszeit Saunacharakter. Westeuropäer hatten jedes Mal hart zu kämpfen, wenn ihnen die ghanaische Luft durch die geöffnete Türe des Fliegers regelrecht entgegenschlug.

Die Passagiere hatten eingecheckt. Alles verlief nach Plan.

Die Helligkeit der aufgehenden Sonne überraschte immer wieder und dann erstreckte sich die endlose Weite der Sahara unter ihren Blicken. Sand und Fels, so weit das Auge reichte.

Seit sie den Niger überflogen hatten, verwandelte sich die Landschaft zunehmend. Freundliches Grün wechselte in die eintönigen Farben ewiger Sanddünen, die sich wie ein weites Meer erstreckten. Ausgetrocknete Wadis zogen sich wie Adern durch eine sich ständig wandelnde und doch so trostlose Landschaft. Keine blauschimmernde Oase zeigte sich dem suchenden Auge.

Mehr als zweitausend Kilometer überflogen sie die flächenmäßig größte Wüste der Erde. Zweitausend Kilometer im faszinierenden Licht- und Schattenspiel der gleißenden Sonne.

Moderne Maschinen mit weit größerer Reichweite schafften die Entfernung Accra/London problemlos ohne Zwischenstopp.

Mit diesem alten Vorgängermodell der heutigen Boeing 707-320 waren sie allerdings gezwungen in Algier zwischenzulanden, um neuen Treibstoff aufzunehmen.

Die Füllungskapazität ihrer Tanks, aber auch die Leistung der vier Mantelstromtriebwerke von Pratt & Whitney entsprachen einfach nicht mehr dem heutigen Standard. Dennoch flogen immer noch einige Maschinen diesen Typs um den Erdball.

Letztendlich hatten die verschärften Lärm- und Emissionsbestimmungen vornehmlich der führenden Industrienationen zwar nicht das Ende, aber doch die Ablösung dieses einstmals weit verbreiteten und bewährten Flugzeugtyps ausgelöst.

Heutzutage sollte man weite Strecken ohne Zwischenlandungen zurücklegen. Das spart den Fluggästen und den Fluggesellschaften eine Menge Zeit und Geld.

Start und Landegebühren internationaler Airports sowie die Kerosinpreise zählten nicht gerade zu den preiswertesten Vergnügen.

Kapitän Martinez lehnte sich entspannt zurück. Seine alte 707 schaffte zwar ›nur‹ maximal 6000 Kilometer aber, *was soll's,* dachte er sich.

Bereits vor einer Stunde hatten sie den Autopiloten eingeschaltet. Jetzt plauderte er ein wenig mit seinem Co-Piloten, einem relativ jungen, aber dennoch flugerfahrenen Kollegen, der sich in dieser alten Maschine jedoch überhaupt nicht wohl fühlte. Daher waren die Worte, die er gerade an seinen Kapitän richtete, aus seiner Sicht absolut verständlich:

»Ich begreife nicht, warum Sie das Angebot den Airbus zu fliegen, abgelehnt haben.« Dabei ließ er seine Augen missmutig durch das veraltete enge Cockpit schweifen.

Martinez lächelte still, seine Hand strich wie spielerisch über die Bordinstrumente.

»Nostalgie, mein Freund, nennen wir es Nostalgie. Ich habe so viele Flugstunden in diesem Vogel verbracht, wie kaum ein zweiter in unserer Gesellschaft.«

Der andere schüttelte den Kopf:

»Aber ein solches Angebot, entschuldigen Sie, das schlägt man doch nicht aus.«

Instinktiv spürte er mit seinen Worten etwas zu weit gegangen zu sein und beeilte sich entschuldigend »zumindest ich würde es nicht tun« hinzuzufügen.

Martinez maß dem leisen Vorwurf, der in diesen Worten steckte, keine Bedeutung bei.

Nach einer Weile des Nachdenkens entgegnete er in gelassenem Ton:

»Wissen Sie, Ramires, für Sie mag das ja zutreffen. Ich schätze, es ist auch Ihr Recht so zu denken, aber ich habe nur noch zwei Jahre. Natürlich ehrt mich das Angebot unserer Gesellschaft, aber andererseits nehme ich einem unserer guten jungen Kapitäne nicht gerne seine Maschine weg.«

Jetzt blickte **er** sich um, aber **seine** Augen strahlten dabei wie die eines kleinen Jungen, der begeistert sein Lieblingsspielzeug betrachtet.

»Außerdem sollte man ein so eingespieltes Gespann nicht mehr trennen.«

Ramires staunte, eine solche Antwort hätte er nicht erwartet.

Der freiwillige Verzicht, einen der modernsten Flieger der Welt zu steuern für diese alte Kiste … *bemerkenswert, wirklich bemerkenswert.*

Und seine Äußerung bezüglich der jüngeren Kollegen?

Ramires hatte da so seine Zweifel. Unauffällig schielte er nach links, warf einen verstohlenen Blick auf seinen Kapitän.

Sollte das alte Fliegerfossil etwa nicht mehr der Herausforderung gewachsen sein. Dann verwarf er diesen Gedanken. Eher unwahrscheinlich, immerhin hatte der Kapitän die Ausbildung auf dem Airbus genauso erhalten und bestanden wie alle anderen.

Mhm, er zuckte die Schultern, was soll es.

Ramires selbst war noch jung und träumte schon von seinem eigenen Kommando im neuen Airbus A3XX, über den zur Zeit alle Piloten sprachen.

In dreißigtausend Fuß servierten die Flugbegleiterinnen, wie sich die Stewardessen seit einiger Zeit nennen, ihren Gästen das übliche Frühstück.

Armin Harbort, seines Zeichens leitender Direktor der Berufsfeuerwehr Düsseldorf, befand sich zu dieser Zeit auf dem Weg in das Technische Rathaus, als ihn ein Telefonanruf aus seinem Büro auf der Feuerwache Eins in der Hüttenstraße zurückbeorderte.

Sein Gesprächspartner, mit dem er den 10.00 Uhr Termin hatte, ließ sich durch seine Sekretärin entschuldigen.

Grund war eine Erkältung, die ihn bereits in der Nacht um seinen Schlaf gebracht hatte, so dass er heute nicht im Büro erscheinen konnte.

Für den Direktor der Feuerwehr war es ärgerlich, erst jetzt, als er bereits unterwegs war, die Absage zu erhalten.

»Sie können, wenn Sie sich beeilen, noch an dem Treffen mit dem neuen Leiter der Flughafenfeuerwehr teilnehmen«, schlug seine Sekretärin vor.

»Find ich nicht so gut, immerhin haben wir diesen Termin abgesagt, weil die Angelegenheit hier vordringlich war.«

Einen Moment war es still in der Leitung, dann vernahm er die Stimme von Frau Kamps erneut.

Die umsichtige Sekretärin versuchte, ihn mit einem zweiten Versuch umzustimmen:

»Ich könnte anrufen und kurzfristig zusagen. Bis 12.00 Uhr haben Sie jetzt sowieso frei«, sie lachte, »was man so frei nennt. Also, was meinen Sie? Einige der anderen Herren sind ebenfalls da und wir haben nicht einmal eine Vertretung geschickt.«

Harbort zögerte noch, musste seiner geschickt argumentierenden Sekretärin Recht geben.

Letztlich siegte Logik über die Emotion.

»Gut, ich bin einverstanden. Rufen Sie an und sagen Sie bitte, dass ich mich kurzfristig freimachen konnte. Und wenn was ist, setzten Sie mich bitte umgehend in Kenntnis, Sie wissen ja, ich habe heute A-Dienst.«

In Ordnung, Chef, und denken Sie an die Baustelle.«

Damit beendete sie das Gespräch, legte den Hörer aber nicht aus der Hand, sondern drückte im Rufnummernspeicher den gewünschten Anschluss des Wehrleiters vom Düsseldorfer Flughafen.

Der Branddirektor fuhr selbst. Auf den ihm zustehenden Fahrer hatte er heute verzichtet. Trotz des dichten Verkehrs kam er relativ glatt durch. Die Berliner Allee war natürlich wie immer verstopft, aber als er den Kennedy-Damm erreichte, rollte es wieder.

Von der Danziger Straße bog er in die Flughafenausfahrt. Vorbei an den neuen Hallen und dem zentralen Terminal, an dem fleißig gebaut wurde, steuerte er den Mercedes weiter nach Norden.

Auf riesigen Anzeigetafeln wurden die Autofahrer zu ihren unterschiedlichen Zielen innerhalb des Flughafengeländes gelotst.

Armin Harbort war der Weg geläufig, daher achtete er auch nicht auf die Hinweise mit der Aufschrift – Feuerwache –.

Parken war hier ein Problem. Es gab zwar hinreichend Parkplätze, gegen entsprechende Gebühr versteht sich, aber die vielen ›normalen‹ Parkflächen, die gewöhnlich den gestressten Autofahrern zur Verfügung standen, waren allesamt dem gigantischen Bauvorhaben zum Opfer gefallen.

Statt dessen zogen sich dort, wo die Autos früher vielfach unberechtigt parkten, endlos lange, überdachte hölzerne Fußwege entlang. Dahinter ragten zahllose Baukräne empor.

Ein Heer von Bauarbeitern gestaltete den neuen Airport 2000 plus.

Trotz der unvermeidbaren Beeinträchtigungen durch Hunderte von Baustellenfahrzeugen und Provisorien lief der Flugbetrieb wie eh und je.

Die Flughafengesellschaft gab sich alle erdenkliche Mühe, ihren nationalen und internationalen Gästen die mit diesem Umbau Hand in Hand gehenden Schwierigkeiten so wenig wie möglich spüren zu lassen.

Für Armin Harbort spielte das Parkproblem keine Rolle. Den Angehörigen der Flughafenfeuerwehr stand ein eigener kleiner Parkplatz zur Verfügung, auf den er jetzt seinen Wagen lenkte. Fremdparker mussten allerdings damit rechnen, hier gnadenlos abgeschleppt zu werden.

Ohne den entsprechenden Parkausweis hinter der Windschutzscheibe gab es mindestens eine – wie im allgemeinen Straßenverkehr – gebührenpflichtige Verwarnung.

Aber wer würde einem roten PKW mit Blaulichtern auf dem Dach schon ein Protokoll hinter die Scheibenwischer stecken?

Die große Fahrzeughalle der Feuerwache Sechs wird durch eine in ihrer Mitte liegende Waschhalle ungefähr im Verhältnis eins zu zwei geteilt.

Im größeren Teil stehen die Alarmfahrzeuge, die am häufigsten ausrücken. Im kleineren Teil stehen der GKTW, der AB-Rett., das KEF sowie zwei LF 16 TS, die auch von der Schule zu Ausbildungszwecken genutzt werden.

Da sich die Schule heute, wie eigentlich jeden Tag in der Woche, nicht nur auf dem Hof, sondern auch in der riesigen Übungshalle breit gemacht hatte, war es mir nicht möglich, unsere Zelte dort aufbauen zu lassen.

Ein Blick zum Himmel überzeugte mich, dass es sowieso sinnvoller wäre, mit den Stoffzelten im Trockenen zu bleiben. Als einzige Alternative blieb mir daher der kleinere Fahrzeughallenbereich. Dazu mussten allerdings sämtliche der eben genannten Fahrzeuge herausgefahren werden.

Schon beim Frühstück hatte ich den Männern das Vorhaben mitgeteilt, was nicht bei jedem Freude weckte.

»Ich muss heute die Hydraulik prüfen«, entgegnete der Hydrauliker.

»Und ich brauche zwei Mann in der Küche!«, rief der Koch, »wir haben zweiundzwanzig Essen mehr als sonst. Der Leitstellenlehrgang und der GSG-Lehrgang haben sich letzte Schicht schon angemeldet«, betonte er.

Ein Dritter tippte mir auf die Schulter: »Falls jemand zur Wache Eins muss, kann ich dann fahren? Meine Jacke ist kaputt und es wäre besser, ich probiere die neue selber an. Du müsstest mir nur noch einen Materialschein für die Kleiderkammer schreiben.«

Ich reagierte sauer:

»Vergiss es, du hast ja noch andere Jacken. Ich kann heute keinen Mann entbehren.«

Dann wandte ich mich an alle:

»Hört mir mal einen Moment zu ... **HALLO! Zuhören!**

Also, nochmals für die, die das Spiel nicht kennen. HEUTE bauen wir die Zelte auf! Dazu brauche ich euch alle!«

»Meinetwegen! Dann gibt es aber nichts zu essen!«, rief der Koch reichlich verschnupft.

Ich atmete tief durch und blickte Hilfe suchend zu Horst, meinem heutigen DGL.

Der zog die Mundwinkel nach unten, die Augenbrauen empor und machte eine viel sagende Geste mit seinen Händen:

»Setz dich durch, du bist der Tagesdienst«, meinte er trocken.

Na toll, dachte ich, das hilft mir auch nicht weiter.

Da stand Horst vom Frühstückstisch auf und rief:

»Wer will heute was zu essen haben?«

Allgemeine Verwunderung auf den Gesichtern, aber niemand gab eine konkrete Antwort. Was bezweckte er mit dieser Frage, verbarg sich etwa eine gemeine Absicht dahinter?

»Ja was nun? Habt ihr es mit den Ohren? Also **ich** will heute Mittag was zu beißen haben, und ihr?«

Natürlich wollten alle. Beifälliges Gemurmel.

»Na also, dann wäre das doch geklärt. Addi, du bleibst in der Küche. Zwei Mann von der weißen Flotte helfen. Nimm zwei, die das mit den Zelten schon kennen. Die anderen ab nach unten!«

Dann fasste mich Horst am Ärmel meines Hemdes und raunte:

»Komm mal mit.«

Gespannt was er mir Vertrauliches mitteilen wollte, folgte ich ihm auf den Flur.

Der größte Teil der Mannschaft befand sich schon auf dem Weg nach unten. Nur wenige waren noch in der Küche.

Wir standen alleine.

»Hast du gesehen, wie man das macht?«

»Ja sicher, aber ich ...«

»Nee, kein aber. **Du** musst dich durchsetzen, **du** musst die Sache und die Leute im Griff haben, nicht umgekehrt.«

Er sah mich eindringlich an.

»Kapiert? Das ist nämlich dein Problem, du bist wieder zu lieb.«

Ich protestierte, er winkte ab.

»Ich mache bestimmt nicht alles richtig, aber bei mir wissen die Jungs genau, wo sie dran sind.«

»Na ja, ...«

»Was, na ja?«

»Du bist der DGL«, entgegnete ich.

»Und? ... du bist der Tagesdienst!«

»Deine rechte Hand, ich weiß. Aber diese Hand denkt über Verschiedenes eben anders als du.«

Ich machte ein verschmitztes Gesicht.

Zwei Mann kamen noch aus der Küche:

»Ah! Geheimbesprechung, wie?«

»Phh«, machte Horst und stieß mich an:

»Fass Händchen!«

Natürlich »fasste« ich nicht und rief stattdessen:

»He wartet, ich komme mit!«

Mit schnellen Schritten hatte ich die beiden eingeholt.

»Na, was wollte denn unser DGL von dir?«

»Neugierigen Jungs wie dir das Maul stopfen«, konterte ich auf seine neugierige Frage.

»Oh Mann, das muss ja ein irres Gespräch gewesen sein. Lass mich raten, der hat dir bestimmt erzählt, wie du uns in Schach halten sollst – stimmt's?«

Mit unverhohlenem, entwaffnendem Lächeln sah er mich an.

»Quatsch!«, entgegnete ich. Aber das klang wohl nicht sehr überzeugend.

»Ha! Erwischt, ich kenne doch unseren Horst.«

Ich zog es vor, zu schweigen.

Anscheinend durchschauten meine Kollegen die Rollenspielchen recht gut, einige zumindest. Aber das war schließlich kein Wunder, da die meisten seit vielen Jahren gemeinsam miteinander 24 Stunden Dienst hatten. Da lernt man die Eigenheiten der anderen ziemlich genau kennen.

Ich war ja auch nicht mit allem einverstanden, aber hier hatte ich Horst im Stillen beipflichten müssen.

Na, mal sehen wie die Sache anläuft, dachte ich.

Sie lief, wie konnte es anders sein, natürlich wie immer. Jeder machte seine Arbeit, auch ohne dass die ›Hand des DGL‹ eingreifen musste.

Stan und Achim schwangen sich hinter das Lenkrad des GKTW und des AB-Rett. Ralf setzte das KEF aus der Halle und von den beiden LF 16 TS stand nur noch das hintere dort, das Daniel zu den anderen auf den Hof fuhr.

Jetzt stand uns genügend Platz, für zumindest zwei Zelte, zur Verfügung.

Das Trägerfahrzeug des AB-Rett. gehörte zur neuesten Generation großer Mercedes-Nutzfahrzeuge.

Die LKW der Actros Reihe zeichneten sich durch neueste innovative Technik und Bedienerfreundlichkeit aus.

In jüngster Vergangenheit hatte die Stadt Düsseldorf mehrere dieser Spitzenfahrzeuge gekauft und nach umfassender Schulung der Maschinisten in Dienst gestellt.

Mit seinem riesigen Greifarm zog das Trägerfahrzeug einen Abrollbehälter über das Heck auf eine spezielle Unterkonstruktion.

Es gibt verschiedene Abrollbehälter: große Container, jeder voll beladen mit Ausrüstungsgegenständen für einsatzspezifische Aufgabenbereiche.

Container und Trägerfahrzeuge der Actrosgeneration können untereinander ausgetauscht werden. So ist es möglich, zum Beispiel unseren Abrollbehälter »Rettung« dort, wo er gebraucht wird, abzusatteln und mit dem frei gewordenen Trägerfahrzeug einen weiteren Container zu transportieren. Dieses System hat sich in der Praxis bewährt.

Manche Feuerwachen besitzen eine Vielzahl unterschiedlich gestalteter Container, aber sie kommen mit zahlenmäßig wesentlich weniger Trägerfahrzeugen aus.

Unserer steht jedoch immer aufgesattelt und sofort fahrbereit in der Halle.

Ein AB-Rett., also ein Abrollbehälter »Rettung«, ist ein Alarmfahrzeug für eine Großschadenslage.

Er ist bestimmten Einsätzen unter dem unschönen Stichwort Massenanfall von Verletzten, kurz MANV genannt, vorbehalten.

Keiner von uns wünschte sich je eine solche Situation herbei. Aber die schrecklichen Bilder von Großschadenereignissen, die in den Nachrichten aus aller Welt gezeigt werden, sprechen eine eindeutige Sprache. Es gibt keine hundertprozentige Sicherheit. Und weil dies so ist, muss eine Stadt Vorsorge treffen.

An unserer Feuerwehrschule laufen immer wieder spezielle Seminare, die sich mit dieser Thematik beschäftigen.

Die Feuerwache Sechs, an der ich arbeite, ist dafür ausgebildet, in einem solchen Fall eingreifen zu können.

Unsere Aufgabe besteht darin, an einem geeigneten Platz eine Verletztensammelstelle aufzubauen. Dazu benötigen wir andere Fahrzeuge als bei einem Feuer.

Zwar fahren wir auch mit unserem Löschgruppenfahrzeug, aber wir nehmen den AB-Rett. und auch unseren Bus, den GKTW, mit.

Die vier sich selbst aufblasenden Zelte stellen das Kernstück eines transportablen »Feldlazaretts« dar. Sie liegen eingerollt hinter Aluminiumrollos in den Fächern des Containers und müssen in regelmäßigen Abständen getestet werden.

Ein solcher Test beinhaltet den kompletten Aufbau, mit Beleuchtung, Heizung, Patientenplätzen und, und, und. Dieses Training ist unverzichtbar.

Die Einsätze sind – Gott sei Dank – nur selten, um so wichtiger ist es, dass wir die Handhabung dieses Geräts durch Übungen kennen lernen und vollkommen beherrschen.

Und solch ein Tag war heute.

»Los, Stan! Absatteln!«, rief ich.

Stan legte das Nebengetriebe ein und bediente vom Führerhaus des Actros beide Hebel.

Der riesige Container bewegte sich. Zuerst schob ihn der rechtwinklige Greifarm ein Stück in den Führungsschienen nach hinten, anschließend in die Höhe, um ihn danach rückwärts abzulassen. Die massiven Rollen, die unter dem hinteren Ende des Containers montiert waren, berührten als erste den Boden. Der Greifarm senkte sich tiefer und mit ihm rollte der Container vollends zur Erde.

Stan klinkte den Greifarm nicht aus, sondern ließ ihn in der stählernen Metallöse verharren, so dass er ohne zeitliche Verzögerung den Container im Bedarfsfall wieder aufsatteln konnte.

Das Training begann.

Eine Zelthaut wiegt so viel, dass vier Männer zum Tragen nötig sind. Für weitere Entfernungen nutzt man allerdings besser eine eigens dafür vorgesehene Transportkarre. Sie ist ebenfalls im Container verstaut.

Wir rollten zwei Zelte nebeneinander auf den Fliesen des Hallenbodens aus und schlossen die Ventilatoren an. In knapp drei Minuten bliesen sich die Zelte auf.

Sie stehen allein durch ihre luftgefüllten Wände, ohne irgendwelche Hilfsmittel wie Stangen oder dergleichen zu benötigen. Lediglich die Luftzufuhr musste permanent gewährleistet werden. Für das Gebläse nutzten wir einfach den Strom aus der Steckdose. Im Einsatzfall stünde uns das leistungsstarke Stromaggregat unseres LF zur Verfügung.

Ich war zufrieden, alles lief wie am Schnürchen, aber jeder war sich schon darüber im Klaren, dass dies hier nur eine Übung ist.

Keine Verletzten, kein Schreien, kein Stress, kein Druck, keine Belastung.

Ich musste an Enschede denken.

Wie würden wir arbeiten, wenn das Schicksal bei uns so grausam zuschlug? Würde jeder von uns seine Arbeit souverän verrichten? Oder versagten möglicherweise die Nerven? Würde man sich hinreißen lassen und mit der unmittelbaren Versorgung Verletzter beginnen, bevor die Zelte standen und alles fertig war?

Immer und immer wieder hatten wir das durchgesprochen.

Nur wenn sich jeder strikt auf seine Aufgabe konzentrierte, konnte man das unvermeidliche Chaos irgendwann in den Griff bekommen, so hofften wir zumindest.

Aber Realitäten können oft vieles verändern und Katastrophen schreiben ihre eigenen Gesetze. Trotzdem, so sagten wir uns:

Ohne Vorbereitung gehen die Chancen, im Ernstfall gute Arbeit zu leisten, gegen Null. Zu denen wollen wir nicht gehören. Also hieß es immer wieder Üben.

Unsere Motivation und unser Ausbildungsstand ist hoch und wir besitzen gutes Gerät.

Dr. Karl Weber betrachtete zum wiederholten Male die Röntgenbilder.

Es stand ihm in dem kleinen, gut ausgestatteten Rettungsflieger zwar kein Bildbetrachter zur Verfügung, aber das war auch nicht so wichtig. Er hatte sich die Aufnahmen eingehend in der Klinik angesehen.

Trotzdem, selbst gegen das Licht der kleinen Deckenleuchten konnte er die hellen Linien des gebrochenen Schädels klar erkennen.

»Wie viel Sauerstoff haben wir noch?«, fragte er den Rettungsassistenten.

Marcus Lämmel, der die Anlage permanent überwachte, warf einen Blick auf das Druckmanometer:

»Es reicht«, antwortete er, »da wir schon hinter Frankfurt sind, werde ich die andere Flasche nicht mehr anbrechen müssen.«

Dr. Weber nickte beruhigt und schob die Aufnahmen wieder in den großen, braunen Papierumschlag. Dann machte er seine Eintragungen in das Patientenprotokoll.

Der Patient lag auf einer eingebauten Spezialliege. Wie gewöhnlich hatten sie ihn direkt mit der Vakuummatratze in den Lear-Jet gehoben.

Sämtliche Patienten werden im Flieger so transportiert. Nicht immer besteht dafür eine zwingende medizinische Indikation, diesmal aber war es wirklich wichtig:

Eine Beckenringfraktur, zwei angebrochene Dornfortsätze der vierten und fünften Brustwirbel und vier gebrochene Rippen verlangten einen sensiblen, schonenden Transport, ganz zu schweigen von dem Schädelbasisbruch.

Sie hatten den Ambulanzflug nach Deutschland erst durchführen können, nachdem der Pneumothorax so weit geheilt war, dass man die Drainagen gefahrlos ziehen konnte.

Eine der gebrochenen Rippen hatte sich bei dem Unfall unglücklich in den rechten, unteren Lungenlappen gebohrt und ein hässliches Loch hinterlassen.

Aber selbst bei »nur« vier gebrochenen Rippen hätte er beatmet werden müssen.

Der Dräger OXYLOG 2000 arbeitete mit der Präzision eines Schweizer Uhrwerks.

Dr. Weber war froh, dass sie über diese zuverlässige transportable Beatmungseinheit verfügten.

Noch vor kurzer Zeit hätte man solche Patienten nicht fliegen können. Erst die moderne Medizintechnik ermöglichte es. Auf diesem Gebiet ist die Firma Dräger Weltspitze!

Natürlich musste das Equipment immer auf dem neuesten Stand gehalten werden und das ist nicht gerade billig.

Aber was ist schon billig, dachte er.

Wenn man sich über die Kosten Gedanken machte, konnte einem schon schwindelig werden. Er blickte sich in dem mehrere Millionen Dollar teuren Jet um.

Normalerweise war hier Platz für sieben bis acht Passagiere.

Im Moment sah es hier weniger wie in einem Luxus-Jet aus als wie auf der Intensivstation eines Krankenhauses.

Drei Perfusoren gaben kontinuierlich ein fest eingestelltes Volumen von flüssigen Medikamenten in die Vene unterhalb des Schlüsselbeins. Diese Medikamente hielten den Patienten in einer künstlichen Narkose. Gleichzeitig wurden seine Nieren gespült, deren Ausscheidungen über einen Blasenkatheter abgeleitet, aufgefangen und gemessen wurden. In festgelegten Intervallen fragte die Überwachungseinheit des Corpuls 08/16 bestimmte Messwerte ab: Blutdruck, Puls, Sauerstoffsättigung. Alle Werte speicherte das Gerät ebenso wie das 12 Kanal-Simultan-Ruhe EKG in einem eingebauten Speicher.

Dieses tragbare Gerät zählt zu den derzeitigen medizinischen Spitzentechnologien. Für seinen Preis erhält man locker einen guten Mittelklassewagen. Nur könnte man damit das Leben dieses Menschen nicht retten.

Dr. Weber sah auf den hochgeklappten LCD-Monitor.

Stabiler Sinusrhythmus.

Ein Blick zur Uhr, eine halbe Stunde noch, dann würden sie in Düsseldorf landen.

Dank eines kräftigen Jet-Streams in etwa fünfundfünfzigtausend Fuß hatten sie fast eine halbe Stunde eingespart.

Die Piloten gaben die angenehme Zeitersparnis per Funk zur AIR TRAFFIC Fluggesellschaft am Flughafen Düsseldorf durch. Deren Flugleiter informierte umgehend die Deutsche Flug-Ambulanz über die geänderte Ankunftszeit.

Axel Bechert, der stellvertretende Leiter der Flugrettungsorganisation, informierte wiederum seine Kollegin Susanne Heyden, die sofort zum Telefon griff.

Als erstes rief sie die Leitstelle der Berufsfeuerwehr Düsseldorf an. Von hier würde der Verlegungsnotarztwagen aktiviert werden. Der nächste Anruf galt der Aufnahmeklinik, die ein Intensivbett für den nach wie vor lebensbedrohlich verletzten Patienten bereithielt.

Zum Schluss telefonierte sie mit der Flughafenfeuerwehr. Ohne deren Mitarbeit war nämlich nichts möglich.

Jedes fremde Fahrzeug, das auf das Flugfeld oder wie in diesem Fall auch nur auf das Vorfeld wollte, wurde immer von der Flughafenfeuerwehr gelotst. Das hat verschiedene Gründe. Unter anderem hätten die Rettungsfahrzeuge anderer Organisationen, selbst wenn sie mit dem Anfahrweg vertraut wären, keine Chance, auf das Gelände zu gelangen. Nur die Männer der Flughafenfeuerwehr besaßen den Schlüssel zu dem speziellen Einfahrttor.

Nach dem Öffnen würden sie die Rettungsfahrzeuge auf schnellstem Weg direkt bis an den Flieger geleiten. Sie halfen auch beim Umlagern des Patienten. Dazu bestand zwar keine Verpflichtung, aber sie waren Feuerwehrmänner und Rettungsassistenten, genau wie ihr Kollege an Bord der Maschine. Es war für sie eine Selbstverständlichkeit.

In unzähligen Situationen der Vergangenheit hatte die Med.-Crew die fachkundige, freundliche Hilfe der Flughafenfeuerwehrmänner gerne in Anspruch genommen.

Kapitän Peters hatte den Sinkflug eingeleitet. Noch knapp zehn Minuten bis zur Landung. Die Sicht war gut, die Windverhältnisse ebenso. Die aktuelle Wetteransage ATIS erhielten sie über eine automatische Bandansage.

Lediglich geringe Turbulenzen in circa zweihundert Meter über Grund, die durch das ausgefahrene Fahrwerk und die Betätigung der Landeklappen verstärkt wurden, ließen den Jet etwas schwanken. Das Übliche, nichts was ihnen Kopfzerbrechen bereiten konnte.

Für die Piloten im Cockpit wurde es Zeit, den direkten Kontakt mit dem Tower aufzunehmen.

»Snoopy two five two ruft Düsseldorf Tower.«

»Hier Düsseldorf Tower, sprechen Sie.«

»Snoopy two five two, Ambulanz-Jet der Deutschen Flug-Ambulanz von Las Palmas kommend. Erbitten Landeerlaubnis.«

»Snoopy two five two, clear to land. Runway two three left.«

Kapitän Peters ersetzte seinen Lieblingsvogel samtweich auf.

Obwohl er für den Lear-Jet wesentlich weniger benötigte, nutzte er die 2700 Meter lange Landebahn gut aus, damit sich die Bremsverzögerung für den Patienten so schonend wie möglich gestaltete.

Die beiden Gawett Triebwerke heulten während des Abbremsens kurz auf, um danach in ein leises Summen überzugehen. Jetzt rollte der Flieger über das Vorfeld bis vor zu seiner Parkposition im GAT-Bereich, in die unmittelbare Nähe der Halle 3. Hier kam er zum Stillstand.

Peters drehte sich zu seinen Fluggästen um:

»Alles in Ordnung?«

»Danke, wir sind zufrieden. Gute weiche Landung.«

Der Co-Pilot, der inzwischen die Turbinen abgeschaltet hatte, stieg von seinem engen Sitzplatz in den Passagierraum und öffnete die Türe.

»Seid ihr etwas anderes von uns gewohnt?«

Sie waren es nicht. Der Flug mit diesem Jet war eigentlich immer ein sicheres Unternehmen. Und sie hatten in den Jahren, seit Dr. Weber hier arbeitete, eine Vielzahl gemeinsamer Flüge durchgeführt.

»Euer Wagen ist da!«, rief Kapitän Peters, dann betrat er nach diesem Fünfeinhalb-Stunden-Flug den schwarzen Asphalt seines Düsseldorfer Heimatflughafens.

Axel Bechert hatte das Büro verlassen und kam auf das Vorfeld.

Für den heutigen Tag stand noch ein weiterer Ambulanzflug nach Ankara an.

»Was ist, Karl, übernimmst du den noch oder soll ich jemand anderes schicken?«

Dr. Karl Weber sagte zu. Der Rest der Crew würde allerdings ausgewechselt.

Eine knappe Viertelstunde später verließ ein Verlegungsnotarztwagen des Deutschen Roten Kreuzes mit Dr. Weber an Bord den Flughafen Richtung Uni-Klinik Düsseldorf.

Marcus blieb zurück und kümmerte sich um die medizinische Ausrüstung.

Unabhängig davon, dass die Deutsche Flugambulanz in der Lage ist, drei Rettungsteams gleichzeitig loszuschicken, mussten Verbrauchsmaterialien ergänzt sowie Hygiene- und Desinfektionsmaßnahmen durchgeführt werden.

Das gehörte zu seinem Aufgabenbereich.

Der Rettungsassistent, der den Nachmittagsflug übernahm, sollte einen bestens vorbereiteten und fertig ausgerüsteten Flieger vorfinden.

Uwe und Udo bestiegen ihren VW-Transporter und fuhren die zweihundert Meter bis zum Ausgangstor, um es für den NAW erneut zu öffnen.

Aber sie fuhren nicht wieder mit nach draußen, sondern blieben innen auf dem Vorfeld stehen.

Airport

»**Alle?**«

In diesem einen Wort schwang etwas von Verzweiflung und Resignation mit.

Ich beruhigte meinen neuen, jungen Kollegen:

»Keine Sorge, ich möchte genauso Mittagspause machen wie du.«

Dann rief ich etwas lauter, damit es jeder verstehen konnte:

»Zwei Versorgungsplätze! Nur zwei! Aber mit Sauerstoffanlage!«

Es wäre unsinnig gewesen, sämtliche Versorgungsplätze aufzubauen. Zum Üben der wenigen Handgriffe, die beim Aufbau der Tragenuntergestelle sowie der Tragen notwendig waren, konnten wir ausreichend an zwei Patientenplätzen üben. Dafür musste ich nicht den halben Container leer räumen lassen.

»Sollen wir die Heizungen einschalten oder nur so hinstellen?«, wurde ich gefragt.

»Schmeißt die Öfen an, ich will sehen, ob die Dinger richtig funktionieren«, entschied ich.

Wir hatten sie den ganzen Winter über nicht eingesetzt, daher hielt ich es für angebracht, ihre Funktionsfähigkeit zu testen.

Zehn Minuten später bullerte warme Luft in die großen, aufgeblasenen Zelte.

Die Leuchtstofflampen, die an eigens dafür eingenähten Bandschlaufen unter der Decke hingen, warfen ihr kaltes Licht auf die roten Bodenfliesen der Fahrzeughalle.

Im Realeinsatz würden wir, je nach Beschaffenheit des Untergrundes, Gummimatten ausrollen. Darauf hatte ich hier verzichtet.

Ich blickte auf die Armbanduhr:

Es war erst kurz nach zehn Uhr. Im Prinzip konnten wir jetzt alles wieder abbauen, um den Platz für die anderen zwei Zelte zu nutzen. Wenn wir uns beeilten, konnten wir sogar das ganze Programm bis Mittag durcharbeiten. So hätten wir nach der Mittagspause genügend Zeit, um in aller Ruhe nur noch die beiden zuletzt getesteten Zelte wieder einzuladen.

Der Gedanke gefiel mir und mein Entschluss stand fest:

»**Abbauen**!«

»Foxtrot 16 für Zentrale kommen!«

Uwe verschloss das große Tor, durch das der Verlegungs-NAW soeben das Flugvorfeld verlassen hatte.

Hinter dem Steuer saß Udo und meldete sich auf den Funkruf seiner Zentrale:

»Foxtrot 16 hört, kommen.«

»Fahren Sie, wenn Sie bei der Flugambulanz fertig sind, noch einmal zurück zur Wache. In der Atemschutzwerkstatt liegen fertige Pressluftatmer und Flaschen, die sollen sie mitnehmen.«

»Okay, verstanden, wir kommen zurück. Der NAW ist schon auf dem Weg zur Klinik, wir sind hier fertig.«

Udo winkte seinem Kollegen, das Tor wieder zu öffnen.

Der sah zwar seinen winkenden Kollegen, konnte aber die Geste nicht deuten und zuckte die Schulter. Mit fragendem Blick ging er auf den VW zu.

»Was ist?«

Udo hatte die Seitenscheibe hinuntergekurbelt und lehnte sich heraus:

»Kannst wieder aufschließen, wir müssen noch einmal zurück.«

»Wieso das denn? Ich denke, wir sollen rüberfahren?«

»In der Atemschutzwerkstatt liegen noch PA's und Flaschen, die wir vergessen haben«, erklärte er seinem Kollegen.

»Na toll!«, rief der laut, aber keinerlei Begeisterung schwang in seinem Ausruf mit.

Uwe bewegte sich missgestimmt zum Tor zurück. Dabei redete er mit sich selbst:

»Von wegen vergessen, das fällt denen ja früh ein. Ich dachte, ich bekäme endlich mal 'nen Kaffee.«

Er öffnete zum wiederholten Male das Tor, ließ seinen Kollegen durchfahren und verschloss es danach wieder.

Anschließend schwang er sich auf den Beifahrersitz.

»Los, Udo, gib Gas, ich hab Hunger.«

Durch die gerade erledigten Aufgaben hatten sie ihre offizielle Frühstückspause verpasst. Udo knurrte ebenfalls der Magen.

Der menschliche Körper ist auf die geregelten Zeiten der Nahrungsaufnahme eingestellt und die Mägen der beiden Feuerwehrmänner bildeten keine Ausnahme.

»Mann, Udo, nun fahr doch nicht wie eine Schnecke! Bis wir auf der Wache sind, bin ich ja verhungert.«

Udo zeigte auf das runde Schild mit dem roten Rand:

»Tempo dreißig«, entgegnete er trocken, »zahlst du?«

»Phhh« Uwe blies merklich die Luft ab und beugte sich etwas nach links, beobachtete die Tachonadel.

Exakt dreißig.

»He, man kann es auch übertreiben.«

Unbeirrt hielt sein Kollege die vorgeschriebene Höchstgeschwindigkeit.

»Wir haben als Feuerwehr Vorbildfunktion«, konterte er.

Uwe war genervt:

»Mann, ich verhungere.«

»Okay, ich übernehme dann deinen Spind, ich könnt' sowieso etwas mehr Platz gebrauchen.«

»Du hast kein Herz, du hast einfach kein Herz. Ich hab das schon immer gespürt.«

Udo lachte.

Hinter ihm blendet eine blaue Limousine die Scheinwerfer auf. Er beobachtet den Wagen im linken Außenspiegel:

»Spinnt der?«

»Was ist denn?«

»Ach, hinter uns ist ein Verrückter. Jetzt hupt der auch noch!«

»He, fahr mal rechts ran, vielleicht will der was.«

»Meinst du?«

Zweifelnd sah er seinen Kollegen an, lenkte aber dennoch den Wagen nach rechts auf einen breiten Standstreifen mit Parkbuchten und schaltete die Warnblinkanlage ein. Im Seitenspiegel sah er, wie der blaue Wagen ebenfalls rechts ausscherte. Zwei Sekunden später gab es einen lauten Knall – der Transporter machte unfreiwillig einen mächtigen Satz nach vorne.

»Was ...!«, (zum Teufel) wollte Uwe noch rufen, aber so weit kam er nicht mehr.

Mit Wucht wurde er nach vorne geschleudert. In Bruchteilen von Sekunden rastete die Arretierung seines Sicherheitsgurtes ein, fing ihn auf. Trotz der niedrigen Geschwindigkeit durchzog ein heftig stechender, ziehender Schmerz seine rechte Schulter.

Seine Verwirrung dauerte nur wenige Sekunden. Die beiden blickten sich erschrocken an, dann öffneten sie gleichzeitig die Türen. Uwe rieb sich die Schulter:

»Alles klar bei dir?«

Sein Kollege nickte:

»Geht so. Jetzt bin ich aber gespannt, welche Ausrede unser Helldriver parat hat.«

Der Ford Mondeo stand mit laufendem Motor genau hinter ihrem Feuerwehrauto.

Der blau lackierte Frontstoßfänger hatte soeben seine erste und gleichsam letzte Feindberührung gehabt. Obwohl sie nur einen flüchtigen Blick darauf warfen, erkannten die beiden Feuerwehrmänner mit geschultem Blick, dass der hinüber war!

Ihr Augenmerk richtete sich allerdings mehr auf den Fahrer.

Wie erstarrt saß er mit glasigen Augen hinter seinem Steuer. Beide Airbags hatten sich ausgelöst und jetzt hingen nur noch die erschlafften, weißen Hüllen aus dem Lenkrad und dem rechtsseitigen Armaturenbrett.

Eine langhaarige Brünette auf dem Beifahrersitz versuchte gerade umständlich den Sicherheitsgurt zu lösen. Während ihrer hektischen Bemühungen wechselten ihre ungläubigen Augen zwischen der sich nicht öffnenden Gurtpeitsche und dem Fahrer hin und her.

Uwe trat an die Beifahrertüre.

»Kann ich Ihnen helfen?«

Sie blickte ihn erschrocken an und nickte stumm.

Na also, dachte Uwe.

Der Gurtverschluss war nicht verklemmt, die Frau war nur auf Grund ihrer Panik nicht in der Lage, den Verschluss zu öffnen.

Ohne Schwierigkeiten löste Uwe den Gurt.

Dabei bemerkte er, wie langsam Blut und Speichel aus dem Mundwinkel des Fahrers liefen. Die Brünette sah es auch. Sofort begann sie, hysterisch zu schreien.

Udo, der inzwischen die Fahrertüre geöffnet hatte, reagierte sofort. In seiner Brusttasche steckten immer zwei Verbandpäckchen und eine Mullbinde.

Mit etwas Geschick gelang es ihm, eines dieser Päckchen zwischen die Zähne des Fahrers zu stecken, bevor seine Zunge durch eine weitere Krampfattacke erneut verletzt worden wäre.«

»Kommst du alleine klar?«

Udo nickte nur und tastete nach dem Puls.

Die junge Frau hatte aufgehört zu schreien.

Trotz ihres Make-up wirkte sie kreidebleich.

»Ist er … ist er tot?«, stammelte sie kaum hörbar.

»Nein, keine Sorge, das ist nur ein Krampfanfall.«

Uwe versuchte sie zu beruhigen.

»Hat er das schon einmal gehabt?«

»Ich weiß nicht«, antwortete sie, dabei sah sie immer wieder verstört zu ihm hin.

»Wir kennen uns noch nicht so lange«, kam es leise, fast entschuldigend über ihre Lippen.

»Okay, kein Grund zur Panik. Ist bei Ihnen sonst alles in Ordnung?«

Sie blickte an sich selbst hinunter und nickte mit dem Kopf.

»Gut, also noch einmal, Sie brauchen keine Angst zu haben. Wir sind von der Flughafenfeuerwehr und ich gehe jetzt nur einmal kurz an mein Funkgerät. Mein Kollege bleibt solange bei Ihnen.«

Ein stillschweigender Blick zwischen den beiden zeigte Einvernehmen, dann eilte er an das Funkgerät seines Feuerwehrfahrzeugs.

Die Frau stand unter einem neurogenen Schock, sie würde ebenso wie der Fahrer einen RTW benötigen.

Uwe hatte seinen Hunger vergessen, jetzt musste alles zurückgestellt werden und so konzentrierte er sich voll und ganz auf diesen neuen Einsatz. Er war schlagartig wie ausgewechselt und zog den Hörer aus der Halterung:

»Foxtrot 16 ruft Zentrale, kommen!«

»Hier Zentrale, kommen.«

»Wir haben einen VU mit Personenschaden, brauchen zwei RTW und die Polizei. Unser Standort ...«

»Okay, Foxtrot 38 und 39 sind unterwegs.«

Noch während er von Uwe detailliertere Informationen erfragte, drückte der Disponent in der Leitstelle der Flughafenfeuerwehr einen der vielen Knöpfe auf seinem Schaltpult.

Sein Kollege neben ihm reagierte sofort auf den Handgriff.

Nach einem dezenten Einzelgong in den Räumen der Feuerwache sprach er in das Mikro: »Einsatz für Foxtrot 38 und 39! Verkehrsunfall hinter dem Kreisverkehr, Richtung GAT. Sie werden durch Foxtrot 16 eingewiesen!«

Nach dieser Durchsage informierte er über eine Standleitung die Polizei. Danach rief er seinen Vorgesetzten an.

Ein Unfall mit Eigenbeteiligung musste, unabhängig von Schuldfragen, immer gemeldet werden.

Kapitän Martinez setzte seine Boing 707 butterweich auf dem Internationalen Airport von Algier auf. Ein Follow-me-Fahrzeug geleitete sie kurze Zeit später auf die ihnen zugewiesene Parkposition.

Obwohl die Maschine nur einen Zwischenstopp zum Tanken einlegte, erforderten es die internationalen Luftfahrtbestimmungen, dass alle Passagiere die Maschine aus Sicherheitsgründen verlassen mussten.

Die meisten der 98 Fluggäste hatten nichts gegen diesen gezwungenen Aufenthalt einzuwenden. Sie betrachteten diesen Zwischenstopp als willkommene Abwechslung, ihren engen Sitzplätzen auf diesem ermüdend langen Flug wenigstens für etwas mehr als eine Stunde zu entkommen.

Die Business-Class war unbesetzt. Die beiden einzigen Passagiere der First-Class ärgerten sich über die ihres Erachtens unnötige, zeitliche Verzögerung und beschlossen das nächste Mal mit einem moderneren Jet zu fliegen.

Sie zogen sich in die VIP-Lounge zurück, während sich die übrigen Fluggäste in einem großen, zur Verfügung gestellten, schmucklosen Raum einfanden. Hier konnten sie sich die Füße vertreten, oder sich erneut auf unbequeme Holzstühle niederlassen.

Der einzige Vorteil, der alle miteinander verband, war, dass niemand die lästigen Zollformalitäten über sich ergehen lassen musste. Dafür durften sie aber auch den ihnen zugewiesenen Raum nicht verlassen.

Die Uniformierten an den Ausgangstüren trugen lässig ihre Maschinenpistolen an einem Riemen quer vor der Brust ihrer verschwitzten Hemden. Obwohl ihr Ausdruck unbeteiligt wirkte, schien es keinem der Anwesenden ratsam, angesichts dieser auffallenden militärischen Präsenz auch nur in die Nähe der Türen zu gehen.

Algerien erlebte in diesen Tagen gerade wieder einmal heftige politische Unruhen.

Und so willkommen einigen Fluggästen die Pause erschien, so erleichtert waren sie doch, als sie ihre angestammten Sitzplätze in der engen 707 endlich wieder einnehmen konnten.

Nach den internationalen Bestimmungen der zivilen Flugsicherheit erhielten nun die Fluggäste die gleichen Unterweisungen über die Verhaltensmaßregeln in Gefahrensituationen wie bei ihrem ersten Start noch einmal.

Die meisten zeigten sich desinteressiert, nur die Kinder folgten mit neugierigen Blicken den geübten Handgriffen und Zeichen, die ihnen die Flugbegleiterinen in der Mitte des Ganges demonstrierten.

Einige männliche Passagiere warfen mehr oder weniger taxierende Blicke auf die attraktive Figur dieser hübschen Frauen, während ihre Begleiterinnen dies mit Unmut zur Kenntnis nahmen oder schlichtweg ignorierten.

Schnell fand man sich danach in die Normalität des Fluges ein. Nach dem Start und dem Erreichen der Flughöhe erloschen die Hinweise unter der Decke.

Reihenweise ertönte das Klicken sich öffnender Sicherheitsgurte und die ersten Fluggäste machten sich auf den Weg zur Bordtoilette.

Die Flugroute führte über die Balearen zur südfranzösischen Küste. Im Osten lag die Hafenstadt Marseille malerisch unter ihnen. Dem breiten Delta der Rhone folgten sie aufwärts und erreichten bald die schneebedeckten Berge der französischen Alpen. Kurze Zeit später überflogen sie den Genfer See. Die Passagiere auf den Fensterplätzen konnten ihn gestochen scharf, vom wolkenlosen Himmel lang gestreckt und in kristall-blauer Farbe betrachten.

Den internationalen Luftfahrtstraßen folgend, korrigierte der Kapitän hier die Richtung und brachte die Maschine auf Kurs Nord-Nordwest.

Auf der Höhe von Paris würde er eine weitere Kurskorrektur vornehmen und dann Nord-nordöstlich Düsseldorf ansteuern.

Wie immer meldete sich der Vibrationsalarm seines kleinen Meldeempfängers, als es ihm überhaupt nicht ins Konzept passte.

Von Vorteil war nur, dass die meisten der hier Anwesenden mit ähnlichen Situationen vertraut waren.

Jeder musste immer und überall erreichbar sein.

Das war ein lästiger, aber unverzichtbarer Teil ihres Berufes.

»Sie entschuldigen mich bitte für einen Moment?«

Der Leiter der Flughafenfeuerwehr hatte nur kurz das grün unterlegte Display betrachtet und erachtete die Nachricht für wichtig genug, um sofort einen Anruf zu tätigen.

Verständnisvolles Nicken der Anwesenden, als er den Raum verließ.

Nur den versammelten Pressevertretern war anzumerken, dass sie gerne nähere Informationen erhalten hätten.

Immerhin, so sagten sie sich, wenn der Chef der Feuerwehr seine eigene Pressekonferenz verlässt, musste ja wohl ein gewichtiger Grund vorliegen.

Für Thomas Jeziorek war die Nachricht, dass eines seiner Fahrzeuge in einen Unfall verwickelt war, Grund genug. Die wichtigen Gespräche der Pressekonferenz waren sowieso abgehandelt, der Rest war Small-Talk. Aus diesem Grund hatte die Einholung genauerer Informationen für ihn höhere Priorität.

Seine Männer sollten nicht das Gefühl bekommen, ihr persönliches Schicksal stünde hinter einer Pressekonferenz zurück.

Der Wert eines soliden Zusammengehörigkeitsgefühls in einer Truppe, wie sie sich in dieser Gemeinschaft der Flughafenfeuerwehrmänner entwickelt hatte, konnte nicht hoch genug eingeschätzt werden. Und er war noch neu hier, es war also elementar wichtig, sich zu integrieren.

Anerkennung, das wusste er, erlangt man nicht alleine durch Fachkompetenz. Die soziale Komponente hat einen ebenso hohen Stellenwert.

Einfach, aber wahr, heißt es in der Mannschaft:

Ist der Chef gut drauf, stimmt auch das Klima bei der Arbeit.

So gesehen kann Motivation selbst mit kleinen Gesten gefördert oder auch zerstört werden.

Thomas Jeziorek klappte sein Handy wieder zu. Die neuen Informationen relativierten die Meldung von eben, es war jetzt nicht mehr ganz so dringend. Dennoch wollte er seinen Stellvertreter Baumert bitten, sich der Sache persönlich anzunehmen.

Dieter Baumert, selbst jahrelanger Chef der Düsseldorfer Flughafenfeuerwehr, konnte zu Recht als der gewiefteste Fuchs in diesem System bezeichnet werden.

Seine jetzige, vordringliche Aufgabe bestand darin, dem neuen, jüngeren Chef den Einstieg zu erleichtern.

Baumert kannte jeden seiner Männer in- und auswendig, wusste um ihre Stärken, aber auch um ihre Schwächen. Er fand sich im verzweigten unterirdischen Labyrinth der kilometerlangen Gänge dieses Flughafens ebenso zurecht wie auf sämtlichen Etagen der endlos weitläufigen Hallen. Er war sozusagen ein lebender Computer mit einer mehrere Gigabyte großen Festplatte.

Das und seine langjährigen persönlichen Kontakte gaben ihm jeder Datensammlung gegenüber zusätzlich eine haushohe Überlegenheit.

Auch seine menschlichen Qualitäten standen hinter den fachlichen nicht zurück, was sich darin äußerte, dass sich Dieter Baumert bereit erklärt hatte, sein universelles Wissen an seinen Nachfolger weiterzugeben.

Jeziorek wusste das sehr wohl zu schätzen.

Trotzdem war er sich bewusst, dass er seine eigenen Erfahrungen sammeln und eigene neue Kontakte herstellen musste. Im Übrigen reichte die Zeit, die den beiden verblieb, nicht aus, um das gesamte Wissen vieler langer Berufserfahrung weiterzugeben.

Der Zeitpunkt von Baumerts Pensionierung rückte mit jedem Tag näher.

Durch die geschlossene Tür drangen die Stimmen nur gedämpft nach draußen. Dennoch konnte er den Redner gut verstehen, der sich soeben in einem wohlwollenden Appell seiner Zuhörerschaft zuwendete.

Offensichtlich der OB, dachte Jeziorek.

Er hatte bereits mehrere Male mit dem Oberbürgermeister von Düsseldorf gesprochen und ihn auch sonst reden gehört, konnte daher diese Stimme eindeutig der Person zuordnen.

Wie er diesen Worten entnehmen konnte, war der OB ein klarer Befürworter des Airports, aber daraus hatte er ja auch nie einen Hehl gemacht.

Jeziorek zögerte, wieder einzutreten und gab dem Mann, der die Türe bewachte und schon die Hand auf die Klinke legte um ihm zu öffnen, ein unmissverständliche Zeichen zu warten. Er wollte den unbemerkten Zuhörer spielen und lauschte den Worten.

»Ich begrüße es, wenn Sie, meine geschätzten Damen und Herren von der Presse, die Dinge in der gewünschten Objektivität schreiben, die der Dringlichkeit unseres Anliegens angemessen ist.«

»Herr Oberbürgermeister, es gibt Interessengemeinschaften, die genau diese Dringlichkeit anders einschätzen und infrage stellen.«

»Lassen Sie mich den Begriff der Objektivität einfach etwas weiter fassen, ich denke, das wird der hinlänglich bekannten Berichterstattung Ihres Blattes sicherlich gerecht werden.«

Ein allgemeines Gelächter belohnte seinen gekonnten Seitenhieb.

Der OB fuhr fort:

»**Sie** drängen mich doch immer zu klaren Aussagen. Nun gut, Sie wissen, dass ich nie ein Geheimnis aus meiner Meinung mache und darum sage ich mit aller Deutlichkeit, dass ich von meinen eben geäußerten Worten nichts zurücknehmen werde. Sie dürfen mich gerne zitieren.«

Plötzlich war es bedrückend still im Raum. Der OB Joachim Erwin war zwar für offene Worte mittlerweile bekannt, aber dieses mutige Statement sprengte eindeutig die üblichen sprachlichen Gepflogenheiten politischer Personen.

Es schien Jeziorek geraten wieder einzutreten.

Das, was er durch die optische Trennung der verschlossenen Tür als betretenes Schweigen, als Reaktion auf die klaren Worte des OBs gedeutet hatte, stellte sich, zurück im Presseraum, etwas anders dar.

Der Ausfall lediglich einer seiner fünf Sinne hatte sein Wahrnehmungsvermögen gewaltig getäuscht. Niemand schien in gedrückter Stimmung oder gar brüskiert zu sein. Eher das Gegenteil war der Fall.

In den ersten Sekunden allgemeiner Stille hatte jeder Anwesende diese Worte wirken lassen, dann war das Eis gebrochen.

Die klaren Worte des Oberbürgermeisters hatten mehr erreicht als viele lange Reden, deren Formulierungen häufig mehrere Interpretationsmöglichkeiten offen ließen.

Die Akzeptanz, Förderung und Bedeutung eines Flughafens in der Bevölkerung hat immer auch eine politische Dimension. Um den unbestreitbar wichtigen wirtschaftlichen Faktor zu sichern, sind klare Aussagen von Entscheidungsträgern von elementarer Bedeutung.

Die Vertreter der Presse waren offensichtlich mit ihrer ›Ausbeute‹ zufrieden, denn einige von ihnen zückten bereits ihre Handys und drängten an Jeziorek vorbei, um aus einer ruhigen Ecke die wichtigsten Informationen in ihre Redaktionen zu übermitteln. Einige Fotografen schossen noch die üblichen Fotos von den Größen aus Wirtschaft und Politik, die mit zufriedenen Gesichtern ihr Glas Sekt oder Orangensaft in der Hand hielten.

»Ah! Da ist ja endlich unser Mann!«

Jemand drückte Jeziorek ein Glas Sekt in die Hand.

»Stellen Sie sich bitte so auf, ja genau, nehmen Sie den OB ruhig in die Mitte!«

Am nächsten Morgen erschien genau dieses Foto groß in verschiedenen Gazetten.

Unter einer fetten Überschrift prangten die Gesichter des Oberbürgermeisters Joachim Erwin, des städtischen Branddirektors der Berufsfeuerwehr Armin Harbort und des neuen Leiters der Düsseldorfer Flughafenfeuerwehr Thomas Jeziorek, zusammen mit einem umfangreichen Bericht über die künftig noch engere Zusammenarbeit und verbesserte Sicherheit auf den Titelblättern mehrerer Zeitungen.

Ein wichtiger und notwendiger Schritt nach dem fürchterlichen Brandereignis von 1996.

Den Beweis ihrer Ernsthaftigkeit in Bezug auf das geschriebene Wort mussten die drei Männer schneller antreten als ihnen lieb war.

Noch an diesem Tag wurde er eingefordert, an dem Tag, als sie sich zufrieden mit dem Erreichten in den frühen Mittagsstunden trennten, um wieder ihren täglichen Arbeiten nachzugehen.

Den OB erwartete ein auf 14.00 Uhr angesetztes Treffen mit Vertretern der Russischen Handelsdelegation und die beiden Feuerwehrchefs unterhielten sich mit Aufsichtsratsmitgliedern der Flughafen GmbH, bis einer von ihnen auf die Uhr blickte, um erschreckt festzustellen:

»Ach herrje, jetzt wird es aber höchste Zeit. Sie entschuldigen, meine Herren, ich habe noch weitere wichtige Termine.«

Dieter Baumert hatte die Gesellschaft bereits vorher verlassen und sich auf den Weg zur Unfallstelle gemacht.

Thomas Jeziorek begleitete seinen Kollegen Harbort zu dessen Fahrzeug, wo sich die beiden Männer im Bewusstsein ihrer gewaltigen gemeinsamen Verantwortung aufrichtig die Hände schüttelten.

Über die Freisprecheinrichtung des eingebauten Autotelefons ließ sich der Direktor der Berufsfeuerwehr mit dem Chefdisponenten der Feuer- und Rettungsleitstelle verbinden:

»Irgendwelche außergewöhnlichen Vorkommnisse während meiner Abwesenheit?«

»Nein, nichts«, lautete die beruhigende Antwort, »lediglich das gewöhnliche Tagesgeschäft.«

»Danke, ich komme später einmal rein.«

Das gewöhnliche Tagesgeschäft bedeutet bei einer großen Berufsfeuerwehr beileibe nicht Müßiggang.

Es besagt nur, dass zur Zeit keine außergewöhnliche Schadenslage an irgendeiner Stelle dieser ausgedehnten Großstadt vorlag.

Einsätze hingegen gab es zur Genüge, aber keiner rechtfertigte seine persönliche Anwesenheit.

Auch für die B-Dienste, die eine Ebene unter ihm agierten, war alles ruhig.

Harbort registrierte das mit Zufriedenheit.

Ein weiteres Telefonat verband ihn mit seiner Sekretärin Frau Kamp, die ihn über die Verpflichtungen des Nachmittags unterrichtete.

Direktor Harbort sah auf die Uhr.

Wenn ich mich beeile, dachte er, *gelingt es mir vielleicht, einen Teller leckeren Eintopf zu bekommen*, den die Wachbesatzung *heute kochen wollte.*

Verdammter Termindruck. Früher war alles einfacher.

Manchmal beneidete er die Männer am Strahlrohr, obwohl die ungeliebte Verwaltungsarbeit längst auch jetzt schon die Wachmannschaften stöhnen ließ.

Die latente Unzufriedenheit bereitete ihm Sorge. Diejenigen, die da aufmuckten und meckerten, hatten ja Recht.

Das sind letztendlich unsere Frontkämpfer, sinnierte er, *und diese Männer fühlen sich langsam überfrachtet mit dem »Verwaltungsmist«, wie sie es nennen. Sie bringen damit die Dinge auf den Punkt. Tja, früher war das wirklich einfacher, aber – war es das wirklich?*

Die Erleichterungen des computerisierten Zeitalters sind nicht mehr wegzudenken, aber dadurch verschieben sich viele Arbeiten. Und auch die Anforderungen und Aufgaben an die Feuerwehren werden immer vielfältiger.

Der so genannte moderne Feuerwehrmann muss längst über ein universelles, breit gefächertes Fachwissen verfügen.

Wir sind mitten drin in diesem Wandel, in der Umstrukturierung.

Dem Direktor wurde einmal mehr bewusst, dass man auch von ihm weitaus mehr verlangte, als die Vorhaltung von Menschen und Maschinen zum Schutze der Stadt und ihrer Bewohner. An großen Einsatzstellen musste er wie alle anderen auch scharfsinnige Fähigkeiten entwickeln, Entscheidungen in Sekundenschnelle treffen – aber darüber hinaus musste er seinen Kopf hinhalten, wenn es Pannen gab – und Pannen konnten Menschenleben bedeuten.

Die heutige Besprechung hatte ihm klar gemacht, dass er längst die Ebene der gemeinen Feuerwehr verlassen hatte. Er war schon fast ein Kommunalpolitiker geworden, wenn auch ohne Mandat.

Nachdem Karl Weber den Patienten in der Düsseldorfer Universitätsklinik an seinen Fachkollegen übergeben hatte, blieben ihm noch einige Stunden Zeit bis zu dem für 16.30 Uhr avisierten nächsten Ambulanzflug.

Zeit genug mich für gute zwei Stunden aufs Ohr zu legen, dachte er, und ließ sich mit einem Taxi in seine Düsseldorfer Wohnung fahren.

Mit der Deutschen Flug-Ambulanz terminierte er sein Eintreffen in der Ambulanz auf eine Viertelstunde vor dem Start.

Um die gleiche Zeit befand sich die Maschine mit Kapitän Martinez und seinem Co-Piloten Ramires bereits im französischen Luftraum.

Ihre Flugzeit würde sich etwas verlängern.

Eine Schlechtwetterfront aus Skandinavien hatte sich über dem europäischen Festland bis zu den Alpen ausgebreitet. In Verbindung mit einem ungewöhnlich extremen Temperatursturz von über 15 Grad Celsius hatte sich die Sicht über Grund schlagartig auf null verringert.

Dazu blies ihnen ein kräftiger Ostwind voll auf die Nase.

Weit voraus hatten sich, tief unter ihnen, gewaltige, schwefelgelbe Kumulus-Wolken gebildet. Diese breite, den gesamten Horizont bedeckende Gewitterfront bedeutete Hagel!

Man hatte sie schon vor dieser Schlechtwetterfront gewarnt.

Trotzdem hieß es:

»Halten Sie Kurs und Höhe bei.«

Die Front rückte bedrohlich näher.

Allerdings, noch spielte sich das Hauptgeschehen etliche Kilometer unter ihnen ab.

Wie man ihnen ebenfalls mitgeteilt hatte, sollte in Düsseldorf das gleiche miserable Wetter herrschen, also stellten sie sich gedanklich schon einmal auf eine schwere Landung ein.

Die effektive Flugzeit betrug noch etwas über eine Stunde. In einer halben Stunde würden sie ihre derzeitige Flughöhe von sechsunddreißigtausend Fuß verlassen und kontinuierlich in den Sinkflug übergehen. Das würde die Passagiere mächtig durchrütteln. Aber auch jetzt mussten sie schon mit Stößen und Luftlöchern rechnen. Die Gewitterfront unter ihnen sandte ihre Boten längst bis in ihre Höhe.

Kapitän Martinez hielt es für geraten, persönlich eine Durchsage an seine Fluggäste zu machen.

Einen Moment später ertönte der helle Gong aus den Deckenlautsprechern. Unmittelbar darauf vernahmen die Passagiere die sonore Stimme des Flugkapitäns mit der folgenden Durchsage:

»Sehr geehrte Fluggäste, hier spricht Ihr Kapitän. Wie Sie unschwer durch einen Blick aus ihren Fenstern erkennen können, hat sich das bisher schöne Wetter leider verschlechtert. Wir werden daher mit einigen Turbulenzen zu rechnen haben und ich bitte Sie, aus diesem Grund die Sicherheitsgurte anzulegen. Ihre Flugbegleiterinnen stehen Ihnen für Fragen gerne zur Verfügung. Vielen Dank.«

Seine Stimme hatte sachlich ruhig geklungen, dennoch löste sie bei einigen Menschen nervöse Unruhe aus.

Überall unter der Decke leuchteten rote Hinweisschilder zum Angurten auf und die freundlich lächelnden Flugbegleiterinnen gingen die Gänge entlang, um diejenigen, die nicht auf die Anschnallpflicht reagierten, nochmals darauf aufmerksam zu machen.

Unten auf der Erde herrschte Weltuntergangsstimmung.

Dass es Regen geben würde, hatte ich bereits befürchtet. Aus diesem Grund hatten wir unsere Zelte ja auch vorsorglich in der Halle und nicht draußen auf dem Hof aufgebaut.

Jetzt standen wir hinter den schützenden hohen Toren und blickten durch die Drahtglasscheiben in einen rabenschwarzen Himmel, der seine Schleusen öffnete und die Welt um uns herum mit Wasser überflutete.

Die Jungs vom Grundausbildungslehrgang kamen fluchtartig hereingerannt.

Anscheinend wollten die Ausbilder, die mit ihnen im hinteren Bereich des Feuerwehrhofs geübt hatten, prüfen, ob sie nicht aus Zucker seien, denn sie hatten bis zum Beginn des Gewitterregens weitergeübt.

Kaum, dass dieses Wetter losbrach, gab es allerdings kein Halten mehr.

Jegliche Disziplin und alle etwaigen heroischen Gedanken in dieser Richtung brachen schlagartig unter der hereinbrechenden Sintflut wie ein Kartenhaus zusammen.

Jeder flüchtete so schnell er konnte. Aber der lange Weg über den Hof hatte gleichzeitig bewiesen, dass die neue Schutzkleidung doch nicht so Wasser abweisend war, wie man uns versprochen hatte.

Zumindest stürmten Ausbilder wie Auszubildende klatschnass in die Fahrzeughalle, um sich hier ihrer nassen Kleidung zu entledigen.

Das Wetter spielte verrückt. Wir hatten Ostwind, der um diese Jahreszeit für gewöhnlich trockene warme Luft mit sich führt. Die Sicht reichte gerade noch aus, um den halb zerfetzten rot-weißen Windsack an der Ecke des rechten Gebäudetraktes zu erkennen.

Ich teilte meinen Kollegen meine persönlichen Gedanken zum Klimawechsel mit und erntete dafür einige bedauernswerte Kommentare

»Glaubst du etwa den Quatsch, den du da erzählst? Wir stecken doch mittendrin in der hausgemachten Klimakatastrophe. Die alten Wetterregeln sind längst außer Kraft gesetzt.«

Ich schwieg dazu und starrte in die fast undurchdringlich herabstürzenden Wassermassen.

Die globale Erwärmung der Erde, die Zerstörung der Ozonschutzschicht, der steigende CO_2-Ausstoß, das hemmungslose Abholzen der Regenwälder, unsere Heizungen, unsere Autos, unsere Industrien – wir wissen es alle – aber es wird nichts unternommen.

Immer wieder geht es um Geld und nochmals um Geld. Dabei können das nur kurzfristige Profite sein angesichts der Lebensdauer unseres Planeten und der Art, wie wir ihn systematisch ausbeuten und zerstören!

Die positiven Bemühungen von Minderheiten scheinen angesichts dieser gigantisch globalen Umweltkriminalität zum Scheitern verurteilt.

Wie oft hatten wir schon darüber diskutiert.

Besonders erschreckend daran ist die Erkenntnis, selbst an diesem Vernichtungskreislauf teilzuhaben, ob man will oder nicht.

Ich verscheuchte die trüben Gedanken und wendete mich wieder den momentanen Aufgaben zu.

»Los, Männer, lasst uns die Zelte lieber auch noch abbauen, ich hab so ein schlechtes Gefühl. Wir verschieben die Mittagspause!«

Und mit einem letzten Blick auf das draußen tobende Unwetter teilte ich ihnen meine Befürchtungen mit.

»Ich schätze, dass uns diese Sintflut gleich viel Arbeit bescheren wird und da möchte ich die Zelte vorher wieder sicher verpackt auf dem AB-Rett. wissen.«

Die anderen nickten zustimmend.

Jeder von uns hatte schon nach oder noch während ähnlicher Regenfälle Wasser pumpen müssen. Solche Einsätze nehmen meist viel Zeit in Anspruch und niemand von uns hatte Lust, möglicherweise noch spät am Abend oder gar in der Nacht die riesigen Zelte einzurollen.

Also ›spuckten wir in die Hände‹ und begaben uns eifrig an die Arbeit.

Der grün-weiße Polizeiwagen stand, leicht zur Fahrbahn versetzt, mit laufenden Blaulichtern einige Meter hinter dem Mondeo.

Während die beiden Beamten die Unfallstelle vermaßen, ihre Notizen machten und etliche Fotos schossen, kümmerten sich die Besatzungen der über Funk angeforderten Rettungswagen der Flughafenfeuerwehr um den verletzten Fahrer und seine Begleiterin.

Wenige Minuten später fuhren die Rettungswagen mit ihren Patienten zum Diakoniekrankenhaus Florence Nightingale nach Kaiserswerth.

Für den Ford hatte man einen Abschleppwagen bestellt.

Durch die ausgelösten Airbags war er fahruntüchtig geworden. Darüber hinaus ließ der demolierte Stoßfänger, der sich auf einer Seite tief in den Vorderreifen gepresst hatte, und ein defekter Scheinwerfer ein Weiterfahren sowieso nicht mehr zu.

Die robuste Stoßstange des Feuerwehr-VW-Busses hatte ebenfalls gelitten. Durch den heftigen Aufprall war sie bis gegen die Blechkarosserie geschoben worden, was die Feuerwehrmänner allerdings nicht an ihrer Weiterfahrt hinderte.

Natürlich musste der Transporter in die Werkstatt, aber die Reparatur würde sich kostenmäßig in Grenzen halten, so vermuteten die beiden. Hierin verschätzten sie sich allerdings gründlich.

Wie so oft war der ganze Umfang des Unfallschadens äußerlich nicht zu erkennen, dennoch war er vorhanden und trieb die Reparaturkosten gewaltig in die Höhe.

Dieter Baumert war mit einem Pkw, der den Führungskräften der Flughafenfeuerwehr zur Verfügung steht, direkt zur Unfallstelle gefahren. Ein Gespräch mit seinen Männern und der anwesenden Polizei überzeugte ihn von der Unschuld seiner Männer.

Beruhigend, fand er, denn negative Presse hatte niemand gern.

In bestimmten Unfallsituationen wird der Fahrer, manchmal

sogar die komplette Besatzung ausgewechselt. Dabei spielen psychologische Erwägungen eine maßgebliche Rolle, aber das war in diesem Fall unnötig.

Die beiden Feuerwehrmänner waren nicht so zart besaitet, als dass sie ein solcher Zusammenstoß aus der Bahn werfen konnte. Dafür meldete sich jetzt erneut, und zwar mächtig verstärkt, ihr Hunger.

»Okay, Jungs, so etwas passiert. Ihr habt gut reagiert, aber das kann ich ja auch von euch erwarten. Also machen wir uns auf den Weg. Die Tasse Kaffee und ein Brötchen habt ihr euch verdient.«

Baumert wandte sich noch einmal den Polizisten zu:

»Habt ihr noch was? Sonst fahren wir wieder.«

»Danke«, sie winkten ab, »bei uns ist so weit alles klar, wenn wir noch was brauchen, kommen wir bei euch vorbei. Also, ihr könnt ruhig fahren.«

Auf dem Weg zur Wache begegnete ihnen ein Abschleppwagen, vermutlich fuhr er zur Unfallstelle.

Auf einem Flughafen gibt es für diese Fahrzeuge immer Arbeit.

Gut, dass sie zurückfahren konnten, stellte Dieter Baumert mit einem besorgten Blick nach oben fest.

Längst hatte sich der Himmel verfinstert und die Temperatur war stark gefallen, da brach es auch schon los. Die Scheibenwischer wurden der herabstürzenden Flut nicht mehr Herr. Schritttempo war angesagt.

Vom Tower und der Flugsicherung waren die entsprechenden Wetterwarnungen rechtzeitig hinausgegangen.

Einige Flüge mussten dringend umgeleitet werden.

Eine schwierige Arbeit, denn auch den Nachbarflughäfen erging es kaum besser.

Die außergewöhnliche Schlechtwetterfront mit ihrem ausgeprägten Regengebiet hatte ganz Mitteleuropa erfasst und die Wetterfrösche der meteorologischen Institute das Staunen gelehrt. Allerdings, und darüber waren sich alle Fachleute einig, sollten die massiven Regenfälle, die von einigen örtlich eng begrenzten, heftigen Gewittern begleitet wurden, innerhalb der nächsten Stunde wieder nachlassen.

Thomas Jeziorek hatte seine Wache noch rechtzeitig erreicht.

Aufgrund des Sauwetters war die Flughafenfeuerwehr in erhöhte Alarmbereitschaft versetzt worden.

Die Anspannung stand den Männern ins Gesicht geschrieben.

Zwar gab es wegen des Unwetters keine besondere Vorgehensweise – nein, es ging mehr um die innere Bereitschaft dieses gut aufeinander eingespielten Teams, der kritischen Situation Rechnung zu tragen.

Auch im Tower herrschte eine ähnliche, nicht fassbare Anspannung.

Die großen Linien- und Chartermaschinen, die sich bereits im Landeanflug auf den Düsseldorfer Flughafen befanden, konnten nicht mehr umgeleitet werden.

Man durfte aber davon ausgehen, dass die Piloten ihre Maschinen erwartungsgemäß sicher landen würden.

Die Fluggäste würden zwar etwas durchgerüttelt, aber wenn sie erleichtert den Boden unter dem Fahrwerk spürten, um so bereitwilliger applaudieren, wenngleich diese nette Geste stark rückläufig ist.

Nur eine kleine Piper machte ihnen Kopfschmerzen. Dieser Irre war, wie viele unvorsichtige Privatpiloten, noch gestartet, nachdem die Wetterwarnungen längst draußen waren.

Aus welchen Gründen er auch immer das getan hatte – sie wussten es nicht. Vielleicht wollte er ja unbedingt den Düsseldorfer Heimatflughafen erreichen …

Auf jeden Fall brachte er sich und andere damit in unnötige Gefahr.

Mehrere Ferngläser richteten sich auf die einmotorige Maschine.

Von harten, heftigen Sturmböen durchgerüttelt näherte sie sich extrem schwankend der Landebahn.

Die Sicht war gelinde gesagt beschissen, obwohl die Flugfeldbefeuerung ziemlich neu und für gewöhnlich gut erkennbar war. Aber in dieser Weltuntergangsstimmung war alles anders als gewöhnlich.

Die Flughafenfeuerwehr hatte vorsorglich zwei Fahrzeuge nahe der Landebahn mit laufenden Motoren positioniert.

Jetzt gaben die rotweißen Feuerwehrautos Gas, fuhren parallel mit der aufsetzenden Maschine.

Die leichte Piper war ein Spielball des auch hier am Boden tobenden Sturmes. Sie schlug hart auf, tanzte von einem Rad auf das andere und schlingerte endlich mit verringernder Geschwindigkeit geradeaus.

Das war knapp!

Die Feuerwehrautos konnten wieder abdrehen, nachdem sie diese kleine Maschine nicht länger mehr begleiten mussten.

»Idiot«, murmelte einer der Fluglotsen.

Er handelte sich damit zwar einen unwilligen Blick seines Vorgesetzten ein, aber im Stillen gab dieser seinem Mitarbeiter Recht.

Es wäre nicht die erste Maschine gewesen, die bei einem solchen Wetter Bruch machte.

Je kleiner die Maschinen sind, um so anfälliger reagieren sie auf schweres Wetter.

Dazu kommt, dass viele der Privatpiloten lediglich ihre gesetzlich vorgeschriebenen Pflichtstunden fliegen und nicht über die bei solchen Wetterbedingungen nötige Flugerfahrung und Routine verfügen. Fehleinschätzungen und Überheblichkeit gepaart mit Draufgängertum bilden oft die Voraussetzungen für manchen folgenschweren Absturz. Wenn es kritisch wird, rächt sich die mangelnde Routine manchmal fürchterlich.

Der Pilot, der seine Piper gerade gelandet hatte, schien zumindest über flugtechnisches Können zu verfügen, trotzdem hätte er aus Sicherheitsgründen lieber am Boden bleiben sollen. Die Windgeschwindigkeit über der freien offenen Landebahn betrug immer noch 48 Knoten, das entsprach einem schweren Sturm mit 89 Stundenkilometern.

Die Männer im Tower atmeten erleichtert auf:

Verdammt, das hätte ins Auge gehen können!

Innerhalb der nächsten zwanzig Minuten sollte das Schlimmste vorüber sein, bis dahin mussten sie noch zwei weitere Maschinen auf den sicheren Erdboden lotsen.

Ein Job nur für nervenstarke Menschen mit hohem Verantwortungsbewusstsein.

Dr. Karl Weber hatte sich auf seinem bequemen Sofa unter der kuscheligen Kamelhaardecke ausgestreckt, aber der erwünschte Schlaf stellte sich nicht ein.

Obwohl sich der Himmel verfinstert hatte und daher trotz der Mittagszeit lediglich mattes Dämmerlicht in seiner Dachgeschosswohnung herrschte, fühlte er sich fit und ausgeruht. Schlaf auf Kommando war noch nie seine Sache.

Zu den Menschen, die diese Kunst beherrschen, zählte er nicht.

Nachdem er sich einige Zeit vergeblich gequält hatte, gab er es auf. Nach einer kurzen Stippvisite im Bad, hauptsächlich wegen der längst überfälligen Morgenrasur, rief er zum zweiten Mal an diesem Tag ein Taxi.

Etwas später stand er unten vor der Haustüre. Das Taxi hielt und er setzte sich nach hinten in den Fond.

»Zum Flughafen, Halle drei, bitte.«

»Halle drei, Halle drei«, überlegte der Fahrer laut.

»Am GAT«, warf Weber ein, »wo die Privatmaschinen stehen.«

»Ah ja, dann weiß ich Bescheid.«

Der Fahrer blickte in den Rückspiegel und fixierte abschätzend seinem Fahrgast.

»Mistwetter, was?«

Er hätte wohl gerne ein kleines Schwätzchen gehalten, aber das kurze, ablehnende Brummen signalisierte ihm eindeutig, dass sein Fahrgast dafür anscheinend nicht in Stimmung war.

So legten sie die Strecke schweigend zurück.

Auf ihrem Weg ließ Weber nur einmal kurz vor einem Bäckerladen anhalten und kaufte ein paar leckere Teilchen.

In der Flugambulanz lief die Kaffeemaschine wie gewöhnlich den ganzen Tag.

Als er mit seiner verführerisch riechenden Kuchentüte überraschend das Büro betrat, begrüßten ihn die für die Spätschicht eingeteilten Disponenten Chris Dreischulte und Gerd Schönherr mit einem gut gelaunten Hallo.

Die Maschinisten lenkten ihre beiden großen Flughafenfeuerwehrfahrzeuge wieder zurück in die Fahrzeughalle. Sofort bildeten sich auf den Fliesen durch das abtropfende Regenwasser mehrere große Pfützen. Die Feuerwehrmänner stiegen zu beiden Seiten der Fahrzeuge aus und »pellten« sich aus ihren Schutzanzügen.

Dabei hielten sie sich mit ihrer lautstark geäußerten Meinung über den »Wahnsinnigen«, der in diesem mörderischen Wetter seine Piper geflogen hatte, nicht zurück.

Der kräftige Sturm und die schlechte Sicht hatten ihnen sehr zu schaffen gemacht.

Mit über 120 km/h in der unmittelbaren Nähe einer Maschine entlang zu donnern, die jeden Augenblick vom Sturm auf den Asphalt gedrückt oder seitlich verrissen werden konnte, ist wahrlich kein Vergnügen.

Die Männer riskieren dabei buchstäblich ihren Arsch.

Bei solchen Wetterverhältnissen lassen nur das Gewicht ihrer schweren Löschfahrzeuge und die grobstolligen Profile der großen Reifen eine solche Geschwindigkeit zu.

Jeder PKW wäre auf dem Asphalt, der in dieser Wetterlage mehr einem lang gestreckten See als einer Landebahn für Flugzeuge ähnelte, in ein gefährliches Aquaplaning geraten.

»Gute Arbeit, Männer!«

Der Chef betrat die Fahrzeughalle und sah den beiden Maschinisten sofort ihren Unmut an. Er hatte die Aktion mit seinem Fernglas verfolgt und zu seiner Zufriedenheit festgestellt, dass die Burschen zwar einiges riskierten, aber – und das war wichtig – dabei nicht leichtsinnig wurden.

Exakt den Vorschriften entsprechend, hatten sie die standardisierten Sicherheitsabstände eingehalten und ein sekundengenaues Timing durchgeführt.

Besser konnte es in der Box von Michael Schumacher auch nicht laufen.

Natürlich war es nicht ungefährlich gewesen, aber die äußeren Bedingungen wurden ihnen oktroyiert, darauf hatten sie keinen Einfluss. Und der »Rest« war gelinde gesagt ihr Beruf und ihre damit verbundene Pflicht. Sie standen halt an vorderster Front, selbst für Unvorsichtige wie den Piloten der Piper.

Wahrscheinlich würde der sich heute Abend noch mit seiner »heldenmutigen« Landung brüsten, ohne überhaupt zu ahnen, wie viele Menschen sich für ihn in Gefahr begeben mussten.

Die 98 Passagiere der Boeing 707 hatten auf ihre normalerweise um diese Zeit gereichte Mahlzeit verzichten müssen.

Die schwere Maschine ruckte wie ein alter Wagen mit defekten Stoßdämpfern auf einer tausendfach geflickten Schlaglochpiste. Immer wieder fiel sie mehrere Meter tief in Luftlöcher, begleitet von den Aufschreien einiger verängstigter Fluggäste. Selbst die letzten Wagemutigen hatten in dieser schlimmen Phase die Sicherheitsgurte wieder geschlossen.

Draußen flogen graue Wolkenfetzen an den Fenstern vorbei, ab und zu zuckten grelle Blitze und erhellten für Bruchteile von Sekunden die undurchsichtige Dunkelheit.

Vorne im Cockpit war man auch nicht gerade erfreut über die belastende Wettersituation. Aber im Gegensatz zu manchem Fluggast herrschte hier keine Angst.

Beide Piloten hatten in der Vergangenheit schon ähnliche Turbulenzen durchflogen.

Ihre Sorge galt mehr den Flugbegleiterinnen, die erfahrungsgemäß nicht immer angeschnallt auf ihren Plätzen sitzen bleiben konnten.

Immer wieder leuchteten die kleinen Lampen auf und bei jedem Blinken hatte ein Fluggast ein Problem. Wichtig oder nicht, davon mussten sie sich jedes Mal selbst überzeugen.

Meist wurde eine neue Tüte benötigt, da die Mägen der durchgeschüttelten Passagiere ihre Inhalte bereits unfreiwillig in die Tüten abgegeben hatten, die in den Taschen der Rücksitzlehnen steckten.

Die Wetterfront war außergewöhnlich heftig und von solchen Ausmaßen, dass die Piloten sie einfach nicht umfliegen konnten.

»Noch zehn Minuten«, sagte Ramires »dann haben wir das Schlimmste hinter uns.«

Martinez nickte und beobachtete den künstlichen Horizont.

Abgesehen von der zeitlichen Verzögerung durch den starken Gegenwind, verlief ihr Flug bisher nach Plan. Im Moment mussten sie sich allerdings vollständig auf die Instrumente verlassen.

»Gut für unsere Gäste«, bemerkte er »es wird zwar immer noch ruppig werden, aber ich hoffe, es gelingt uns, sie mit einer halbwegs sanften Landung wieder zu versöhnen.«

»Die meisten werden vermutlich heilfroh sein, wieder festen Boden unter den Füßen zu spüren«, erwiderte Ramires und überprüfte die Treibstoffreserven.

Er wendete ein ebenso simples wie zuverlässiges System an.

Dazu verglich er lediglich die automatische Anzeige des tatsächlichen Verbrauchs pro Stunde mit dem Gewicht der Startmasse und ihrer derzeitigen Füllanzeige.

Abgleichend mit seiner eigenen Berechnung, die nicht vom Bordcomputer durchgeführt wurde, erhielt er so zwei zuverlässige Ergebnisse mit allen Daten, welche die Piloten benötigten.

Die modernere Version ihrer 707, die B707-320 hat im Reiseflug einen Treibstoffverbrauch von 7500 Liter pro Stunde. Das ist ein verhältnismäßig günstiger Verbrauch, den ihr altes Schätzchen natürlich nicht schaffte, auch zu ihren besten Zeiten nie erreicht hatte.

»Okay, alles im grünen Bereich.«

Er hob mit zufriedenem Gesicht den Daumen und gab die Daten an seinen Chefpiloten weiter.

»Flugzeit?«

»Exakt dreißig Minuten.«

»OK, Routinecheck, Mister Ramires.«

»Si, Kapitän Martinez.«

Ramires legte wie grüßend seine zwei Finger an die imaginäre Mütze, die er im Cockpit nicht trug und setzte sich in Position. Dann begannen die beiden Flugzeugführer mit der üblichen Prozedur.

Wolfgang Röhr war sichtlich zufrieden, obwohl er genau wie seine Männer die letzten anderthalb Stunden in diesem elenden, strömenden Regen zugebracht hatte.

Ein schwerer Verkehrsunfall auf dem Kennedy-Damm war der Anlass dafür.

Es sah schlimm aus. Der Sattelschlepper hatte mehrere Fahrzeuge wie Spielzeugautos zusammengeschoben und sich quer gestellt, so dass beide Fahrspuren blockiert waren. Menschen waren in ihren Autos eingeklemmt, die nur noch Schrottwert hatten.

Die Männer der Feuerwache Drei hatten sich unter Aufbietung all ihrer physischen Kräfte so gut es ging zu den Eingeschlossenen vorgearbeitet. Als sie erste Erfolge verzeichnen konnten, traf auch endlich die geforderte Verstärkung ein.

Jetzt kehrten sie auf ihre Wache an der Münsterstraße zurück.

Alle waren bis auf die Haut durchnässt und ziemlich erschöpft.

Trotzdem herrschte eine fast ausgelassene Stimmung, wie immer nach einem gelungenen Einsatz.

Der Notarzt sowie beide Rettungswagen waren zeitgleich mit ihnen alarmiert worden.

Der dichte, wie aus Eimern schüttende Regen hatte auch diesen Männern gezeigt, dass selbst beste Einsatzkleidung unzureichend sein kann.

In diesem Wetter hätte wohl nur noch ein Taucheranzug schützen können.

Jetzt pellten sie sich das nasse, klebrige Zeug von der Haut, leerten die diversen Taschen und zogen ihre trockenen Ersatzgarnituren an.

Das Mittagessen war auf Grund dieses Einsatzes natürlich ausgefallen, keine Besonderheit für die Feuerwehrmänner der Wache Drei. Trotzdem hätten sie jetzt gerne was zu beißen und ein heißer Kaffee wäre auch nicht verkehrt.

Wolfgang Röhr schickte darum seinen Küchenchef nach oben. Er sollte zwei große Dosen Bockwürstchen auf den Herd setzen und Kaffee kochen, während die anderen sich um die Wiederherstellung der Geräte und Fahrzeuge kümmern sollten.

»In zwanzig Minuten alle in die Küche!«, rief er und begab sich selbst in sein Büro.

Jeder packte kräftig zu und so waren die zwanzig Minuten noch nicht ganz verstrichen, als bereits die ersten um den überdimensionalen Aluminiumtopf mit den Würstchen herumschlichen. Nach und nach trudelten die restlichen Männer ein und alsbald gab es nur noch zufriedene Gesichter.

Wie so oft im Leben hat man manchmal Glück, ein anderes Mal Pech, denn wenn die Feuerwehrmänner nur eine halbe Stunde später zurück auf ihre Wache gekommen wären, hätten sie weder heiße Würstchen noch Kaffee bekommen. Nicht einmal für ein trockenes Brötchen hätte es gereicht!

Aber so genossen sie unbelastet von kommenden Ereignissen ihre Mahlzeit und die Gespräche drehten sich natürlich um den gerade frisch abgeschlossenen Einsatz.

Die 707 befand sich seit einigen Minuten im kontinuierlichen Sinkflug.

Die arg gestressten Passagiere hatten erleichtert zur Kenntnis genommen, dass sie sich jetzt nicht mehr im Zentrum dieses fürchterlichen Unwetters befanden. Es sollte besser werden.

Gott sei Dank, dachten viele, denn wie ihnen der Kapitän mit der letzten Durchsage mitgeteilt hatte, sollten sie innerhalb der nächsten zwanzig Minuten mit einer unbedeutenden zeitlichen Verzögerung in Düsseldorf landen.

Die Anschnallzeichen waren die ganze Zeit nicht mehr erloschen und keiner von ihnen verspürte auch nur die geringste Lust, dieser Weisung zu widersprechen.

Ein Blick aus dem Fenster zeigte, dass sie bereits tief über dem Boden flogen, immerhin so tief, dass sie ab und zu durch die grauen, kurzfristig aufreißenden Wolken die Landschaft unter sich erkennen konnten.

Das charakteristische Geräusch des ausfahrenden Fahrwerks wurde mit allgemeiner Erleichterung vernommen.

Auf den Deckenmonitoren wechselten jetzt laufend die Informationen zwischen momentanem Standort, Fluggeschwindigkeit sowie der bislang zurückgelegten Flugstrecke und der noch verbleibenden Zeit sowie den letzten Kilometern bis zur Landung.

Ein stilisierter Flieger auf dem Monitor bewegte sich dazu über eine Landkarte, die zuerst ihre Gesamtflugstrecke skizzierte und danach auf den momentanen Nahbereich wechselte.

Vorne im Cockpit bahnten sich ernste Probleme an.

»Kapitän, die Bugradanzeige leuchtet nicht.«

Diese Aussage war eigentlich überflüssig, da Flugkapitän Martinez genau wie sein Co-Pilot das fehlende Licht schon bemerkt hatte. Dennoch antwortete er auf die ihm pflichtgemäß gegebene Information mit den standardisierten Worten:

»Okay, checken Sie die Fehlerquelle.«

Kapitän Martinez überlegte.

Es gab immer mehrere Möglichkeiten. Die Simpelste war ein Fehler in der Elektrik, so etwas konnte passieren. Die Maschinen unterliegen zwar strengen Wartungsintervallen und werden auch so ständig kontrolliert, aber wie bei einem Pkw während der Fahrt ein Birnchen ausfallen kann, trifft das auch für Flugzeuge zu.

Es wäre auch möglich gewesen, dass einer der Bugradscheinwerfer ausgefallen war.

In beiden Fällen würde die Lampe nicht angehen.

Das wären die harmlosen Ursachen. Die Sicherheit erforderte es aber, dass man in beiden Fällen nicht ungeprüft davon ausging, dass das Bugrad ordnungsgemäß ausgefahren war.

Es gab noch eine weitere, wirklich ernste Situation:

Das Bugrad konnte zwar ausgefahren sein, war aber nicht ordnungsgemäß eingerastet.

Es gab also mehrere Möglichkeiten, wodurch die fehlende Anzeige ausgelöst worden war und es gab ebenfalls mehrere Möglichkeiten, das Problem zu lösen.

Kapitän Martinez ging alle im Geiste durch.

Er hatte in seinem langen Fliegerleben zwei ähnliche Situationen erlebt. In beiden Fällen ging es gut, aber der Stress, der dabei an ihm gezehrt hatte, war gewaltig gewesen und hatte sich als dauerhafte, böse Erinnerung in seinem Gehirn festgesetzt.

Ramires hatte diese Erfahrung noch nicht gemacht.

Er war fast zwanzig Jahre jünger als der Chefpilot und war vorher für eine andere Gesellschaft geflogen. Seit sie sich kannten und das waren nun bereits fast drei Jahre, bildeten sie ein gutes Team. Er hatte die langjährige Erfahrung seines Chefpiloten stets respektiert. Sicher nicht immer unkritisch, aber er kannte seine Grenzen und es bedeutete ihm schon viel, von diesem erfahrenen Mann lernen zu können.

Ramires checkte immer noch sämtliche Systeme. Er arbeitete ruhig und gründlich.

Martinez beobachtete ihn eine Weile unauffällig.

Ja, er würde es schaffen, seine Hände schienen ruhig, und seine Gesichtsmuskeln sind nicht verkrampft.

Nachdem sie sämtliche Fehlerquellen analysiert hatten, sagte Martinez mit fester Stimme:

»Okay, gehen wir es an, es ist also kein Fehler in der Elektrik. Sehen wir zu, dass wir heil herunterkommen.«

Es gab jetzt reichlich Arbeit, aber viel Zeit stand den beiden Piloten nicht mehr zur Verfügung.

Kapitän Martinez griff zum Funk:

»Düsseldorf Tower, hier TRANS CENTRAL AIR Number five two seven. Ich melde einen Notfall.«

Seit der ersten Meldung aus dem Cockpit der Boeing 707 waren nur wenige Minuten verstrichen. In diesen Minuten hatten sich die Aktivitäten am Internationalen Flughafen Düsseldorf gewaltig gesteigert.

Entgegen der Meinung vieler, dass eine angekündigte Notlandung den Flughafen lähmen würde, entwickelte sich jetzt rege Betriebsamkeit. Sie blieb allerdings den in den Terminals wartenden Fluggästen weitgehend verborgen.

Diese sahen nur die überdimensionalen Anzeigetafeln mit den veränderten Zeiten und den gestrichenen Flügen.

Das Bodenpersonal sämtlicher Luftfahrtgesellschaften war emsig bemüht, der Flut der auf sie einströmenden Anfragen gerecht zu werden.

Ein Flughafen ist wie ein riesiger Organismus, wenn er an einer Stelle erkrankt, leidet der ganze Körper. Aber wie jeder vernünftige Patient sucht er den Arzt auf, schluckt brav die verordnete Medizin und verhält sich entsprechend, um rasch wieder auf die Beine zu kommen.

Die herbeieilenden »Ärzte« kannten jetzt nur ein vordringliches Ziel und sie wandten ihre gesamte Kunst an, um dieses Ziel zu erreichen.

Die regionale Flugaufsichtsbehörde hatte, genau wie viele andere, ein Krisenmanagement und vorgefertigte Pläne für einen derartigen Zwischenfall.

Nachdem der Tower den F3-Alarm ausgegeben hatte, setzte sich eine detaillierte Maschinerie in Gang.

F3 – das bedeutet Einstellung des gesamten Flugbetriebes!

Der Luftraum wird freigehalten für diesen einen einzigen Flieger.

Die gebündelte Konzentration unzähliger Aktivitäten und eine Armada von Einsatzkräften setzte sich in Bewegung mit nur einem Ziel – alles Menschenmögliche für die Rettung der 98 Passagiere und neun Besatzungsmitglieder zu tun.

Die Männer der Flughafenfeuerwehr zogen ihre Schutzbekleidung mit besonderer Sorgfalt an. Die gewohnten Handgriffe liefen ohne Hektik ab, aber dennoch mit einer Schnelligkeit, die nur ein durchtrainiertes Team entwickeln konnte.

Jeder kannte seine Aufgabe aus dem Effeff.

Sie hatten immer wieder die nötigen Maßnahmen in allen Varianten geübt, tausendfach theoretisch durchgesprochen und wieder und wieder geübt.

Es war auch nicht das erste Mal, dass sie einen F3 erwarteten.

Trotzdem war es weit gefehlt, in solch brisanten Situationen von Routine zu sprechen.

Jeder der Männer, die sich hier gewissenhaft ausrüsteten, konnte sich einer inneren Anspannung nicht erwehren.

Die Fahrzeugtüren schlossen sich, die Dieselmotoren erzitterten und die riesigen »Ungetüme« rollten langsam aus der Fahrzeughalle.

Mit laufenden Motoren, die Funkgeräte empfangsbereit, erwarteten sie ihr Einsatzstichwort.

Dann war es so weit!

Über die Lautsprecher ertönte der Einsatzbefehl:

»Vorfeldfreigabe für die Feuerwehr zum Punkt Sierra!«

Sierra bezeichnete ihren Aufstellungsort.

Die Fahrzeuge fuhren in Rollbahnnähe.

Bis auf zwei zurückgebliebene Feuerwehrmänner in der Zentrale saß die komplette Mannschaft mit laufenden Motoren in den hochtechnisierten Feuerwehrfahrzeugen. Einige von ihnen trugen die silbrig glänzenden Flammschutzanzüge. Die anderen durchweg die übliche feuerfeste Schutzbekleidung und die unverzichtbaren Atemschutzgeräte.

Anspannung lag in der Luft.

Die 707 wurde jede Minute erwartet.

Zeitgleich alarmierte die Leitstelle der Berufsfeuerwehr an der Feuerwache Eins mehrere weitere Feuerwachen.

Überall ertönte der Vierfachgong durch alle Bereiche. Unter dem Einsatzstichwort:

»F3 am Flughafen Düsseldorf!«, riefen die Disponenten sämtliche ausrückenden Fahrzeuge auf.

Unmittelbar darauf tickerten die Fernschreiber und druckten die notwendigen Einsatzdaten für die Fahrzeugführer aus.

Auf Feuerwache Drei, der Wache, die dem Flughafen am nächsten lag, rutschten jene Feuerwehrmänner, die gerade erst ihre heiße Bockwurst gegessen hatten, hinunter in die Fahrzeughalle.

Nicht einmal eine Minute später verließ der geschlossene Zugverband inklusive Notarztwagen und zweier Rettungswagen mit heulenden Sirenen und zuckenden Blaulichtern die Wache an der Münsterstraße.

Bereits wenige Minuten später passierten sie die Stelle des Kennedy-Damms, an der sie noch vor nicht allzu langer Zeit im strömenden Regen Menschenleben gerettet hatten.

Aber diesmal donnerten sie weiter in Richtung Flughafen.

Auf Feuerwache Eins rannten Feuerwehrmänner in verschiedene Richtungen über den Hof.

Die einen eilten zu den Garagen der Rettungswagen, die anderen in die vordere Fahrzeughalle zu den Löschfahrzeugen und dem Notarztwagen.

Branddirektor Harbort befand sich zum Zeitpunkt, als die Nachricht eintraf, gerade in der Leitstelle.

Nachdem er noch einige schnelle Anweisungen erteilt hatte, sprintete er die Treppe hinunter.

Sein Fahrer stieg gerade in den Wagen und startete den Motor. Auf der Treppe hinter ihm hörte der Direktor noch das eilige Getrappel vieler Füße, dann trennte ihn eine automatisch schließende Tür zur Fahrzeughalle von dem akustischen Lärm in seinem Rücken.

Die Fahrzeughalle mit der darüber befindlichen Leitstelle und den Verwaltungsabteilungen, zu der auch die Direktion gehörte, schien sich in einen summenden Bienenkorb verwandelt zu haben.

Menschen eilten über die Flure, um zu ihren Büros zu gelangen und unzählige Telefonate ließen die Drähte »heißlaufen«.

Armin Harbort überholte mit seinem schnellen Mercedes-Geländewagen die im Verband fahrenden Feuerwehrfahrzeuge der Feuerwache Eins auf der Berliner Allee.

Der ebenfalls mitalarmierte Einsatzleitwagen fand den Anschluss an den Konvoi auf der Danziger Straße.

Die Einsatzkräfte vor Ort wurden in der mobilen Einsatzzentrale durch einige hochkarätige Führungskräfte verstärkt.

In den wenigen Minuten seit der Alarmierung hatte das Leitstellenpersonal der Städtischen Berufsfeuerwehr, verstärkt durch zusätzliche Beamte, die Sondereinsatzgruppen aktiviert.

Die Telefone standen nicht still.

Es galt, unzählige Telefonate zu führen, um den zentralen Bettennachweis der umliegenden Krankenhäuser und Kliniken zu erfragen. Besonders wichtig war es zu wissen, welches Krankenhaus über wie viele Spezialbetten verfügte.

Jeder hoffte, dass man darauf nicht zurückgreifen musste!

Überall im Stadtgebiet rasten Fahrzeuge der verschiedenen Hilfsorganisationen mit eingeschalteten Sondersignalen zu den Krankenhäusern, die entsprechend der vorbereiteten Notfallpläne Ärzte für die Versorgung von Unfallopfern abstellen mussten.

Dr. Schmitz-Beuting, seit Jahren aktiver Notarzt und gleichzeitig leitender Notarzt der Landeshauptstadt, verließ ebenso wie viele andere Menschen sein Büro auf der vierten Etage des städtischen Gesundheitsamtes.

Im Gegensatz zu den anderen spurtete er die siebzig Meter zu seinem, auf dem hauseigenen Parkplatz stehenden, Dienstwagen.

Erstaunte Blicke folgten ihm. Einen schnellen Schritt war

man von dem sportlich drahtigen Mediziner ja gewohnt, aber dieses Tempo war eindeutig neuer Rekord.

Dr. Schmitz-Beuting ignorierte die fragenden Blicke.

Die Nachricht, die er soeben auf seinen Funkmeldeempfänger erhalten hatte, sprach eine eindeutige Sprache.

Ein F3 am Düsseldorfer Flughafen hatte höchste Priorität.

Manfred Berger hatte bei diesem Mistwetter nicht vor, auf seinem Motorrad durch die Gegend zu kutschieren.

Seine schwere, liebevoll gepflegte Chopper stand in der Mitte der Garage. Die Neonbeleuchtung war eingeschaltet und spiegelte sich in diversen sorgfältig polierten Chromteilen. Mit weicher Polierwatte wischte er über die letzten matten Stellen, die er zuvor mit Chrompolitur bestrichen hatte, als der Funkmeldeempfänger an seinem Gürtel zu piepsen begann.

Ach du dickes Ding, dachte er, als er die Nachricht las.

Fünf Minuten später verließ Manni, wie ihn seine Feuerwehrkollegen nannten, die Garage und jagte seine Maschine über die regennassen Straßen.

Ähnlich wie ihm erging es etwa dreißig anderen Berufsfeuerwehrmännern.

Sie alle hatten heute dienstfrei, gehörten aber zu den SEG-Rettungsassistenten. Die Männer dieser Truppe haben sich freiwillig verpflichtet, bei außergewöhnlichen Ereignissen zusätzlich zu den immer vorhandenen Einsatzkräften eingesetzt zu werden. Ihre Aufgabe besteht darin, den SEG-Ärzten bei der medizinischen Versorgung zu assistieren.

Manni fuhr schnell, aber er riskierte nicht zu viel.

Als Feuerwehrmann wusste er, dass er in erster Linie sicher ankommen musste. Das galt für ihn als Motorradfahrer in besonderem Maße.

Wie eilig er es auch hatte, die allgemeinen Regeln der Straßenverkehrsordnung galten auch für ihn. Im Moment war er nur ein Privatmann auf dem Weg zum Dienst.

Sein Ziel war die Feuerwache U auf der Posener Straße.

Hier würden sie sich alle treffen, alle, die diese Nachricht erhalten hatten. Von dort würden sie zusammen zur Einsatzstelle gefahren werden.

Dann allerdings mit Blaulicht und Martinshorn.

Ich war heilfroh, dass wir die Zelte noch vor der verspäteten Mittagspause wieder ordentlich auf dem AB-Rett. verstaut hatten.

Denn jetzt rasten wir mit LF, AB-Rett. und einem RTW über die Frankfurter Straße in Richtung Innenstadt.

Diese Alarmierung brachte uns wie so oft um unser verdientes Mittagessen. Dabei war unser Küchenchef sowieso schon verärgert, weil wir uns ziemlich verspätet hatten.

Mit grimmigem Gesicht hatte er seine Hand hart auf den roten Not-aus-Knopf geschlagen. Als einziger Anwesender in unserer Küche war er mächtig frustriert.

Niemand ließ sich zur festgesetzten Essenszeit blicken und das, obwohl er alles minutengenau zubereitet hatte, was bei so vielen Portionen ein Meisterstück war.

Ärgerlich wanderten seine Augen immer wieder zur Uhr, schauten dann in Richtung Eingang.

Normalerweise können die doch nicht früh genug erscheinen! Verdammt, was ist da los?

Schließlich ging er zu dem Wandtelefon und rief das Büro des Dienstgruppenleiters an.

Die Nachricht, die er von dort bekam, ließ ihm den Kragen platzen.

»Die bauen noch die Zelte ab«, hieß es, »sieh zu, dass du das Essen eine halbe Stunde später fertig hast.«

Idioten, dachte der Küchenchef und hängte auf.

Hätten mir ja auch was sagen können. Jetzt verkocht alles. Endlich hörte er laute Stimmen aus dem Treppenhaus. »Hunger!«, schrien einige.

Aber dann passierte es.

Bevor die Ersten die Küche erreichten, zerstörte der Alarm die letzten Hoffnungen des Kochs, sein schönes Essen retten zu können.

In einer Mischung aus – *das geschieht euch recht* – und wehmütigem Bedauern rannte er selbst aus der Küche.

Der rote Knopf an der Ausgangstüre schien ihn hämisch anzugrinsen.

Ich hasse dich, Knopf! dachte er, dann schlug Addi Ehard hart zu.

Jetzt lenkte er als Maschinist das LF mit Endgeschwindigkeit über die Schnellstraße.

Ich selbst fuhr im Fahrzeug hinter ihm.

Neben mir, das Lenkrad des AB-Rett. fest im Griff, Achim Schorn.

»Was glaubst du, müssen wir durchfahren?«

Seine Frage war nicht unberechtigt. Wir hatten zwar selten einen Alarm dieser Art, aber wenn, konnten wir bisher meistens vor dem Eintreffen am Zielort, oft schon auf halber Strecke, wieder umkehren, da sich die gefährliche Situation aufgelöst hatte.

Natürlich konnte das niemand vorher wissen, doch hoffte wohl jeder im Stillen, dass der gleiche erlösende Funkspruch unsere Alarmfahrt auch heute wieder abbrechen würde.

Aber dieses Mal ging unsere Hoffnung nicht in Erfüllung.

Peter Küpperbusch überholte unsere Fahrzeugformation.

Er hatte in unserem Brandschutzabschnitt den C-Dienst.

Sein VW-Bus zog locker an uns vorbei, setzte sich dann an die Spitze.

Etwas später sprach er uns über seine Florentine an:

»Hört zu Männer, der F3-Alarm ist so gut wie bestätigt. Es handelt sich um eine Boeing 707 mit 98 Passagieren und neun Besatzungsmitgliedern. Wir fahren genau wie bei unserer letzten Übung Tor 32 an.

Ab da werden wir von der Flughafenfeuerwehr entweder in den Bereitstellungsraum gelotst oder direkt zu der Stelle, an der wir unseren Verletztensammelplatz aufbauen. Organisationsleiter in diesem Triageabschnitt bin ich.

Lasst eure 2-Meter-Bandgeräte eingeschaltet und achtet auf meine weiteren Anordnungen. Durchsage bestätigen.«

»6-46-1 verstanden.«

»6-51-1 verstanden.«

»6-83-1 verstanden.«

»Tja Achim, damit dürfte sich deine Frage erübrigt haben«, sagte ich und spürte eine leichte Beklemmung.

Der Gedanke an die vielen Menschen ließ mir einen Schauer über den Rücken laufen.

Bisher kannte ich solche Großeinsätze nur aus dem Fernsehen oder von Übungen. Aber das war diesmal keine Übung!

Was würde uns wohl erwarten?

Wie oft hatten wir darüber diskutiert, wie wir uns verhalten würden, wenn man uns die ersten Verletzten brächte und wir noch in der Aufbauphase steckten?

Wie gingen wir mit Menschen um, die nicht warten konnten, bis wir unsere Zelte mitsamt dem umfangreichen Zubehör aufgebaut hatten, weil sie sofort dringend Hilfe benötigten?

Denen konnten wir ja schlecht sagen:

»Warten Sie bitte einen Moment, wir müssen erst unsere Zelte aufbauen.«

Denn über eines waren wir uns völlig im Klaren – die 100%ig durchstrukturierte, logistisch einwandfreie Katastrophe konnte es nicht geben, auch wenn wir noch so gute Strategien entwickelt hatten.

In erster Linie mussten wir Nerven behalten, konsequent die zugewiesenen Aufgaben so schnell und präzise wie möglich abarbeiten, um in kürzestmöglicher Zeit solide Strukturen aufzubauen.

Achim begann, laut zu denken:

»Also, wenn ich den Container abgesetzt habe, reißt du sofort sämtliche Rollos hoch und ziehst die Karre für die Zelte raus. Ich löse dann die Ratschenbänder und stelle die Ventilatoren bereit. Wer ist im Angriffstrupp?«

»Daniel und Uli. Die werden mit mir zusammen das Eingangszelt aufbauen. Micha und Jens kümmern sich um die Elektrik.«

»Nervös?«, Achim sah mich kurz von der Seite an.

»Überhaupt nicht«, beteuerte ich.

»Ich auch nicht«, erwiderte Achim betont lässig.

Wir logen beide und wir wussten es genau.

»Düsseldorf-Tower ruft TRANS CENTRAL AIR five two seven!«

»Hier TRANS CENTRAL AIR five two seven, ich höre Sie klar und deutlich, kommen.«

»Wir werden Ihnen jetzt eine Funkfrequenz zuweisen, die nur für Sie bestimmt ist. Wechseln Sie auf Kanal USB 437 und melden sich dann wieder. Ende.«

Ramires tippte sofort auf den Tasten des Bordfunkgerätes die neue Frequenz ein.

Unmittelbar danach nahm Kapitän Martinez das Gespräch wieder auf.

»Hören Sie, Kapitän, wir haben Ihnen den Luftraum freigehalten und möchten, dass Sie in 400 Fuß die Landebahn entlangfliegen. Sie wissen, dass wir unsere Gläser auf Sie richten. Bestimmen Sie ihre Geschwindigkeit selbst. Anschließend drehen Sie eine Rechtskurve und steigen wieder auf 3600 Fuß. Schon mal gemacht?«

Die letzte Frage war überflüssig.

Jeder Pilot kannte die Vorgehensweise und musste damit vertraut sein. Aber aus den Worten, mit denen Kapitän Martinez seine Antwort gab, konnten die Verantwortlichen im Tower ein Gefühl für die Stimmungslage im Cockpit ableiten.

Die Antwort fiel gut aus. Man war zufrieden.

»Okay, Kapitän Martinez, dann gestatten Sie uns jetzt einen neugierigen Blick auf Ihr Bugrad.«

Ramires Stimme klang ruhig wie immer. Er konnte sogar noch Scherzchen machen:

»Na wenigstens sind die Burschen im Tower gut drauf. Ich hoffe, der Rest der Bodencrew schafft das ebenso locker.«

»Dann sehen Sie mal nach unten, sieht doch ganz ordentlich aus, oder?«

»Was meinen Sie?«

Ramires lachte:

»Die schöne lange Landebahn oder unsere Freunde mit den roten Autos an der Runway?«

»Mhm, nettes Aufgebot. Hoffentlich werden wir sie nicht brauchen ... okay, konzentrieren wir uns auf das Wesentliche.

Nehmen Sie den Schub so weit zurück, dass wir noch sicher durchstarten können und denen da unten nicht den Asphalt versauen.«

»Sollen wir nicht lieber die Landeklappen einsetzen und die Schubkraft für das mechanische Einrasten nutzen?«

»Nicht schon jetzt. Diese Option möchte ich mir für unseren zweiten Anflug vorbehalten. Der Tower soll jetzt erst einmal nachsehen, ob das Bugrad da ist, wo es hingehört.«

Ramires nickte.

Die beiden Piloten leiteten den verzögerten Vorbeiflug ein.

Der alte und der neue Chef der Flughafenfeuerwehr pressten die Ferngläser an die Augen.

Genau wie alle Männer im Tower erkannten auch sie genau, dass das Bugrad der vorbeidonnernden 707 zwar ausgefahren, aber nicht eingerastet war. Der Neigungswinkel zeigte immer noch in Richtung Heck. Deshalb waren die beiden Bugradscheinwerfer auch immer noch ausgeschaltet.

Es dröhnte in der Luft, die Boeing 707 startete durch und gewann kurze Zeit später in einer eleganten Rechtskurve wieder an Höhe.

Die immer noch regennasse Luft flimmerte hinter den schwer arbeitenden Turbinen. Der typische Geruch verbrennenden Flugbenzins zog herüber, aber nur kurz. Dann verschwand er, genau wie die 707.

Aber sie käme zurück – musste zurückkehren.

Die Männer hinter ihren Ferngläsern wussten das, und dann würde es endgültig ernst.

Im Tower waren mehr Personen anwesend, als sich normalerweise hier oben aufhielten.

Nach einigen Sekunden des Schweigens ergriff der Leiter des Krisenstabes das Wort:

»Das war leider eindeutig. Meine Herren, ich denke, der Kapitän sollte jetzt noch die Möglichkeit des mechanischen Einrastens nutzen.«

Zustimmendes Nicken.

»Wieweit sind die Rettungsmannschaften mit ihren Vorbereitungen?«

»Flughafenfeuerwehr einsatzbereit!«

»Gut.«

»Eintreffen der ersten Kräfte der Städtischen Feuerwehr in vier Minuten. Der restliche Teil ist aktiviert und rollt.

Wenn es keine außergewöhnlichen Zwischenfälle gibt, Eintreffen weiterer Kräfte im regulär geplanten Zeittakt!«

»Sehr gut, danke!«

Der Leiter des Krisenstabes blickte in die ernsten Mienen aller anwesenden Mitarbeiter. Eine schwere Verantwortung lastete auf allen. Er atmete tief durch und verkündete dann:

»Meine Herren ... lassen wir den Vogel landen!«

Der Löschzug der Feuerwache Drei mit Wolfgang Röhr und seinen Männern erreichte soeben die Flughafenausfahrt in der Unterführung auf der A44.

Hier in der langen Betonröhre heulten die Sirenen ihrer Feuerwehrfahrzeuge noch wesentlich lauter, da die nackten Wände den Schall mit ohrenbetäubendem Lärm reflektierten.

Vor mehreren Krankenhäusern stiegen Ärzte, vornehmlich Chirurgen und Anästhesisten in grüner oder blauer OP-Kleidung, in Fahrzeuge der Rettungsorganisationen, die mit laufenden Blaulichtern vorgefahren waren.

Das zurückbleibende Personal bereitete alles für einen verstärkten Zugang von verletzten Menschen vor.

Armin Harbort hielt seine Leitung permanent offen.

Er stand in ständigem Gespräch mit seinem Kollegen Thomas Jeziorek, der vor Ort mit allen verfügbaren Einsatzkräften die unmittelbar bevorstehende Landung der 707 erwartete.

Sein anderer Gesprächspartner war der Leiter des Krisenstabes, der sich oben im Tower aufhielt.

Heinrich Osthoff lenkte den roten Feuerwehrbus von Feuerwache Sechs durch diesen immer noch heftigen Regen. Endlich erreichte er sein Ziel.

Das Rolltor schob sich automatisch zur Seite und er fuhr auf den gepflasterten Hof der Feuerwache U an der Posener Straße. Dort drehte er eine 180-Grad-Kurve und kam genau vor dem Haupteingang zum Stehen.

Elf Rettungsassistenten warteten bereits auf ihn.

Sie gehörten alle der SEG an, hatten sofort ihre zivile Kleidung gegen die weißen Hosen und roten Wetterschutzjacken gewechselt und bestiegen den Bus.

Mit jeder Minute trafen weitere Feuerwehrmänner dieser SEG ein.

Heinrich sah auf die Uhr.

Die Zeit war ein wichtiger Faktor.

Er hatte das Funkgerät eingeschaltet und verfolgte sämtliche Durchsagen. Aber noch tat sich nichts.

Die über den Äther schwirrenden Meldungen bezogen sich alle auf das normale Tagesgeschäft.

Wieder sah er auf die Uhr.

Er hatte eine feste Zeitvorgabe. Innerhalb dieser Zeit erwartete man ihn mit etwa 30 Rettungsassistenten.

Ob so viele rechtzeitig eintrafen, war natürlich von unzähligen Faktoren abhängig.

Ähnlich wie bei einer Freiwilligen Feuerwehr. Wenn die alarmiert werden, kann auch nicht jeder kommen, sondern nur diejenigen, die abkömmlich sind und erreicht wurden.

Die Zeit schritt voran.

Heinrich dachte an seine Kollegen von der Flughafenfeuerwehr. Wahrscheinlich würden sie den Erstangriff alleine durchführen müssen, eine brisante knallharte Sache. Und sicher fieberten sie der weiteren Hilfe entgegen, hofften, dass diese so schnell wie möglich eintreffen würde.

Der Versuch, das Bugrad noch während des Fluges durch ein nicht unkritisches, hartes fliegerisches Manöver einrasten zu lassen, hatte die Passagiere trotz vorheriger Ankündigung besonders mitgenommen.

Ihre Nerven lagen, nachdem sie über ihre Lage informiert worden waren, sowieso schon völlig blank.

Nur die ruhige Stimme und die Vertrauen signalisierenden Worte des Kapitäns hatten in vielen einen verzweifelten Rest Hoffnung erhalten.

Den meisten stand zwar die blanke Panik im Gesicht, aber sie verhielten sich ruhig und folgten den Anweisungen der Bordbesatzung, die sich selbst nur mit eiserner Disziplin zur Ruhe zwingen konnte.

Wenn **sie** keinen klaren Kopf bewahrten, dann wäre es mit der Disziplin und Ordnung unter den Passagieren schlagartig vorbei.

Fluggäste, die ihre Sitze verließen und andere gefährliche Dinge taten, waren das Letzte, was sie jetzt noch gebrauchen konnten!

Die Flugbegleiterinnen hatten genauso Angst wie die Passagiere, aber sie mussten ihre Arbeit erledigen, jetzt mehr als je zuvor. Eine Bruchlandung stand ihnen bevor.

Niemand konnte sagen, wie schlimm es werden würde.

Jede von ihnen musste, nachdem sie erst einmal unten waren, eine der Türen und möglicherweise auch die Notausgänge öffnen.

Sie mussten die Notrutschen auslösen und alle Passagiere innerhalb von drei Minuten vollständig aus der Maschine evakuieren.

Dies war einer der kritischsten Momente.

Dabei durfte keine Panik ausbrechen, bloß das nicht.

Wenn Panik ausbrechen würde, hätten sie ein Chaos an Bord!

Dieser Gedanke bereitete ihnen weit mehr Sorge als vieles andere.

Die Zeit lief unerbittlich weiter.

Noch zwei Minuten bis zur Landung!

Noch eine Minute!

Dreißig Sekunden ... zwanzig ... zehn ... fünf ...

Die Fluggäste saßen vornübergebeugt, den Kopf auf den Knien fest in die ausgeteilten Kissen gepresst.

Einige beteten, viele weinten.

Die Notlandung stand unmittelbar bevor.

»Wind Nord-Nordost mit 33 Knoten. Wir erwarten Sie. Sie schaffen das.

Viel Glück, Kapitän!«

»Danke, Tower.«

»Okay, Ramires, ich will den Vogel solange es geht mit der Nase in der Luft halten.

Mein Liebling soll sich erst eine blutige Nase holen, wenn wir schon fast stehen.«

Die auf den Dächern der großen Feuerwehrwagen montierten Schaum- und Wasserwerfer würden die gelandete Boeing für kurze Zeit völlig in einen »Schutzmantel« einhüllen.

In dieser äußerst kurzen Zeit mussten die Menschen aus dem Flieger geholt werden!

Wenn ihnen das nicht gelang ... nicht auszudenken!

Wenn es der Kapitän schaffte die Richtung zu halten und die Maschine nicht seitlich ausbrechen würde, gab es einen angenommenen Punkt auf der 3000 Meter langen Südbahn, an dem die Boeing den Berechnungen zufolge zum Stillstand kommen sollte.

Viele Wenn und Aber!

Die Armada der rot-weißen Flughafenfeuerwehrfahrzeuge rollte an, beschleunigte und bildete eine Formation, die bei einer Flugshow sicher Applaus erhalten hätte.

In den Fahrzeugen herrschte absolutes Schweigen.

Die Männer im Tower verfolgten mit angehaltenem Atem das Geschehen.

Jetzt setzte die Maschine mit dem hinteren Fahrwerk auf. QUIETSCHEN!

Wolken verbrannten Gummis vermischten sich in einer schäumenden Fontäne hoch aufgeschleuderten Asphaltwassers, das der Regen der letzten Stunden zurückgelassen hatte.

Laut lobten die Fluglotsen:

»Sehr gut!

Früh aufgesetzt!

Jetzt halten, halten, ... JA RICHTIG!

Immer schön die Nase oben lassen!«

»**Chef!** Städtische Feuerwehr eingetroffen!«

»Sehr gut. **Los, aufs Feld mit denen!**«

»Ist schon veranlasst!«

Eine 707 so lange auf ihren Hinterbeinen zu halten, erforderte Mut, Konzentration und Können.

Kapitän Martinez besaß die nötige Erfahrung und Nervenstärke, dennoch standen Schweißperlen auf seiner Stirn.

»Landeklappen neunzig Grad! Vollen Gegenschub!«

Die Landegeschwindigkeit von 360 km/h verringerte sich zusehends. Die Boeing rauschte an den flankierenden Feuerwehrfahrzeugen vorbei.

»VOLLGAS!«

Durch einen weißen Nebel aus Wassergischt donnerten die Feuerwehrfahrzeuge mit Endgeschwindigkeit hinter dem Flieger her.

Jetzt senkte er seine Nase.

Das ausgefahrene Bugrad berührte die Landebahn und knickte zum Heck hin ein.

»Scheiße!«, entfuhr es Ramires und blickte erschrocken zum Kapitän.

Mit versteinertem Gesicht wandte dieser seine Augen nicht von der Fahrbahn.

Dann schlug die Aluminiumunterseite des Flugzeugbugs genau mit der Stelle, über der sie saßen, hart auf den Asphalt der Landebahn auf.

Ein hässlich-schleifendes Geräusch drang in ihre Ohren, zu ihrer Verwunderung wesentlich leiser, als sie es sich immer vorgestellt hatten.

Sie waren immer noch verdammt schnell.

Unter ihnen sprühte ein Funkenregen über die Bahn.

Die Feuerwehrfahrzeuge holten auf. Die Anweisungen an die Maschinisten waren längst erteilt.

Jeder wusste genau, an welcher Stelle der Maschine er sich zu postieren hatte.

»Hier Düsseldorf Tower!

An alle Einsatzkräfte! Die Maschine ist gelandet!

Wir haben einen F4!«

Dieser Funkspruch wurde von sämtlichen Einsatzfahrzeugen über vier Meter Band empfangen.

F4 bedeutet – Luftnotfall eingetreten!

Bisher war das immer noch blanke Theorie, jetzt aber hatten wir den Erstfall:

98 Fluggäste und neun Besatzungsmitglieder befanden sich in akuter Lebensgefahr!

Gedanken wie:

Na, die werden schon heil runter kommen oder:

Es wird schon gut gehen waren mit einem Schlag zunichte.

Die Boeing 707 kam zum Stehen.

Der massive und gezielte Einsatz verschiedener Löschmittel durch die Flughafenfeuerwehr hatte ein Ausbrechen des entstehenden Feuers im Keim erstickt.

Thomas Jezioreks Strategie basierte wie an allen internationalen Flughäfen auf der blitzschnellen Anwendung einer präzise durchgeführten Einsatztaktik.

Die konsequent und kompromisslos arbeitenden Feuerwehrmänner wussten, dass die Gefahr erst vorüber war, wenn sich alle Menschen in Sicherheit befänden.

Die ersten Türen des Fliegers öffneten sich und in Sekundenschnelle bliesen sich die Notrutschen auf. Sie reichten bis auf den Asphalt der Landebahn.

In gesicherter Entfernung zu der notgelandeten Maschine postierten sich große Flughafenbusse.

Viele technische Fahrzeuge des Flughafens hingegen durften näher heranfahren, hielten aber immer noch einen ausreichenden Sicherheitsabstand.

Eines der Treppenfahrzeuge wurde unmittelbar an die vordere linke Türe der Boeing herangefahren. Diese hatte sich als Einzige bisher nicht geöffnet.

Feuerwehrmänner stürmten die Gitterstufen hinauf und öffneten die äußere Notentriegelung.

Sekunden später drangen sie ein.

Die ersten Passagiere kamen über die Notrutschen hinunter, wurden von Männern der Feuerwehr und Beamten des Bundesgrenzschutzes aufgefangen.

Weitere Beamten des BGS winkten die Busse heran.

Dunkler Qualm drang unter dem eingeknickten Bugrad hervor.

Die Feuerwehrmänner in den silbrig glänzenden Flammschutzanzügen rollten armdicke schwarze Spezialschläuche von den großen Haspeln ihres Pulverlöschfahrzeugs ab und rannten, so schnell es die hinderliche aber unverzichtbare Schutzbekleidung zuließ, unter den brennenden Bug der Maschine. Eine heikle Aufgabe!

Es waren noch nicht einmal 90 Sekunden vergangen, aber die Zeit drängte.

Gut die Hälfte der Passagiere hatte das Flugzeug verlassen. Aber jetzt wurde es noch einmal schwieriger. Es gab Verletzte!

Einige von ihnen durften nicht über die Notrutschen herausgebracht werden.

Löschzug, Notarztwagen und zwei Rettungswagen der Feuerwache Drei trafen an der Einsatzstelle ein.

Wolfgang Röhr verständigte sich kurz mit dem Einsatzleiter der Flughafenfeuerwehr und teilte seine Männer ein.

Inzwischen hatte man zwei weitere Fahrtreppen an Stelle der nicht mehr benötigten Notrutschen aufgestellt.

Die Verletzten wurden auf Krankentragen herausgebracht.

Die dritte Minute war angebrochen.

Vorne am Bug hatten die Feuerwehrmänner das Feuer unter Kontrolle.

Zwei Minuten dreiundfünfzig Sekunden!

Dann die erlösende Nachricht über Funk:

»Alle Passagiere in Sicherheit! Feuer aus!«

Die nüchtern gesprochenen Worte des Chefs der Flughafenfeuerwehr verrieten nichts von seiner Erregung und lösten im Tower große Erleichterung und Freude aus.

Die Männer lehnten sich zum ersten Mal wieder entspannt in ihren Drehstühlen zurück, andere sprangen auf.

»JA! JA!«

Sie klatschten sich gegenseitig begeistert die flachen Hände aneinander, aber dann kehrte der Ernst wieder zurück.

Es gab Verletzte! Und es gab noch viel Arbeit.

Chris Dreischulte hatte den auf den Nachmittag angesetzten Rettungsflug der Deutschen Flug-Ambulanz an eine andere Organisation weitervermittelt.

Für die Deutsche Flug-Ambulanz galt Flugverbot auf unbestimmte Zeit, genau wie für sämtliche andere Fluggesellschaften am Düsseldorfer Flughafen.

Dr. Karl Weber war nicht mehr zu bremsen.

»Mein Gott, da werden bestimmt dringend Ärzte benötigt. Wie komme ich dahin?«

Chris griff unverzüglich zum Telefon.

Noch während sie wählte, rief sie laut:

»Gerd! Hol den Notfallkoffer aus dem medizinischen Lager! Ich rufe bei der Jet-Aviation an, die sollen Karl mit dem Follow-me-Wagen hinfahren.«

Gerd rannte los.

Obwohl Dr. Karl Weber schon lange als Notarzt in der Luft und auch am Boden arbeitete, wurde er von einer bisher nicht gekannten inneren Unruhe gepackt.

Die Unglücksstelle konnte man von Halle 3 aus, in der sie sich befanden, mit bloßem Auge erkennen.

Ein in gelben und schwarzen Quadraten lackierter Follow-me-Wagen fuhr vor. Karl stieg ein und der Wagen brauste über das Flugfeld.

Kurze Zeit später brachte ihn ein Feuerwehrmann zu Dr. Soffke, dem Notarzt der Feuerwache Drei.

Dr. Karl Weber entstieg dem schwarz-gelben Flughafenfahrzeug, in der Rechten den großen Alu-Notfallkoffer.

Freudig erstaunt wurde er von seinen Kollegen begrüßt, dem er wie ein rettender Engel an der Unglücksstelle erschien.

In dieser ersten kritischen Phase des Einsatzes konnte er die Hilfe eines versierten Fachkollegen und Notfallmediziners gut gebrauchen.

Kurz, nachdem die Feuerwache Drei in das Geschehen eingegriffen hatte, traf der Geländemercedes mit dem leitenden Direktor der Berufsfeuerwehr sowie dem leitenden Notarzt der Stadt Düsseldorf ein.

Ein Lotsenfahrzeug geleitete sie durch das Flughafengelände bis unmittelbar vor die mobile Einsatzleitstelle.

Die beiden Männer stiegen unverzüglich in den Einsatzleitwagen der Flughafenfeuerwehr.

Hier liefen alle Fäden zusammen.

Der anwesende Krisenstab koordinierte die unzähligen Fahrzeuge, deren Mannschaften ihre Aktivitäten mit den Einsatzleitern vor Ort.

»Florian Düsseldorf mit einer Nachricht an alle Einsatzkräfte, die sich auf dem Weg zum Flughafen befinden!

Fahren Sie umgehend Tor 3 an!

Ich wiederhole, fahren Sie Tor 3 an! Sie werden dort erwartet! Bestätigen Sie!«

»6-46-1 verstanden.«

Ich nahm ebenfalls den Funkhörer in die Hand und meldete mich:

»6-51-1 verstanden.«

Tor 3 lag unmittelbar neben dem GAT.

Die Einsatzleitung der Flughafenfeuerwehr hatte schnell und gut reagiert. Anstatt uns den langen Weg durch den ganzen Flughafen fahren zu lassen, leiteten sie uns somit auf dem schnellsten Weg zur Einsatzstelle.

Wir erreichten das Tor 3 in einer verdammt guten Zeit.

Auch hier lief alles wie am Schnürchen.

Beide Torflügel waren weit nach innen geöffnet.

Ein Fahrzeug des Bundesgrenzschutzes winkte uns durch. Innen übernahm ein Flughafenfahrzeug die Führung und geleitete uns über das Vorfeld bis zum Hangar.

In der Halle der JET-AVIATION sollten wir für die Verletzten unsere Zelte aufbauen.

Die riesige Wartungshalle für Flugzeuge war fast leer geräumt worden, ein Meisterstück in so kurzer Zeit.

Lediglich zwei Maschinen, an denen man Montagearbeiten durchführte, standen noch mit freigelegten Triebwerken im hinteren Seitenbereich.

Aber die störten nicht.

Unser LF und der AB-Rett. verloren sich in der Halle.

Die Rettungsfahrzeuge fuhren nicht mit hinein, sondern wurden zu einem zentralen Sammelplatz weitergeleitet.

»Okay, Männer! Ich will alle vier Zelte!

Mit Heizung!

Das Eingangszelt kommt hier hin!«

Peter Küpperbusch schritt die Stellfläche ab und deutete wo die Zelte aufgestellt werden sollten:

» **Die weiteren hier! ... Hier! ... und hier!**

Jetzt musste sich zeigen, ob sich unser ständiges Training gelohnt hatte.

Mit fliegenden Händen rollten wir die großen Zelte auf den zugewiesenen Plätzen auf.

In Windeseile wurden die Ventilatoren angeschlossen und während sich die Zelte noch aufbliesen, installierten wir bereits die weitere Elektrik und bauten die ersten Behandlungsplätze auf.

Alles ging im Laufschritt und klappte reibungslos.

Wir schafften es in persönlicher Bestzeit von unter 8 Minuten!

Es gab vierundzwanzig verletzte Personen.

Ein älterer Mann hatte durch den Stress einen Herzinfarkt erlitten, ein anderer hatte sich den Knöchel gebrochen. Die meisten waren mit Prellungen, Verstauchungen und anderen relativ harmlosen Verletzungen davongekommen.

Viele der Passagiere standen unter Schock.

Sie alle wurden hier in diesen Zelten von den eingetroffenen Ärzten der SEG gründlich versorgt, bevor sie mit Rettungsfahrzeugen zu den Krankenhäusern weitertransportiert werden konnten.

Unsere eigenen Rettungsassistenten unterstützten die Ärzte bei dieser Arbeit.

Die Flugkapitäne Martinez und Ramires hatten darauf bestanden, dass sie, bevor sie mit der Flugsicherheitsbehörde sprachen, die Verletzten aufsuchen konnten.

Sie hatten den Menschen die Hände geschüttelt und sich für diesen schlimmen Flug entschuldigt. Eine großartige Geste zweier Männer, die durch Geistesgegenwart und Umsicht größeren Schaden verhindert hatten.

Die SEG-Rettungsassistenten wurden nicht mehr benötigt.

Es waren ausreichend qualifizierte Helfer vor Ort. Dennoch ließ man den Bus durchfahren.

Den kurzen Rest seiner Fahrt setzte Heinrich Osthoff ohne Sondersignale fort.

Um die Boeing 707 wimmelte es nur so von Feuerwehr- und Spezialfahrzeugen des Flughafens.

Während die Feuerwehrmänner mit verschwitzten, aber zufriedenen Mienen ihre Geräte wieder verstauten, bestiegen andere Männer in zivilen Anzügen die Maschine.

Es bestand keine Gefahr mehr.

Jetzt konzentrierte man sich bereits darauf, die Landebahn möglichst rasch wieder frei zu bekommen.

Im Bereich des neu gebauten Terminals ließ die Flughafen GmbH für alle Einsatzkräfte ein Essen vorbereiten.

Bereits zwei Stunden nach der Notlandung konnte der reguläre Flugbetrieb wieder aufgenommen werden.

Die Zusammenarbeit zwischen der Flughafenfeuerwehr und der Berufsfeuerwehr der Stadt Düsseldorf hatte ihre Feuerprobe bestanden und die ausgearbeiteten Notfallpläne hatten sich als praktikabel erwiesen.

Unsere hochtechnisierte Welt ist nicht unverwundbar, aber wir sind in der Lage, den möglichen Gefahren mit unserem Können, unserem Mut und der nötigen Entschlossenheit entgegenzutreten.

Die Männer der Düsseldorfer Flughafenfeuerwehr und der Berufsfeuerwehr hatten es heute wieder einmal unter Beweis gestellt.

Heißer Einsatz für die Freiwillige Feuerwehr

Der Sturz in die eiskalten Fluten des Rheins war für Rolf Schelonka nur ein weiteres Glied in der Kette seines vom Pech gekennzeichneten Lebens.

Allerdings, der Gedanke, selbst an seinem Schicksal Schuld zu haben, kam ihm nicht in den Sinn.

Statt dessen verfluchte er alle anderen und grübelte darüber nach, wie er sich für seine neue, missliche Lage revanchieren könnte. Sein Blick schweifte aus dem Fenster, draußen war es noch dunkel.

Im Dämmerschein lag der Schnee wie eine dicke graue Masse auf den Hausdächern.

Dann sah er sich in dem kleinen, weiß getünchten Krankenhauszimmer um.

Gestern Abend, als man ihn mit dem Notarztwagen eingeliefert hatte, stand das Nachbarbett noch leer. Jetzt lag dort ein Mann unbestimmbaren Alters mit fast vollständig bandagiertem Kopf.

Dessen Atem ging stoßweise, er röchelte.

Schelonka wandte sich ab, schaute auf die Zeiger seiner billigen Armbanduhr.

Sie war nichts besonderes, hatte das Wasser aber dennoch schadlos überstanden.

Es war noch sehr früh. Draußen auf dem Gang vernahm er Schritte. Sie schienen vor seiner Türe anzuhalten.

Schelonka schloss seine Augen und stellte sich schlafend. Er hatte keine Lust, mit irgendjemandem zu sprechen.

Leise öffnete sich die Türe.

Schwester Monika überzeugte sich davon, dass es den Neuzugängen dieser Nacht gut ging. Eigentlich wollte sie kein Licht machen, beide Patienten schienen tief zu schlafen, aber das Röcheln des einen veranlasste sie, genauer nachzusehen. Sie knipste die Nachttischlampe an.

Nein, kein Grund zur Beunruhigung, es war alles in Ordnung. Noch ein prüfender Blick auf die Infusion des Patienten im Nachbarbett.

Dabei betrachtete sie zum ersten Mal beiläufig sein Gesicht und zuckte zusammen.

Das ist er! schoss es ihr durch den Kopf.

Kein Zweifel, das ist der Mann, dem sie all ihre Not und Sorgen verdankte. Ihr Herz pochte wie wild.

Leise schlich sie noch einmal um das Bett herum, wollte sich vergewissern.

Er ist es, ja wirklich, er ist es. Oh mein Gott, ich danke dir!

Jetzt wird alles gut.

Beinahe hätte sie in ihrer Aufregung den Infusionsständer umgerissen, als sie das Zimmer hastig verließ.

Draußen auf dem Flur rasten ihre Gedanken wild durcheinander. Sie lehnte sich mit dem Rücken gegen die geschlossenen Türe.

Was mache ich jetzt? Was, was, was?

Dann fasste sie einen spontanen Entschluss und eilte in das Schwesternzimmer.

Ihr war völlig egal, welche Uhrzeit sie hatten und wenn es Mitternacht gewesen wäre.

Mit zitternden Fingern kramte sie aus ihrer Handtasche die kleine weiße Visitenkarte hervor und wählte eine Nummer im Polizeipräsidium.

Das monotone Tuten des Telefons schien in ihren Ohren zu dröhnen – Freizeichen.

Wahrscheinlich wird niemand abheben, redete sie sich ein, *wie auch, um diese Zeit.*

Natürlich hätte sie jedes X-beliebige Polizeirevier anrufen können und sagen:

»Hier liegt der Mann, der die Medikamente gestohlen hat. Kommen Sie sofort, verhaften Sie ihn. Er ist hier, in meinem Krankenhaus und ...«

»Polizeipräsidium Klaus Handberg, was kann ich für Sie tun?«

Schwester Monika zuckte zum zweiten Mal innerhalb kurzer Zeit zusammen – diese Stimme, ja, es ist genau seine Stimme.

Mit ihrer Beherrschung war es auf einen Schlag vorbei. Sie weinte hemmungslos und brachte kein Wort hervor.

Wie sehr hatte sie gelitten, als diese Stimme sie in einem gnadenlosen Verhör vernommen hatte. Anfangs hatte sie das alles noch für einen lächerlichen Irrtum gehalten, aber mit jeder weiteren Frage musste sie die bittere Ironie des Schicksals erkennen.

Niemand hatte ihr geglaubt.

Wie ein böser Schatten lastete der Verdacht des Medikamentendiebstahls auf ihr.

All die Jahre aufopfernder Tätigkeit durch diesen gemeinen Dieb hinweggefegt, der sich als Patient eingeschlichen hatte. All die heimlichen Blicke, das Getuschel hinter ihrem Rücken, diese Demütigungen – es war die Hölle, das reinste Spießrutenlaufen.

Endlich gelang es ihr, einige klare zusammenhängende Sätze zu sprechen, danach hängte sie einfach auf.

Dann setzte sie sich in einen der kleinen Sessel, zog die Beine eng an den Leib und zündete sich eine Zigarette an.

Vor über fünf Jahren hatte sie dieses ungesunde Laster aufgegeben, aber seit jenem verhängnisvollen Tag war sie rückfällig geworden. Sie schlief nicht mehr richtig und hatte in kurzer Zeit mehrere Kilo abgenommen.

Klaus Handberg erinnerte sich sehr genau an diesen Fall. Er hatte die Untersuchung geleitet.

Alles deutete damals darauf hin, dass die Schwester die Medikamente selber entwendet hatte. Ihre Geschichte von dem großen Unbekannten war ebenso unglaubwürdig wie viele andere, die er im Laufe seines langen Lebens bei der Kripo gehört hatte.

Aus diesem Grund hatte er sie auch besonders hart angepackt. Meist brechen solche Gelegenheitstäter unter dem massiven Druck des Verhörs zusammen.

Mhm, das wäre ja ein Ding, wenn es den Burschen doch geben sollte.

Kommissar Handberg zog einen Aktenordner aus dem Regal. Nach einigem Blättern zog er die gesuchte Phantomzeichnung aus der Klarsichthülle.

Immerhin hatte die Schwester eine exakte Beschreibung des vermeintlichen Täters geliefert. Aber das sagte gar nichts.

Jeder kann eine Person gut beschreiben, besonders wenn es sie überhaupt nicht gibt.

Mit der Zeichnung in seiner Jackentasche verließ Handberg einige Minuten später sein Büro und betrat den Paternoster.

Unten im Hof standen mehrere Fahrzeuge.

Er benutzte nicht seinen eigenen Wagen, sondern nahm einen von der Fahrbereitschaft.

Im Grunde hätte er auch die wenigen Meter zu Fuß zurücklegen können, denn das Martinus-Krankenhaus lag fast schräg gegenüber.

Was soll's, dachte er, als er den Zivilwagen im Halteverbot abstellte.

Fünf Minuten später betrat er lächelnd das Krankenzimmer. Sein Jackett hatte er gegen einen weißen Arztkittel eingetauscht.

»Guten Morgen! Ah, unser Neuzugang, na, wie fühlen wir uns denn heute?«

Idiot, dachte Schelonka nichts ahnend.

Uns, wieso uns – mir geht es jedenfalls mies.

Kommissar Handberg sah ›seinen‹ Patienten lange an. Nichts verfängliches lag in diesem Blick.

Trotz des ausgeprägten Blutergusses, der sich vom linken Ohr über die gesamte Wange erstreckte, war die Ähnlichkeit mit der Phantomzeichnung geradezu verblüffend.

Die Schwester zählte ganz offensichtlich zu den Menschen, die sich Details nicht nur merken, sondern sie auch exakt beschreiben konnten.

Handberg tat, als überflöge er nur noch die Krankenakte, warf ihm einen letzten Blick zu und verließ mit einem gnädigen Kopfnicken das Zimmer.

Draußen auf dem Gang blieb er einen Moment stehen.

Schwester Monika war nirgendwo zu sehen, anscheinend saß sie immer noch im Schwesternzimmer. Sie hegte ganz offensichtlich einen gewaltigen Groll gegen ihn.

Ihre Wut und die Verzweiflung war vorhin, als er ihr gegenüberstand, unverkennbar gewesen. Aber er hatte auch den Triumph in ihren Augen gesehen. Diese Augen hatten eine deutliche Sprache gesprochen.

Irgendwie fühlte er sich schuldig. Vielleicht konnte er einiges wieder gerade biegen.

»Darf ich?«

Handberg zog sein Handy aus der Tasche und sah die Schwester fragend an.

Die beschäftigte sich intensiv mit der Zubereitung von neuen Infusionen und blickte nicht auf. Offensichtlich vermied sie den Blickkontakt.

»Nehmen Sie das Telefon auf dem Schreibtisch. Wenn Sie die Null vorwählen, bekommen sie ein Freizeichen.«

»Danke.«

Handberg sprach nicht lange.

Er erteilte knappe unmissverständliche Anordnungen.

Schwester Monika konnte alles mithören und das, was sie hörte, verschaffte ihr große Erleichterung.

Gleich würden zwei uniformierte Beamte kommen und Schelonka abholen. Er sollte in die Krankenabteilung der Justizvollzugsanstalt überführt werden.

Eigentlich hatte sie jetzt allen Grund zu triumphieren, aber sie spürte nur eine große Leere.

Trotzdem, es war gut so, denn dieses Zimmer hätte sie auf keinen Fall mehr betreten, zumindest nicht, solange **er** darin lag.

Der Kommissar verlangte den Oberarzt zu sprechen.

Na gut, dachte sie, das musste sein, bestimmte bürokratische Regeln mussten eingehalten werden.

Sie kümmerte sich darum.

»Ich werde bei Ihnen bleiben, bis alles vorbei ist«, sagte Handberg anschließend zu ihr.

Seine Stimme klang ganz anders als damals und Schwester Monika rang sich ein

»Das ist sehr freundlich« von ihren Lippen.

Der Oberarzt war ein verständiger Mann.

Der Krankenhausalltag ist gnadenlos und stressig und obwohl hier weit mehr psychologisch geschultes Personal herumläuft als anderswo, gibt es auch hier Mobbing.

Nachdem der Oberarzt dafür gesorgt hatte, dass eine Kollegin Schwester Monika für die nächsten zwei Stunden ablöste, nahm sie zögerlich die Einladung von Kommissar Handberg zu einem gemeinsamen Frühstück an.

Seine einfühlsamen Worte tauten ihre verhärtete Seele auf, aber zurück blieb eine tiefe Narbe, die nur die Zeit heilen konnte.

Der bisherige Lebenslauf von Rolf Schelonka war ein einziges Desaster gewesen. Das Leben hatte ihm nicht gerade besondere Chancen geboten.

Seine Mutter, fast selbst noch ein Kind, hatte ihn viel zu jung geboren.

Während sie sich in Discotheken und ganz bestimmten Etablissements vergnügte, blieb er sich selbst überlassen. Den Vater hatte er nie kennen gelernt.

Sie lebten von der Sozialhilfe und seine Schulbildung erhielt er von Lehrern, die längst selbst frustriert aufgegeben hatten. Als er 18 wurde, wirkte seine immer noch junge Mutter bereits wie eine ausgezehrte Fünfzigjährige.

Permanenter Alkohol und andere zersetzende Suchtmittel hatten sie frühzeitig altern lassen.

Obwohl der junge Rolf weder einen Führerschein, geschweige denn ein Auto besaß, lernte er schnell, wie man auch ohne diese Dinge zurecht kam.

Auf Spritztouren mit gestohlenen Autos in benachbarte Städte, beschaffte er sich auf eigene Faust, was ihm seine Mutter nicht geben konnte.

Als er das erste Mal bei einem Ladendiebstahl in einem Spirituosenladen erwischt wurde, erhielt er statt einer Anzeige eine gewaltige Abreibung. Das schürte seinen sowieso schon vorhandenen Hass auf männliche Erwachsene noch mehr und er beschloss, von nun an cleverer zu sein.

Natürlich wurde er irgendwann während eines erneuten weiteren Einbruchs von der Polizei geschnappt und landete vor dem Jugendstrafrichter.

Zu diesem Zeitpunkt hätte eine strenge Lektion vielleicht noch etwas bewirken können, aber der Richter verhängte nur einige Arbeitsstunden bei einer gemeinnützigen Organisation.

Weitere Straftaten und weitere milde Richter ohne wirkliche Konsequenzen für Schelonka führten dazu, dass er die deutsche Rechtsprechung nicht mehr ernst nahm.

Nach seinem unfreiwilligen Bad im Rhein und der Entdeckung durch Schwester Monika versuchte ihm eine junge Sozialpädagogin in mehreren Therapiesitzungen einzuschärfen, dass Eigentumsdelikte nur die Entwicklung eines positiven Selbstwertgefühls verhinderten – ihre Ermahnungen wurden zwar gehört, aber nicht aufgenommen.

Dann wurde er auf Bewährung entlassen, weil es ihm gelang, seine Gutachter von seiner ›tiefen Reue‹ zu überzeugen.

Mehrere Monate waren ins Land gegangen.

Sein Hass und der Wunsch nach Rache hatten sich in dieser Zeit noch verstärkt.

Überall hatte er sich nach den beiden Albanern erkundigt, ergebnislos. Es schien, als seien sie vom Erdboden verschluckt worden.

Dann, eines Abends, erhielt er in einer einschlägigen Kneipe doch noch den langersehnten Tipp.

Im Stadtteil Benrath sollten zwei Ausländer wohnen, auf die seine Beschreibung passte.

Schelonka war wieder einmal ziemlich pleite. Trotzdem hatte er seinen letzten Fünfziger herausrücken müssen.

Informationen in der Szene gab es nie umsonst.

Während der Fahrt mit der S-6 vom Hauptbahnhof nach Benrath schüttete es wie aus Eimern.

Rolf Schelonka war das nur recht.

Nachdem er glaubte, seine beiden Widersacher aufgespürt zu haben, bestand allerdings ebenso die Möglichkeit, dass sie auch von seinen Nachforschungen erfahren hatten.

Jetzt kam es darauf an, rasch zu reagieren.

Nur wie?

Schelonka war sich eigentlich überhaupt nicht im Klaren darüber, was er tun wollte. Er ließ sich mehr oder weniger von einem inneren Gefühl der Unrast treiben.

Es regnete immer noch, aber längst nicht mehr so schlimm wie vorhin, als er noch mit der S-Bahn fuhr.

Einen Schirm hatte er nicht dabei. Überall stand das Regenwasser knöcheltief, aber das ignorierte er.

Seine dunkelbraunen Lederhalbschuhe waren ohnehin durchnässt und er platschte ohne Umwege durch die tiefsten Pfützen. Die Wirkung seines alten Trenchcoats hatte allenfalls nur noch optischen Charakter. Regen lief aus seinen nassen Haaren trotz des hochgeschlagenen Kragens den Hals herunter.

Kurzum, er sah aus wie eine nasse Katze.

Nach einem kurzen Fußweg erreichte er das Einkaufszentrum von Benrath.

Der Regen hatte aufgehört und der nasse Asphalt dampfte.

Schelonka stand vor einem hohen alten Haus aus der Jahrhundertwende und starrte vom gegenüberliegenden Gehweg auf das Gebäude.

Er überlegte.

Die aneinander gebaute Häuserzeile besaß anscheinend keine Durchgänge nach hinten. Er hatte einen kurzen Blick auf das Klingelschild geworfen.

Die Namen ließen keine Rückschlüsse zu, was aber nicht allzu viel bedeutete, da auf zweien kein Name eingetragen war. Seine Informationen waren zuverlässig, da war er sich sicher.

Der Hauseingang wurde rechts wie links von Geschäften eingerahmt. Moderne Läden mit riesigen Fensterfronten.

Schelonka war davon überzeugt, dass es aus hinteren Lager- oder Kellerräumen einen Zugang in das Treppenhaus geben müsste.

Er wollte auf keinen Fall wie ein normaler Besucher klingeln und darauf vertrauen, dass ihm jemand die Türe öffnete.

Sein Entschluss stand fest.

Der größere, rechte Laden erstreckte sich auch auf das Nachbarhaus. Es befanden sich viele Kunden darin, er würde überhaupt nicht auffallen.

Nachdem er noch einen Linienbus abgewartet hatte, überquerte er mit anderen Fußgängern die Straße und betrat das Geschäft.

Unauffällig betrachtete er die Waren in den Regalen und Vitrinen. Scheinbar ziellos näherte er sich, betont langsam, wie ein unentschlossener Kunde, dem hinteren Bereich. In einem günstigen Moment verschwand er durch eine angelehnte Türe und befand sich wie erwartet in einem kurzen Gang.

Er war alleine.

Sofort veränderte er seinen langsamen Schritt und eilte den Gang entlang, der in einem Warenlager mündete.

Niemand war zu sehen.

Schelonka blickte sich hastig um. Nachdem er eine weitere Türe durchschritt, erreichte er eine Treppe über die er in den Keller gelangte.

Überall an den Wänden waren Regale montiert, vollgestopft mit Kisten und Schachteln, Bergen von Packpapier und Unmengen verstaubter Aktenordner.

Schelonka hörte Stimmen.

Offensichtlich junge Mädchen, vielleicht Verkäuferinnen. Kurz entschlossen zog er einen größeren länglichen Karton aus einem Regal und schulterte ihn so, dass sein Gesicht dahinter verborgen blieb.

Keine Sekunde zu spät.

Die beiden Mädchen schienen in keiner Weise überrascht, einen Fremden hier anzutreffen.

Der Mann war offensichtlich ein Lieferant, glaubten sie und hatte sich wohl verlaufen.

Beide Mädchen befanden sich noch in der Lehre.

Die ältere fragte keck, ob sie ihm helfen könne, während die jüngere verlegen kicherte.

»Schätze, ich habe mich wirklich verlaufen«, entgegnete Schelonka.

Seine Stimme klang freundlich mit dem Unterton gut gespielter Hilflosigkeit.

»Eigentlich muss ich in den anderen Laden, den nebenan, wissen Sie. So etwas Dummes, jetzt darf ich den ganzen Weg wieder zurücklaufen.«

»Kommen Sie, ich zeige Ihnen den Zugang zum Treppenhaus. Die Keller sind hier nämlich miteinander verbunden.«

Schelonka lächelte.

Genau das hatte er erhofft.

Er ließ sich nur zu gerne von seiner freundlich-naiven Führerin durch die verwinkelten Gänge leiten.

Das andere Mädchen war zurückgeblieben.

Nach mehreren verwinkelten Gängen standen sie schließlich vor einer verriegelten Holztüre.

Das Mädchen zog den Riegel auf:

»So, wenn Sie hier links die Treppe hochgehen, kommen Sie direkt ins Treppenhaus. Die Türe oben ist immer auf.«

»Vielen Dank, junges Fräulein, das war sehr freundlich.« Schelonka hätte den schweren Karton am liebsten hier unten abgesetzt, aber die Kleine war wirklich gut erzogen, denn sie erklärte:

»Ich mache das Licht von hier unten aus, wenn Sie oben sind.«

Also schleppte er den Karton die Treppe hinauf bis ins Treppenhaus, wo er ihn absetzte.

Verdammte Kiste, was ist denn da überhaupt drin? Schelonka betrachtete den Aufkleber.

Na, kein Wunder, dass das so schwer war. Fünf Kanister mit Lösungsmitteln oder irgend so ein Zeug. Egal, es hat mir jedenfalls gut geholfen.

Schelonka war sichtlich zufrieden mit dem bisherigen Verlauf seiner Aktion.

Von der Last befreit, stieg er nun im Treppenhaus nach oben, immer die Klingelschilder betrachtend.

Die Stufen des alten hölzernen Treppenhauses knarrten.

Mit jedem weiteren Schritt nach oben veränderte sich seine Stimmungslage. Im Grunde wollte er sich ja nur Gewissheit verschaffen, dass seine ärgsten Widersacher hier wirklich wohnten.

Und dann?

Schelonka fühlte sich auf einmal überhaupt nicht mehr wohl in seiner Haut. Eine innere Stimme riet ihm umzukehren, aber er stieg weiter die Stufen empor.

Als er das Zwischenpodest zur dritten Etage erreicht hatte, öffnete sich über ihm eine Türe und der größere der beiden Albaner trat mit einer Mülleimertüte in einer Hand ins Treppenhaus.

Schelonka stockte der Atem.

Noch hatte der Kerl ihn nicht gesehen, weil er ihm, während er die Wohnungstüre hinter sich abschloss, den Rücken zukehrte.

Dann aber drehte er sich um, trat auf die erste Treppenstufe und stockte.

Sein anfänglich erstauntes Gesicht verzog sich zu einem breiten gemeinen Grinsen:

»Na, wenn das nicht unsere kleine Ratte ist. Ich hoffe nur für dich, dass du die Knete mit hast!«

Schelonka rutschte das Herz in die Hose.

Die Angst schnürte ihm die Kehle zu und er brachte keinen Ton hervor.

»Was ist, Kerl, ich hab dich was gefragt!«

Der feste Blick, mit dem Schelonka fixiert wurde, ließ keine Ausreden zu.

Die nackte Angst hatte ihn gepackt.

Mein Gott, warum bin ich nur hierher gegangen.

Schweißperlen mischten sich in seine immer noch regennasse Haut.

»He, bist du taub!? Ich hab dich was gefragt!«

Schelonka schluckte und würgte, dann schüttelte er den Kopf: »Ich, eh ...«

»Was, keine Moneten? Wenn du kein Geld bringst, was willst du dann, he?«

Der Kerl kam zwei gefährliche Stufen näher und verharrte erneut.

»Nein ... das glaub ich doch nicht!«

In ungläubigen Tonfall flüsterte er:

»Du? Du hast dich hier reingeschlichen, um dich mit uns ...?

Dann wurde er wieder laut.

»Du miese kleine Ratte! Na warte!«

Und dann wurde seine Stimme noch lauter.

Die Mülleimertüte einfach fallen lassend, stürmte er mit einem heiseren Aufschrei die Treppe herab.

»**Dich mach ich fertig!**«

Schelonka hatte dem Ansturm seines überlegenen, großen, schweren Gegners nichts entgegenzusetzen.

Auch besaß er weder die nötige Reaktion noch die Gewandtheit, einen solchen Angriff abzuwehren.

Alles in ihm war nur noch Panik.

Schelonka zuckte zusammen.

Eine einzige unbewusste Bewegung, nicht einmal ein Abwehrreflex. Aber dieser Geringfügigkeit verdankte er wahrscheinlich sein Leben.

Denn dadurch traf ihn die volle Wucht des Gegners nicht frontal, sondern »nur« seitlich an der rechten Schulter.

Trotzdem riss der Zusammenprall beide Männer um, aber Schelonka lag nicht unter seinem Gegner, wie der es wohl gewollt hatte, sondern wurde mit dem Rücken gegen die Wand geschleudert.

Als er sich mühsam wieder aufrappelte, lag der Albaner regungslos auf dem Zwischenpodest.

Schelonka wusste nicht, ob der Mann tot oder nur bewusstlos war. In diesem Moment war ihm das völlig egal.

In seinem Kopf herrschte nur ein einziger Gedanke:

Weg, bloß weg hier!

Voller Panik raste er an dem auf dem Bauch liegenden Mann vorbei, stürmte Hals über Kopf nach unten.

Niemand hatte sich im Treppenhaus blicken lassen.

Schon wollte er durch die Haustüre nach draußen, da kam ihm ein teuflischer Gedanke.

Der Karton mit den Blechkanistern stand immer noch vor der Kellertüre. Hastig riss er ihn auf, zog zwei der Behälter heraus und lauschte.

Totenstille.

Er fasste wieder Mut und huschte bis auf die erste Etage.

Dort kippte er einen geöffneten Kanister einfach um. Den anderen Inhalt verteilte er über die Stufen auf seinem eiligen Weg nach unten.

Schelonka zündete ein einziges Streichholz an und warf es in die stechend riechende Flüssigkeit.

Bhufff!

Mit rasender Geschwindigkeit verbreitete sich ein heißes gefährliches Flammenmeer gierig die Treppe hinauf.

Schelonka hob schützend den Arm vor sein Gesicht. Fasziniert betrachtete er die Flammen, die sich mit rasender Schnelligkeit gierig nach oben fraßen.

Dann riss er sich von deren Anblick los und beschloss, nicht durch die Haustüre, sondern über den gleichen Weg zu verschwinden, wie er auch gekommen war – durch den Keller des

Geschäftshauses, dessen Tür, wie er ja erfahren hatte, immer offen stand.

Jochen Flesch verabschiedete sich am Telefon von seiner Frau:

»Sicher, Schatz, zum Kaffee bin ich zu Hause. Nicht böse sein, ich muss Schluss machen, der Kleber ist gleich trocken. Bis nachher, ich liebe dich.«

Er legte das Handy auf eine winzige, freie Stelle seiner großen Arbeitsplatte.

Sie war übersät mit Hunderten von Einzelteilen von Modellbauhäusern und Fahrzeugen. Dazwischen standen oder lagen diverse Baumaterialien und Werkzeuge.

Hinter ihm, in seinem Rücken, stand eine etwa drei mal drei Meter große Tischlerplatte mit einer fast vollständig montierten Miniaturstadt, das neueste Teilstück einer einzigartigen Planspielanlage für die Düsseldorfer Feuerwehrschule.

Hier unten, in einem zur Werkstatt umfunktionierten Kellerraum, arbeitete Jochen manchmal bis tief in die Nacht hinein. Viele Stunden seiner Freizeit verbrachte er hier.

Der Wert dieser einzigartigen Anlage ließ sich in Geld längst nicht mehr beziffern und diese Meisterwerke gab es in keinem Geschäft der Welt zu kaufen.

Mit der Präzision eines Feinmechanikers und dem Ideenreichtum eines genialen Tüftlers entstanden aus normalen Bausätzen funktionsfähige, technische Wunderwerke.

Brennende Kirchtürme, rauchende Dachstühle, auslaufende Kesselwagen.

Im Moment arbeitete er mit seiner ›dritten Hand‹, einer pinzettenartigen Greifvorrichtung, unter einer tellergroßen Lupe.

Ein winziges, selbst konstruiertes Ventil musste mit einem ebenso winzigen Schlauch verklebt werden.

Die zusätzlich montierten Deckenleuchten warfen ein schattenfreies Licht. Jochen war konzentriert, völlig eins mit seiner komplizierten Arbeit.

Liesel, wie Jochen seine Frau Elisabeth zu nennen pflegte, hatte nach dem Telefonat mit ihrem Mann gelächelt und die Kaffeemaschine eingeschaltet. Sie schnitt von der frisch gebackenen, leckeren Donauwelle (nach einem besonderen Rezept ihrer Mutter) ein großes Stück ab und packte es in Silberfolie ein.

Dann rief sie ihren Sohn:

»Holger!«

Als er in die Küche kam, erklärte sie:

»Dein Vater sagte zwar, er sei zum Kaffee da, aber wir wissen ja was das bedeutet. Wenn er über seinem Hobby brütet, vergisst er doch alles um sich herum. Schwing dich doch bitte mal aufs Rad und bring ihm was Leckeres. Ich möchte doch nicht, dass mein lieber Mann verhungert.«

»Geht klar, Mama, ich fahr gleich los.«

Etwas später klemmte Holger den Korb auf den Gepäckträger seines Rades und machte sich auf den Weg.

Er hatte es nicht allzu weit und trat kräftig in die Pedale.

Auf halber Strecke begann sein Funkmeldeempfänger zu summen, der an seinem Hosengürtel klemmte.

Während des Fahrens warf er einen raschen Blick darauf.

»Wache besetzen!«, las er, mehr stand da nicht.

Holger ist Mitglied der Freiwilligen Feuerwehr von Garath, und da er sich sowieso schon auf dem Weg zur Feuerwache befand, würde er wohl als einer der ersten dort eintreffen.

Unterwegs überlegte er, was passiert sein konnte.

Warum rief man ihn?

Zumindest war das nicht die normale Alarmierung zu einem Einsatz, denn die sah anders aus.

Er wusste nicht, dass die Berufsfeuerwehr aufgrund des F 3 am Flughafen mehrere Wachen im Einsatz hatte.

In solchen und ähnlichen Situationen gibt es eine bestimmte Vorgehensweise, wodurch der Feuerschutz für die Stadt gewährleistet bleibt:

Dazu rücken die Wachen der Außenbezirke in die entblößten Innenstadtwachen und die Freiwilligen Feuerwehren besetzen wiederum die Wachen in den Außenbezirken.

Hierin kann man sehen, wie ungemein wichtig die Freiwilligen Feuerwehren selbst für Großstädte mit Berufsfeuerwehren sind.

Holger nahm eine Abkürzung und flitzte über den schmalen Gehweg am Jugendclub vorbei. Er näherte sich dem hinteren Einfahrtstor der Wache.

Ein anderer war noch schneller gewesen. In seinem Auto wartete er mit laufendem Motor vor diesem Tor, das sich jetzt automatisch zur Seite schob.

Holger schoss durch die enge Öffnung auf den Hof, stellte sein Fahrrad ab und erwartete seine Kameraden.

Nach und nach trafen sie ein.

Unter ihnen befand sich auch sein Wehrführer Alfred Kujon. Er traf erste Anordnungen.

»Okay Männer, ah, sorry Yvonne.

Also Wache Sechs ist zu einem F3 am Düsseldorfer Flughafen gerufen worden. Bis die zurück sind, übernehmen wir hier den Feuerschutz.

Christoph, du holst unser LF und setzt es hier auf den freien Platz. Gerd und Tobias, ihr seid Angriffstrupp, Holger und Yvonne Wassertrupp. Hans Jürgen fährt die Drehleiter.

Wenn ihr umgezogen seid, treffen wir uns wieder hier in der Halle«

Die kleine Gruppe machte sich auf den Weg zu ihren eigenen Räumen. Nach kurzer Zeit fanden sie sich wieder in der Fahrzeughalle ein und checkten, genau wie die Berufsfeuerwehrleute es zu Dienstbeginn tun, gründlich ihre Fahrzeuge.

Natürlich war ihnen alles vertraut, blind konnten sie sagen, was sich an Geräten hinter jedem Rollo verbarg. Aber jeder spürte auf einmal die neue, ungeahnte Verantwortung, die mit einem Mal auf ihnen lastete.

Jetzt waren **sie** für einen ganzen Stadtteil zuständig, und standen nicht im Schatten der Berufsfeuerwehr, nicht in zweiter Reihe, sondern waren Nummer Eins.

Yvonne Kempa, die einzige aktive Feuerwehrfrau in dieser Truppe, stieg aus dem LF. Ihr Blick fiel auf den Korb, der immer noch an der Wand der Fahrzeughalle stand.

»He, Holger, was hast du denn da in deinem Korb?«

»Ach je, den hab ich ja ganz vergessen. Der ist für meinen Vater.«

»Macht doch nichts, der ist jetzt sowieso am Flughafen«, entgegnete Yvonne.

»Der nicht, der hat heute frei. Aber er ist oft in seiner Freizeit hier und baut am Planspiel. Ich lauf mal schnell nach unten und bringe ihm seine Sachen.«

Holger schnappte sich den Korb und lief eine Treppe tiefer. Das riesige Wachgebäude ist voll unterkellert.

Der lange, rotgeflieste Gang war erleuchtet. Es sieht aus, als würde er an der offenen Türe zu Jochens Werkstattkellerraum enden. In Wirklichkeit macht er hier lediglich einen Knick und verläuft weiter in nördlicher Richtung.

»Hallo Papa!«, begrüßte Holger seinen Vater.

»Ruhe, Junge, ganz ruhig. Gut, dass du hier bist. Komm, halt das doch mal.«

Jochen war so in seine Arbeit vertieft, dass er nicht einmal aufgeschaut hatte. Er hielt etwas so Winziges zwischen seinen Fingern, dass sein Sohn es von der Türe aus nicht sehen konnte. Jetzt blickte Jochen auf, strahlte seinen Sohn an:

»Weißt du, was das ist?«

Holger schüttelte nur den Kopf, aber er brauchte auch keine Antwort zu geben, denn sein Vater lieferte die Erklärung sogleich nach:

»Mit diesem Teil, auf das ich mit Recht besonders stolz bin, kann diese kleine Turbine hier angetrieben werden.«

Holger starrte immer noch von der Türe aus auf die Finger seines Vaters:

»Ich seh nix.«

»Du musst schon näher kommen.«

Holger setzte den Korb ab.

»Von Mama, frischer Kaffee und Kuchen.«

Er lachte seinen Vater an:

»Weil du ja doch wieder zu spät kommst – meint sie.«

Jochen nickte nur:

»Hier, halt das mal.«

Damit drückte er Holger das filigrane Messingteilchen in die Hand.

»Aber schön so festhalten ... ja genau so.

Ich habe einen Spezialkleber aufgetragen und muss jetzt nur noch diesen kleinen Deckel befestigen.«

Er suchte auf seinem Arbeitstisch:

»Das ist kompliziert, schaffe ich nicht alleine.«

»Nimm doch deine dritte Hand.«

»Ist schon besetzt, siehst du?«

Jochen deutete auf die Pinzettenhalterung, in der inzwischen etwas anderes klemmte. Endlich hatte er das gesuchte Teil gefunden.

»So, halt jetzt mal ganz still, ich drücke den Deckel rein. Wenn das funktioniert, kannst du das Ding auf den Tisch legen und wir trinken zusammen einen Kaffee.«

»Geht nicht Papa, ich muss wieder hoch.«

Erst jetzt fiel Jochen auf, dass sein Sohn Feuerwehrbekleidung trug.

»Was ist los, habt ihr 'ne Übung?«

Holger schüttelte den Kopf und dann verkündete er stolz seinem Vater:

»**Wir** sind jetzt hier zuständig für die Sicherheit. Deine Kollegen sind raus zum Flughafen.«

Jochen war die Betonung in der Stimme seines Sohnes nicht entgangen. Innerlich schmunzelte er, aber er hatte auch Verständnis.

Na ja, sagte er sich. Wahrscheinlich passiert sowieso nichts, die Kollegen kommen sicher bald zurück. Aber immerhin haben die Jungs von der FF kurz das Gefühl von Verantwortung gespürt.

Aber laut sagte er:

»Da drüben steht noch eine Tasse, ich habe meinen eigenen Becher hier stehen. Los, du wirst doch noch soviel Zeit haben, mit deinem alten Vater 'ne Tasse Kaffee trinken zu können.«

Holger holte die gewünschte Tasse und schenkte ein. Nach ein paar Schlucken knackte der Lautsprecher.

Holger sprang auf.

Jochen lachte: »Bleib locker, Junge.«

Dann alarmierte es:

»Einsatz für die Löschgruppe Garath! Brand in einem Wohnhaus: Benrather Markt XXX!«

»Tschüss Papa, ich muss los!«

Und schon stürmte sein Sohn aus der Türe den Gang herunter.

Wenige Sekunden später hörte Jochen das Martinshorn der ausrückender Feuerwehrfahrzeuge.

Er konnte sich nicht mehr auf seine Arbeit konzentrieren.

Klar, er war seit mehr als 25 Jahren Berufsfeuerwehrmann und kannte das Geschäft in- und auswendig, aber das hier war neu für ihn. Sein Sohn fuhr zum Einsatz und er blieb zurück.

Er spürte eine bisher nicht gekannte Nervosität und beschloss, sich oben in die ehemalige Zentrale zu setzen, wo er den Funk abhören konnte.

Im Grunde fand er es ja gut, dass sein Sohn bei der FF angefangen hatte. Er erinnerte sich noch sehr gut an einen selbst erlebten Zimmerbrand.

Abgekämpft und mit rußgeschwärztem Gesicht kam er wieder auf die Wache. Holger, der mit den anderen Kameraden in Bereitschaft auf der Wache auf seinen Einsatz wartete, hatte seinen zurückkehrenden Vater richtig enttäuscht angesehen.

»Sei froh, dass du da nicht rein musstest Junge!«, hatte dieser ihm zugerufen.

Aber was wusste denn schon sein Vater? Brennend gerne wäre er da mit hineingegangen, dafür war er doch schließlich zur Feuerwehr gegangen.

Hoffentlich ist es ein Fehlalarm, dachte Jochen. Dann kam die erste Rückmeldung von der Einsatzstelle. Was er hörte, zerstreute seine Sorgen nicht, er wurde eher nervöser.

»Vollbrand in einem Geschäftshaus, starke Verqualmung aus darüber liegenden Etagen. Menschenleben in Gefahr! Wir brauchen dringend Verstärkung!«

Dann meldete sich die Leitstelle:

»Zu Ihrer Information, derzeitig sind keine weiteren Kräfte frei. Sobald wir ein Fahrzeug entbehren können, schicken wir es zu Ihnen.«

»Mist!«, fluchte Alfred Kujon an der Einsatzstelle.

Und »Mist!«, fluchte auch Jochen Flesch in der Zentrale der Feuerwache Sechs.

Zwei weitere Feuerwehrmänner der FF-Garath trafen ein.

Wie gewöhnlich stürmten sie zuerst in die Zentrale.

»Hallo Herr Flesch!«, riefen sie aufgeregt, »gibt es was?«

»Kann man wohl sagen, Jungs.«

Mit wenigen Worten erzählte er, welche Meldungen gerade über Funk zu hören waren.

»Oh Mann, das darf doch nicht wahr sein! Wir sind beide noch keine Maschinisten, sonst könnten wir doch mit dem TLF hinterherfahren!«

»Los komm, Benni, wir fahren mit meinem Wagen!«

»Moment!«

Jochen hielt sie zurück. Fragende Gesichter sahen ihn an.

Seit der brisanten Rückmeldung kreisten Jochens Gedanken um die Kollegen, die dringend Verstärkung benötigten.

Sie waren viel zu wenige für einen solchen Brand. Jochens Entschluss stand fest. Er selbst würde mit den beiden Feuerwehrmännern zur Einsatzstelle fahren.

»Ruft die Leitstelle an! Sagt, dass einer von der anderen Tour hier ist und mit euch zum Einsatz fährt.

Wir nehmen das TLF! Ich zieh mich nur schnell um.«

Ohne die Antwort abzuwarten, raste er die Treppe hinauf an seinen Spind. So schnell hatte er sich noch nie zuvor umgezogen. Höchstens eine Minute war vergangen, als er seine restlichen Alarmsachen im »Kostümfundus« abhängte und in der Fahrzeughalle erschien.

Benjamin Basler, genannt Benni, war das jüngste Mitglied der FF-Garath. Er rief:

»Alles klar, Herr Flesch! Wir haben grünes Licht bekommen!«

»Na los, dann wollen wir mal.«

Jochen – ein erfahrener Maschinist – schwang sich auf den Fahrersitz und startete.

Das Tanklöschfahrzeug ist für sein Gewicht, immerhin besitzt es einen 5000 Liter Wassertank plus 500 Liter Schaummittel, ganz schön schnell.

Den beiden jungen Feuerwehrmännern ging es aber nicht schnell genug.

»Hat der nicht mehr drin, Herr Flesch? Können Sie nicht etwas schneller fahren?«

»Also Jungs, das mit dem Herrn Flesch lassen wir mal. Ihr könnt Jochen zu mir sagen und schneller ist nicht. Der Bock hat 'nen verdammt hohen Schwerpunkt und ich habe keine Lust, meine fünf Tonnen Wasser schon hier auf die Straße zu kippen.«

Danach schwieg er und auch seine ungestümen Mitfahrer zogen es vor, nicht weiter zu drängeln.

Die Situation an der Einsatzstelle war im höchsten Grade brandgefährlich.

Ein Geschäft im Erdgeschoss brannte in voller Ausdehnung. Hinter der großen Schaufensterscheibe erkannte man nur finsteren, schwarzen Qualm, irgendwo dazwischen waberte ein rötliches Licht. Anscheinend war das Feuer ins Treppenhaus gezogen und einige unvorsichtige Bewohner hatten ihre Wohnungstüren offengelassen, so dass der gefährliche Qualm sie jetzt in ihren Wohnungen bedrohte.

So vermutete es zumindest der Wehrführer der FF.

Er ahnte ja nichts von der vorausgegangenen Brandstiftung.

Seine größte Sorge galt einer Frau auf der zweiten Etage, die am offenen Fenster um Hilfe schrie.

»Angriffstrupp mit erstem C-Rohr zur Menschenrettung und Brandbekämpfung durch das Treppenhaus vor!

Drehleiter zur zweiten Etage!«

Holger riss das Rollo hoch hinter dem die B-Schläuche steckten. Verdammt!

Es klemmte wieder einmal.

Aus den Augenwinkeln sah er, wie der Angriffstrupp seine Leitung selber verlegte.

»He, Holger! Wo bleibt mein Wasser!«, rief der Maschinist.

Christoph Kleuters wusste, dass sie hier nicht mit dem Vorrat ihres Wassertanks auskommen würden. So ein Feuer hatte er noch nicht erlebt.

»Mach zu, Holger! Ich will hier nicht auf dem Trockenen sitzen!«

Yvonne kam angelaufen.

»Was ist? Der Hydrant steht schon. Wir brauchen nur noch die Schläuche auszurollen.«

»Ja, ja, so ein Mistding ... das klemmt wieder!«

»Vergiss es, wir nehmen die Schlauchhaspel.«

»Warte! Nur noch ein Versuch.«

Mit aller Kraft schlug Holger seine flachen, abgewinkelten Hände von unten gegen das halb geöffnete Rollo. Ein stechender Schmerz durchzog sein linkes Handgelenk, aber er hatte Erfolg, das Rollo sprang auf, rollte ganz bis oben.

Seinen Schmerz missachtend, zog er einen der B-Rollschläuche aus dem Fach.

Yvonne nahm einen weiteren.

Kurz darauf erhielt der Maschinist neues Wasser aus dem aufgestellten Standrohr in seinen Tank.

Holger und Yvonne rannten im Laufschritt und meldeten sich bei ihrem Wehrführer:

»Wasserversorgung steht! Wassertrupp zur Stelle!«

»Gut. Zieht sofort Atemschutzgeräte an und nehmt ein zweites C-Rohr vor. Durch das Treppenhaus in den Laden.«

Sofort rannten die beiden zum Fahrzeug zurück, um sich auszurüsten. Der Maschinist half ihnen beim Anlegen der Pressluftatmer.

Ein Verteiler lag bereits angeschlossen vor dem Hauseingang, durch den sich der Angriffstrupp über das brennende Treppenhaus emporgearbeitet hatte, die Flammen mit einem Sprühstrahl vor sich hertreibend.

Yvonne hatte eines der modernen neuen Hohlstrahlrohre in ihren Sicherheitsgurt gesteckt. Holger trug den Aluminiumkorb mit aneinandergekuppelten C-Schläuchen.

»Halt!«

Schon wollten sie losrennen, da hielt sie der Maschinist zurück und zog die Plastikschilder aus ihren Todmannschaltern.

»Okay, jetzt könnt ihr!«

Sorgfältig steckte er die Schilder in die Atemschutzüberwachungstafel und stellte die Zeit ein.

Seitlich über ihren Köpfen schob sich die Drehleiter in die Höhe. Vorne an der Leiterspitze war ein Rettungskorb angebracht. Hans Jürgen Töpfer steuerte selbst aus dem Korb.

Niemand saß unten auf dem Maschinistenplatz am anderen Ende der Leiter und verfolgte die Leiterbewegungen auf dem Monitor. Es war kein Mann mehr frei, aber bei Menschenrettung durfte man gegen die gültigen Regeln verstoßen.

Der Wind blies Hans Jürgen dichten Qualm entgegen. Einen Moment konnte er nichts mehr sehen und stoppte kurz die Fahrbewegung der Leiter.

Die bisher geschilderten Vorgänge hatten sich in weniger als drei Minuten abgespielt, was jetzt passierte, ereignete sich in wenigen Sekunden.

Oben an einem Fenster stand eine junge Frau, sie hatte eine Menge Rauch eingeatmet. Rauch, der vom Treppenhaus in ihre Wohnung gezogen war, als sie den Brand erschrocken bemerkt hatte. Die Flammen hatten sich mit rasender Geschwindigkeit ausgedehnt. Eine Flucht durch das Treppenhaus war unmöglich. Sie vergaß, die Türe hinter sich zu schließen.

Zu spät bemerkte sie ihren folgenschweren Fehler.

Das Feuer drang in ihren Wohnungsflur ein. Gerade noch rechtzeitig gelang es ihr, die Zwischentüre zum Wohnzimmer zu schließen und die Feuerwehr anzurufen. Verängstigt kauerte sie jetzt auf dem Fensterbrett, klammerte sich am Holzkreuz des zweiflügeligen Fensters fest.

Die Innentüren ihrer Altbauwohnung konnten den Qualm nicht aufhalten. Sie zitterte vor Todesangst und schrie um Hilfe. Der Qualm war heiß und beißend, ihre Augen tränten und der heftige Hustenreiz wurde immer stärker.

»Bleiben Sie sitzen!«, rief ihr jemand zu. »Ich komme!«

Aber es brannte so fürchterlich in ihren Augen.

Voller Panik und Entsetzen erkannte sie, dass das Feuer jetzt auch in ihr Wohnzimmer eingedrungen war. Helle Flammen leckten bereits an den Tapeten neben der Türe.

Mit einem Aufschrei, der allen durch Mark und Bein ging, stürzte sie sich in die Tiefe.

»**Neiiiiin!**«, schrie der Feuerwehrmann verzweifelt.

Nur noch zwei Meter hatten ihn von der Frau getrennt.

Zwei Meter, lächerliche zwei Meter ... entsetzt sah er nach unten und spürte eine grenzenlose traurige Leere in seinem Herzen.

Yvonne kuppelte den C-Schlauch an den Verteiler, Holger legte die Schlauchreserve aus, da hörten sie über sich diesen fürchterlichen Schrei. Unmittelbar darauf schlug etwas hart neben ihnen auf den schmalen Grasstreifen.

Holger zuckte zusammen und Yvonne konnte sich vor Schreck einen Moment nicht regen.

Dann ließen sie alles fallen und bückten sich zu der Frau, die nur wenige Meter neben ihnen auf dem Boden lag.

Sie war schwer verletzt, beide Beine waren gebrochen, sie sahen offene Knochenenden.

Lebte sie überhaupt noch?

Yvonne zog einen Handschuh aus, tastete nach dem Halspuls. Gott sei Dank, sie lebte, war aber ohne Bewusstsein.

Alfred Kujon hatte den Sprung mit angesehen.

Auch er hatte keine Chance gehabt das schreckliche Ereignis abzuwenden. Er winkte die Leiter zurück und drückte gleichzeitig die Sprechtaste seines Funkgerätes:

»Mayday, Mayday, eine Person ist gesprungen. Wir brauchen dringend den Notarztwagen und weitere Kräfte. Ich weiß nicht, wie viele Menschen noch in dieser Flammenhölle gefangen sind! Habe zwei C-Rohre und vier Mann unter PA.«

»Notarzt und weitere Rettungswagen sind unterwegs. Das TLF und ein LF von Wache Sieben müssen ebenfalls gleich eintreffen. Haltet durch, Männer, wir lassen euch nicht alleine!«

Verdammt, warum kommt immer alles zu gleich.

Der Mann auf der Leitstelle fühlte sich schuldig, obwohl ihn nicht die geringste Schuld an den tragischen Geschehnissen traf.

Erst vor wenigen Minuten hatte sich Feuerwache Sieben auf seine Anfrage für diesen Einsatz freigemeldet.

Der C-Dienst Wolfgang Maurer befand sich an einer anderen Einsatzstelle.

Er traf, nachdem er die Information von dem bedrohlichen Einsatz in Benrath erhalten hatte, eine ungewöhnliche Entscheidung:

»Hydrant aufstellen! Eine B-Länge, Verteiler und zwei C-Rohre vornehmen. Vier Mann bleiben hier und löschen dieses Feuer. Die anderen zum Abmarsch fertig!«

Ungläubiges Erstaunen in allen Gesichtern.

Wolfgang Maurer gab eine kurze Erklärung und schon ging alles rasend schnell. Wo so viel auf dem Spiel stand, übertrafen sich die Männer selbst.

In Windeseile wurde, was nicht zurückbleiben musste, in den Fächern der Feuerwehrfahrzeuge verstaut, schon ging es los.

Mit heulenden Sirenen raste das LF gefolgt von der Drehleiter der neuen Einsatzstelle entgegen.

Wolfgang Maurer war mit seinem Fahrer schon unmittelbar nach seiner Anordnung abgefahren.

Die vier zurückbleibenden Feuerwehrmänner konnten sich nicht erinnern, je eine ähnliche Situation erlebt zu haben. Ohne Löschfahrzeug setzten sie den Kampf gegen das Feuer in diesem

Hinterhof fort, in dem ein Sammelsurium alter Autoreifen brannte.

In ihrem TLF donnerten Jochen Flesch und seine beiden jüngeren Kollegen von der Freiwilligen Feuerwehr durch die Benrather Schlosskurve.

Soeben hatten sie den verzweifelten Hilferuf ihres Kollegen über Funk mit angehört. Ihre Mienen waren wie versteinert.

Nur noch wenige hundert Meter trennten sie von dem Einsatzort.

Sie brannten darauf, in das Geschehen einzugreifen.

Auch Dirk Ixkes befand sich mit dem Notarztwagen in unmittelbarer Nähe.

Nach Verlassen des Benrather Krankenhauses, wo sie einen Patienten abgeliefert hatten, erhielten sie den neuen Einsatzauftrag.

»Gib Gas, Jens.«

Jens Pohlkötter nickte und beschleunigte auf dem letzten kurzen Stück der Koblenzer Straße, dann raste der NAW mit quietschenden Reifen durch die gleiche Schlosskurve, durch die kurz zuvor auch das TLF gefahren war.

Dieses war bereits abgebogen, sie konnten es also nicht mehr sehen. Da der NAW aber wesentlich schneller als das TLF fuhr, trafen die beiden Fahrzeuge fast gleichenzeitig ein.

Auf der Strasse hatte sich eine riesige Menschenmenge eingefunden und versperrte den Weg, sie mussten die letzten hundert Meter besonders langsam und vorsichtig fahren.

»Der Notarzt kommt!«, rief Alfred.

»Na endlich!«

Yvonne und Holger atmeten erleichtert auf, denn sie konnten nicht viel unternehmen.

Das TLF blieb hinter der Drehleiter stehen, der NAW fuhr weiter vor.

Der Wehrleiter winkte:
»Hierher! Hier drüben!«

Noch stand der NAW nicht, da rief Dirk schon:
»Micha! Jens! Trage mit Vakuummatratze und Schaufeltrage raus! Wir holen die Frau in unseren Wagen! Das sieht gefährlich aus, von da oben kann noch mehr herunterfallen!«

Die Temperatur in dem brennenden Laden war auf weit über 600 Grad Celsius angestiegen. Starke Spannungen lasteten auf der riesigen Schaufensterscheibe. Sie konnte den Belastungen in ihrem verzogenen Metallrahmen nicht länger standhalten.

Mit ohrenbetäubendem Knall zerbarst sie.

Geistesgegenwärtig warfen sich Holger und Yvonne über die bewusstlose, schwer verletzte Frau.

Ein Regen aus Tausenden kleiner und großer Splitter prasselte auf sie hinunter.

Nur der guten Schutzbekleidung und den auf ihrem Rücken befindlichen Pressluftatmern verdankten sie es, dass sie von den messerscharfen Scherben keine schlimmen Schnittverletzungen erlitten.

Schlagartig loderte das Feuer in dem brennenden Geschäft auf und die Strahlungshitze wäre ohne schützende Feuerwehrbekleidung nicht auszuhalten gewesen.

Jens und Michael hatten sich bei dem explosionsartigen Knall fallengelassen. Dabei war die Krankentrage umgekippt und der darauf abgelegte Notfallkoffer war über die Gehwegplatten gerutscht. Jetzt rappelten sie sich wieder auf.

»Mann, was für ein Knall. Alles klar bei dir, Jens?«

»Mhm, scheint so.«

Jens richtet die Krankentrage wieder auf und Micha holte den Koffer. Lediglich das Aluminium hatte einige tiefe Schrammen abbekommen, sie selbst hatten sich nicht verletzt.

Alfred hatte sich ebenfalls fallen gelassen. Jetzt hob er seinen Kopf und sah zu den anderen. Anscheinend hatten die Glück gehabt, denn Yvonne und Holger standen wieder und klopften sich gerade das Glas aus den Kleidern.

Alfred betastete seine eigenen Knochen, alles heil. Auch er war schnell wieder auf den Beinen und eilte zu der Gruppe, die sich um die verletzte Frau kümmerte.

Die NAW-Besatzung konnte kaum heran, so heiß war es hier. »Macht doch mal 'nen Wasserschleier mit eurem Strahlrohr, wir verbrennen ja fast!«, rief Micha.

Yvonne nahm das fallen gelassene Rohr wieder auf, zog den Hebel zurück und verstellte den Düsenkopf. Holger öffnete den Verteiler.

Sogleich versprühte sich ein feiner dichter Wassernebel und bildete eine Schutzwand gegen die mörderischen Hitze.

Dirk wollte sofort einladen.

»Nein, nein, nein«, kam es über die Lippen des Notarztes geschossen.

»Wir legen sie auf die Vakuummatratze und reponieren noch hier ... sofort! Erst dann absaugen und in den Wagen!«

Dirk blickte ihn erstaunt an:

»Aber ich dachte ...«

Der Notarzt Detlef Pechmann schüttelte energisch den Kopf:

»Vergiss es, die Frau steht unter Schock und ist bewusstlos. Wir machen das jetzt. Anschließend lege ich eine Infusion. Danach könnt ihr alles für die Narkose und Intubation vorbereiten.

Michael, halte das Bein fest. Aber wirklich gut festhalten.

Jens, du hier.

Dirk, du machst jetzt das gleiche wie ich.«

Dirk schluckte.

»Kannst du doch, oder?«

»Ja schon, aber bisher hab ich das nur gesehen, nie selber gemacht.«

»Egal, das reicht. Also rechte Hand unter die Ferse ... ja richtig, jetzt mit der linken den Vorfuß knapp unterhalb der Zehen fassen. Fest zugreifen!

So, und jetzt beweg deine Hände genau wie ich es tue.

Ihr haltet oben weiter gut fest?! Das ist ganz wichtig.

Uuund ziehen!«

Es gelang.

Die verkürzten, gebrochenen Unterschenkel erhielten wieder ihre ursprüngliche Länge.

Gut, Männer.

So, steril abdecken, Matratze schön anformen und ab in den Wagen. Den Rest machen wir da.«

Der »Rest« war fast eine halbe Stunde harte Arbeit.

Eine Meisterleistung, die ein weniger versierter Notarzt wahrscheinlich nicht erbracht hätte.

Detlef Pechmann setze sein ganzes medizinisches Können und handwerkliches Geschick ein.

»Das war eine gute Reaktion, aber jetzt brauche ich euch hier.«

Alfred schickte Holger und Yvonne als zweiten Trupp zur Brandbekämpfung in den Laden vor.

Die beiden konnten direkt durch die bis auf den Boden reichende, zerstörte Fensteröffnung eindringen.

Unter ihrem breit gefächerten Wasserstrahl brachen die Flammen in sich zusammen. Sie stiefelten über Haufen von qualmendem nassen, verkohlten Zeug, die ganze Existenz eines Geschäftsinhabers, und kämpften sich tiefer in den brennenden Laden hinein. Viel war nicht mehr übrig geblieben.

In verkohlten Regalen lagerten nur noch undefinierbare Kunststoffklumpen und unter ihren Stiefeln knirschte die Röstkohle verbrannter Holzprodukte.

»Halt mal, da hinten rein!«

Holger nickte und richtete den Wasserstrahl auf eine Holztüre, die dem Feuer immer noch standhielt.

Inzwischen war Wolfgang Maurer, der C-Dienst, eingetroffen und übernahm die Einsatzleitung.

Alfred war froh, die Verantwortung abgeben zu können.

Er hatte den Einsatz bisher gut geleitet, aber das Geschehene hatte ihn tief getroffen. Sein erster wirklich großer Einsatz. Und dann solche harten Bedingungen – und es gab noch soviel zu entscheiden.

»Wie viele Leute hast du unter PA, Alfred?«

»Den Angriffstrupp mit einem C-Rohr, der ist durch das Treppenhaus nach oben und zwei weitere sind jetzt hier unten im Laden.«

»Gut, hast du noch jemanden frei?«

»Nur noch die Leiterbesatzung.«

»Was ist mit dem TLF?«

»Weiß ich noch nicht, die sind eben erst gekommen.«

»Na mal sehen, ich will einen weiteren Trupp mit C-Rohr über die Leiter nach oben schicken. Wir sollten uns beeilen, da oben können noch Menschen sein. Aber darum kümmere ich mich selbst. Unterstütze du die beiden hier unten bei der Brandbekämpfung im Laden. Ein drittes C-Rohr wäre nicht verkehrt. Weitere Unterstützung kommt durch die Feuerwache Sieben, dann stehen uns genug Einsatzkräfte zur Verfügung.«

Wolfgang Maurer war froh, als sich Jochen Flesch mit den beiden Feuerwehrmännern der FF-Garath bei ihm meldete.

»Sehr gut. Passt auf, ihr nehmt ein C-Rohr über die Leiter vor. Fahrt bis zur dritten Etage und steigt da ein. Wir müssen mit aller Kraft verhindern, dass sich das Feuer auf den Dachstuhl ausbreitet. Ihr drei bildet einen Trupp.

Zieht euch PA's an und Jochen … ein Trupp ist bereits über das Treppenhaus nach oben.«

Der Trupp, von dem er sprach, bestand aus Tobias Nottebruck und Gerd Seegler. Sie hatten das Feuer erfolgreich bis zur zweiten Etage bekämpft. Die beiden standen jetzt vor der Entscheidung, den Brand in der Wohnung zu bekämpfen oder das Feuer weiter nach oben hin zu verfolgen. In der Wohnung konnten Menschen unmittelbar bedroht sein, weiter oben aber auch. Was tun?

Gerd funkte seinen Wehrführer an.

Das war der Moment, als unten die große Scheibe zerplatzte.

Der Wehrführer warf sich platt auf den Boden, den Funkruf seines Angriffstruppführers hatte er deshalb nicht gehört.

So ein Mist, niemand hört mich, dachte der und entschied, das Feuer im Treppenhaus weiter bis nach ganz oben zu bekämpfen.

Er nahm an, dass seine Kollegen mit der Leiter zu den Menschen am Fenster unterwegs waren. Also würde denen geholfen, aber da oben war noch keiner von ihnen.

Der Angriffstruppmann teilte seine Ansicht und so zogen sie den schweren, wassergefüllten Schlauch weiter die Treppe hinauf.

Nachdem sie den Dreißig-Meter-Schlauch in den Leiterpark eingekuppelt und den Kugelhahnverteiler angeschlossen hatten, rüstete sich der Dreiertrupp vom TLF mit Atemschutzgeräten aus. Anschließend bestiegen sie den Rettungskorb und ließen sich vom Maschinisten in die Höhe fahren.

Benni zerrte aufgeregt am Ärmel von Jochens Jacke und deutete in die brennende Wohnung.

Natürlich sah Jochen auch, dass es dort brannte und gab eine Meldung über Funk an den C-Dienst.

»Ihr fahrt trotzdem eine Etage höher«, bekam er zur Antwort. »Wache Sieben trifft gerade ein, das sollen die übernehmen.«

Die letzten Meter fuhren sie mit der Korbsteuerung.

Das Fenster stand auf Kipp.

Sie machten kurzen Prozess und brachen es mit Gewalt auf.

Hier durften sie nicht zimperlich sein, es ging um jede Sekunde. Nachdem sie eingestiegen waren, durchsuchten sie die Wohnung. Es war niemand da.

Erst jetzt legten sie alle drei mitgeführten C-Längen als Schlauchreserve aus und funkten »Wasser marsch!«

Unmittelbar darauf schoss das Wasser über die Drehleiter hoch und füllte ihre Schläuche in der Wohnung.

»Los, zur Tür!«

Obwohl der Qualm über das halb offen stehende Fenster eingedrungen war, konnten sie noch genug erkennen. Trotzdem konnte man sich ohne die Luft aus ihren Pressluftatmern nicht in der Wohnung aufhalten.

Die Drei durchschritten zügig die Wohnung und lauschten jetzt angestrengt an der Eingangstür. Außer dem rhythmischen Zischen ihrer Lungenautomaten war nichts zu hören.

Christian hatte seinen Handschuh ausgezogen und tastete das Türblatt ab.

»Und?«, fragte Jochen, »was ist?«

»Ich spüre nichts«, bekam er zur Antwort.

»Mhm, lass mich mal.«

Jochen legte ebenfalls seine Hand auf das Holz, aber auch er spürte keine außergewöhnliche Wärme.

»Okay, aufmachen! Aber bücken und zur Seite!«

Er klinkte selber.

»Abgeschlossen«, stellte er betroffen fest.

Klar, das hätte ich mir doch denken können. Es war ja auch niemand in der Wohnung gewesen.

Christian deutete auf ein Holzbrettchen mit mehreren Schlüsseln, das an der Wand hing und nahm einen Schlüsselbund vom Haken. Der zweite Schüssel passte.

»Sehr gut!«

Benni strahlte, das hier war sein erster Einsatz, oh Mann, und gleich so ein dickes Ding! Er war mächtig aufgeregt.

Sie starteten ihren zweiten Versuch. Diesmal öffnete sich die Türe.

Sogleich schlugen gierige Flammen aus dem Türrahmen. Erschrocken drückten sie wieder zu. Mit einer so heftigen Attacke hatte keiner von ihnen gerechnet.

Verdammt, das Feuer war bereits hier oben, wieso war denn nichts zu hören gewesen?

»Also gut! Christian, du stellst auf Sprühstrahl. Wenn ich die Türe öffne, greifen wir an. Erst schön um den Eingang herum alles ablöschen und dann sehen wir weiter.«

Diesmal konnten sie nicht mehr überrascht werden.

Im Schutz des Sprühstrahls krochen sie tief gebückt in das brennende Treppenhaus. Hier oben hatte sich dichter Qualm angestaut und fand keinen Abzug mehr.

»Wir müssen unbedingt ein Fenster öffnen, damit wir sehen können und der Qualm abzieht!«

Inzwischen hatte der Angriffstrupp das Podest unterhalb der dritten Etage erreicht.

Hier stießen die Männer auf den grässlich verbrannten Körper des großen Albaners. Tobias rief sofort über Funk seinen Wehrführer.

Dieses Mal meldete sich Alfred sofort.

»Ist der auch wirklich tot?«

»Ich glaube ja«, antwortete Tobias etwas verunsichert.

Das war seine erste Leiche.

»Der ist doch tot, oder? Was meinst du?«

Gerd nickte bestätigend mit dem Kopf:

»Klar, so wie der aussieht.«

Um ganz sicher zu gehen bückte er sich und drehte den leblosen Körper etwas zur Seite. Erschrocken ließ er ihn wieder zurückfallen. Diesen Anblick würde er so bald nicht mehr vergessen.

»Angriffstrupp kommen! Was ist denn jetzt?«

»Also, der Mann ist tot. Was sollen wir machen?«

»Liegen lassen. Was ist mit dem Feuer im Treppenhaus?«

»Über uns brennt es immer noch. Das Feuer ist auch in der Wohnung der zweiten Etage. Ich habe dich angefunkt. Weil du dich nicht gemeldet hast, sind wir weiter gegangen. Ich dachte ehe es auch noch einen Dachstuhlbrand gibt …«

»Ist okay. Seht zu, dass ihr das Feuer in den Griff bekommt und wenn euer Luftdruck fünfzig Bar erreicht hat, kommt ihr zurück, verstanden?«

»Ja, verstanden, bei fünfzig!«

Unten auf der Straße hatte sich das Bild gewaltig verändert. Über die zusätzlich in Stellung gebrachte Drehleiter der Feuerwache

Sieben stiegen weitere Feuerwehrmänner in die zweite Etage ein und nahmen dort die Brandbekämpfung auf.

Auch Holger und Yvonne bekamen Verstärkung.

Mehrere Rettungswagen waren vorgefahren und die Polizei hatte die Einsatzstelle weiträumig abgesperrt.

Im Notarztwagen bemühte sich das Team von Detlef Pechmann intensiv um ihre schwer verletzte Patientin.

Inzwischen liefen zwei Infusionen über die Viggos in ihre Unterarmvenen.

Nach der Narkoseeinleitung hatte der Notarzt intubiert.

Jetzt erhielt sie die lebensnotwendige Luft über den Oxylog und Atemfaltenschläuche, an deren Ende ein zusätzlicher Bakterienfilter zwischengeschaltet war.

Detlef Pechmann horchte erneut die Lungen seiner Patientin ab. Dann blickte er die anderen an:

»Pneumothorax, ich bin sicher, dass sie linksseitig einen Spannungspneumothorax hat.«

»Und jetzt?«

»Ich setze ein Entlastungsventil.

Los, los, Jungs, flott. Ich brauche sterile Handschuhe und das nötige Besteck.«

Es kommt, Gott sei Dank, nicht allzu oft vor, dass der verplombte Koffer mit dem Notamputationsbesteck geöffnet werden muss.

Unter anderem befinden sich darin auch die chirurgischen Instrumente zur Punktion großer Körperhöhlen.

Michael löste den Koffer aus seiner Wandhalterung und öffnete ihn.

Der Notarzt horchte noch einmal gründlich ab, dann streifte er sich die sterilen Handschuhe über.

Dirk assistierte. Auch er trug jetzt sterile Handschuhe und reichte die Punktionsnadel an. Die Einstichstelle wurde vorher sorgfältig desinfiziert.

Mit der geübten Routine des versierten Chirurgen stach die ruhige Hand von Detlef Pechmann die Nadel exakt an der richtigen Position ein und fixierte sie.

Die Rettungsassistenten verfolgten seine Arbeit mit gebannten Blicken. Sie zollten ihm innerlich Respekt. Der Mann verstand sein Handwerk.

Die Sauerstoffsättigung war auf unter 80 Prozent abgefallen. Sie veränderten den PEEP und die Inspirationsphase.

»Das wird gleich besser. So, und jetzt zieht mir noch eine Ampulle Urbason auf.«

Ein prüfender Blick auf den Monitor:

»Kann ich davon mal einen Auszug bekommen?«

»Sicher.«

Michael ging auf Menü und betätigte die entsprechende Taste. Sogleich druckte der Schreiber das charakteristische rot-weiß-karierte Millimeterpapier mit den medizinischen Informationen aus.

»Okay, das reicht. Vielleicht nachher noch eins. Zeig mal.«

Michael riss den Streifen ab und reichte ihn weiter.

»Ah ja, sieht doch ganz gut aus. Was ist mit dem Puls am Fußgelenk?«

Jens legte seine Finger an die entsprechende Stelle.

»Ist einwandfrei zu tasten.«

Detlef Pechmann hob seine Hände leicht an und sein Gesicht zeugte von einer gewissen Zufriedenheit:

»Ich schätze, mehr können wir nicht machen. Gut, Jungs, gute Teamarbeit. Das weitere überlassen wir den Kollegen im Krankenhaus und dem lieben Gott.«

»Voranmeldung in die Uni-Klinik?«

»Ja! Einmal Polytrauma intubiert. In die Chirurgie, bitte.«

Kurz darauf verließ der Notarztwagen der Feuerwache Sechs die Einsatzstelle.

Die Frau hat überlebt und konnte nach längerem Krankenhausaufenthalt und anschließender Rehabilitation wieder laufen wie zuvor. Zurück blieben lediglich einige Operationsnarben.

Sie zeugten von dem schlimmsten Erlebnis ihres Lebens.

Christian machte mit seinem Strahlrohr den großen Rundumschlag im Treppenhaus. Das Feuer hatte noch nicht genügend

Zeit gehabt, um sich richtig tief in die Holzkonstruktionen zu fressen.

Zwar waren auch hier oben die Türen schon angekokelt, aber sie hatten den Flammen noch ausreichend Widerstand geboten.

Sehr viel länger hätten die Löscharbeiten allerdings nicht mehr auf sich warten lassen dürfen.

Benni sollte das Fenster öffnen. Die beiden anscheinend stark verzogenen Fensterflügel setzten seinem Öffnungsversuch heftigen Widerstand entgegen.

Er stemmte einen Fuß gegen die Fensterbank und zog aus Leibeskräften an dem Griff, den er mit beiden Händen umfasst hielt.

Beinahe wäre er umgefallen, denn auf einmal riss der Griff überraschend ab. Etwas ungläubig starrte er auf das Messingstück in seiner Hand.

»Benutz dein Beil, Benni.«

Jochen, der hinter ihm stand und ihn aufgefangen hatte, klopfte ihm auf die Schulter.

»Hier ist soviel kaputt, da kommt es nicht mehr drauf an. Und das Fenster muss geöffnet werden.«

Kurz danach gab das alte Holzfenster unter der Hebelwirkung von Bennis Feuerwehrbeil nach und ließ sich problemlos öffnen. Sofort zog der meiste Qualm nach draußen.

Die Sicht hier oben wurde zusehends besser. Von unten traf der Angriffstrupp mit den dreien zusammen.

Irgendwie fühlten sich alle erleichtert, dass sie das Feuer im Treppenhaus endlich gelöscht hatten.

Jochen funkte nach draußen und erhielt die Order:

»Überprüft auch den Dachboden und lasst euer C-Rohr, wenn ihr zurückkommt, oben liegen. Dem Angriffstrupp kannst du sagen, sie sollen sofort zurückkommen.«

»Geht klar, Wolfgang.«

Die Tür zum Dachboden war zwar verschlossen, aber der Schlüssel steckte. Erstaunlicherweise hatte im Gegensatz zu den anderen Wohnungstüren der Lack auf der Innenseite der Dachbodentüre schon dicke Blasen gebildet, wobei sich der ehemals weiße Lack bräunlich verfärbt hatte. Der Dachboden selbst war nicht betroffen.

Sie waren also noch rechtzeitig gekommen und hatten durch ihr rasches Eingreifen eine gefährliche Brandausbreitung verhindern können.

Am LF standen Holger und Yvonne.

Nachdem sie die Atemschutzgeräte abgelegt hatten, zogen sie auch ihre dicken Jacken aus.

Christoph, der Maschinist des LF, holte Mineralwasserdosen aus dem Sitzkasten des Fahrzeuges und verteilte sie.

Er reichte jedem eine.

Die jungen Feuerwehrleute hatten ihren bisher schwersten Einsatz mit Bravour bestanden.

Sie strahlten übers ganze Gesicht und es störte sie nicht im Geringsten, dass ihnen die Hemden schweißnass am Körper klebten.

Jetzt trat auch der Angriffstrupp dazu. Dessen Atemschutzgeräte pfiffen, ein untrügliches Signal, dass der Luftvorrat zu Ende geht.

Holger und Yvonne halfen ihren Kameraden aus den Geräten.

Tobias und Gerd hatten die Atemschutzmasken vom Kopf gezogen. Deutlich zeichneten sich die Striemen der fest angepressten Maskendichtung auf ihren Gesichtern ab.

»Oh, Wasser. Darf ich mal?«

Gerd griff nach Yvonnes Mineralwasser.

»He, nimm dir eine eigene.«

»Mensch, Yvonne, sei doch nicht so. Wenn ich so toll aussehen würde wie du, würde ich bestimmt teilen.«

Yvonne überhörte die versteckte Anspielung.

In ihrem klatschnassen T-Shirt konnte sie unmöglich leugnen, eine attraktive junge Frau zu sein.

Offensichtlich bemerkte das auch ein Kollege der Berufsfeuerwehr, der an der Gruppe vorüberging.

Fast wäre er gefallen, als er über den dicken B-Schlauch stolperte, der quer über dem Gehweg lag.

Die Gruppe lachte herzhaft und der Feuerwehrmann lief verlegen weiter, ohne sich noch einmal umzusehen.

Zu seiner Entschuldigung kann ich nur sagen, dass Frauen bei der Berufsfeuerwehr bisher absolute Mangelware sind, und Frauen in nassen T-Shirts ganz besonders.

»He, Yvonne! Du gefährdest noch die gesamten Nachlöscharbeiten. Zieh dir lieber was über, sonst gibt es noch Verletzte.«

Ihr Wehrführer hatte den Stolperer gesehen und rief ihr deshalb die Worte zu.

Die Gruppe quittierte seine Aufforderung mit einem erneutem Lachen.

Jetzt kehrten auch Jochen mit Benni und Christian zurück.

»Ah Yvonne, welche Zierde für meine Augen. Aber meinst du nicht, das ist für die jungen Burschen zu viel?«

Jetzt reichte es ihr aber:

»Offensichtlich scheint ihr Kerle alle gleich zu sein! Ich zieh mir jetzt was über.«

»Oh schade!«

Aber Yvonne ließ sich nicht umstimmen.

»Papa, was machst du denn hier?«

Holger hatte von der Anwesenheit seines Vaters bislang ja nichts gewusst. Um so größer war sein Erstaunen.

Ein paar kurze Worte der Erklärung genügten. Abschließend fügte Jochen hinzu:

»Außerdem muss ich doch auf dich aufpassen, Junge.«

»Mensch Papa, das war ja wohl nix«, konterte sein Sohn.

»Wo warst du denn, als ich mich verletzt habe?«

»Bist du wirklich verletzt?«, fragte Yvonne.

»Ja, ich hab mir die Hand verstaucht, vorhin an dem Rollo.«

Holger zeigte sein Handgelenk. Es war ziemlich angeschwollen.

»Junge, lass mich mal sehen.« Sein Vater war ernsthaft besorgt.

»Ach was, Papa, ich bin ein Mann, das haut mich doch nicht um.«

Aber jetzt, nachdem der Einsatz vorbei war, drang auch der Schmerz wieder ins Bewusstsein.

Zeig mir mal, sagte Yvonne, und tastete vorsichtig über das verletzte Handgelenk, das ihr Holger bereitwillig hinhielt.

»Das muss bandagiert werden«, stellte sie fachkundig fest. »Komm mit ins LF, ich mach das.«

»Ich auch!«

»Ich bin auch verletzt Yvonne! Hilf mir!«

»Nein, rette erst mich!«, riefen die anderen sofort.

»Dumme Burschen!«, lachte Yvonne.

»Ich heile doch nicht die gebrochenen Herzen kleiner Feuerwehr-Machos.

Los, Holger, komm!«

Ein guter Stern

Seit dem großen Brand in der Benrather Innenstadt war einige Zeit ins Land gegangen.

Die lokalen Medien hatten über das Ereignis ausgiebig berichtet, immerhin gab es einen nicht identifizierten Toten.

Laut Zeitungsberichten handelte es sich dabei um einen illegal eingereisten Südosteuropäer, vermutlich einen Kosovo-Albaner.

Die Berichterstattung in der Presse hielt sich allerdings nur einen Tag lang, danach wurde dieses regionale Ereignis durch eine neue Schlagzeile abgelöst.

Natürlich forschte die Polizei weiter, aber trotz intensiver Bemühungen ergaben sich keine neuen Erkenntnisse.

Viele Personen wurden befragt, auch wir Feuerwehrleute. Ergebnislos.

Niemand hatte den oder die Brandstifter gesehen. Im Polizeikommissariat Süd hatte man sehr auf die Aussage eines wichtigen Zeugen gehofft. Doch dieser Mann, der angeblich mit dem Toten das Zimmer geteilt haben sollte, war unauffindbar untergetaucht.

Genug Anlass in der Bevölkerung zu weiteren Spekulationen.

Auch Rolf Schelonka hatte es vorgezogen, seine heruntergekommene Unterkunft, in der er sich nicht mehr sicher fühlte, gegen ein neues Domizil zu tauschen.

Am liebsten wäre er ins Ausland gegangen, aber das kostete Geld und Geld war wie immer das, was er am wenigsten besaß. Außerdem sprach er weder Englisch noch eine andere Fremdsprache.

Nach einigen Überlegungen entschloss er sich, ins holländische Grenzgebiet zu ziehen. Am Niederrhein hatte er einen alten Kumpel, der ihn sicher aufnehmen würde.

Immerhin war der ihm noch etwas schuldig.

Ein Jahr später verhaftete ihn die Polizei bei einer Routinekontrolle am Grenzübergang bei Emmerich.

Nach intensiven Verhören gestand Rolf Schelonka die Brandstiftung von Benrath und ging für lange Zeit ins Gefängnis.

Über die neu gestaltete Rheinufer-Promenade flanierten die Menschen und genossen das angenehm warme Wetter.

Der Blick hinüber zum Oberkasseler Ufer war fantastisch.

Die schön renovierten, architektonisch anmutig gestalteten Altbauten bildeten in ihrer Farbenpracht einen lebhaften Kontrast gegen einen strahlend blauen Himmel.

Zu den vielen Schleppern und Schubschiffen, die den Strom zu Berg wie zu Tal befuhren, gesellten sich elegante weiße Ausflugsdampfer und schnittige Privatyachten.

Der lange, frostige und zuletzt nasskalte, ungemütliche Winter war endlich vorbei.

Der Ausflugsverkehr zu lohnenden nahen Zielen wie Zons und Kaiserswerth, aber auch weiter entfernten, wie dem berühmten Drachenfels oder dem mittelalterlichen Städtchen Bingen war in vollem Gang.

Menschen, die es bis heute versäumt hatten, einen grandiosen Blick über unsere Stadt zu werfen, nutzten das herrliche Wetter und ließen sich mit dem Expressaufzug in die luftige Höhe des Düsseldorfer Fernmeldeturms ziehen.

Hier oben kann man in der angenehmen Atmosphäre des sich drehenden Cafés gemütlich sitzen, Kaffee und Kuchen genießen und dabei seinen Blick in die Ferne schweifen lassen.

Fast fühlt man sich wie in einem Flugzeug und manchen überkommt das Fernweh, besonders da man von hier die Starts und Landungen der Flugzeuge des nahe gelegenen Flughafens beobachten kann.

Um diese Stunde wurde dieses außergewöhnliche Angebot aber nur von wenigen genutzt.

Erst zum Nachmittag, vorausgesetzt das schöne Wetter hielt sich, würden die begehrten Plätze schnell vergeben sein.

Aber heute war Freitag, Freitagvormittag.

Die meisten zog es zum Einkauf in die Innenstadt.

Von der Oststraße über den Wehrhahn ergoss sich ein Strom von Menschen, der sich mit einem zweiten aus Richtung Königsallee vereinigte, um sich dann weiter in der geschäftigen Altstadt zu verteilen.

Das reichhaltige Warenangebot lässt in Vielfältigkeit und Preisgestaltung jedem Wunsch individuellen Spielraum.

Düsseldorf, das Zentrum der internationalen Mode, zeigt nicht nur auf der IGEDO, was es zu bieten hat.

Das wissen auch unsere Nachbarn zu schätzen und so mischten sich tausende kauflustiger Holländer zur Freude der heimischen Geschäftsleute unter das Volk.

Polizisten in holländischen Uniformen gingen freundlich lächelnd mit ihren deutschen Kollegen auf Streife und niemand wunderte sich mehr darüber.

»Alsjeblieft« (bitte sehr) und »Dank je wel« (vielen Dank) zählen mittlerweile genauso zum täglichen Sprachgebrauch wie das ›Günaydin‹ (guten Morgen) beim freundlichen türkischen Händler an der Ecke.

Und wer es ganz frisch mag – bitte schön:

Der Markt in der Düsseldorfer Altstadt lässt von Brot, Fleisch, Wurst, Fisch, Eiern und Käse über Gemüse, Obst und Blumen keine Wünsche offen.

Hier findet sich bei den alteingesessenen Düsseldorfer Ständen eine verschwenderische Vielfalt von allem, was gut und lecker ist.

Und welche Stiefmütterchen wollten sich rühmen, in satterem Blau oder kräftigerem Gelb zu erblühen, als die aus Kappes Hamm. Ganz zu schweigen von dem Kohl, der aufgrund seiner geradezu legendären Qualität und seines unvergleichlichen Geschmacks den Stadtteil Hamm als Kappes Hamm berühmt werden ließ. Da kann lediglich die eigene Konkurrenz aus der Flehe mitziehen.

Selbst bei aller nachbarschaftlicher Gewogenheit, was bietet schon eine fade holländische Treibhaustomate gegen unsere schmackhaften Eigengewächse aus eben genannten Düsseldorfer Anbaugebieten?

Aber dieser Markt ist weit mehr.

Immer noch findet man hier das freundliche Gespräch und bei aller nötigen Geschäftigkeit verkaufen die Händler hier nicht nur das leckere Kilogramm Äpfel, sondern auch ein Stück Individualität.

Die gewöhnliche Hektik sollte man hier tunlichst ablegen und stattdessen seinen Einkauf genießen.

Natürlich kann man auch im Uerige, im Füchschen, im Schlösser oder im Schumacher, ein gepflegtes, frisch gezapftes Bier dieser traditionsreichen Hausbrauereien trinken oder einfach, wie so viele, am Rhein spazieren gehen.

Spätestens nach getätigtem Einkauf sollte man sich allerdings etwas anderes gönnen und ein wenig von seinem guten Geld für Kulinarisches verwenden.

Düsseldorf besitzt viele gemütliche Ecken, wo man es sich gut gehen lassen kann.

Eine der besten Adressen ist das malerische Kaiserswerth.

Ist der Geldbeutel schmal und der Appetit trotzdem groß, macht nichts:

Die beste Currywurst außerhalb der Bundeshauptstadt gibt es hier am Klemensplatz.

Am Berliner Imbiss stehen zu bestimmten Zeiten nicht nur die Schülerinnen und Schüler der Kaiserswerther Gymnasien an. Auch Herren in eleganten, dunklen Anzügen und schick gekleidete Damen aus den Geschäften und Büros der nahen Umgebung genießen die unkonventionelle leckere Mahlzeit.

Hier hält der Monteur in seinem Lieferwagen und Taxifahrer legen eine Pause ein. Allen ist eines gemeinsam:

Spätestens wenn der unvergleichlich verführerische Duft die Sinne erreicht, legt sich eine gewisse Zufriedenheit über ihre Gesichter.

Der Berliner Imbiss hat Tradition. Wer erst einmal festgestellt hat, wie lecker es hier schmeckt, kommt garantiert wieder.

Aber egal ob Currywurst am Imbissstand oder gut bürgerlich auf bequemen Sitzen. Ist Ihnen mehr nach einer original italienischen Lasagne oder Pizza, lieben Sie es türkisch oder griechisch, steht Ihnen der Sinn nach einem leckeren argentinischen Steak oder mehr nach einer vegetarischen Spezialität? Lieben Sie Fisch oder darf es gar frischer Hummer sein?

Bitte sehr!

Das große englische Kaufhaus Harrods warb einst mit dem Slogan: -*The big store can provide everything*-.

Nun, es konnte sicher ›alles‹ besorgen, aber hier in Düsseldorf erhalten Sie alles in jeder nur erdenklichen Variation sofort.

Diese gute Erfahrung hatte Mijnheer van Meeren schon vor vielen Jahren gemacht.

Mit Regelmäßigkeit besuchten er und seine Frau Mareike Düsseldorf, aber nicht nur für ihre Einkäufe.

Sie besaßen ein Abonnement für die Oper am Rhein und freuten sich seit Tagen auf eine Aufführung, die sie heute Abend genießen wollten.

»Carmen« von Georges Bizet stand auf dem Spielplan und war durch den Gaststar Julia Migenes ein ganz besonderer Leckerbissen für alle Opernfans.

Mijnheer van Meeren zählte nicht unbedingt zu den Reichen seines Landes, aber er war auch nicht unvermögend.

Seine Großeltern hatten eine Käserei in der Nähe von Eindhoven besessen. Die fleißigen alten Leute hatten immer gehofft, ihrem einzigen Sohn Wellem einst das gut gehende Geschäft vererben zu können. Leider hatte der Sohn Jura studiert und die Käserei verpachtet.

Mijnheer Wellem van Meeren hatte sich zeitlebens nicht mehr um das Geschäft gekümmert und wusste daher nicht, dass es ziemlich runtergewirtschaftet war.

Das kümmerte seinen Sohn allerdings nicht, als er sich in die hübschen blauen Augen der Tochter des Pächters verguckte.

So heiratete der 22-jährige Johann van Meeren die blonde, wohlproportionierte Mareike van de Mej, die gerade neunzehn Lenze zählte.

Jung gefreit hat nie gereut!

Mit diesem Motto stürzten sich die frisch Verliebten in das Abenteuer Leben und übernahmen die Käserei von Mareikes Vater.

Früh verwitwet und bereits ziemlich alt, war dieser froh, das lästige, wenig profitable Geschäft einem solchen Schwiegersohn anvertrauen zu können.

Mareike war eines von drei Mädchen, die ihm seine Frau geboren hatte. Vor zwölf Jahren war die Mutter viel zu früh bei einem tragischen Verkehrsunfall gestorben. Seitdem ging es mit dem Geschäft noch mehr bergab.

Die älteren Schwestern zeigten kein Interesse an der Käserei und zogen früh aus. Nur Mareike blieb bei ihrem alternden Vater und erkannte voller Wehmut, wie das Geschäft immer weiter abgewirtschaftet wurde.

Aber sie selbst war noch zu jung und zu schwach, um ihre kleine geliebte Welt zu retten.

Mit Johann van Meeren trat die große Veränderung ein.

Johann war ein fleißiger Mann und ein liebevoller obendrein. Ihre Liebe zeigte sich bald in der Geburt von drei Kindern, die pünktlich im Abstand von drei Jahren auf die Welt kamen.

Mareike und Johann van Meeren konnten stolz auf ihr bisheriges Leben zurückblicken. Sie hatten die marode Käserei in ein gut gehendes Geschäft verwandelt.

Ihre Produkte waren weit verbreitet und genossen verdiente Anerkennung, wie die vielen Auszeichnungen im hauseigenen Geschäft unschwer verrieten.

Zwei Söhne und eine Tochter besuchten alle noch die Schule und bereiteten ihren Eltern Freude.

Bereits gestern war das Ehepaar van Meeren mit einem der bequemen holländischen Reisebusse in Düsseldorf angekommen.

Für gewöhnlich fuhren sie mit dem gleichen Bus und meist auch mit den gleichen Menschen wieder zurück. Viele kannten sich durch langjährige, gemeinsame Fahrten.

Die Holländer lieben den grenzüberschreitenden Einkauf.

Dieses Mal würden die van Meerens allerdings, anders als sonst üblich, ein privateres Verkehrsmittel für ihre Heimfahrt nutzen.

Sie hatten nämlich im DaimlerChrysler-Werk in Düsseldorf-Rath zwei neue Mercedes-Benz Transporter bestellt, die in der Niederlassung zur Abholung bereitstanden. Dass sie sich für die beiden Sprinter Modelle entschieden hatten, entsprach alter Firmentradition.

Schon der Großvater hatte – eine damals außergewöhnlich fortschrittliche Entscheidung – einen L3250 aus der Urproduktion in Deutschland gekauft.

Der L3250 entsprang der ersten Nutzfahrzeugentwicklung nach dem Krieg mit einem Stern auf der Kühlerhaube. Vorgestellt wurde er im Mai 1949 auf der Hannover-Messe.

Seit dem 5. Mai 1949 existierte die Bundesrepublik Deutschland als souveräner Staat. Im September trat die erste bundesdeutsche Regierung unter Konrad Adenauer zusammen.

Zu dieser Zeit war die Produktion des L3250 bereits angelaufen.

Van Meerens Großvater kaufte eine Pritschenversion für Transporte aller Art.

Diese robusten Fahrzeuge waren universell einsetzbar, was in der Zeit des Wiederaufbaus nach dem verheerenden zweiten Weltkrieg besonders wichtig war.

Was aus dem schier unverwüstlichen LKW geworden war, wusste Johann nicht mehr. Sein eigener Schwiegervater hatte ja die Käserei verpachtet und mit ihr das gesamte bewegliche Mobiliar.

Als kleines Mädchen hatte seine Frau viel in diesem Fahrzeug gesessen. Vielleicht lag ja deshalb auch ein Stück Nostalgie in ihrer jetzigen Kaufentscheidung.

Mag sein, philosophierte er, aber als geschäftstüchtiger Kaufmann zählten für ihn andere wichtigere Kriterien. Und dieser Sprinter erfüllte sie alle.

Außerdem war van Meeren, und darin stimmte er mit seiner Frau überein, überaus ökologisch eingestellt.

»Alles, was wir heute mit unserer Erde anstellen, müssen wir in Zukunft selbst verantworten, selbst in Ordnung bringen. Als Erfinder des Autos stehen wir natürlich auch ganz besonders in der Pflicht. Und wir wissen, dass wir diese Pflicht noch lange nicht erfüllt haben. Auch wenn wir bereits heute nachwachsende Rohstoffe einsetzen, wo wir nur können. Wie zum Beispiel Kokos, Sisal und Baumwolle bei der Herstellung von Hutablagen und Sitzen. Sicher, für die Natur kann man niemals genug tun. Aber wir arbeiten daran – Tag für Tag. Schließlich geht es ja auch um die Zukunft des Automobils.«

Van Meeren hatte diese Sätze in einer der Informationsbroschüren von DaimlerChrysler gelesen.

»Hört sich doch ganz gut an, Mareike, was meinst du?«

»Johann«, sagte seine Frau und beugte sich über seine Schulter, »das ist Werbung.«

»Ja sicher, Schatz, das weiß ich auch. Aber ich habe jetzt alle Daten miteinander verglichen und **der** ist gut.«

Er blickte seine Frau an.

Immer noch die gleichen blauen Augen, dachte er.

»Wie findest du blau?« kam es spontan über seine Lippen.

»Johann, Johann, sag mir erst einmal etwas über Verbrauch, Nutzlast, Volumen, Steuer und so weiter, dann reden wir meinetwegen über die Farbe.«

»Ah, so liebe ich meine kleine tüchtige Geschäftsfrau.«

Er fasste sie um die Hüften und zog sie auf sein Knie. »Komm, setz dich. Ich zeige dir die Fakten.

Und ich sage dir – das ist unser Auto.«

Er sagte das mit solcher Überzeugung, dass seine Frau wusste:

Die Entscheidung war längst gefallen.

Dennoch betrachtete sie sorgfältig die technischen Daten.

Immerhin war sie ja auch mit ihren anderen Fahrzeugen bestens vertraut.

Die Zahlen sprachen für sich.

Johann hatte Recht, wenn sie demnächst zu ihrer gut gehenden Käserei in das Backwarengeschäft einstiegen, waren diese Sprinter die idealen Basisfahrzeuge.

Vorerst würden sie zwei Kastenwagen benötigen. Sie schob die anderen Prospekte beiseite:

»So, jetzt können wir über die Farbe sprechen, Johann.«

Mijnheer Johann van Meeren strahlte:

»Du bist also auch meiner Meinung?«

»Nein, mein sternverliebter Mann, ich bin nicht deiner Meinung, aber ich bin von den Fakten überzeugt. Wir kaufen diese Sprinter.«

Der heimische, holländische Vorvertrag wurde sofort mit einem Kuss besiegelt.

»Wir könnten mit Sicherheit einen größeren Rabatt bekommen, wenn wir unsere alten T2 Modelle ebenfalls austauschen.«

»Meine Güte Johann, hast du in der Deutschen Lotterie gewonnen? Die Wagen sind zwar alt, tun es aber noch ein paar Jahre.«

Damit war dieses Thema vorerst abgehakt.

Während die van Meerens noch in der Vorplanung steckten, wurden in der Landesmetropole von NRW für tausende anderer Kunden zuverlässige Sprinter produziert.

Das Werk Düsseldorf ist mit etwa 5.300 Mitarbeitern einer der größten Arbeitgeber der Region. Hinzu kommen rund 190 junge Menschen, die hier zur Zeit in technischen und kaufmännischen Berufen ausgebildet werden. Darüber hinaus beschäftigt die Mercedes-Benz Lenkung GmbH etwa 1.200 Mitarbeiter.

Die Markteinführung des Sprinters erfolgte im Frühjahr 1995. Die Tageskapazität der Fertigungsanlagen für den Sprinter beträgt ca. 600 Fahrzeuge. Jeder davon ist eine individuelle

Kundenbestellung, die im 3-Schichten-Betrieb fertig gestellt wird.

Eine solche gigantische Produktionsanlage verlangt zwingend nach einer den betrieblichen Belangen angepassten Werkssicherheit.

Und so war es nur logisch, dass mit der zunehmenden Modernisierung des Werkes auch der Neubau der Werksfeuerwehr vollzogen wurde.

Direkt hinter dem LKW-Verladeplatz und schräg gegenüber der im Bau befindlichen neuen Lackiererei steht das neue zweigeschossige, im klassischen rot gehaltene Feuerwehrgebäude sehr zentral gelegen innerhalb des weitläufigen Werkgeländes.

535.000 qm mit ca. 200.000 qm bebauter Fläche sind zu schützen. Denn trotz modernster, brandschutztechnischer Sicherheitsanlagen kann auf die dauerhafte Präsenz dieser gut ausgebildeten Feuerwehrmänner nicht verzichtet werden.

Theo Müller ist verantwortlich für 32 Feuerwehrmänner, die sich die umfangreichen Arbeiten in zwei Schichten teilen. Nichts unterscheidet sie von den anderen Feuerwehrmännern dieser Stadt, auch sie schulen sich für die Sicherheit ihres Werkes und seiner Mitarbeiter permanent und bilden sich weiter.

Das Werk Düsseldorf ist ein Montagewerk.

Insgesamt 460 Lieferanten, davon 70 aus dem Ausland und fünf DaimlerChrysler-Schwesterwerke, sind in einem Lieferverbund organisiert, indem sich jeder Partner exakt an die festgelegten Spielregeln halten muss, damit jede der etwa 4.800 Teilepositionen, die für die Montage eines Sprinters benötigt werden, zum richtigen Zeitpunkt am gewünschten Ort sind.

Jeden Wochentag rollen alleine 1.800 Tonnen Material zur Fahrzeugherstellung auf das Werkgelände. Das entspricht einer Kapazität von 200 LKW täglich, die zu vereinbarten Zeitfenstern eintreffen und zügig entladen werden!

Von der kleinsten Dichtungsscheibe über unzählige Variationen von Schrauben bis zu vorgefertigten Tiefziehblechen, den Motorenteilen, Sitzelementen, elektrischen Ausstattungen, Scheiben, Reifen, Klebern, Lacken und und und, wird alles in einem nicht endenden Strom der Waren und Güter permanent angeliefert.

Jeden Tag werden auf 160 LKW, auf 15 Eisenbahnwaggons sowie auf wöchentlich drei Binnenschiffen fertige Fahrzeuge versandt.

Mit verantwortlich dafür, dass hier alles reibungslos läuft, ist Martin Petersen.

Der 1,81 m große Werkschutzchef verfügt über 28 Mitarbeiter in vier Schichten, die sich in einem Rhythmus aus Tag- und Nachtschichten abwechseln.

Leiter der gesamten Werksicherheit, gegliedert in Werkschutz und Feuerwehr, ist Werner Volkmann.

Gerade saßen die drei Männer in seinem Büro auf der ersten Etage zusammen und brüteten über einige Neuerungen. Unter anderem ging es um Verbesserungen, welche die Sicherheit der Belegschaft betrafen.

Im Zuge von Neubauten wurden innovative Techniken wie Feinsprühanlagen eingebaut. Sukzessive sollten diese für den Menschen risikolosen Löschanlagen auch in all jene Bereiche eingebaut werden, in denen derzeitig noch mit CO_2 gelöscht wurde.

»Hör zu, Werner, ich brauche deine Männer nach wie vor. Auch mit der neuen automatischen Löschanlage können wir auf keinen Einzigen verzichten.«

»Weiß ich, weiß ich doch.«

Der Werkschutzchef winkte beruhigend ab und erklärte:

»An meinem Problem ändert sich doch eigentlich herzlich wenig. Meine Männer müssen nach wie vor den Bereich absperren und die üblichen Sicherheitsstandards gewährleisten. Das haben wir im Griff. Die wirklichen Verbesserungen liegen doch auf eurer Seite.«

»Genau gesagt auf der Seite der Belegschaft«,

korrigierte Theo Müller, der junge Chef der Werksfeuerwehr. Er deutete mit dem Zeigefinger auf eine der ausgebreiteten Blaupausen.

»Das hier sind die kritischen Bereiche. Bis jetzt fluten wir genau diese Räume.«

Wieder zeigte er auf mehrere, durch ein Punkteraster gekennzeichnete Abschnitte.

»Neu ist, dass wir uns die aufwändige Durchsuchung dieser dahinter liegenden Räume sparen können.«

»Na, da bin ich mir aber nicht so sicher.«

Petersen hob abwehrend beide geöffneten Hände bis auf Brusthöhe:

»Nicht, dass ich euch da herein reden will. **Ihr** seid die Feuerwehr. Aber ich kann mich gut an eine schlimme Situation erinnern, das war allerdings vor deiner Zeit.«

Er sah ihren gemeinsamen Chef an:

»Du weißt, was ich meine, Werner?«

»Sicher«, nickte dieser, »das war der geflutete Ölkeller im Gebäude 130.«

»130 A genauer gesagt«, verbesserte Petersen.

Theo Müller blickte Hilfe suchend von einem zum anderen: »Keine Ahnung, wovon ihr sprecht. Kann mich vielleicht mal jemand aufklären?«

»Werner, willst du?«

»Von mir aus.«

Er wandte sich seinem etwas jüngeren Kollegen zu:

»Dass du nicht Bescheid weißt, ist verständlich, denn das war vor deiner Zeit. Ganz zu Beginn hat es schon mal Brände in den Kabinen der Spritzlackierer gegeben.«

»Dass muss aber schon sehr lange her sein«, warf Müller ein.

»Richtig, das liegt etliche Jahre zurück. Mit dem Problem hatten damals alle Autohersteller zu kämpfen. Aber wir haben erfolgreich daran gearbeitet.«

»Klar«, Müller lachte, »sonst könnte man ja auch auf die Werksfeuerwehr verzichten.«

Natürlich wusste er, dass die Aussage anders gemeint war. Die Entwicklung der früheren Daimler-Benz AG sowie alle betriebsbedingten permanenten Verbesserungen und Veränderungen bis zur heutigen DaimlerChrysler Gesellschaft waren ihm bestens vertraut.

Im Grunde genommen hatte es da nie Stillstand gegeben, und wenn er jetzt aus dem Fenster sah, entstand ja gerade erst wieder eine einzigartige neue Fertigungsanlage. Im März '97 war bereits die Füllanlage mit modernster Lackier- und Umwelttechnik in Betrieb genommen worden. Die neue Decklackieranlage für Uni-Wasser-Einschichtenlack befand sich zur Zeit im Bau. Das hatte mit den früheren alten Spritzkabinen nun absolut nichts mehr gemein.

Dennoch gab es natürlich weiterhin Farbspritzlackierungen von Hand, aber mit einem hochtechnisierten und modernisierten Verfahren.

Und genau um diese Bereiche ging es.

Trotz aller Sicherheitseinrichtungen war niemand so vermessen, die Möglichkeit eines auch noch so unwahrscheinlichen Brandes gänzlich zu verneinen.

Ionisationsmelder, Rauchmelder und Wärmesensoren bilden mit anderen technischen und elektronischen Systemen Überwachungseinheiten. Im Brandfall bekämpfen sie automatisch oder durch Handsteuerung teils über Sprinkleranlagen, teils durch Fluten der Räume mit dem Löschgas CO_2 ein Feuer wirkungsvoll. Aber CO_2 hat für Menschen auch einen gefährlichen Nachteil.

Werner Volkmann erzählte:

Es war gegen 10.20 Uhr, als die beiden Wartungsmonteure das Kellergeschoss von Gebäude 130 A betraten. Sie hatten einen ihrer üblichen Routineaufträge zu erledigen.

Als sich die metallene Feuerhemmschutztüre automatisch hinter ihnen schloss, befanden sie sich allein in dem großen Raum mit dem graugrünen, glatt lackierten Betonfußboden und den fast zwei Etagen hoch ragenden Decken. Typischer Metallgeruch lag in der Luft.

Draußen war es schwül warm, hier unten herrschte eine angenehme Kühle.

Unter der Decke verliefen viele in unterschiedlichen Farben gestrichene Rohre mit ebenfalls unterschiedlichen Durchmessern. Bis auf einen mannshohen, silbrigen, allseitig geschlossenen Blechkanal rechts an der Wand befand sich nichts in dem steril anmutenden Raum.

Die beiden Arbeiter schritten zu einer Metalltreppe und stiegen über sie neun Stufen hinunter.

Auch hier peinliche Sauberkeit. Sie befanden sich jetzt im Ölkeller.

Der anfängliche Metallgeruch wurde jetzt eindeutig von dem Geruch der Industrieöle überlagert. Aber er war nicht unangenehm, die Lüftung funktionierte einwandfrei.

Hier unten, fern des eigentlichen Produktionsbetriebes, befand sich die Reinigungsanlage der riesigen Öl- und Kühlschmiermittel, die überall im Betrieb eingesetzt wurden.

Abfallvermeidung, Emissionsschutz, Umgang mit Gefahrgütern, Boden- und Grundwasserschutz, Energieverbrauch und Wasserverbrauch unterliegen bei DaimlerChrysler firmeninternen Richtlinien, welche die Grenzwerte weit unter den international anerkannten Normen der DIN EN ISO 1404 festschreiben.

Für Karl G. war das hier ein vertrautes Arbeitsfeld.

Seit nunmehr sechs Jahren war er mit Wartungsarbeiten betraut. Lange brauchte er diesen Job nicht mehr zu machen.

Sein junger Kollege, der die schwere Werkzeugkiste schleppte, war noch relativ neu in diesem Job. Karl sollte ihm in den verbleibenden Monaten alles genau zeigen und erklären.

Zur Zeit legte er selbst noch mit Hand an. Aber schon bald, so etwas sah er, dafür hatte er ein Auge, brauchte er die Arbeiten, die sein junger Kollege dann alleine durchführen konnte, nur noch überwachen und kontrollieren.

Dieser Mario scheint kein übler Kerl zu sein und kräftig ist er auch. Wie angenehm, dass ich mich nicht mehr mit dieser schweren Werkzeugkiste plagen muss, dachte Karl, dann sah er seinen Mitarbeiter an:

»So, Mario, da sind wir. Du kannst die Kiste absetzen. Die nächsten anderthalb Stunden werden wir hier einige gründliche Kontrollen vornehmen. Kennst du dich damit aus?«

Er deutete auf die Wand mit den Steuerventilen.

»So in etwa. Ich schätze, diese Leitungen versorgen die Bereiche hier, hier ... und ... ja hier.«

»Richtig«, Karl nickte zufrieden.

Dann erklärte er ihm fachmännisch die gesamte Anlage. Nach diesem Exkurs begannen sie mit der eigentlichen Arbeit.

Über mehrere Spänekanäle erreichen die mit öligen Rückständen behafteten Späne den eigentlichen Ölkeller. Hier werden sie in einem umweltfreundlichen Verfahren sauber getrennt und recycelt.

Flüssige oder unter Wärmeeinwirkung sich verflüssigende Wachse, Öle und Fette, sowie ähnliche Substanzen fallen unter die Brandklasse »B«. Geraten sie in Brand, ist das Löschmittel Wasser ungeeignet, manchmal sogar gefährlich. In diesen Situationen setzt man oft Löschpulver oder nicht brennbare Gase ein.

Für gewöhnlich stellt die CO_2-Löschanlage die bisher effektivste Methode einer Feuerbekämpfung innerhalb großer geschlossener Räume dar. Die Sache hat nur einen Nachteil:

In einem solchen Raum dürfen sich auf keinen Fall mehr Menschen aufhalten.

Menschen benötigen zwar einen gewissen Anteil Kohlendioxid zur Aufrechterhaltung ihrer Atmung, aber schon mehr als zwei Prozent in der Atemluft sind gesundheitsschädlich. Vier bis sechs Prozent sind maximal 30-60 Minuten erträglich, acht Prozent führen in 30-60 Minuten zur Bewusstlosigkeit!

Da Kohlendioxid etwa anderthalb mal schwerer ist als Luft, sammelt es sich zuerst in Senken und am Boden. Bei etwa acht Prozent erlischt eine brennende Kerze.

Diesen Stickeffekt machen sich Brandschutzexperten zu Nutze und fluten den gesamten Raum.

Die Flammen ersticken – die Menschen aber auch.

Also werden diese durch akustische und optische Signale einige Zeit vor der Auslösung gewarnt.

Zeit, die genutzt werden muss, um den gefährdeten Bereich zu verlassen und sich in Sicherheit zu bringen.

Karl und Mario kamen zügig voran. Nach einer halben Stunde bestimmte Karl:

»Pause!«

Er blickte auf seine alte, verschrammte Armbanduhr und stellte fest: »Zeit für 'nen Kaffee.«

»Gehen wir in die Kantine oder …?«, fragte Mario mit hoffnungsvollem Blick.

»Nee, nee, keine Kantine, Junge. Jetzt gibt es nur einen kleinen Schluck zwischendurch und dann geht's weiter mit der Arbeit.«

Mario entgegnete nichts darauf und schraubte wortlos die Thermoskanne auf, goss etwas Kaffee in den Schraubverschluss, der gleichzeitig als Becher diente und reichte ihn seinem Kollegen:

»Hier, schwarz. War doch richtig so, oder?«

»Richtig, mein Junge, schwarz wie die Nacht und bitter muss er schmecken. Danke.«

Karl streckte die Hand aus.

»Willst du auch einen?«

»Nee!«, Mario schüttelte sich

»Dein Kaffee ist mir 'ne Spur zu bitter. Ich rauch mir lieber eine.«

Karl hob missbilligend die Augenbrauen:

»Das lass man schön bleiben.«

»Wieso?«

»Rauchverbot. Hier ist überall Rauchverbot. Siehst du denn die Schilder nicht?«

Mario zuckte mit den Schultern:

»Mensch Karl, eine Zigarette, was soll der Scheiß?«

Dann zog er aus der Brusttasche seiner blauen Monteurs-Jacke eine Packung hervor.

»He! Lass das!«, Karls Stimme klang ernst und gereizt:

»Guck doch mal nach oben, da sind Brandmelder. Willst du die Feuerwehr herlocken?«

Mario sah zur Decke.

»Mensch, die sind doch viel zu weit oben.«

Er winkte ab, »eine kleine Zigarette.«

Dabei lachte er:

»Ist doch ganz lustig, vielleicht öffnen sich ja auch die Sprinkler. Dann wird meine Zigarette gelöscht, bevor die Feuerwehrmänner da sind.«

»Du bist wohl meschugge, da kommt kein Wasser raus, sondern CO_2! Wenn wir uns nicht rechtzeitig vom Acker machen, wird unser Lebenslicht genauso ausgelöscht, wie deine dämliche Zigarette.

Komm, es geht weiter.«

Karl hatte sich in Rage geredet. Soviel Dummheit hatte er dem jungen Kollegen doch nicht zugetraut.

Verärgert stieg er die Leiter empor.

Mario verkniff sich seinen Kommentar und dachte sich seinen Teil:

Mein Gott, ist der Alte grantig, man wird doch mal fragen dürfen.

Die Arbeit ging weiter.

»Gib mir mal den 22er Ring.«

»Hier.«

Mario hielt die drei gebräuchlichsten Ringschlüssel in der Hand und reichte den erwünschten in die Höhe.

Karl stand ziemlich weit oben auf der Klappleiter und versuchte die Verschraubung an einer Mischbatterie zu lösen. Allerdings ohne Erfolg.

»Verdammt fest.«

Sein Kopf lief puterrot an vor Anstrengung. Vielleicht spielte der Ärger von vorhin auch noch ein wenig mit. Ächzend senkte er die Arme.

Der Ringschüssel steckte immer noch auf dem Schraubenkopf.

»Da bewegt sich nichts. Sieh doch mal in unsere Werkzeugkiste, da müsste so 'ne Rohrverlängerung liegen.«

Mario bückte sich und sah nach. Dabei bemerkte er:

»Ist aber nicht gut, da kann leicht die Schraube abreißen.

Soll ich mal versuchen?«

»Meinetwegen«, brummte Karl.

»Komm hoch und zeig mal, was du in den Armen hast.« *Hoffentlich mehr als im Kopf,* dachte er bei sich.

Er hatte die Sache von eben immer noch nicht ganz vergessen.

Mario suchte nicht mehr weiter nach der Verlängerung und bestieg die Klappleiter von der anderen Seite.

Auf gleicher Höhe angelangt, fasste er den Ringschlüssel an seinem unteren Ende und wandte seine ganze Kraft auf.

Nichts tat sich.

»Na, ich hätte ja doch geglaubt, dass du wenigstens in den Armen was mehr hast«, spottete Karl.

Idiot!

Das konnte Mario nicht auf sich sitzen lassen. Immerhin ging er seit fast drei Jahren in diese ›Muckibude‹ und das konnte jeder sehen.

Bei dem erneuten Versuch wandte er seine ganze Kraft auf. Sein Bizeps schwoll so kräftig an, dass der baumwollene Ärmel spannte. Marios Halsschlagadern zeichneten sich wie dicke Filzschreiber ab. Er knirschte vor Anstrengung mit den Zähnen.

»S c h e i ß e!«, quälte sich über seine Lippen und er gab noch einmal alles.

Plötzlich folgte ein lauter Knall. Unter der übergroßen Anstrengung riss die Schraube ab.

Der Ringschlüssel schlug mitsamt der Schraube hart auf die Schulter von Karl. Dabei streifte Marios fest geballte Faust dessen rechtes Ohr.

Dieser schrie auf vor Schmerz.

Die hölzerne, hohe Leiter geriet ins Wanken.

Geistesgegenwärtig griff Mario mit der freien Linken nach dem fest montierten Ventil, aber Karl hatte längst die Balance verloren und klammerte sich verzweifelnd an ihm fest.

Vergeblich. Beide stürzten in die Tiefe.

Neun Sprossen tiefer schlugen sie hart auf den Beton.

Karls Kopf prallte dabei unglücklich mit der Schläfe gegen den Werkzeugkasten.

Er stöhnte nicht einmal mehr auf, sondern verlor sofort das Bewusstsein.

Seine Kopfschwarte platzte auf, Blut ergoss sich auf den Betonboden und lief über die silbern glänzenden Werkzeuge.

Mario ruderte kurz mit beiden Armen in der Luft, stieß einen spitzen Schrei aus und rutschte während des Sturzes unglücklich mit dem rechten Bein zwischen die Leitersprossen.

Es gab ein hässlich knackendes Geräusch, als sein Oberschenkel durch die Wucht des eigenen Körpers zwischen dem stabilen Leiterholz zerbrach.

Der Schmerz war mörderisch.

Unfähig, sich zu bewegen, hing er wie ein Fuchs im Tellereisen gefangen. Sein suchender Blick erkannte verzweifelt, dass von Karl keine Hilfe zu erwarten war.

Lebte er überhaupt noch?

Voller Schrecken registrierte Mario die Blutlache um dessen Kopf.

Verflucht … mmmh diese Schmerzen! Wenn ich doch wenigstens an unser Handy käme!

Aber daran war kein Denken.

Das Handy steckte in der kleinen Ledertasche und die wiederum hing an Karls Hosengürtel.

Wenn er drauf gefallen ist, ist das Gerät sowieso kaputt, dachte Mario.

Dann rief er: »**Karl! Karl!**«

Aber Karl rührte sich nicht.

Mario hätte vor Schmerzen brüllen können.

Aber er biss die Zähne aufeinander.

Hier unten hört dich sowieso niemand, das war ihm klar.

Möglicherweise kämen andere Menschen erst wieder am Nachmittag hierher. Genau wusste er das zwar nicht, aber der Gedanke, hier hilflos zu liegen, stundenlang …

Diese Vorstellung ließ ihn verzweifeln.

»**Karl!**«, schrie er erneut, diesmal wesentlich lauter.

Das Schreien verstärkte nur seinen Schmerz.

Erschöpft und hastig atmend brach er ab, hielt mit beiden Händen das gebrochene Bein. Seine eben noch so muskulösen Arme zitterten, Schweißperlen bildeten sich auf seiner Stirn.

Vergangenes Jahr hatte er an einem Kurs in Erste Hilfe teilgenommen. Die Firma bot so etwas an. Ihn hatte das sehr interessiert und jetzt erinnerte er sich daran, was er über einen Oberschenkelbruch gelernt hatte:

Beide benachbarten Gelenke sollten immer mit ruhig gestellt werden. Besonders im Bereich der Bruchstelle gut polstern. Schnelle medizinische Hilfe holen, an einem Oberschenkelbruch kann man verbluten, wenn die Schlagader abreißt, da die sich irgendwo weit oben, so war es doch, um den Knochen schlingt. Waren es drei Liter Blut, vier Liter oder wie viel, die man dabei verlieren konnte? Egal, auf jeden Fall soll der Oberschenkel pulsieren und sichtbar anschwellen. Seine Angst zu verbluten wuchs.

Die Schmerzen ließen es nicht zu, dass er seinen Oberkörper aufrichtete. Er hatte es nur ein einziges Mal versucht und war stöhnend wieder zurückgesunken. Es ging nicht.

Wenn mein Bein wenigstens nicht in dieser Mistleiter feststecken würde, dann könnte ich vielleicht…

Mario zwang sich, logisch zu denken.

Endlich glaubte er, einen Ausweg gefunden zu haben.

Es war ein riskanter Plan, aber er sah keine andere Möglichkeit. Die Angst um das Leben seines Kollegen und mehr noch die Angst selbst zu verbluten und die schlimmen Schmerzen ließen ihn alle Warnungen vergessen.

Er zog seine Zigarettenschachtel aus der Brusttasche.

Das muss funktionieren, es muss einfach.

Mit zitternden Fingern zündete er gleich drei Zigaretten an und paffte auf Teufel komm raus.

Eine kleine Rauchwolke stieg in die Höhe.

In der Pulverwerkstatt der Feuerwache arbeiteten die beiden Feuerwehrmänner Detlef Oja und Dietmar Schranks.

Vor ihnen, auf der langen Werkbank, lag fein säuberlich das benötigte Werkzeug zur Demontage eines Glutbrandpulverlöschers, dessen Pulver sie auswechseln mussten.

Überall an markanten Punkten im Werk hingen diese roten, mit sechs oder zwölf Kilogramm Löschpulver gefüllten Handfeuerlöscher.

In regelmäßigem Turnus kontrollierten die Feuerwehrmänner nicht nur sämtliche Geräte, sondern übernahmen auch deren Wartung.

»Haben wir noch Prüfplaketten, Detlef?«

»Ja, sieh mal in die Schubladen ganz rechts, wenn da keine mehr sind, musst du eine neue Packung aufmachen.«

»Und wo sind die?«

»Im Lager. Aber guck erst mal in die Schublade. Ich habe erst vor kurzem in die kleine Blechdose neue Plaketten getan.«

Dietmar zog die besagte Schublade auf.

Sein Blick fiel auf eine zigarrenkistengroße Blechdose mit abgegriffenem Deckel.

Im Büro von Werner Volkmann klingelte das Telefon. Es war ein interner Anruf über die Hausleitung.

»Volkmann.«

»Ich bin's, Martin. Ich brauche deine Hilfe. Hast du kurzfristig zwei Mann frei?«

»Um was geht es denn?«

In Volkmanns Kopf arbeitete es bereits.

Wenn der Abteilungsleiter vom Werkschutz ihn direkt anrief, handelte es sich um etwas Besonderes, zumindest so wichtig, dass er sich persönlich darum bemühte.

»Pass auf, ich bin gerade am Verladeplatz vorbeigefahren. Einer der LKW qualmt verdächtig.«

»Die Standheizung, Martin, bestimmt die Standheizung«, beruhigte Volkmann.

»Quatsch, wir haben Außentemperaturen von über 20 Grad. Da haben die Trucker eher die Klimaanlage an. Also, was ist?«

»Bist du unten in der Zentrale?«

»Ja.«

»Okay, sag den Jungs Bescheid. Wir nehmen das TLF.«

Martin Petersen lenkte ein: »Ja, ich dachte halt nur ...«

»Was?«

»Na ja, dass ihr eben mal nachseht.«

Volkmann musste in den Hörer lachen:

»He, Martin, was denn jetzt? Entweder richtig oder gar nicht.«

»Also gut. Wir sollten die Sache nicht auf sich beruhen lassen, selbst auf die Gefahr hin, dass ihr nachher über mich lacht.«

Die Sache mit der Standheizung war nämlich gar nicht so abwegig. Die Trucker ließen sie ganz gerne laufen, wenn ihr Fahrzeug irgendwo stand, damit rußige Ablagerungen, die nach längerem Stillstand entstehen, bei erneutem Gebrauch nicht in die Warmluftkanäle zogen.

Je seltener die Heizung benutzt wurde, um so eher konnte das geschehen. Und in manchen frühen Morgenstunden war es immer noch empfindlich kühl. In den Be- und Entladephasen sahen sie daher eine gute Gelegenheit, ihre Heizung »freizubrennen« und dann qualmte es gewaltig.

»TLF-Besatzung zum Fahrzeug!«,

schallte es kurz nach dem Gespräch aus den Lautsprechern, allerdings ohne den im Alarmfall üblichen Gong.

Volkmann grinste:

Hat der Kerl also doch keinen richtigen Alarm daraus gemacht. Egal, sehen wir uns die Sache an.

Detlef und Dietmar unterbrachen ihre Arbeit in der Pulverwerkstatt. Die beiden Männer waren heute im Angriffstrupp.

Ohne zeitliche Verzögerung begaben sie sich in die Fahrzeughalle. Auch wenn es keinen Alarmgong gegeben hatte, fanden sich die anderen Feuerwehrmänner genauso zügig ein.

Eine Minute später verließ das TLF die Fahrzeughalle. Sie fuhren ohne Sondersignale. Der LKW-Verladeplatz ist höchstens 100 Meter von ihrer Wache entfernt.

Obwohl Volkmann es nicht angeordnet hatte, rüstete sich der Angriffstrupp mit Atemschutzgeräten aus.

Immerhin fuhren sie zu einer Standardsituation und rüsteten sich standardmäßig aus. Nichts blieb dem Zufall überlassen. Sie konnten wesentlich schneller ein Gerät wieder ablegen, als es unter Zeitverlust im dringenden Fall anlegen.

Es gibt immer wieder Einsätze, die beginnen so harmlos und auf einmal wird es doch gefährlich.

Dann zählt jede Sekunde.

Acht LKW standen zur Zeit auf dem Platz. Auf den ersten Blick bemerkten sie nichts Auffälliges.

Volkmann stieg aus und sprach mit zwei Fahrern, die neben ihren riesigen LKW standen.

Die anderen Feuerwehrmänner durften im TLF sitzen bleiben.

Nach einer Weile kam ihr Feuerwehrchef zurück. Offensichtlich wurden sie nicht benötigt.

Mit einem genüsslichen Lächeln auf den Lippen stieg Volkmann wieder ein:

»Schätze, Petersen wird uns einen ausgeben müssen. Es war die Heizung. Hab ich mir doch gedacht. Der Truck hat kurz vor unserem Eintreffen das Werk verlassen.«

Michael Zech, der Maschinist, griff nach dem Funkhörer:

»Soll ich . . .?«

Volkmann nickte.

Der Maschinist wollte sie gerade wieder frei melden, als ihm die Leitstelle zuvorkam:

»Daimler 3 für Leitstelle kommen!«

»Daimler 3 hört, kommen.«

»Sie übernehmen einen neuen Einsatz. Gebäude 130 A Ost, Ölkeller. Alarm über Melder Nummer XXX.«

Michael reichte seinem Chef den Hörer und wendete das Löschfahrzeug. Dann schaltete er die Sondersignale ein.

Detlef und Dietmar brauchten ihre Atemschutzgeräte somit nicht mehr ablegen.

Sie mussten wieder an der Feuerwache vorbei.

Draußen stand ein Mann vom Werkschutz und winkte. Der Maschinist bremste ab.

Volkmann hatte die Seitenscheibe hinunter gekurbelt und der Mann drückte ihm die in Folie verschweißten Alarmpläne in die Hand:

»Die CO_2-Anlage im Ölkeller ist aktiviert. Da sollen sich zur Zeit Wartungsmonteure aufhalten!«

»Okay, danke!«

Diesmal war größte Eile geboten. Volkmann wandte sich seinem Maschinisten zu:

»Gib Gas, Micha, das kann ernst werden.«

Und Michael Zech drückte das Gaspedal tief durch.

Sie donnerten die Benz-Straße in südlicher Richtung.

130 A gehörte zu den äußeren Gebäudekomplexen, wo die Lenkungen hergestellt wurden.

Schon auf der Anfahrt erteilte Volkmann erste Anweisungen an die Feuerwehrmänner:

»Wahrscheinlich sind wir die Ersten, die eintreffen. Ihr durchsucht zuerst den Ölkeller. Wenn die Monteure noch dort unten sein sollten, müsst ihr die so schnell wie möglich herausholen!«

Die Männer vom Angriffstrupp nickten stumm unter ihren schwarzen Atemschutzmasken. Ihnen war bewusst, dass es hier möglicherweise um alles gehen konnte.

Gebannt blickte Mario zur Decke, sein Auge fixierte den Rauchmelder, der fast genau über ihm hing.

Verdammt hoch, dachte er, *ob mein Zigarettenqualm dafür ausreicht?*

Dann überfiel ihn eine neue Angst.

Was ist, wenn es nicht funktioniert? Was dann?

Fieberhaft überlegte er.

In der großen Brusttasche seiner Latzhose steckte noch der Express von gestern. Mario faltete die Zeitung auseinander und verdrehte sie zu einer Art Fackel. Dann entzündete er das Papier mit seinem Feuerzeug.

Die Schmerzen waren unvermindert schlimm. Jede auch noch so kleinste Bewegung übertrug sich auf das gebrochene Bein. Er hatte sich die Unterlippe längst blutig gebissen, um nicht ständig vor Schmerzen zu schreien.

In die Zeitung hatte er zusätzlich einen ölverschmierten Putzlappen aus der Patenttasche seiner Hose eingedreht.

Das wird gehen, das muss gehen!

Trotz seiner wahnsinnigen Schmerzen beobachtete er gespannt, wie der schwarze Rauch in die Höhe stieg.

Ihm war nicht wirklich bewusst, welch tödliche Falle er sich und seinem Kollegen damit gestellt hatte.

Bevor der Rauch die CO_2-Anlage auslöste, verlor Mario sein Bewusstsein. Dass Karl stöhnte und sich bewegt hatte, registrierte er nicht mehr.

Kurze Zeit später tönten die Vorwarnhupen durch den Raum und forderten zum unverzüglichen Verlassen des Gebäudes auf.

Nur konnten weder Mario noch Karl darauf reagieren.

Auch die Blitzlampen sendeten ihr grelles Licht vergeblich mit andauernder Frequenz in den großen Raum.

Im Unterbewusstsein vernahm Mario den Lärm einer lauten Sirene, das verletzte Bein brannte wie Feuer.

Die Ventile unter der Decke öffneten sich.

Kohlendioxid strömte mit zischendem Geräusch aus der gelben Leitung.

Innerhalb weniger Sekunden würde der Raum mit dem Sauerstoff verdrängenden CO_2 geflutet sein und jeden Brand ersticken.

In der Leitstelle im Erdgeschoss der Feuerwache hatten die Männer im wahrsten Sinne des Wortes alle Hände voll zu tun.

In dieser hochmodernen, elektronischen Zentrale laufen sämtliche kritische Meldungen ein, werden mit Hilfe eines der fortschrittlichsten Computerprogramme in Bruchteilen von Sekunden registriert, analysiert und in Verbindung mit praktikablen Handlungsanweisungen ausgegeben.

Auf der linken Seite flogen die flinken Finger eines Feuerwehrmannes über die unzähligen Tasten und Knöpfe vor seinem Terminal.

Auf der rechten Seite stand ihm sein Kollege vom Werkschutz in Bezug auf Schnelligkeit und Präzision nichts nach.

Teamwork war angesagt.

Beide hatten unmittelbar nach Einlaufen des Feuermelders alle notwendigen Hebel in Bewegung gesetzt.

Innerhalb kürzester Zeit besaßen sie die verlässliche Information, dass sich zwei Wartungsmonteure im Ölkeller des Gebäudes 130 A befanden. Die Rettungsmannschaften waren unterwegs.

Obwohl vor der signalisierten Flutung des Raumes mit CO_2 eine ausreichende Vorwarnzeit für die dort befindlichen Menschen eingeplant ist, entwickelten die Feuerwehrmänner eine geradezu atemberaubende Schnelligkeit.

In Angst oder Panik geratene Menschen rennen meist und dabei konnten sie auch leicht stürzen.

Natürlich sollte das nicht passieren.

Sämtliche Mitarbeiter der infrage kommenden Bereiche werden über ihre Verhaltensweisen im einem solchen Fall unterwiesen. Niemand muss rennen. Ein ruhiges, aber dennoch zügiges Verlassen des Raumes reicht absolut aus.

Aber – und das wissen Feuerwehrmänner überall auf der Welt:

In Ausnahmesituationen neigen die Menschen immer wieder zu gefährlichem Fehlverhalten.

Und hier wäre ein Fehler möglicherweise unverzeihlich!

Sie alle waren ausgebildete Atemschutzgeräteträger, hatten sich immer und immer wieder im Stockfinstern durch die infrage kommenden Räume und Gänge getastet, teils auf Händen und Knien kriechend. Sie hatten trainiert, wie man einen bewusstlosen Menschen auf schnellstem Wege aus dem Gefahrenbereich rettet, hatten sich genau die Örtlichkeiten eingeprägt.

Jeder wusste, diesmal war es ernst, diesmal kam es darauf an.

Im Gegensatz zu Übungen, die manchmal unter schwierigsten Sichtverhältnissen abliefen, waren die Feuerwehrmänner überrascht, auf qualmfreie Räume zu stoßen.

Daher gelangten sie ohne Probleme schnell bis in den Ölkeller.

Mit dem ersten Blick erfasste Detlef Oja die brisante Situation:

Zwei am Boden liegende Männer, zweifelsfrei die Monteure, die umgestürzte Leiter, das Blut sowie die Asche einer verbrannten Zeitung.

Er wusste sofort, was zu tun war.

Sein Kollege Dietmar Schranks erkannte das genauso.

Die größte Gefahr für die beiden Verunglückten war der Sauerstoffmangel. Sie mussten so schnell wie möglich hier raus!

Detlef hielt die Taste seines Funkgerätes gedrückt:

»Zugführer für Angriffstrupp kommen!«

Werner Volkmann wartete schon angespannt auf die erste Rückmeldung und meldete sich sofort:

»Zugführer hört, kommen.«

Was er zu hören bekam, zwang ihn zu weiteren neuen Aktivitäten:

»Martin! Dieter!« Die Gerufenen standen fertig ausgerüstet einige Meter abseits beim Maschinisten, der ihnen noch einige wichtige Rettungsgeräte in die Hand drückte.

Im Laufschritt kamen sie herbei. Jeder der beiden trug ein zweites Atemschutzgerät in der Hand.

»Ihr geht rein und unterstützt den Angriffstrupp bei der Rettung! Nehmt den Erste-Hilfe-Koffer für die Monteure mit! Die Männer sind anscheinend schwer verletzt. Feuer haben wir nicht, aber da ist CO_2 ausgeströmt. Beeilt euch, es geht um Sekunden.«

Unverzüglich begab sich der zweite Trupp schwer bepackt in das Gebäude.

»Gebt mir sofort genaue Informationen, wenn ihr drin seid!«, rief ihnen ihr Chef hinterher, dann schloss sich die Türe hinter den Feuerwehrmännern.

Ein weiteres Löschfahrzeug sowie der werkeigene Rettungswagen kamen mit eingeschalteten Sondersignalen über die Benz-Straße herangedonnert.

Kurz hinter dem ersten Einsatzfahrzeug hielten sie an.

Martin Petersen koordinierte seine Werkschutzmänner von jeder Stelle in der Zentrale, denn es hielt ihn nicht auf einem festen Platz.

Mit langen Schritten durchmaß er den Raum von rechts nach links und wieder zurück.

Gerade stand er unmittelbar hinter dem Leitstellendisponenten, der, verstärkt durch einen weiteren Kollegen, mehrere Aktivitäten gleichzeitig durchführte.

Über das eingeschaltete Funkgerät erfuhren sie, dass es zwei schwer Verletzte gab.

»Vier Mann unter PA, zwei weitere rüsten sich aus«, klang es aus dem Lautsprecher.

»Ist schon jemand unterwegs und holt den Werksarzt?«, fragte Petersen.

Der Disponent rollte sich ein Stück auf seinem Drehstuhl zurück, wandte sich halb seinem Chef zu:

»Ist bereits erledigt, Chef.«

Und um seinen Chef zu beruhigen, fügte er hinzu: »Heute ist Herr Auber Schichtleiter. Er ist vor Ort.«

Eigentlich eine überflüssige Aussage, denn jeder wusste, dass der Schichtleiter natürlich draußen bei seinen Männern war, das war sein Job. Aber die Nerven der Männer hier in der Zentrale waren genauso angespannt, wie bei denen draußen vor Ort. Deshalb waren beruhigende Worte immer angebrachter als nervöse Hektik.

Hektik, dass wusste hier jeder, lässt kein souveränes Arbeiten zu. Daher herrschte ein betont sachliches Betriebsklima. Ein auffallendes Indiz für Insider, die daran erkennen konnten, dass es eine kritische Situation zu bewältigen gab.

»Gut«, nickte Petersen, dass Auber draußen war, war für ihn ein beruhigender Faktor.

Der Schichtleiter zählte zu den älteren Kollegen, war lange genug im Werkschutz tätig und wusste genau, worauf es ankam.

Eine der vordringlichsten Aufgaben bestand darin, dafür zu sorgen, dass niemand den kritischen Bereich betrat. Ausgenommen natürlich die Einsatzkräfte.

Entsprechend hatte er seine Leute an sämtlichen Zugängen postiert.

In Absprache mit dem Feuerwehrchef hatten sie entschieden, den Werksarzt sofort holen zu lassen.

Selbst wenn es sich im Nachhinein herausstellen sollte, dass der Arzt nicht gebraucht würde, verfuhren sie getreu dem altbewährten Prinzip, lieber einmal zu viel, als einmal zu wenig. Wenn es ohne ihn ging, um so besser. Wenn sie ihn aber brauchten, wäre es fatal, ihn erst zu holen, wenn es vielleicht schon zu spät war.

Diese Entscheidung fiel, bevor sie die erste Rückmeldung erhielten.

Der Angriffstrupp wusste, dass es keine Zeit zu verschenken gab. Das Geräusch des ausströmenden CO_2 hatten sie noch vernommen. Jetzt war davon nichts mehr zu hören. Sie befanden sich also in einem vollständig mit CO_2 gefluteten Raum.

Natürlich sahen sie die klaffende Kopfplatzwunde und genauso erkannten sie mit geschultem Blick den komplizierten Beinbruch des jüngeren der beiden bewusstlosen Monteure. Aber das war im Moment zweitrangig.

Es gab wie so oft mehrere Möglichkeiten der Rettung. Der Angriffstrupp musste sich für eine entscheiden – für die einzig richtige!

Jeder Versuch, die schwer verletzten Männer aus dem Raum zu tragen, wäre eine krasse Fehlentscheidung gewesen.

Nein – die brauchen so schnell wie irgend möglich Sauerstoff zum Atmen. Bis wir die aus dem riesigen Ölkeller geschleppt, haben ist es wahrscheinlich zu spät, schoss es den erfahrenen Feuerwehrmännern durch den Kopf.

Und auch ohne sich groß zu besprechen, wusste jeder sofort, was er zu tun hatte.

Der schlimmste angenommene Fall ihres permanenten Trainings war Wirklichkeit geworden.

Wenn sie jetzt nicht binnen weniger Sekunden das Richtige taten, würde der Tod der unwiderrufliche Sieger bleiben!

Detlef riss den Verschluss der zweiten Atemschutzmaske auf.

Tut mir Leid, Freund, dachte er und zog ungeachtet der Kopfverletzung die schwarze Maske über das Gesicht des Mannes, dessen Leben er retten musste.

Selbst für einen notdürftigen Verband konnte er sich keine Zeit nehmen.

Seine dicken Lederhandschuhe hatte er ausgezogen.

Sie hinderten nur bei den Handgriffen, die er, so schnell es ging, ausführte. Immer und immer wieder geübte Griffe und doch, jetzt in der Stunde der Bewährung glaubte er, dass sie ein wenig zitterten.

Aber das war lediglich der Adrenalinausstoß, der jenes eigentümliche Gefühl erzeugt, um ungeahnte Kräfte freizusetzen.

Detlef blickte zu seinem Kollegen, der sich um den Jüngeren kümmerte. Der Blick dauerte nur den Bruchteil einer Sekunde, dann konzentrierte er sich wieder auf den Mann vor ihm.

Er war jetzt für dieses Leben verantwortlich und – bei Gott, er würde es retten!

Detlef zog die Kopfbänder der Maske stramm, die Wunde blutete nicht mehr. Dann riss er die Klettbänder auf, welche die Luftleitung für den zweiten Lungenautomaten seines Atemschutzgerätes festhielten. Die Leitung stand unter Druck. Nachdem er den Automaten in das Maskengewinde des Verletzten eingeschraubt hatte, verband er die Leitungen.

Jetzt oder nie!

In dieser Sekunde würde sich alles entscheiden!

Detlef spürte sein eigenes Herz rasen.

Bitte, bitte, lass es nicht zu spät sein!

Gott sei Dank, er atmete! Sie waren nicht zu spät gekommen. Hätte der Mann bereits einen Atemstillstand gehabt, hätte Detlef ihm hier in diesem Raum nicht mehr helfen können.

Jetzt hing er also mit an seinem Pressluftatmer, atmete dieselbe Luft aus denselben lebensrettenden Stahlflaschen, die der Feuerwehrmann auf seinem Rücken trug.

Detlef schaute ein zweites Mal zu seinem Kollegen.

Der hatte die gleiche Arbeit durchgeführt und kniete neben dem jungen Mario.

Dietmar klappte gerade ein Messer auf und zertrennte vorsichtig das Hosenbein vom Overall.

Auch er blickte einmal kurz zu seinem Kollegen hinüber. Obwohl nur wenige Meter voneinander getrennt, waren sie nicht mehr in der Lage, sich gegenseitig zu helfen.

Die relativ kurzen Luftschläuche erlaubten keine großen Bewegungen und es schien beiden Feuerwehrmännern nicht angebracht, die Verletzten unnötig zu bewegen.

Dietmar nickte Detlef zu: »Alles klar?«

Detlef hob nur den Daumen in die Luft und signalisierte, er würde jetzt funken.

Sie benötigten dringend Hilfe.

Dann betätigte er die Sprechtaste seines Funkgerätes.

Draußen lauschte Werner Volkmann gespannt der Rückmeldung, die er von seinem Angriffstrupp erhielt.

»Bleibt auf jeden Fall da, wo ihr seid, ihr erhaltet gleich Verstärkung.«

Noch war längst nicht alle Gefahr gebannt, aber er verspürte ein gutes Gefühl, das Gefühl des sicheren Sieges.

Sie würden es schaffen. Im Rennen gegen die Zeit war der gefährlichste Abschnitt bereits überwunden.

Mittlerweile traf auch der zweite Gerätewagen ein. Dadurch standen ihm genügend Feuerwehrmänner zur Verfügung, um auch die nötigen Geräte für die Zwangsentlüftung des Ölkellers in Stellung zu bringen.

Während sie hier draußen die riesigen Lutten aus dem Feuerwehrfahrzeug holten und den Hochdrucklüfter aufbauten, erreichte der zweite Trupp mit Martin Kronen und Dieter Hanke den Ölkeller.

»Gute Arbeit.«

Martin klopfte seinem Kollegen anerkennend auf die Schulter, dann kniete er sich neben Dietmar auf den Boden und kuppelte das mitgebrachte Atemschutzgerät an.

Dieter führte die gleiche Arbeit bei Detlef durch.

Jetzt konnten sich die beiden wieder frei bewegen und begannen sofort mit der fachgerechten Versorgung der Verletzten. Alle vier Feuerwehrmänner waren ausgebildete Rettungsassistenten und beherrschten ihr Metier.

»Die Vakuummatratzen kommen gleich!«, rief Detlef.

Er hielt die Funkverbindung nach draußen aufrecht.

»Sehr gut!«

»Wie hoch ist der Blutdruck?«

Detlef hatte gemessen:

»Der Alte ist stabil, aber der Junge baut mächtig ab!«

»Wie viel?«

»Systolisch nur noch achtzig, den zweiten Wert messe ich schon nicht mehr. Puls über hundertsechzig!«

»Okay, gib mir eine braune Viggo, ich lege eine Infusion. Wir dürfen nicht länger warten, der kollabiert uns jeden Moment!«

»Wie sieht der Oberschenkel aus?«

Diemar befestigte gerade die letzten Gänge des Druckverbandes, den er trotz des Bruches genau in diesem Bereich anlegen musste.

»Er hat viel Blut verloren, bestimmt einen bis anderthalb Liter. Offener Bruch, der Oberschenkel ist ziemlich angeschwollen!«

Eine Funkmeldung von draußen kam herein. Der Chef wollte genauere Informationen. Dann folgte seine Aufforderung:

»Sehr gut, Jungs, ihr solltet euch beeilen, wir werden gleich mächtig viel Luft in diesen Keller pusten. Bis dahin möchte ich euch draußen haben. Schafft ihr das?«

Detlef blickte auf sein Druckmanometer. Knapp siebzig Bar. Allzu lange konnten sie sich sowieso nicht mehr hier aufhalten. Zumindest Dietmar und er. Sie waren schon ziemlich lange hier unten und hatten darüber hinaus einen Teil ihres Luftvorrates an die beiden Verletzten abgegeben.

Ihre Zeit wurde langsam knapp.

»Wenn die Vakuummatratzen da sind, brauchen wir noch fünf Minuten.«, antwortete er.

»Sind bereits unterwegs. Wie viel Druck habt ihr noch?«

»Knapp siebzig bar!«

»Dann kommt ihr beide sofort raus, wenn ihr die Männer auf der Trage habt.«

»Verstanden, Chef.«

Kurze Zeit später hatten sie es geschafft.

Es war noch einmal schwierig geworden. Sie mussten das gebrochene Bein aus der Leiter befreien.

Geschafft.

Jetzt legten sie behutsam die Verletzten erst auf die Vakuummatratzen und dann auf die Tragen. Die Steckverschlüsse der Sicherheitsgurte rasteten.

Endlich konnten sie den Rückweg antreten.

Dabei gerieten die Feuerwehrmänner noch einmal mächtig ins Schwitzen.

Es ist keine Leichtigkeit, unter Atemschutz einen Verletzten zu tragen. Und die Monteure zählten beide nicht zu den Leichtesten, dazu kam noch das Gewicht der zusätzlichen Pressluftatmer und der Vakuummatratzen.

Dietmar und Detlef beteiligten sich an dieser Arbeit nicht mehr. Sie brauchten den Rest ihrer Atemluft für den Rückweg.

Draußen griffen mehrere Hände sofort hilfreich zu und nahmen den bisherigen Trägern ihre schwere Last ab.

Die Geretteten wurden direkt in die bereitstehenden Rettungsfahrzeuge gebracht.

Im selben Moment, als alle Einsatzkräfte das Gebäude sicher verlassen hatten, gab der Feuerwehrchef das Kommando zur Belüftung der Kellerräume.

Die mächtigen Ventilatoren nahmen ihre Arbeit auf und bliesen über riesige Lutten frische Luft nach unten.

Theo Müller hatte der Geschichte seines Chefs mit anhaltender Spannung zugehört.

»Wann war das denn?«

»Ich sagte doch, lange vor deiner Zeit. Und einen derartigen Zwischenfall haben wir seitdem auch nicht mehr gehabt.«

»Dank meiner Tätigkeit natürlich«, warf Petersen ein.

»Natürlich, was auch sonst«, lachte der junge Theo Müller. »Und was ist aus den beiden Monteuren geworden?«

»Nun, wir hatten sie gerettet. Beide kamen ins Krankenhaus und verließen es später wieder als gesunde Männer. Allerdings bei dem Jüngeren, dem Mario, hat es ziemlich lange gedauert.«

»Ach ja«, Martin Petersen schmunzelte, »mir fällt da noch etwas ein. Kannst du dich noch erinnern, wer damals auf dem RTW war?«

»Sicher, das war der Dieter Hanke und ich glaube dein Namensvetter, der Martin Kronen. Wieso fragst du?«

»Na, ich sehe immer noch ihre Gesichter. Sie hatten alles vorbereitet, Infusionen, Intubation, Beatmungsgeräte und und und. Und dann gab es für die fast nix mehr zu tun.«

»Na ja, fast nichts ist etwas übertrieben. Aber andererseits waren wir doch alle froh, dass die Sache einen so guten Ausgang genommen hatte. Wir hätten auch leicht zwei Tote beklagen können.«

»Ja, das stimmt.« Petersen wurde wieder ernst.

»Und deshalb ist es gut, dass wir uns heute mit diesen Verbesserungen auseinander setzen können.

Also, ich schlage vor ...«

Johann van Meeren hatte sich für Freitag zu einer Werksbesichtigung angemeldet.

So weit ging das Interesse seiner Frau an ihren neuen Lieferwagen allerdings nicht. Sie nutzte stattdessen die Gelegenheit, eine alte Freundin zu besuchen. Am späten Nachmittag wollte sie sich dann mit ihrem Mann bei der Mercedes-Niederlassung treffen, um die neuen Sprinter zu übernehmen.

Für Samstag war der gemeinsame Einkaufsbummel geplant und abends der Besuch in der Oper, auf den sie sich schon sehr freuten. Am Sonntag wollten sie besonders lange ausschlafen. Ein gemütliches Frühstück im Bett schwebte ihnen vor.

So etwas konnten sie sich in ihrem arbeitsreichen Alltag zu Hause nicht erlauben.

Inzwischen war der Freitag zu bester Zufriedenheit der van Meerens verlaufen.

Es war Samstag und bereits nach 11.00 Uhr vormittags.

Die neuen Fahrzeuge der van Meerens standen vollgetankt in der Tiefgarage des Hotels.

Das Ehepaar verließ soeben die Lobby und ging in Richtung Königsallee.

Frau van Meeren wusste genau, wo sie sich ihr neues Kostüm kaufen wollte.

Ihr Ziel hieß Königsallee 64.

Seit Jahren bevorzugte sie das Konfektionshaus Robert Ley.

Unter den vielen ausgezeichneten Geschäften hatte sie hier stets auf Anhieb das gefunden, was ihrem Geschmack entsprach.

Die hohe Qualität der Ware und der Preis stimmten und der dezente Charme dieses Hauses hatte Atmosphäre.

Das waren Gründe, die sie bewogen, gerne hier einzukaufen.

Außerdem gefielen ihr die fachlich versierten Verkäuferinnen, die sie unaufdringlich bedienten und ihr mit natürlicher Freundlichkeit aus dem gut sortierten Angebot zielsicher und schnell das richtige Warenangebot heraussuchten.

Genau das wusste Herr van Meeren ebenfalls zu schätzen.

Wie viele Männer liebte er Einkäufe nach der Methode: hereinkommen, zielstrebig auswählen, möglichst nur einmal anprobieren – alles sitzt perfekt und fertig.

Nun ja, ganz so flott lief es natürlich nicht.

Immerhin war Frau van Meeren eine Frau und die Gelegenheit, in all diesen herrlichen Sachen zu schwelgen, reduzierte sie nicht auf ein zeitliches Minimum.

Der leichte, elegante dunkle Anzug aus feinstem englischem Tuch war allerdings überhaupt nicht eingeplant – glaubte Johann van Meeren zumindest. Seine Frau hingegen hüllte sich in viel sagendes Schweigen.

Als sie unten an der Kasse ihre Einkäufe in Empfang nahmen, staunte Herr van Meeren nicht schlecht.

Zu dem anfänglichen Kostüm mit dazu passender Seidenbluse hatte sich nicht nur sein Anzug gesellt, sondern ebenso eine elegante italienische Krawatte, ein leichter hellbeiger Kaschmirpullover sowie ein optimal geschnittenes, weißes Oberhemd.

»Hallo, Frau Norbisrath, schön Sie wieder zu sehen, wie geht es Ihnen?«

»Danke der Nachfrage, Frau van Meeren. Es freut mich, dass Sie unserem Geschäft treu bleiben.«

»Na, Sie wissen doch, meine Frau kauft sehr gerne bei Ihnen ein«, meldete sich Herr van Meeren, bevor seine Frau etwas erwidern konnte.

»Hallo, Herr van Meeren, ich grüße Sie. Wenn ich mir allerdings die Sachen betrachte, die hier so liegen, scheint es mir, dass Sie heute der große Einkäufer waren.«

Barbara Norbisrath lachte.

Sie kannte die van Meerens schon lange und konnte diesen saloppen Ton wählen.

»Äh, also ich weiß eigentlich überhaupt nicht, wie ich dazu gekommen bin, ehrlich. Aber meine Frau ...«

»Deine Frau möchte heute Abend mit dir in die Oper gehen«, schnitt sie ihm das Wort ab.

Dann wandte sie sich wieder Frau Norbisrath zu.

»Wissen Sie, die Männer glauben immer, der alte abgetragene Anzug sei noch gut genug.«

Sie zwinkerte mit den Augen.

»Johann, hast du den Scheck fertig? Wir haben noch viel vor.«

Flammen bei Jean-Claude Bourgueil

Pünktlich zur gewohnten Zeit rollte der Lieferwagen über das Kopfsteinpflaster unter dem schattigen grünen Blätterdach hoher alter Bäume auf den Kaiserswerther Markt.

Sein Ziel war die Hausnummer 9.

Es ist eines von vielen altehrwürdigen Handelshäusern einer längst vergangenen Epoche, die dank der Kunst ihrer Erbauer Jahrhunderte überdauern und dank ihres heutigen Investors stilecht renoviert das altehrwürdige Stadtbild zieren.

Das goldene Schild draußen an der Fassade zeugt von der handwerklichen Geschicklichkeit eines Kunstschmiedes und lädt die Gäste zur Einkehr ein.

Es war noch zu früh für die Bürger, die gewöhnlich erst nach dem Frühstück ihren täglichen Einkäufen nachgingen.

Für einige aber gelten andere Zeiten.

Sie sorgen dafür, dass all diese Bedürfnisse befriedigt werden, auf die sich das Heer der Einkaufenden stürzt.

Einer, der schon in dieser Herrgottsfrühe auf den Beinen war, war Jacques Chirac. Dabei verdiente er nicht annähernd soviel wie sein berühmter französischer Namensvetter, aber das störte ihn herzlich wenig.

Er zählte zu den glücklichen Menschen, die immer zu Späßen aufgelegt sind.

Seine früh beginnende Arbeitszeit bescherte ihm dennoch keinen frühen Feierabend. Andere würden darüber stöhnen, nicht so Jacques.

Seit er sich mit seinem Lieferwagen selbstständig gemacht hatte, musste er sogar weit mehr arbeiten als je zuvor.

Die Freiheit hat eben ihren Preis.

Er sah auf seine Liste. Heute Morgen hatte er einen vollen Liefertermin.

Sein erster war auch gleichzeitig einer seiner besten Kunden. Jacques überflog das Papier in seiner Hand und verglich es ein letztes Mal mit der Ladung.

Donnerwetter, diesmal hatte der Kunde wesentlich mehr geordert als gewöhnlich.

Wie schön, freute sich Jacques bei dem Gedanken an seinen zusätzlichen Gewinn.

Wenn das jetzt immer so bliebe!

Jean-Claude Bourgueil wusste die Zuverlässigkeit von Jacques zu schätzen. Immer, wenn er kam, es war jedes Mal die gleiche festgesetzte Zeit, befand er sich höchstpersönlich in seinem Restaurant.

Als Küchenchef erachtete er es als selbstverständlich, die angelieferte Ware sofort zu begutachten.

Bei Jacques gab es nie Beanstandungen.

»Ah, Monsieur Bourgueil!«

Gut gelaunt entstieg Jacques seinem Wagen.

»Die Sonne wird einen wunderbaren Tag 'erbeizaubern, denken Sie nicht auch?«

Bourgueil grüßte und lächelte freundlich:

»Gewiss, gewiss, Monsieur Jacques. Und, 'aben Sie all mein Wünsch erfüllen können?«

Natürlich hatte er.

Die Frage war auch mehr eine der üblichen Konversationen, aber Jacques nahm sie zum Anlass, einen seiner Lieblingssprüche zum Besten zu geben. Dazu wurde sein Gesicht sehr ernst, seine kleine schmale Gestalt richtete sich kerzengerade auf.

Jacques legte die Rechte wie zum Schwur an sein Herz.

Dann verkündete er mit Inbrunst:

»Monsieur Jean-Claude Bourgueil, 'aben Sie Zweifel an Ihrem französischen Staatspräsidenten? 'aben Sie Zweifel an Jacques Chirac?«

Feierlicher konnte es auch im amerikanischen Repräsentantenhaus nicht zugehen, wenn es hieß:

»Mr. Speaker, the President of the United States of America!«

»Jacques«,

Bourgueil ging auf den kleinen Mann zu und legte ihm seinen Arm auf die Schulter,

»Sie wissen, isch vertraue diese Bestellungen nur Ihnen an und isch weiß, Sie werden mich niemals enttäuschen.«

Jacques' Brust schwoll merklich an, er strahlte und schlug mit der flachen Hand an den Kühltransporter.

»Hier liegen sie drin, mhhh! Monsieur, isch gerate ins Schwärmen. Es sind wirkliche Diamanten des Meeres von einzigartiger Schönheit, oui! So eine Delikatess' könnte Jacques nicht jedem geben.«

(Natürlich konnte Jacques, er musste es sogar, denn von diesem recht einträglichen Geschäft lebte er)

Um so schwärmerischer fuhr er in seiner blumenreichen Übertreibung fort:

»Nur Ihnen kann isch sie anvertrauen, Sie sind ein Gourmet, ein Künstler, ein Maitre Ihrer Cuisine. Verwandeln Sie meine Lieblinge in diesen Töpfen und Pfannen zu Brillanten. Versprechen Sie mir das, sonst ...«

Der flammende Blick während seiner begeisternden Worte war wirklich hinreißend.

Aber dann zuckte Jacques bedauernd mit den Schultern und sah Bourgueil mit seinen dunklen Augen traurig an und fuhr fort, »könnte isch sie Ihnen nicht verkaufen.«

»Ich habe sie bereits bezahlt, Jacques.«

»Oh oui, ich vergaß. Möchten Sie, dass wir jetzt ausladen?«

»Das wäre schön, Jacques.«

Drei Angestellte des Gastronomen hatten inzwischen die hölzerne Türe zu dem Gewölbekeller geöffnet und standen bereit, um mit anzufassen.

Man betritt den Keller des historischen Gebäudes über eine Steintreppe vom Bürgersteig, deren Stufen von vielen Generationen ausgetreten sind.

Früher waren solche außen liegenden Kellereingänge üblich und sehr zweckmäßig. Sie stammen aus der gleichen Zeit wie die Flaschenzüge an den hervorstehenden Hahnenbalken, über welche die Kornspeicher der ehemaligen Lagerhäuser gefüllt wurden.

Die schräg zur Hausfront geneigte Holztür ist dafür ein typisches Charakteristikum.

Hier, tief unten im Keller, herrschte ein kühles Klima.

Ideale Bedingungen für die Lagerung bestimmter verderblicher Waren, aber auch hervorragend geeignet, um Weine zu lagern. Und von denen gab es hier reichlich.

Jeder Weinkenner käme angesichts dieser erlesenen Schätze ins Schwärmen und würde sich gerne für eine Nacht hier einschließen lassen, um sich den Gaumenfreuden des Bacchus zu widmen.

Da die Nacht in einem kühlen Keller aber auch mit gewissen Unannehmlichkeiten verbunden ist, haben bisher all jene, die sich mit diesem abenteuerlichen Gedanken beschäftigten, dann doch das gemütliche Ambiente des eigentlichen Lokals vorgezogen.

Die Sachen waren schnell ausgeladen. Das meiste kam in den Keller, einiges aber auch direkt in die Küche.

»Kommen Sie, Jacques, lassen Sie uns gemeinsam noch eine Kleinigkeit genießen, bevor Sie weiterfahren. Zu einer guten Tasse Kaffee kann ich Ihnen ein besonders schmackhaftes Baguette anbieten. Sie werden überrascht sein, mein Freund.«

Den Lieferschein unter dem Arm geklemmt, folgte Jacques Bourgueil in die Küche.

Nur weil sie in Deutschland leben und arbeiten, gaben sie die gute französische Lebensart nicht auf.

Sie waren zwar Geschäftsmänner und hatten keine Zeit zu verschenken, genau wie ihre deutschen Kollegen, aber sie verstanden es, den Moment zu genießen.

Und jetzt war so ein Moment.

Der Duft frischen Kaffees durchzog die Küche und vermischte sich mit dem verführerischen Geruch backfrischer Baguettes.

Jacques biss genüsslich ein großes Stück ab:

»Mhhh, köstlisch.«

»Nun, 'abe ich zu viel versprochen?«

»Oh nein, keineswegs, das ist exquisit. Aber sagen Sie, Monsieur Bourgueil, Ihr Keller, was ist damit? Die Decke, alles so komisch. War die nicht blütenweiß?«

Jean-Claude Bourgueils Mine verhärtete sich. Er wandte den Blick ab und schaute verbittert den Gang hinunter, der direkt von der Küche nach draußen auf die Straße führte. Dann kam es tonlos über seine Lippen:

»Es 'at gebrannt in meine Keller, vor zwei Tagen.«

Mon dieu! Wie konnte das passieren? Sie 'aben doch alles ...«

»Das war kein technischer Fehler, Jacques.«

Bourgueil sah seinen Lieferanten wieder an.

»Das war ganz gemeine Brandstiftung.«

»Merde! Sind Sie sicher?«

»Absolut!«, sein Gesicht verfinsterte sich noch mehr.

Jacques war echt entsetzt:

»Aber die Waren? All diese 'errlichen Sachen! Ist da nicht vieles zerstört worden?«

Bourgueil lächelte bitter:

»Was meinen Sie, Jacques, weshalb Sie mir heute soviel mehr geliefert haben als gewöhnlich?«

»Oh, das tut mir leid, wenn ich gewusst 'ätte.«

»Jacques, Sie können doch nichts dafür. Ich hoffe, dass die Versicherung einen Teil übernehmen wird, aber Sie wissen ja, wie das ist. Erst einmal habe ich den Schaden. Gott sei Dank war die Feuerwehr schnell, wenn die nicht gewesen wäre.«

»Oh oui, die Pompiers, wichtige Männer!«

Jacques schien begeistert.

»Mein jüngerer Bruder arbeitet bei der sapeurs-pompiers in Lyon, was der mir so alles erzählt, oh lala.«

»Ich wusste nicht, dass Sie noch einen jüngeren Bruder bei der Feuerwehr haben.«

»Ja, Pierre. Er verlässt Frankreich nicht gern«, erklärte er, »war noch nie hier in Deutschland.«

»Wie? Wollen Sie etwa sagen, er hätte Sie in all den Jahren noch nie besucht? Was sagt denn Ihre Frau dazu, Jacques?«

Jacques zuckte resigniert mit den Schultern:

»Tja, das ist schade, aber c'est la vie, kann man nichts machen. Dafür fahren wir jedes Jahr einmal zu ihm. Die ganze Familie trifft sich dann.«

Jacques schwärmte:

»Lyon ist wunderschön. Das 'errliche Tal der Rhône, der Blick auf die Berge. Isch bin dort geboren, wissen Sie. Es zieht mich immer wieder dort 'in.«

»Fühlen Sie sich hier denn auch wohl?«

»Oui, isch liebe Düsseldorf und isch liebe meine 'annelore. Aber erzählen Sie: Wie war das mit dem Brand? War es gefährlich?«

»Es hätte schlimmer kommen können. Wir waren im Service, viele Gäste. Ich brauchte eine Flasche von diesem 96er Rotwein und schickte Robert in den Keller. Dadurch entdeckten wir das Feuer sehr früh. Robert wollte selbst löschen, aber der Qualm! Dieser fürchterliche Qualm. Er hustete heftig und war völlig aufgelöst. Marianne stand gerade an der Kasse. Sie reagierte richtig und rief direkt die Feuerwehr an.«

»Und Ihre Gäste? Was war mit denen?«, fragte Jacques erregt.

»Die waren nicht betroffen, Gott sei Dank. Dann kam die Feuerwehr. Mon dieu! So viele Fahrzeuge. Sie waren wie Ameisen, es wimmelte nur so von den Blauröcken.

Aber dann, ruck zuck hatten sie das Feuer gelöscht.«

Bourgueil formte mit Daumen und Zeigefinger der rechten Hand ein O.

»Bon, echte Profis! Wer weiß, was sonst geschehen wäre?«

Die Feuerwehrmänner, von denen er sprach, gehören der Freiwilligen Feuerwehr Kaiserswerth an. Ihre Ausrückzeiten sind geradezu legendär und die Schlagkraft dieser hochmotivierten Männer lässt nichts zu wünschen übrig. Daher hatten sie auch diesen Kellerbrand bereits unter Kontrolle, als die Berufsfeuerwehr der automatisch mitalarmierten, nächstgelegenen Wache Drei von der Münsterstraße eintraf.

»Und 'at man die Verbrecher gefasst?«

»Leider nicht, noch nicht. Aber die Polizei ist nicht schlecht hier, vielleicht, irgendwann ... Wir mussten alles ausräumen. Das meiste war verdorben, ein großer Verlust. Anschließend haben wir noch die ganze Nacht den Keller geschrubbt. Viel Arbeit.«

Dann heiterte sich seine Miene wieder auf:

»Aber wenn Sie das nächste Mal liefern, ist alles wieder wie neu. Ich habe einen Maler bestellt.«

Immer noch von der mitreißenden Musik Bizets und den herrlichen Stimmen berauscht, erreichten die van Meerens nach einer kurzen Fahrt im Taxi Kaiserswerth.

»Wohin?«, fragte der Taxifahrer und nickte, als ihm das Ziel genannt wurde.

Hier draußen in der grünen Vorstadt waren die Temperaturen angenehmer als in der Stadt, die Nacht hatte die gespeicherte Hitze des Asphaltes merklich abgekühlt.

Ein leichter Wind trieb den Geruch von Wasser durch die Gassen der alten Kaiserpfalz. Der Rhein strömt nur wenige Meter entfernt in seinem breiten Bett.

Immer noch saßen Menschen unter den hohen Bäumen und genossen die laue Sommernacht. Es herrschte gemütliche Biergartenatmosphäre.

Johann van Meeren hatte für den späten Abend einen Tisch reservieren lassen. Sie wollten diesen wunderschönen Tag mit einem besonderen Essen ausklingen lassen.

Frau van Meeren strahlte, als sie den Raum auf der ersten Etage betraten. Das Ambiente war zauberhaft.

»Johann, du bist ein Schatz«, flüsterte sie ihrem Mann ins Ohr und hakte sich noch etwas fester ein.

»Wenn die hier auch noch gut kochen!«

»Psst, nicht so laut. Man hört dich ja.«

Der Kellner führte sie zu ihrem Tisch. Er stand unter einem der kleinen Fenster, von dem aus sie direkt hinunter auf den malerischen Marktplatz schauten.

»Ich weiß wirklich nicht, was ich nehmen soll. Die Speisekarte ist einfach überwältigend.«

Frau van Meeren sah ihren Mann Hilfe suchend an.

Er löste das ›Problem‹ elegant. Auf seinen Wunsch erschien Monsieur Jean-Claude Bourgueil persönlich und stellte sich vor.

»Ich empfehle Ihnen den kleinen bretonischen Hummer gedämpft mit Kamillenblüte, dazu einen Meursault aus Burgund. Zuvor sollten sie unsere Croque Monsieur genießen, mit feiner Gänseleberpastete. Und wenn sie noch ein wenig Appetit verspüren, verwöhnen Sie Ihren Gaumen als abschließende Krönung mit unserer Spezialität, Käsekuchenauflauf Zitrone.«

Bereits nach dem ersten Bissen der Vorspeise wussten die van Meerens, dass Jean-Claude Bourgueil sie in sein Schlaraffenland entführt hatte.

Zur gleichen Zeit saßen die Angehörigen der Freiwilligen Feuerwehr Kaiserswerth mit Frauen und Freundinnen gemeinsam an langen hölzernen Tischen und Bänken gemütlich in der Nähe ihres Gerätehauses.

Immer noch rösteten Grillwürstchen auf dem selbst gebauten Holzkohlengrill, dessen Glut langsam in sich zusammenfiel.

»Soll ich nochmal nachschütten?«

Die meisten winkten ab oder schüttelten den Kopf. Fast alle hatten zwei Koteletts plus einer Wurst gegessen und fühlten sich mehr als gesättigt. Mancher hatte sogar mehr geschafft. Dazu hatte jeder reichlich von den leckeren, selbst gemachten Salaten ihrer Frauen genossen. Klägliche Reste in den Schüsseln zeugten davon.

Die Gespräche der Älteren drehten sich hauptsächlich um das bevorstehende Straßenfest.

Der ganze Kaiserswerther Markt sollte sich nach dem Willen der Geschäftsleute daran beteiligen. Eine willkommene Gelegenheit, sich der Bevölkerung zu präsentieren.

Geplant waren viele Aktionen, unter anderem sollte auch eine Drehleiter von Wache Drei aus der Innenstadt geschickt werden. Die Fahrt auf dreißig Meter Höhe im angehängten Leiterkorb würde sicher die Attraktion.

An einem anderen Tisch diskutierten vornehmlich die jüngeren Feuerwehrmänner. Es ging um den letzten Einsatz, den Kellerbrand im Schiffchen.

»Schade, dass ich nicht dabei war«, bedauerte einer, »dann hätte ich mich nämlich hinter das Steuer unseres LF geschwungen und …«

»Und ich hätte dich wieder rausgeholt!«, rief jemand vom Nebentisch. »Du bist ja noch gar kein Maschinist!«

Alles lachte, einige hoben ihre Gläser:

»Auf unseren nächsten Maschinisten!«, klang es fröhlich.

»Ah, wie das zischt! Lecker!«

»Ja, du hast es gut, ich würde auch lieber ein Bier trinken, als hier vor meiner Limo zu sitzen.«

»Tja Junge, dafür bist du ja auch der richtige Maschinist und der muss trocken bleiben.«

So ist es, dachte der Mann doch etwas betrübt.

Er musste sich in Abstinenz üben, aber er war nicht der Einzige. Einige andere hatten nach den ersten zwei Gläsern Alt ebenfalls auf alkoholfreie Getränke umgestellt.

Sie waren sich ihrer Verantwortung bewusst und verhielten sich dementsprechend zurückhaltend.

»Na gut, dann schnapp ich mir eben ’nen PA und ’n Strahlrohr und greife an!«, rief der Wortführer von vorhin.

Der Wehrleiter warf einen prüfenden Blick über seine Schulter und raunte seinem Nachbarn anschließend ins Ohr:

»Der Junge hat wohl ein paar Bierchen zu viel intus, der dürfte heute höchstens noch Schläuche aufrollen.«

»Kein Problem«, entgegnete sein Nachbar, selber ein erfahrener älterer Oberbrandmeister und meinte:

»Die LF-Besatzung trinkt brav ihr Wasser, wir sind also voll einsatzfähig.«

»Mal den Teufel nicht an die Wand. Ich gedenke den Rest der Nacht ruhig in meinem Bett zu verbringen. Das Ding von vorgestern hat doch wohl gereicht.«

»Na dann, auf eine ruhige Nacht.«

Die beiden hoben ihr Glas und stießen mit Mineralwasser an.

Böse Zungen behaupteten später:

»Hätten der Wehrleiter und der Oberbrandmeister anstatt mit Wasser, wie es sich für richtige Männer gehörte, mit Alt angestoßen, wäre bestimmt nichts passiert!«

Aber das Schicksal nimmt bekanntermaßen keine Rücksicht auf derartige Nebensächlichkeiten.

Die Sirene, die unmittelbar über ihren Köpfen hoch oben auf dem Dach montiert ist, heulte los. Gleichzeitig piepten die kleinen Funkempfänger an mehreren Gürteln.

»Verdammt, das war wohl nichts mit der ruhigen Nacht.«

Sämtliche Feuerwehrmänner sprangen auf und rannten in das Gerätehaus zu ihren Löschfahrzeugen. Da sich alle ausrüsteten, standen wesentlich mehr Männer zur Verfügung, als in den Fahrzeugen Plätze waren.

Der Wehrführer rief laut einige Namen durch die Halle.

Die Aufgerufenen stiegen unverzüglich ein.

Sekunden darauf verließen die beiden Löschfahrzeuge mit eingeschalteten Blaulichtern und dröhnenden Sirenen den Hof.

Einige der zurückgebliebenen Männer machten lange Gesichter, aber sie waren zu klug, um mit ihrem privaten PKW hinterher zu fahren.

Das glaub ich doch nicht, dachte der Wehrleiter.

Aber als ihm die Bestätigung ihres Einsatzortes noch einmal von der Leitstelle über Funk mitgeteilt wurde, wusste er, dass kein Irrtum möglich war.

Im Keller des Restaurants Schiffchen brannte es zum zweiten Mal innerhalb weniger Tage!

Der Kellner brachte den van Meerens gerade ihre Espressi, als sie durch den Lärm einer lauten Sirenen aufgeschreckt wurden.

Unten auf dem Marktplatz saßen nur noch wenige Menschen, sie schienen äußerst aufgeregt und deuteten in ihre Richtung.

Frau van Meeren beugte sich neugierig gegen das Fensterglas, da bemerkte sie den dunklen Rauch, der sich rechts von ihnen an der Hauswand in die Höhe zog.

»Johann, ich glaube, es brennt da unten!«

Herr van Meeren sah jetzt ebenfalls aus dem Fenster.

Andere Gäste wurden aufmerksam und sahen sich besorgt an.

Kurze Zeit darauf erschien Monsieur Bourgueil und versuchte seine Gäste zu beruhigen.

Mein Gott, dachte er bestürzt, als er die laute Stimme im Flur vernahm.

Bitte nicht! Nicht schon wieder.

Ein junger Mann war aufgeregt von draußen hereingelaufen. In der Nähe der Küche hätte er fast Robert, den Kellner, überrannt.

Seine hastigen Worte hörten sich an, wie:

»Rauch aus Ihrem Keller!« Und: »... sofort die Feuerwehr über mein Handy angerufen!«

Jean-Claude stürzte aus der Küche, rannte den Gang entlang nach draußen.

Ein kurzer Blick auf die Straße genügte.

Kalte Wut stieg in ihm auf, aber er zwang sich, logisch zu denken:

Das Wichtigste ist die Sicherheit meiner Gäste. Solange sie im Lokal bleiben, kann ihnen nichts geschehen. Was hatte der Feuerwehrkommandante ihm doch gleich gesagt?

»Wenn das noch einmal passiert, schließen Sie unbedingt die Türe und machen Sie auch die Fenster zu. Der Qualm ist das Gefährlichste.«

Nie im Traum hätte er geglaubt, dass ihn das Schicksal in so kurzer Zeit erneut ereilen würde.

»Marie! Rufen Sie sicherheitshalber noch einmal bei der Feuerwehr an! Und Sie, Robert! Sie warten hier draußen! Aber keiner geht mir in den Keller!«

Danach eilte er die Treppe nach oben.

Dem Umstand, dass die Feuerwehrmänner bei ihrem Gerätehaus gefeiert hatten, war es zu verdanken, dass sie nicht einmal drei Minuten benötigten, trotzdem wurden es die längsten drei Minuten für die Wartenden.

Die Sirenen der Feuerwehrwagen kamen immer näher, schon konnte man die Blaulichter sehen.

Viele Gäste des Schiffchens beobachteten interessiert das Geschehen unten auf der Straße. Für sie war das Ganze wie ein aufregendes Schauspiel.

Für Jean-Claude Bourgueil und seine Angestellten bedeutete dies einen herben, bitteren Schicksalsschlag.

Und für die Männer der Freiwilligen Feuerwehr Kaiserswerth wurde es ein weiterer Brand, der erfolgreich bekämpft werden konnte:

»Angriffstrupp mit C-Rohr zur Brandbekämpfung in den Keller vor!

Wassertrupp Keller öffnen!«

Aus zwei Feuerwehrfahrzeugen sprangen die Männer heraus.

Die Rollos wurden aufgerissen, Schläuche rollten über das Pflaster. Die Sirenen heulten zwar nicht mehr, aber immer noch zuckten die Blaulichter und verwandelten den Schauplatz in eine gespenstige Szene.

Dann flammten starke Scheinwerfer von beiden Fahrzeugen auf. An hydraulisch ausgefahrenen Masten befestigt, beleuchteten die grellen Scheinwerfer die gesamte Einsatzstelle.

Robert hatte den Kellerschlüssel einem Feuerwehrmann in die Hand gedrückt. Der schloss jetzt auf und band ein Seil an den massiven Handgriff.

»Okay! Öffnen!«, rief die gleiche Stimme wie eben. Es war der Wehrleiter.

Sofort zogen die beiden Männer vom Wassertrupp an dem Seil. Die Kellertüre klappte zur Seite auf – dichter dunkler Rauch entstieg der Öffnung.

Der Angriffstrupp hatte Pressluftatmer angezogen und stand mit Wasser am Rohr bereit. Sie stiegen durch den Rauch die Stufen hinunter.

Schon nach kurzer Zeit ließ der dunkle Rauch merklich nach. An seiner Stelle stieg jetzt eine helle Wolke aus dem Keller – Wasserdampf – ein sicheres Zeichen, dass die Feuerwehrmänner den Brand erfolgreich bekämpften. Kurz darauf kam der Angriffstrupp die Treppe wieder hoch. Die Männer nahmen ihre Helme ab und lösten die Bänder ihrer Atemschutzmasken.

Anschließend stieg der Wehrleiter in Begleitung seines Unterführers in den Keller.

Auf Atemschutzgeräte konnten sie jetzt verzichten.

In der Ferne erklang erneut die Sirene eines Alarmfahrzeuges.

Oben an den Fenstern beruhigten sich die Gäste.

Die Feuerwehrmänner begannen bereits, ihre Schläuche wieder einzurollen.

Wird wohl doch nichts Schlimmes gewesen sein, dachte man und wunderte sich, weil zwei weitere Feuerwehrfahrzeuge vorfuhren.

Ihre Sirenen hatte sie kurz vor dem Erreichen der Einsatzstelle ausgeschaltet.

Die Leitstelle hatte Entwarnung gefunkt. Trotzdem entschied der C-Dienst:

»Wir fahren durch!«

Diese Feuer stimmten ihn bedenklich.

Schon wieder im Schiffchen?

Er ordnete an, die Kripo zur Einsatzstelle zu schicken.

Jean-Claude Bourgueil war mit seinen Nerven ziemlich am Ende. Der Schock saß tief und wieder hatte er große Verluste erlitten. Seine Mitarbeiter standen ihm tröstend zur Seite.

Jeder von ihnen würde auch diesmal wieder die Stunden bis zum Morgen durcharbeiten. Sie wussten alle, welche harte Arbeit sie erwartete:

Alles musste aus dem Keller hinaufgetragen werden. Danach würden sie den schwarzen Ruß genau wie beim letzten Mal von den Wänden scheuern und anschließend das, was noch verwendet werden konnte, wieder hinunter tragen.

Der Wehrführer sprach mit Bourgueil, dessen düstere Mine sich zusehends erhellte.

»Oha!«, rief er,

»wir erhalten Hilfe!«

Die Feuerwehrmänner zogen ihre dicken Jacken aus und krempelten die Ärmel hoch, dann ging es tatkräftig gemeinsam an die Arbeit.

Einige Tage später servierte Jean-Claude Bourgueil den Feuerwehrmännern auf dem Straßenfest ein Essen.

So etwas hatte es zuvor noch nicht gegeben.

Dicht gedrängt standen die ›Blauröcke‹ in der Küche und ließen es sich schmecken.

Darüber hinaus spendierte Jean-Claude Bourgueil jedem eine Flasche Champagner von Feinsten.

Ein Moët hatte bestimmt noch nicht jeden Gaumen der hier versammelten Feuerwehrmänner gekitzelt.

Gefährlicher Geburtstag

»*Uff*«!

Mein Atem ging keuchend, die Haut über den Knöcheln meiner Hände war weggefetzt, schweißnass das am Leib klebende T-Shirt.

Erschöpft ließ ich die müden Arme sinken und sah zu Achim.

Er war ebenfalls ziemlich fertig.

Seine Halsschlagadern pressten sich hervor.

Mit zugekniffenen Augen, damit der salzhaltige Schweiß, der ihm von der Stirne rann, nicht in den Augen brannte, stemmte er die Langhantel mit den schweren Gewichten erneut in die Höhe.

Ich bemerkte, dass seine Arme zitterten und sprang hinzu, stellte mich hinter ihn und griff an die Hantelstange.

»F i n g e r weg«, presste er mühsam zwischen seinen ebenfalls zusammengepressten Zähnen hervor und drückte mit wahnsinniger Kraftanstrengung die Eisen erneut nach oben. Dann ließ er die Metallstange in die Halterung fallen.

»Phhh ... ich glaube, ich bin heute nicht gut in Form«,

stöhnte er, lag jetzt ermattet auf der Bank.

Ich grinste: »Das kommt halt so mit dem Alter.«

Natürlich ärgerte ich ihn nur ein wenig.

Es dürfte wohl niemanden sonst auf unserer Tour geben, der dieses Gewicht so oft nacheinander stemmen konnte.

Seit wir beide in einem Anflug von spätpubertärem Größenwahn beschlossen hatten, einen ›Waschbrettbauch‹ zu bekommen, trainierten wir noch intensiver als früher.

Meines Erachtens brauchte mein sportbegeisterter Kollege Achim Schorn seinen imaginären Bauch nicht weiter trainieren, während ich dagegen schon etwas unternehmen musste.

Denn seit ich mich in meiner Freizeit voll und ganz der Literatur verschrieben habe, sitze ich endlose Stunden am Schreibtisch, strapaziere mein Gehirn und quäle mich mit einem nicht gerade professionellen Vier-Finger-System auf der Tastatur eines betagten Laptops.

Außer mir selbst halten alle anderen den Beginn des leichten Fettpolsters, das sich um meine Hüften bildet, für nicht existent. Sollte ich aber weiterhin einen so extrem hohen Schokoladenkonsum haben, werden es die anderen irgendwann wohl doch bemerken.

Ich habe versucht, ohne Schokolade zu schreiben, aber da existiert ein ähnliches Problem wie mit meinem Auto – es will nur mit Sprit fahren.

Die Armbanduhr hatte ich ausgezogen, sie lag auf dem Hemd, das, so wie ich es über den Kopf gezogen hatte, fertig zum schnellen Hineinschlüpfen über der Hose und meinen Schuhen lag.

Der lederne Boxsack hing wieder so ruhig in der Ecke, als hätte ich ihn überhaupt nicht traktiert, aber die blutigen Spuren an meinen Knöcheln sprachen eine eindeutige Sprache.

Als begeisterter Tae-Kwon-Do Kämpfer brauche ich mir zwar nicht das Fell von den Fingern zu boxen, aber wenn ich erst einmal in Fahrt komme, spüre ich die Schmerzen nicht. Doch der harte, körperliche Einsatz rächt sich irgendwann. Spätestens wenn beim Waschen die Seife an die offenen Stellen kommt, setzt das Brennen ein.

Ein Blick auf die Uhr. Es war fast 19.30 Uhr.

»Was ist, noch 'nen Durchgang?«

Achim nickte.

»Ist aber schon halb acht«, bemerkte ich.

»Na und, 'ne Viertelstunde mache ich noch, dann reicht es.« Dabei betrachtete er seinen nicht vorhandenen Bauch, fasste eine einsame verhungerte Hautfalte zwischen Daumen und Zeigefinger und konstatierte mit bedenklicher Miene:

»Heute Abend gibt es nur noch Müsli.«

Da musste ich doch laut lachen.

Der Mann war ja noch extremer als ich!

Na ja, so richtig ernst nahmen wir uns selber nicht, aber unser sportlicher Enthusiasmus basierte ja auch nicht auf falscher Eitelkeit.

Unserer Meinung nach muss es für jeden Feuerwehrmann eine Verpflichtung sein, sich körperlich fit zu halten. Letztlich ist das auch Teil der eigenen Lebensversicherung, wenn die Einsätze gefährlich werden. Aber nicht alle Feuerwehrmänner teilen unsere Einstellung und es obliegt jedem selbst, etwas für sich zu tuen.

Da blickten zwei weitere Gesichter in unsere ›Muckibude‹ herein.

»He, ihr Schlaffis, was ist mit Fußball-Tennis? Macht ihr mit?«

Es waren Uli und Daniel.

Bei den beiden erübrigt es sich darauf hinzuweisen, dass sie zum Lager der Sportlichen gehören.

Natürlich waren wir dabei.

Kurze Zeit später standen wir paarweise rechts und links von einem quer durch die kleine Turnhalle gespannten Tennisnetz und jagten einem in schneller Schussfolge hin und her getretenen, ledernen Fußball nach.

Nach fünf Minuten erschien auch noch Helmut und mischte kräftig mit. So wie wir dieses Spiel betreiben, gibt es eigentlich keine Verlierer.

Das ist mehr als Sport. Neben der gnadenlosen Rumbolzerei schreien wir uns die Seele aus dem Leib – kein Psychologe könnte einen besseren Frustabbau leisten, kein Fitnessstudio mehr überschüssige Energien abbauen.

Auf die Wiedergabe unserer originalen Spielerkommentare verzichte ich lieber. Unzensiert darf ich sie nicht abdrucken. Andererseits verlieren sie dann natürlich ihre hervorragende Wirkung.

Oder kann sich jemand vorstellen, was sich hinter der freundlichen Aufforderung verbirgt:

»Lieber Herr Kollege Schorn, hätten Sie die außerordentliche Freundlichkeit, den in ihrer Hand befindlichen Ball in einer dem Spielverlauf zuträglichen Zeit dezent über das Netz zu schießen?«

Wohl kaum.

Also darum wenigstens hier eine mutige, halb zensierte Kurzfassung:

»Schorn, du XXX! Schick die Pille rüber, sonst xxx ich dir den XXX auf, du lahmer XXX!«

Worauf mindestens ein:

»XXX, du alter XXX, zieh lieber deinen XXX Kopf ein, sonst ist nämlich dein XXX im XXX!«, folgte.

Wir lagen klar in Führung, aber das sagte nichts, weil wir das erste Spiel verloren hatten, knapp zwar nur, aber dennoch.

Jetzt ein harter Schuss, der Ball zischte übers Netz, prallte einmal auf den Boden, von da an die Rückwand.

Und ehe er ein zweites Mal Bodenkontakt erhielt, grätschte ich vor, legte ihn gut platziert an das Netz.

Genau die richtige Höhe.

Achim machte seinen ›tödlichen Pickendreher‹ und Uli schaffte unter seinem Lieblingsschlachtruf:

»Ahhh! Luftkampf!«, das Unbegreifliche – er konterte gezielt.

Klarer Punkt für die anderen!

Triumphierend schrie Helmut:

»Spatzel! **Jaaa!** Das war die belgische Schere!«

Achim und ich blickten ziemlich bedröppelt.

Wie war dieser Konter nur möglich?

Somit trennten uns nur noch drei Punkte, der Vorsprung schmolz.

»**Kämpfen!** Los, jetzt machen wir die Dackel fertig!«

Aber die ›Dackel‹ wurden vor einer möglichen zweiten Niederlage bewahrt.

Der gnadenlose Vierergong riss uns aus dem Spielrausch.

»Brennendes Wohnhaus! Hildener Str. XX. Es rücken aus:

Von Feuerwache Sechs, das LF, die Drehleiter, das TLF und der RTW. Von Feuerwache Sieben das LF und der C-Dienst.«

Wir flitzten aus der Sporthalle.

Die Turnschuhe verließen mit nicht geöffneten Schuhbändern gewaltsam die Füße. Das schweißnasse T-Shirt wurde mühsam vom Leib gerissen und gegen ein trockenes, das jeder vorsorglich bereitgelegt hatte, getauscht. Die Turnhose blieb an. Alarmhose einfach drüber, rein in die Stiefel und ab nach oben.

»Los, ihr Säcke! Seid froh, dass wir euch nicht nass gemacht haben!«

»Oho! Ihr könnt selber nur von Glück reden, dass euch der Alarm gerettet hat!«

Fünf Paar Stiefel hechteten die Treppe herauf.

Unterwegs zerrten wir noch den Hosengürtel zu.

Von oben kamen sie gerutscht.

Rumms ... Rumms ... Rumms!

An drei nebeneinander liegenden Stangen trafen sie auf die dicken Sprungpolster.

Leichte Drängelei im engen Vorraum zur Fahrzeughalle.

Draußen dämmerte es bereits, aber hier drinnen war alles taghell erleuchtet.

Ich quälte mich in die dicke Überhose, dann in die lange, schwere Einsatzjacke. Der Schweiß hatte mein frisches T-Shirt schon wieder durchnässt.

Na, das kann ja toll werden im »Saunaanzug« zum Brandeinsatz!

»He! Einsteigen!«

Ja doch.

Ich schloss noch den metallenen Reißverschluss der Jacke. Erst dann stieg ich die drei Stufen ins LF hinein.

Jens saß bereits auf seinem Platz vor dem Atemschutzgerät.

Er war heute mein Partner im Angriffstrupp.

Achim fuhr mit Ludwig auf dem TLF und Fritz fuhr zusammen mit Sterni die Leiter.

Addi kutschierte das LF, in dem wir saßen.

Helmut fuhr den RTW mit Uli, und Daniel, der mir mit Axel gegenüber auf der Rückbank saß, lästerte:

»Was war denn los, du hast ja hundert Jahre gebraucht?«

»Geräte anlegen!«

rief Horst von vorn, »das gilt auch für den Opa!«

Das galt mir.

»Nicht dass mir einer von euch jungen Schnöseln mit ihm tauscht!«

Aber das fiel natürlich keinem ein, würde ich mir auch verbitten.

»Ihr Schwächlinge!«, rief ich, »mich kann sowieso keiner von euch ersetzen!«

Nach dieser vollmundigen Äußerung zog ich mir die Atemschutzmaske übers Gesicht.

»Moment mal? Wer hat denn heute Morgen so laut getönt, dass er an seinem fünfzigsten Geburtstag unbedingt in den Angriffstrupp will? He!«

Okay, das hatte ich tatsächlich gesagt und überdies noch hinzugefügt:

»Wenn ihr mich an diesem denkwürdigen Geburtstag schon in den Angriffstrupp setzt, will ich auch ein richtiges Feuer haben!«

Dieser »Wunsch« ging gerade in Erfüllung.

Eigentlich kurios, vor 25 Jahren hatte ich schon einmal den Brand eines Vereinshauses erlebt.

Damals war ich erst ganz kurz dabei und heute, fast zur gleichen Zeit das gleiche Feuer. Und wieder hatten wir es mit einem gefährdeten Flüssiggastank zu tun.

Über einen unbefestigten Weg, der fast parallel zur Straße verläuft, schaukelte unser LF voran.

Addi konnte nur Schritt fahren.

Tiefe Schlaglöcher und weit herabhängende Äste ließen kein höheres Tempo zu.

»Okay, Männer, das gibt Arbeit! Der Angriffstrupp verlegt seine Leitung selbst! Ihr geht mit dem ersten C-Rohr vorne durch den Haupteingang!

Axel und Daniel, ihr zieht euch ebenfalls Geräte an und legt ein zweites Rohr zur Rückseite des Hauses!«

Horst erteilte seine Befehle noch während wir fuhren, also konnte er anscheinend ziemlich gut sehen, was uns erwartete. Axel und Daniel rutschten auf der Rückbank hin und her, machten lange Hälse und blickten gebannt nach vorne.

Da wir mit unseren Atemschutzgeräten noch in der Halterung festsaßen, konnten wir uns nicht umdrehen. Und die sichere Arretierung sollten wir in dieser Schaukelkiste besser nicht zu frühzeitig lösen.

»Was seht ihr? Nun sagt schon!«, rief ich neugierig.

»Oh, oh!«

Daniel blickte mir durch das Glas meiner Atemschutzmaske in die Augen:

»Du hast dir doch ein richtig gutes Feuerchen gewünscht – jetzt bekommst du eins!«

Addi hatte das Martinshorn ausgeschaltet.

Wir befanden uns auf einem Privatweg im Hildener Forst.

Um diese Zeit fuhr hier sowieso niemand mehr und wenn doch, hätte er zurücksetzen müssen.

Der Weg war viel zu schmal, als dass zwei Fahrzeuge nebeneinander fahren konnten, besonders wenn eines davon ein LF 24 ist.

Endlich war die Schaukelei zu Ende, wir hielten auf einem kleinen Parkplatz.

Unser Auftrag war klar.

Ich kümmerte mich daher nicht um die anderen und lief ohne Zeitverzögerung an das hintere linke Fach mit den C-Schläuchen.

Keine zehn Meter von uns entfernt brannte das lang gestreckte Haus des Fischerei- und Angelvereins.

Menschen sahen wir nicht, dafür um so mehr dichten schwarzgelben Qualm, der aus sämtlichen Ritzen und Öffnungen dieses solide gebauten, eingeschossigen Hauses quoll.

Addi knallte uns den Verteiler vor die Füße und rollte einen dicken B-Schlauch aus.

Ein Ende kuppelte er an die Pumpe.

»Den Rest müsst ihr selber machen!«, rief er.

Er hatte alle Hände voll zu tun.

Wir brauchten dringend Wasser und Licht, dafür zu sorgen, war die wichtigste Aufgabe des Maschinisten.

Ich bückte mich zu dem Verteiler hinunter, zog dann eine der langstieligen Feuerwehräxte aus der Halterung und eilte los. Falls die Tür geschlossen sein sollte, würden wir kurzen Prozess mit ihr machen.

Jens trug in jeder Hand einen Schlauchkorb und folgte mir. Kurz vor Erreichen der Tür kuppelten wir den Verteiler mit der bereits ausgerollten B-Leitung sowie zwei von unseren C-Schläuchen zusammen.

Ich zog einen Handschuh aus und betastete vorsichtig das Türblatt,

Ich spürte die hohe Temperatur.

Das hier war mit Sicherheit eine ganz heiße Kiste!

Die Türe war aus massiven Holzdielen gefertigt und zu allem Übel auch noch mit Eisenblech beschlagen.

Neben dem üblichen Schließzylinder sicherte ein solider Riegel, in dem ein geradezu monströses Vorhängeschloss hing, den Eingang vor unerwünschten Eindringlingen.

Diese Türe würde nicht einfach zu knacken sein.

»Lass die Tür!«

rief Jens, »komm, wir nehmen uns ein Fenster vor.«

Ich nickte und zog mit an unserem Schlauch, den Jens bereits um die Hausecke verlegte, als ich am anderen Ende des brennenden Hauses meinen Einsatzleiter Horst sah.

Er winkte heftig mit den Armen und formte seine Hände zu einem Trichter um den Mund:

»He! Hierher mit dem Schlauch! Zügig!«

Ich blickte mich um.

Meinte der uns?

Offensichtlich, denn hinter mir war niemand sonst zu sehen.

Da kam Horst angerannt:

»Los, schnell! Die anderen Schläuche dazwischen kuppeln. Ich brauche euch dahinten.«

»Ich denke, wir sollen ...«

»Vergiss es. Dahinten steht ein Gastank. Wenn der hochgeht, haben wir alle verloren!«

Es war nur noch ein einziger C-Schlauch im Korb.

Ab dem Verteiler hatten wir insgesamt 45 Meter Schlauch zu verlegen. Wir beeilten uns mächtig. Noch stand kein Wasser in der Leitung, deshalb waren wir auch recht schnell. Den letzten Schlauch legten wir in Buchten zu einer Schlauchreserve aus, das musste reichen.

So schnell es ging, waren wir bei dieser Arbeit mit den hinderlichen, aber notwendigen Atemschutzgeräten auf dem Rücken dicht an der Hausfront entlanggelaufen.

Der Boden war unbefestigt, überall wucherte wild wachsendes Gras und dazwischen lag allerhand Gerümpel, über das wir leicht stolpern konnten. Es war ziemlich dunkel und hier unter den hohen Waldbäumen konnten wir kaum mehr etwas erkennen.

Ich zählte vier Fenster in dem lang gestreckten Gebäude, alle waren verriegelt. Ihre hölzernen Fensterläden waren genau wie die Eingangstüre mit Eisenblech beschlagen. Durch die Wand hörte ich das Knistern des brennenden Feuers im Inneren und auch hier auf dieser Seite drang dichter, dunkler Qualm aus einigen Ritzen.

Flammen traten allerdings nirgendwo aus.

Diese »Hütte« schien verdammt solide gebaut zu sein.

An der Stirnseite des Hauses stand ein kleiner, gemauerter Anbau, dessen hölzerne Tür völlig weggebrannt war. Nur die Türbänder und ein paar Eisenkrampen hingen im schwarzen Mauerwerk. Durch den hellen Feuerschein konnten wir alles erkennen.

Was wir sahen, ließ uns die Haare zu Berge stehen.

Helle, weißgelbe Flammen schossen aus der jetzt türlosen Öffnung heraus und leckten gierig über einen nur wenige Meter entfernt stehenden Gasbehälter.

Ein niedriger, aus Kalksandsteinen errichteter Mauerwinkel hatte bisher das Schlimmste verhindert.

Lange konnte das allerdings nicht mehr gut gehen.

Die weiße Lackierung auf der Oberseite war bereits weggebrannt!

Etwas tiefer warf der Lack dicke Blasen.

»Addi! Erstes C-Rohr Wasser marsch!«, schrie Horst in sein Funkgerät, aber nichts tat sich.

»Scheiße! Da ist bestimmt keiner am Verteiler!«

Einen kurzen Moment sahen wir uns betroffen an.

»Los, geht in Deckung, ich renn zurück und drehe den Verteiler auf!«

Gute Idee – in Deckung gehen, nur wo?

Auf der linken Seite bot das Haus mit seiner geraden Fassade keinen Vorsprung, hinter den man sich hätte hocken können, rechts zog sich ein hoher Maschendrahtzaun hin, vor welchem lediglich etwas Gestrüpp wuchs. Auch nicht gerade das, was man benötigt, um Schutz zu finden.

Kurz entschlossen legten wir uns flach auf die Erde.

Das einzig Sinnvolle, was uns in dieser Situation blieb – außer Wegrennen, aber dafür waren wir ja nicht hierher gekommen.

Wir lagen so, dass wir mit unserem Wasserstrahl genau den Bereich zwischen dem Anbau und dem Gastank bestreichen konnten – wenn wir Wasser gehabt hätten!

Verdammt, was macht der denn bloß? Er musste doch nur das linke Handrad aufdrehen.

Na endlich!

Mit einem Ruck schoss das Wasser in unseren C-Schlauch. Jens riss den Hebel nach hinten und drehte den schwarzen Düsenkopf in Stellung Sprühstrahl.

Ein breit gefächerter Wasserstrahl zwang sich zwischen die hell lodernden Flammen und hüllte gleichzeitig die Oberfläche des gefährdeten Gastanks ein.

Nach einer Weile stieß Jens mich an:

»Soll ich reinhalten?«

Sein Kopf deutete in Richtung Feuerloch.

Ich schüttelte energisch den Kopf:

»Lieber nicht. Schätze, was da so brennt, ist ausströmendes Gas. Solange es brennt, fliegt es uns wenigstens nicht um die Ohren.«

Unsere Situation war alles andere als befriedigend.

Wir mussten unbedingt die Gaszufuhr zum Haus absperren.

Das konnten wir aber nur, wenn wir das Ventil auf der Oberseite des Gasbehälters erreichten. Und das lag unter einem Deckel, der mit einem Vorhängeschloss gesichert war.

Normalerweise bestehen diese Deckel aus simplem Kunststoff, aber dieser hier war anscheinend aus Blech.

Das Schloss wäre mit unserem Bolzenschneider sicher leicht zu knacken, aber solange die Flammen weiterhin mit dieser Intensität heraus bliesen, erschien mir diese Aktion mit unserem unzureichenden C-Rohr viel zu riskant.

Wir benötigten unbedingt ein leistungsstärkeres B-Rohr.

Ich drückte den Knopf des Funkgerätes:

»Zugführer für Angriffstruppführer kommen.«

... keine Antwort.

Ich rief nochmals:

»Zugführer für Angriffstruppführer kommen!«

Endlich meldete er sich, aber wie.

»Was willst du?«

Das war die geliebte Stimme meines Herrn.

Anscheinend hatte er mächtig viel um die Ohren.

»Wir brauchen unbedingt ein B-Rohr und einen Bolzenschneider!«

»Und ich brauche noch mindestens vier Feuerwehrmänner«, kam es zurück.

»Verdammt, Horst, das ist wichtig!«

»Tut mir Leid, dauert noch was. Im Moment kann ich keinen entbehren.«

»Das kann doch nicht wahr sein! Uns fliegen gleich die Brocken um die Ohren! Wir brauchen das B-Rohr!«

Funkstille ...

Dann meldete er sich wieder:

»Also gut. Meinetwegen soll der Jens sich eingraben, aber ihr müsst den Behälter weiter kühlen. Und eure zweite Leitung müsst ihr selber legen. Ich habe nicht einen einzigen Mann über.«

»Okay, ich komme selbst nach vorne, Ende.«

Jens hatte alles mitgehört.

Dennoch erklärte ich ihm:

»Ich geh los und hol die zweite Leitung. Halt weiter drauf.«

Er blickte nicht auf und antwortete nur:

»Ja, geh du nur, verlasse mich. Ich werde an euch denken, wenn ich von hier in den Himmel fliege.«

Ich verkniff mir eine Antwort und erhob mich.

Dann lief ich den Weg allein zurück, den wir eben noch gemeinsam gekommen waren.

Da die Drehleiter nicht benötigt wurde, hatte ihre Besatzung eine andere Aufgabe übernommen.

Fritz und Sterni mussten die Wasserversorgung sicherstellen. Und Wasser wurde reichlich benötigt.

Der nächste Hydrant befand sich draußen auf der Straße, mehrere hundert Meter entfernt.

Sterni überlegte:

Wir könnten mit dem TLF im Pendelverkehr, ... ach, vergiss es, das Fahrzeug wurde hier dringend benötigt. Aber über diese lange Entfernung eine Schlauchleitung zu legen, das kostet zu viel Zeit.

Inzwischen hatte der Maschinist den Lichtmast seines LF ausgefahren.

Wie eine Flutlichtanlage strahlten die leistungsstarken Scheinwerfer tief bis in den dunklen Wald hinein.

Addi drückte einen Knopf und die Scheinwerferbrücke drehte sich in die gewünschte Richtung.

Für einen kurzen Moment beleuchtete das helle Licht dabei eine tiefschwarze Wasserfläche.

Ein See!, schoss es Sterni durch den Kopf und er schrie seinem Kollegen zu:

»Los, Fritz! Wir nehmen Tauchpumpen! Dahinten ist ein See!«

Der See war zwar kein See, wie die beiden schnell feststellten, aber immerhin ein Teich von den Ausmaßen eines großen städtischen Freibades.

Er bildete das hauseigene Angelgewässer des Vereins.

Die elektrisch betriebene Tauchpumpe einer Feuerwehr ist alles andere als ein Spielzeug.

Die Ausführungen, die in unserem LF liegen, reichen einem erwachsenen Mann bis zur Mitte des Oberschenkels und sind entsprechend schwer.

Dafür liefern sie aber auch garantierte 900 Liter Wasser pro Minute.

»Hier, Fritz! Bind fest, das Ding ist sauschwer!«

Er drückte seinem Kollegen die angebundene Sicherheitsleine in die Hand. Gemeinsam wuchteten sie die Tauchpumpe über den Jägerzaun, dann kletterte er selbst hinterher.

Es ging sofort steil abwärts.

Der Boden war äußerst glitschig und Sterni hatte Mühe, einigermaßen Tritt zu fassen.

Da er die Pumpe nicht vom oberen Rand ins Wasser fallen lassen konnte, hatte er keine andere Wahl – er musste da runter.

Fluchend landete er auf seinem Hosenboden.

Es war unmöglich, das Gleichgewicht zu halten, wenn man in der anderen Hand dieses Ungetüm zu tragen hatte.

»Verdammter Mist, ich ... Ahhh!«

Mit einem Aufschrei rutschte er bis über die Knie ins kalte Wasser.

Die Pumpe verschwand unter einem strudelnden Geräusch neben ihm in der Tiefe.

Geistesgegenwärtig griff er nach der Befestigungsleine und konnte sich gerade noch daran festhalten, bevor er selbst weiter hinabgerutscht wäre.

Die Leine straffte sich. Fritz leuchtete mit dem Handscheinwerfer besorgt nach unten.

»Was ist, bist du in Ordnung?«

»Ja, nur nass! Ich komm wieder zurück.«

Mit Hilfe der Leine, die Fritz um den Stamm einer ausgewachsenen Buche befestigt hatte, zog sich Sterni die steile Böschung empor.

Fritz sprach in sein Funkgerät:

»Okay, Addi, du kannst einschalten. Die Pumpe ist im Wasser.«

Unmittelbar darauf füllte sich der angekuppelte B-Schlauch. Die Wasserversorgung war gesichert.

Zu der gleichen Zeit, in der sich die Leiterbesatzung mit der Tauchpumpe abmühte, versuchten Axel und Daniel die Eingangstüre zu öffnen.

Nachdem sie sich Atemschutzgeräte angezogen hatten, erhielten sie diesen Auftrag, der ursprünglich uns zugeteilt war.

Axel hatte in kluger Voraussicht den großen Bolzenschneider direkt mitgenommen.

Das Vorhängeschloss wirkte zwar stabil, aber es war alt und der Bügel bestand noch nicht aus gehärtetem Stahl.

Axel konnte ihn ohne große Kraftanstrengung durchkneifen. Die erste Hürde war genommen, jetzt musste noch der Schließzylinder geknackt werden. Da alles schnell gehen musste, kam die zeitraubende Prozedur des Aufbohrens diesmal nicht infrage.

Axel kommt ursprünglich aus dem Metall verarbeitenden Gewerbe, aber wegen seines handwerklichen Geschicks im Umgang mit Holz wurden ihm sämtliche Arbeiten in der Schreinerei der Feuerwache anvertraut.

Mit fachmännischem Blick erkannte er, dass diese Türe eine grundsolide Handwerksarbeit darstellte.

Wenn ihr Erbauer ein Langblech eingesetzt hatte, wovon er ausging, war mit Auftreten oder der Schulter nichts zu erreichen.

»Los, Daniel, hol den Vorschlaghammer.«

Daniel grinste und nickte begeistert:

»Wow, Action!«

»Ja, ja, beeil dich«, spornte er seinen jungen Kollegen an.

Daniel rannte los und Axel zog sich den rechten Handschuh aus.

Genau wie ich, tastete auch er vorsichtig das Türblatt ab.

Schon verdammt heiß, geht nach innen auf, ... hmm.

Er ging zwei, drei Schritte zur Seite und blickte die Hausfront entlang.

Auch hier sah er den dunklen Rauch aus einigen Ritzen quellen und blickte sich um.

Horst war nirgendwo zu entdecken.

Also betätigte er die Sprechtaste seines Funkgerätes:

»Zugführer für Schlauchtruppführer kommen.«

»Was ist, Axel?«, kam prompt die Gegenfrage.

»Habt ihr schon irgendwo ein Loch auf?«

»Nein! Wieso?«

»Weil wir jetzt die Türe aufbrechen ... kann sein, dass wir einen mächtigen Flash Over bekommen. Haltet euch also von den Fenstern fern, Ende!«

Daniel kam mit dem schweren Vorschlaghammer in der Hand zurück.

Im Inneren des Gebäudes hatte das Feuer reichlich Nahrung gefunden.

Neben den vielen Tischen und Stühlen bestand die gesamte Einrichtung aus Holz.

Die geschmackvollen, selbst gezimmerten Regale und Vitrinen, in denen unzählige Pokale standen, und ebenso die vertäfelten Decken und Wände – alles war ein Raub der Flammen geworden.

Die Erbauer hatten das große Vereinshaus nicht nur solide gebaut, sondern auch solide isoliert, so dass kein Luftsauerstoff von außen hereindrang.

Mittlerweise hatte das Feuer allen vorhandenen Sauerstoff verzehrt und die Flammen waren in sich zusammen gesunken.

Heiße Brandgase erfüllten den gesamten Innenraum.

Im unteren Bereich bildete sich leichter Unterdruck, während in der oberen Hälfte, da wo der Rauch am dichtesten war, leichter Überdruck herrschte.

Noch grenzten sich beide Schichten voneinander ab, aber in der Rauchschicht zersetzten sich unentwegt weiter gefährliche brennbare Pyrolyseprodukte.

Permanent presste der unter Druck stehende Rauch durch die wenigen Ritzen der Außenwände, während in der stockdunklen Finsternis kleine, helle Flammenzungen in der Rauchzone aufflammten.

Dort tickte eine gefährliche »Bombe«!

So schnell es mir möglich war, rannte ich den Weg zurück, den wir gerade erst gekommen waren. Vorhin konnten wir ihn in der Dunkelheit kaum erkennen, jetzt ging es mir nicht viel besser.

Das Licht der grellen Scheinwerfer reflektierte auf dem Kunststoffglas meiner Atemschutzmaske so sehr, dass ich geblendet wurde. Als ich den Arm hob, um die Augen abzuschirmen, war es bereits zu spät.

Ein altes, vergammeltes Schalbrett lag quer vor mir auf dem Boden, eine Kante etwas erhöht, so dass sich mein Stiefel darunter verfing. Der Länge nach schlug ich hart auf den Boden.

Wie ein heißer Stromschlag zuckte der Schmerz durch die Halswirbel zum linken Schulterblatt, ich fühlte mich benommen und brauchte einige Sekunden, bis ich wieder klar denken konnte.

Keine fünf Meter entfernt, erkannte ich wie durch einen Schleier den silbrigen Verteiler.

Ich erhob mich auf die Knie, drehte das Genick vorsichtig von rechts nach links und fixierte wieder den Verteiler.

Gott sei Dank, jetzt erkannte ich ihn wieder mit gewohnter Schärfe, aber mein Kopf brummte wie ein Bienenhaus.

Auf einmal kam Fritz auf mich zugelaufen.

Hatte er meinen Sturz bemerkt? Wollte er mir zur Hilfe eilen? Ich wusste es nicht, aber ich ahnte, dass dieser Einsatz unter keinem guten Stern stand.

Genau als er sich mit dem Verteiler auf gleicher Höhe befand, riss die Kupplung der C-Leitung komplett ab.

Unkontrolliert schoss das Wasser heraus.

Der starke Wasserdruck hob den Verteiler wie eine gefährliche Keule empor und schleuderte ihn wild durch die Luft.

Fritz bückte sich blitzschnell, sonst wäre er sicher am Kopf getroffen worden.

Das Wasser spritzte in sämtliche Richtungen.

Fritz vollführte ein paar wilde Sprünge, um auszuweichen und warf sich dann mit seinem ganzen Gewicht auf das »Monster«.

Ich hatte mich aufgerappelt und eilte ihm zu Hilfe.

Fritz, der über mehr Körperkraft verfügt als ich, hatte dennoch seine liebe Not mit dem B-Schlauch.

Seine kräftigen Hände umklammerten den dicken Schlauch und pressten ihn gegen den Erdboden, vorn schoss weiter das Wasser heraus.

Ich bückte mich, drehte das Handrad zu – sofort war der Spuk vorüber.

Oh, Mann, was sollte noch alles schief laufen?

»He! Wo bleibt mein Wasser!«, kam es aus dem Funkgerät.

Oh, Mist – das war Jens, der saß ja jetzt auf dem Trockenen.

Nur wenige Bäume und Sträucher trennten die Einsatzstelle von der nahen Straße.

Vorbeifahrende Autofahrer sahen unsere Aktivitäten. Dafür sorgten schon die Tausend-Watt-Strahler des hoch ausgefahrenen Lichtmastes.

Und so kam, was kommen musste und wir am wenigsten brauchen konnten:

Vom Feuer angelockt verstopften etliche neugierige Menschen mit ihren Autos den einzigen schmalen Zufahrtsweg zu unserer Einsatzstelle!

Da gab es für unsere Verstärkung kein Durchkommen.

Das Löschgruppenfahrzeug der eintreffenden Feuerwache Sieben musste draußen stehen bleiben!

Fluchend und zähneknirschend erkannten die Männer, dass sie keine Chance hatten, bis zu uns vorzufahren.

Der gleichzeitig eingetroffene C-Dienst entschied kurzerhand, den Rest des Weges zu Fuß zurückzulegen:

»Der Angriffstrupp kommt mit mir!«, rief er.

Die übrigen erhielten den Auftrag, den Weg frei zu machen. Hoffentlich würde die Zufahrt nicht für Rettungsfahrzeuge benötigt!

Das Telefon klingelte.

»Hermann! Für dich!«, rief seine Frau durch den lauten Trubel.

»Wolters«, meldete sich der fast ein Meter neunzig große Hermann Wolters.

Sie feierten heute seinen sechzigsten Geburtstag und er hatte das Haus voller Gäste.

»Was? Was faseln Sie da? Mann, reden Sie doch vernünftig. Was soll der Blödsinn?«

Seine Frau stand noch in der Nähe und horchte auf.

Sie machte einige unmissverständliche Gesten:

»Mit wem sprichst du?«, flüsterte sie.

Hermann Wolters winkte nervös ab.

Seine Stimme klang jetzt nicht mehr so gereizt wie eben, dafür sichtlich erregt:

»Wiederholen Sie das bitte.«

Er zwang sich ruhig zu sprechen und winkte hastig.

Seine Frau lehnte ihr Ohr ganz dicht an den Hörer.

»... nicht glaubst, kannst du dir ansehen, wie deine Hütte brennt, du Fischmörder!«

Fassungslos und entsetzt blickte ihn seine Frau an.

»Wer war das?«, hauchte sie.

»Ich weiß es nicht«, stieß Hermann Wolters hervor, »aber ich fahr da jetzt hin.«

»Nein, nein, lass das, vielleicht will dich nur wieder einer dahin locken, so wie damals ... Hermann, ich habe Angst.«

Margret klammerte sich an seinen Arm und flehte:

»Tu es nicht. Ruf lieber die Polizei an.«

Er löste sich sanft aus ihrem Griff:

»Ich muss dahin, ich bin der Vorsitzende.«

Dann hielt er einen Moment inne:

»Ich werde Alex und Stefan bitten mitzukommen, bist du dann beruhigt?«

Margret nickte.

Sie war blass geworden.

Noch hatte keiner der Gäste bemerkt, dass etwas Außergewöhnliches stattfand.

Herrmann Wolters hatte sich wieder gefangen.

Mit strahlendem Lächeln erschien er wieder im Wohnzimmer und flüsterte den zwei Männern, die ihn begleiten sollten, etwas ins Ohr. Noch wussten sie nicht, um was es ging, er hatte ihnen lediglich gesagt, sie sollten kurz in die Küche kommen.

Fünf Minuten später verließ ein Wagen mit drei Männern die Einfahrt.

Margret Wolters konnte ihre Angst und Sorge vor niemandem verbergen. Bleich wie ein Laken saß sie wie erstarrt neben ihrer Freundin auf dem Sofa.

Bereits nach der ersten Frage brach sie in Tränen aus:

»Hermann ist zum Anglerheim. Jemand hat angerufen ... ich ... das Haus brennt ...«

Alle sahen sich betroffen an.

Margret weinte sich an der Schulter ihrer Freundin aus.

»Habt ihr die Feuerwehr alarmiert?«

»Was?«

Margret sah den Fragesteller verwirrt an.

»Na habt ihr die Feuerwehr alarmiert? Das macht man normalerweise.«

»Die Polizei! Wir sollten auch die Polizei anrufen!«, rief ein anderer dazwischen, »habt ihr das wenigstens gemacht?«

Margret schüttelte stumm den Kopf.

»Das darf doch wohl nicht wahr sein!«, entrüstete sich der Mann, der die erste Frage gestellt hatte.

Margret spürte den Vorwurf und konnte sich nicht dagegen wehren. Die Angst schnürte ihr die Kehle zu.

»Lasst sie doch in Ruhe, seht ihr denn nicht, wie fertig sie ist!«, verteidigte sie ihre Freundin.

»Wo ist das Telefon?«

»Mensch, Klaus! Tu doch bloß nicht so wichtig. Du weißt doch, dass es im Flur steht.«

»Okay, ich werde das jetzt in die Hand nehmen.«

Klaus stand energisch auf und marschierte geradewegs in den Flur.

Die leisen Gespräche verstummten, alle lauschten seinen Worten.

Anscheinend telefonierte er mit der Polizei:

»... ja, das ist richtig. Vergangenes Jahr ist Herr Wolters nachts vor unserem Anglerheim niedergeschlagen worden. ... Ja, ebenfalls nach einem vorherigen Anruf. Darum machen wir uns ja solche Sorgen. ... danke, Sie regeln das? ... Ja, nochmals vielen Dank.«

Er legte den Hörer auf.

Fragende Blicke richteten sich auf ihn:

»Und?«

»Alles klar. Die schicken einen Wagen und alarmieren auch die Feuerwehr.«

»Dann brauchen wir also nicht? ...«

»Nein, wir brauchen die Feuerwehr nicht mehr anrufen.« Klaus war mit sich sichtlich zufrieden:

»Margret, meine Liebe, dein Klaus hat alles geregelt, du darfst jetzt ganz beruhigt sein.«

Obwohl keiner sein übertriebenes Machogehabe leiden konnte, waren sie doch froh, dass er die Initiative übernommen hatte.

»Vielleicht sollten wir alle hinfahren?«

Petra hatte eigentlich nur laut gedacht, aber ihre Idee wurde allgemein begrüßt und Klaus ärgerte sich, dass der Vorschlag nicht von ihm gekommen war.

Jens fühlte sich überhaupt nicht wohl in seiner Haut.

Ohne Wasser lag er jetzt schon viel zu lange an diesem gefährlichen Platz.

Nur wenige Meter von ihm brannte die gierige Feuerzunge wieder über den Gastank, ohne dass er etwas dagegen unternehmen konnte.

»He, ihr Wahnsinnigen! Wenn ich nicht sofort wieder Wasser bekomme, mache ich mich vom Acker!«

»Wer schreit da nach Wasser?«

Jeder, der ein Funkgerät besaß, hatte den Hilferuf natürlich mit angehört.

Nachdem wir den Verteiler zugesperrt hatten, lief Fritz die wenigen Meter zum LF zurück:

»Addi! Wir brauchen einen neuen C-Schlauch!«, rief er dem Maschinisten zu.

Addi hatte längst an seinem Ausgangsdruckmanometer erkannt, dass da etwas nicht stimmte und neugierig um die Ecke seines Fahrzeuges geblickt.

Gerade als sich Fritz auf den herumschleudernden Verteiler warf, drosselte er die Gaszufuhr.

Der Wasserdruck fiel schlagartig ab.

Er hatte schon den erwünschten Schlauch aus dem Fach gezogen:

»Hier.«

»Danke. Wir brauchen auch noch eine B-Leitung nach hinten! Da ist ein Gastank.«

»Ich klär das mit der TLF-Besatzung!«

Fritz rannte schon wieder weg und Addi winkte Ludwig zu: »Komm mal rüber!«, rief er.

Ludwig stand mit dem Tanklöschfahrzeug etwa zehn Meter seitlich versetzt zu seinem LF.

Der Motor lief und die Pumpe war eingeschaltet.

Oben auf dem Fahrzeugdach stand Achim und hatte die hochgefahrene Wasserkanone einsatzbereit gemacht.

Ein einziger Handgriff und 1.000 Liter Wasser würden als

breit gefächerter Strahl den beiden vor der Tür des brennenden Vereinsheims die Sintflut bescheren.

Achim war sozusagen die Lebensversicherung für Axel und Daniel und er wandte seinen Blick keine Sekunde von den beiden.

Vor einer Minute hatte Horst ihm den Auftrag erteilt, ihnen Rückendeckung zu geben.

Er stand unten am TLF und erklärte ihm die Lage:

»Pass auf, Achim, kann sein, dass es einen gewaltigen Flash Over gibt. Wenn die auch nur eine einzige Brandblase bekommen, reiße ich dir den Arsch auf!«

»Kein Problem Horst. Wissen die, dass ich ihnen 1.000 Liter ins Kreuz jagen soll?«

»Du sollst sie nicht wegpusten, du Irrer, du sollst sie schützen! Ist das klar?«

»Aye, Aye, Sir! 1.000 Liter ins Kreuz, aber nicht wegpusten! Habe verstanden!«

»Ach, mach doch, was du willst!«

Damit war alles geklärt.

Axel und Daniel wussten offensichtlich nichts von dem Schicksal, das sich hinter ihrem Rücken zusammenbraute, sonst hätten sie sich bestimmt einmal umgedreht.

Aber so war es auch besser, denn sie mussten sich voll auf ihre gefährliche Arbeit an der Türe konzentrieren.

Wie war so etwas nur möglich? Der Schlauch war komplett abgerissen.

Ich drehte die noch am Verteiler befestigte Kupplung ab und den neuen Schlauch an.

Fritz stellte den Anschluss zur weiteren Schlauchleitung her und winkte:

»Wasser marsch!«

Ich drehte das Handrad auf.

Zwei Sekunden später hatte Jens wieder Wasser.

»Na endlich«, sagte er laut, aber niemand hörte es.

Er lag immer noch platt wie eine Flunder alleine auf der Erde.

Um die dringend benötigte B-Leitung brauchte ich mich nicht mehr kümmern.

»Ich mach das schon«, sagte Fritz, »Ludwig hilft mir und Sterni ist ja auch noch da. Nimm du dir schon mal den Bolzenschneider mit und sieh zu, dass Jens nicht länger allein ist.«

Sehr gut, dachte ich und hob nur die Hand.

Mein Kopf brummte immer noch, als ich weiter zum Maschinisten ging.

»Addi, ich brauche den Bolzenschneider.«

»Hat Daniel eben geholt, er bricht mit Axel die Tür auf.«

Ich hob wiederum nur die Hand und drehte ab.

Der Bolzenschneider lag auf der Erde.

Da das Bügelschloss nicht mehr zu sehen war, dachte ich:

Gut, dann werd ich mir den jetzt nehmen.

Ich war nur noch wenige Schritte von der Stelle entfernt, an der er lag.

Axel stand links neben der Tür, Daniel hinter ihm.

Axel hielt den Vorschlaghammer mit dem langen Stiel in beiden Händen und holte aus.

Als ich mich bückte, um den Bolzenschneider aufzuheben, tippte ihm Daniel auf die Schulter.

»Was!«, rief er verärgert.

Daniel deutete auf mich.

Ich befand mich ziemlich genau in der Flucht der Tür, nur einige Meter entfernt.

Axel ließ den Hammer sinken:

»Mann! **Weg da!** Bist du lebensmüde?«

Erschrocken sah ich hoch.

Oh verflixt.

Ich blickte etwas ratlos zu den Zweien.

»Na nimm schon und verdrück dich!«

Zwei Schritte, ich bückte mich, schnappte mir den Bolzenschneider und eilte mehrere Schritte zur Seite.

Axel holte erneut aus.

Sein kräftiger Schlag krachte exakt auf das Türschloss.

Schneller als ein Auge registrieren konnte, war die Türe weg, einfach weg. Der Unterdruck hatte sie explosionsartig nach innen gerissen.

Sie verschwand in einem riesigen gelbroten Feuerball, der jetzt wie der alles verzehrende, heiße Atem eines Drachen aus der Öffnung herausschoss.

Ich stand starr vor Entsetzen, da zischte es seitlich an mir vorbei. Erschrocken drehte ich mich um.

Aus dem Monitor unseres TLF rauschte ein breiter Wasserstrahl in die Türöffnung.

So blitzartig, wie die Flammen herausgeschossen waren, so schnell verschwanden sie jetzt wieder ins Innere des Gebäudes.

Da drinnen loderte ein helles Feuer.

Das grüne Gras, auf dem der Bolzenschneider gerade noch gelegen hatte, bildete eine schwarze, versengte Fläche.

Ich stand immer noch da und staunte.

Solch einen gewaltigen Flash Over hatte ich noch nie erlebt!

Axel und Daniel lagen platt am Boden.

Sie waren freiwillig in Deckung gegangen.

Ihnen war nichts passiert und mir, Gott sei Dank, auch nicht.

Mit einem mulmigen Gefühl im Magen machte ich mich auf den Weg zurück zu Jens.

Meine Kopfschmerzen hatte ich vergessen.

Fritz, Sterni und Ludwig hatten die B-Leitung verlegt und überfluteten den Gasbehälter mit ihrem Wasserstrahl.

Ludwig erkannte als erster den Bolzenschneider in meiner Hand:

»Ah, da kommt der Mann, der sich das Geburtstagsfeuer gewünscht hat!«

Er lachte: »Na, dann mach mal auf!«

»Wer – ich?«

»Na klar, wer sonst!«

»Äh, ich denke, das ist was für Jens«, antwortete ich verlegen.

»Ist klar!«, rief der »erst 'ne große Lippe riskieren und dann kneifen, das haben wir gerne!«

»Okay, okay, ich gehe ja schon.«

Unter dem Schutz von zwei auf mich gerichteten Strahlrohren knackte ich das Vorhängeschloss. Danach konnte ich die Blechhaube abnehmen und drehte das Hauptventil zu.

Kurz darauf erlosch die Gasflamme, die uns hier so viel Arbeit bereitet hatte.

In dem Anbau standen die kümmerlichen Reste eines Kühlaggregates, das ebenso wie die Heizung im Inneren von dem Gasbehälter gespeist wurde.

Da hatte jemand ganze Arbeit geleistet.

Das musste Brandstiftung gewesen sein.

Jetzt, nachdem auch vorne der Eingang offen war, drangen Axel und Daniel mit einem C-Rohr vor.

Zwei Kollegen von Feuerwache Sieben griffen ebenfalls mit einer weiteren Leitung in die Brandbekämpfung ein, so dass wir das Feuer langsam unter Kontrolle bekamen.

Trotzdem bereitete uns diese Einsatzstelle noch mehrere Stunden harte Arbeit.

»Schuld« waren die hölzernen Wandverkleidungen und das solide mit Zinkblech vernagelte Dach.

Überall mussten wir uns mühsam hinter und unter diese Doppelwände vorarbeiten, um auch die letzten Brandnester auszurotten.

Draußen, vor dieser qualmenden Ruine, stand eine kleine Gruppe verzweifelter Menschen.

Einer weinte.

Es war Hermann Wolters.

Von irgendwem erfuhr ich, dass er der Vorsitzende dieses Anglervereins sei und heute Geburtstag hätte.

Ich ging zu ihm.

Nachdem ich meine dreckigen Handschuhe ausgezogen hatte, gab ich ihm meine Hand.

»Ich werde heute fünfzig und Sie haben auch Geburtstag?«
Er nickte traurig:
»Ja, ich werde heute sechzig – und dann so etwas.«
Der Mann tat mir richtig leid.
Es fiel mir schwer, die passenden Worte zu finden.
»Sie haben das selbst gebaut, nicht wahr?«
Er nickte stumm und blickte auf die traurigen Trümmer seines einstigen stolzen Besitzes.
»Wir Feuerwehrleute sind auch alle Handwerker und wissen, wie viel Arbeit darin steckt. Aber es ist nicht alles zerstört. Bauen Sie es noch einmal auf. Das ist so ein schöner Platz hier.«
Ein kleines Lächeln zeichnete sich im Gesicht des großen Mannes ab, dann schüttelte er mir herzlich die Hand:
»Danke. Und Ihnen auch herzlichen Glückwunsch zum Geburtstag.«
Dann sah er sich im Kreis seiner Freunde um.
Es ging wie ein Ruck durch seine Gestalt:
»Freunde, wir bauen es wieder auf! Bei Gott ja, das werden wir!«

Der Brand des Vereinshauses hatte uns bis weit in die frühen Morgenstunden hinein beschäftigt.
Das ganze Ausmaß der Zerstörung erkannte man erst im Licht des anbrechenden Tages.
Als wir dann endlich den letzten schlammverkrusteten Schlauch aufgerollt und in die eigens dafür angeforderte Mulde geworfen hatten, spürte jeder seine müden, abgekämpften Knochen.
Ich äußerte meine Zweifel, ob dieses Haus wirklich wieder aufgebaut werden könnte.
Meine Kollegen hegten ähnliche Gedanken, allerdings waren wir zu müde, als dass dieses Thema zu längeren Diskussionen reizen konnte.
Die körperliche Erschöpfung spiegelte sich auch in unseren wortkargen Gesprächen wieder.

Die letzten Gaffer waren längst verschwunden, der schmale Zufahrtsweg wieder frei, so dass wir ungehindert zurück auf die Hildener Straße gelangten.

Eigentlich sollte man den Tag, an dem man seinen fünfzigsten Geburtstag mit Freunden feiert, nicht verschlafen.

Damit mir aber die Augen nicht schon am frühen Abend zufielen, legte ich mich nach dem Frühstück erst einmal ins Bett.

Es galt, einige Stunden Schlaf nachzuholen.

Die Jalousie dämpfte das helle Licht und schnell fiel ich in einen tiefen Schlaf mit wirren Träumen. Einmal musste ich gegen gefährliche Bären, welche alle Bernhard hießen, und lebendig gewordene Feuerwehrschläuche kämpfen.

Ein anderes Mal trieb ich in einem schiffsähnlichen Etwas zwischen haushohen Wellenbergen steuerlos dahin.

Offensichtlich verarbeitete mein Unterbewusstsein den letzten Einsatz zusammen mit den Phantasien über meine nächste geplante Tour durch die Wildnis.

760 Flusskilometer im offenen Indianerkanu, abseits jeglicher Zivilisation, im Yukon Territorium des nördlichsten Kanada waren für den späten September geplant.

Mein Reisebegleiter war, wie auf all unseren Wanderungen in die entlegenen Gebiete dieser Welt, Andreas Neubert.

Er plant und organisiert unsere Touren und seit langem schon hatten wir uns intensiv auf diese Zwei-Mann-Expedition vorbereitet.

Kanutouren in heimischen Gewässern, schöne Tage auf der Mecklenburgischen Seenplatte, aufregende und teilweise gefährliche Wochen in den Weiten Finnlands sowie das Durchstreifen mitteldeutscher Wälder nur mit dem notwendigsten Überlebensgepäck hatten uns in ein verschworenes Team verwandelt.

Gemeinsam hatten wir im Gletschereis der Alpen gezeltet und bei klirrender Kälte im zugefrorenen Moor des Hohen Venn unsere Schlafsäcke ausgerollt.

Meine Feuerwehrkollegen schenkten mir einen Gutschein von einem Outdoorausrüster, dort kaufte ich mir das dringend notwendige neue Bergseil.

Und die Schwarzgurte meines Taekwondo-Vereins, die ich mit unserem Meister und Trainer Horst Knaut zum Grillabend erwartete, überraschten mich mit einem vorzüglichen Jagdmesser.

Sie alle kannten meinen Hang zu außergewöhnlichen Reisen und so trafen ihre Geschenke voll ins Schwarze.

Über einige dieser abenteuerlichen Reisen möchten wir irgendwann ein spannendes Buch mit eindrucksvollen Bildern herausgeben, aber das ist ein anderes Thema.

TUIS-System

Ein Jahr später verlief mein Leben nicht anders als bisher.

Dieser Sommer zeichnete sich durch seine extremen Wetterumschwünge aus.

Außergewöhnlich lange Regentage mit heftigen Temperaturstürzen wechselten sich mit derart heißen Trockenperioden ab, dass die Blätter der großen Bäume sehr früh welkten und staubtrocken auf der verbrannten Erde zerbröselten.

Für uns Feuerwehrmänner bedeutete jeder Einsatz in dieser Hitze ein Martyrium.

So hervorragend die Schutzbekleidung bei kalten Temperaturen war, so sehr verfluchten wir sie während dieser Hundstage.

Aber abgesehen von einigen unbedeutenden, kleineren Bränden blieb zumindest unsere Wache von schlimmeren Einsätzen verschont.

Es war Mitte Juli und die erste Tour übergab uns zu Dienstbeginn einen nagelneuen Rettungswagen.

Dieser moderne Mercedes-Sprinter mit Kastenaufbau stellte unseren alten RTW in jeder Hinsicht in den Schatten.

Die beiden Rettungsassistenten, die den Wagen heute besetzten, waren schon am Tag zuvor darauf geschult worden.

Heute, wie auch an den folgenden Tagen, bestand ihre Aufgabe deshalb nicht ›nur‹ im Retten von Personen, sondern ebenfalls darin, uns, den Unwissenden, ihre frisch erworbenen Kenntnisse zu vermitteln.

Sämtliche Rettungswagen der Berufsfeuerwehr Düsseldorf tragen schon seit ewigen Zeiten einen Stern auf der Kühlerhaube, aber egal ob PKW oder RTW – angesichts eines neuen Autos unterscheiden wir uns nicht von anderen Männern.

Jeder umkreiste das neue Fahrzeug, setzte sich hinter das Steuer, stellte Fragen über Fragen, öffnete sämtliche Türen und Klappen, blickte fachmännisch in den Motorraum und staunte über die verblüffende Ideenvielfalt der Techniker und Konstrukteure dieses rundum gelungenen Fahrzeugs.

Die in ihrer Spitzenposition bisher unangefochtene Notarztwagenbesatzung überkam das unbestimmte Gefühl, wegen ihres älteren Fahrzeugmodells nicht mehr die Nr. 1 zu sein.

Michael Musch klopfte mir auf die Schulter:

»Na Martin, das ist schon was anderes als zu deiner Zeit, oder?«

Verdammt, was sollte das denn heißen, zu ***deiner*** *Zeit?*

Aber dann wurde mir bewusst, dass ich ein halbes Jahrhundert bereits überschritten hatte.

Ich war jetzt also in die Riege der alten, erfahrenen Kollegen verfrachtet worden, ob mir das nun gefiel oder nicht.

Mit Überschreiten dieser Grenze veränderte sich automatisch auch mein Einsatzbereich.

Ich würde wesentlich seltener in den Angriffstrupp kommen und die Einsätze auf diesem neuen Rettungswagen würden ebenfalls überwiegend von jüngeren Kollegen gefahren.

Obwohl ich mich eher wie dreißig fühlte, hatte ich gegen diese Veränderungen nichts einzuwenden. Konnte ich doch damit rechnen, mir ab jetzt nicht mehr ganz so viele Nächte um die Ohren zu schlagen wie zuvor.

Trotzdem musste ich mich genau wie jeder andere auch mit diesem Fahrzeug auseinander setzen.

Wir lauschten daher alle Michaels Worten:

»So Männer, ich werde immer nur Dreien die ›Karre‹ genau erklären.

Die Jüngeren, die hauptsächlich fahren, kommen zuerst dran. Aber die Älteren, die sich so clever abgesetzt haben wie unser Martin, kommen auch noch an die Reihe.«

»He! Vorsicht, Bursche! Ich sage nur Vorsicht!«

Während wir uns den Tag über mehr oder weniger intensiv mit dem neuen RTW befassten und die Maschinisten der großen Löschfahrzeuge an diesem Tag zu keinen Einsatz fahren mussten, hatte ein anderer die ganze Nacht hinter seinem Steuer verbracht.

Das Nationalitätenkennzeichen CZ ließ erkennen, dass der alte MAN-Truck aus Tschechien kam.

Pawel Capek fuhr diesen LKW noch nicht lange.

Jahrelang hatte er einen schier unverwüstlichen, russischen Ural gefahren, bis ihn sein Chef, ein aalglatter Geschäftsmann, kurz vor Feierabend in sein Büro beorderte.

Er dachte sich nichts Besonderes dabei, so etwas geschah alle Tage, aber heute schien alles anders.

Der ungewohnt vertraute Ton machte ihn stutzig.

»Ah, Pawel!«, rief der Chef jovial, als dieser sich bückte und durch die niedrige Türe eintrat.

Pawel Capek war für einen Tschechen ungewöhnlich groß.

»Setz dich doch.«

Mit einer großzügigen Geste wies der Chef auf den einzigen Sessel in dem kleinen Büro.

Er selbst saß wie immer hinter seinem alten Büroschreibtisch und nickte ihm aufmunternd zu.

Pawel hatte noch nie sitzen dürfen. Ihm war auch nicht bekannt, dass einer der anderen Fahrer je hätte sitzen dürfen, obwohl das auf diesem schmierigen, verschlissenen Möbel ein fragwürdiges Privileg war.

Verlegen knetete er die graue Mütze in seinen schwielenbedeckten Händen, schielte auf den Sessel und wieder zum Chef zurück.

»Was ist, mein Freund, setz dich doch.«

Der Alte scheint krank zu sein, dachte Pawel.

Seit wann bin ich sein Freund?

Immer noch stand er verlegen in respektvollem Abstand vor dem Schreibtisch, bis ihn das genervte Gesicht seines Chefs warnte und er sich rasch auf dem Sessel niederließ.

Die Miene des Chefs entspannte sich wieder, wurde freundlicher:

»Also Pawel, du wunderst dich bestimmt, warum ich dich habe holen lassen.«

Im Moment wunderte Pawel sich über alles.

»Wie lange kennen wir uns eigentlich schon?«, fuhr der Chef in seinem Monolog fort.

Pawel hätte auch nicht geantwortet, selbst wenn er es gewusst hätte.

Mit zusammengepressten Knien, die Mütze mit beiden Händen fest gegen die Oberschenkel gedrückt, saß er angespannt auf der vordersten Sesselkante und schwieg.

Was er zu hören bekam, behagte ihm überhaupt nicht.

Er sollte Fracht aus Neuss abholen. Natürlich würde er nicht unbeladen in die Bundesrepublik Deutschland geschickt werden, aber sein Chef schwieg konsequent über die Fracht beider Touren.

Am liebsten wäre er den MAN überhaupt nicht gefahren.

Aber was sollte er machen, er hatte immerhin mehrere Mäuler zu stopfen und konnte es sich nicht leisten, wählerisch zu sein.

Pawel wusste, dass von dieser Spedition auch illegale Transporte durchgeführt wurden. Deren Umfang sowie die näheren Umstände waren ihm jedoch nicht bekannt und er wollte auch nichts wissen.

Wieso ich? fragte er sich später, *wieso ich? Bisher hat man mich doch mit diesen illegalen Touren in Ruhe gelassen, warum also jetzt?*

Seine abenteuerlichsten Überlegungen führten ihn zu keinem plausiblen Ergebnis, dabei war die Antwort ganz simpel.

Pawel war einfach der sicherste Fahrer.

Er trank kaum Alkohol und wenn er hinter dem Steuer saß, erst recht nicht. Er hielt sich streng an die Straßenverkehrsregeln.

Pawel hatte noch nie ein Protokoll bekommen. Außerdem war er ehrlich und gewissenhaft.

Mit diesen Tugenden war er der Einzige unter seinen Fahrern, dem der Chef vertrauen konnte.

Bei allen anderen lief sein Chef Gefahr, um den Gewinn seiner eigenen heißen Ware gebracht zu werden.

Diese Tagelöhner und Halsabschneider, ha!

Sein Chef hatte es sich reiflich überlegt.

Lieber die für ihn lächerliche Prämie dem dummen, aber treuen Pawel geben, als unter Umständen sein bestes Gespann samt Ladung zu verlieren.

Er traute keinem – außer Pawel.

Der Kerl hatte sich ja nicht einmal getraut zu fragen, was er da transportieren sollte. War auch besser so.

Hänger und Zugmaschine würden für den Zoll verplombt, die Frachtpapiere würden wie gewöhnlich eine unverfängliche Ladung aufweisen und die entsprechenden Schmiergelder waren bereits geflossen.

Bei dem Gedanken an den satten Gewinn rieb sich der Alte selbstgefällig die Hände. In dieser Nacht schlief er zufrieden mit sich und seiner Entscheidung ein. Kein schlechtes Gewissen plagte den skrupellosen Spediteur.

Ganz anders dagegen plagte Pawel Capek sein Gewissen so sehr, dass er sich unruhig im Schlaf hin- und herwälzte. Wie erschlagen erwachte er am nächsten Morgen.

Am liebsten hätte er sich krank gemeldet, aber das war genauso sinnlos, wie sich zu weigern. Also packte er wie jeden Morgen die Thermoskanne mit Kaffee sowie die Brote, die ihm seine Frau geschmiert hatte und verließ das Haus.

»Ich hab 'ne längere Fracht, kann zwei, drei Tage dauern.«, sagte er seiner erstaunten Frau.

Als sie mehr wissen wollte, gab er ihr nur mürrisch einen flüchtigen Abschiedskuss und meinte:

»Ich bekomme 'ne gute Prämie, kannst dich freuen, Frau.«

Das war alles.

Als Pawel Capek in der kleinen Stadt Kolin etwa 50 Kilometer östlich von Prag gegen 5.00 Uhr morgens seinen Dieselmotor vorglühte, ahnte er noch nicht, auf welch gefährliche Reise er sich begab.

855 Straßenkilometer weiter westlich betraten um diese Zeit die ersten Mitarbeiter des großen Chemiekonzerns Henkel in Düsseldorf das Werkgelände.

Hier pulsiert die Zentrale dieser weltweit tätigen Unternehmensgruppe mit über 57.000 Mitarbeitern.

In einer Anekdote heißt es, dass dem Firmengründer Konrad Henkel bei einer Feier im Hauptbüro die Glut seiner Zigarre auf den Teppich gefallen sei und ein Brandloch hinterlassen habe.

»Donnerwetter, beinahe eine Brandstiftung«, hätte der Kommerzienrat nach seinem Missgeschick kommentiert und sogleich dem gerade anwesenden Prokuristen, der bereits bei der Freiwilligen Feuerwehr Wersten den Rang eines Oberbrandmeisters bekleidete, die Idee zum Aufbau einer werkeigenen Feuerwehr nahe gelegt.

Am 15. April 1911 war es so weit.

Die neu gegründete Wehr hatte nicht allein die Aufgabe, den Feuerschutz des Werkes zu übernehmen, sondern sollte auch nachbarliche Hilfe leisten. Die ständige Feuerwache bestand aus 12 Männern, die im Notfall sofort zur Stelle waren.

Der Charakter einer Berufsfeuerwehr war damals schon erreicht.

Am 31. Oktober 1913 genehmigte der Regierungspräsident die Werkfeuerwehr.

Genau wie bei der städtischen Feuerwehr arbeitete zu dieser Zeit der Löschtrupp noch mit einem Pferdewagen!

Seitdem hat sich vieles geändert.

Heute hat sich die Werkfeuerwehr Henkel zu einer der fortschrittlichsten Wehren der chemischen Großindustrien entwickelt.

Chemikalien gehören – neben Mineralölen – zu den Wirtschaftsgütern, die täglich in großer Menge auf unseren Straßen, per Schienen und auf Wasserwegen befördert werden. Sicherheit beim Transport von Chemikalien ist für die Unternehmen der deutschen chemischen Industrie von höchster Bedeutung.

Aber trotz aller Vorsorge- und Sicherungsmaßnahmen lassen sich Unfälle eben nicht völlig ausschließen.

Dann ist qualifizierte Hilfe gefordert.

Der Beitrag der deutschen chemischen Industrie ist ihr Transport-, Unfall-, Informations- und Hilfeleistungssystem – kurz TUIS genannt.

Rund 130 deutsche Chemieunternehmen sind daran beteiligt, leisten mit ihren Werkfeuerwehren und Experten bei Unfällen mit chemischen Produkten schnelle, sachgerechte und unbürokratische Hilfe.

Öffentliche Dienststellen wie Feuerwehr, Polizei oder andere Katastrophenschutzhelfer können bei den TUIS-Mitgliedsunternehmen telefonische Beratung, Fachleute und spezielle technische Geräte anfordern.

TUIS ist Teil einer weltweiten Initiative, die deutlich machen will, wie ernst sie ihre Verantwortung für Sicherheit, Gesundheit und Umweltschutz nimmt.

Eine Verantwortung, die nicht an ihren Werktoren enden soll.

Die Strecke Kolin-Prag war ihm vertraut wie seine Westentasche.

Er nahm die südlichen Umgehungsstraßen der Hauptstadt und wählte den Weg über die E48 nach Karlovy Vary (Karlsbad). Von dort ging es weiter nach Cheb (Eger). Hier sollte er den LKW auf einem ihm bekannten Rastplatz nahe der deutsch-tschechischen Grenze abstellen und die Schlüssel einem Mann übergeben, der in einem metallicblauen BMW zu einer fest vereinbarten Zeit zu ihm käme.

Damit begann der Teil der Fahrt, die er selbst für den Gefährlichsten hielt.

Nach exakt einer Stunde, die er in einem nahe gelegenen Gasthaus verbringen sollte, musste er sich wieder einfinden.

»Die Schlüssel werden stecken. Du fährst in Pomezi (Mühlbach) über die Grenze. Der erste Ort dahinter ist Hohenberg. Hier erwartet dich der BMW wieder. Du fährst ihm nach und folgst seinen Anweisungen, klar?«

Pawel spürte den Kloß in seinem Hals sitzen und hatte nur genickt.

Inzwischen waren einige Stunden und mehrere hundert Kilometer vergangen.

Er hatte alles genauso gemacht, wie es ihm sein Chef aufgetragen hatte.

Jetzt war er heilfroh, die Grenze komplikationslos hinter sich gelassen zu haben. Bamberg lag längst hinter ihm.

Alles lief nach Plan, nur der wahnsinnig dichte Verkehr machte ihm zu schaffen. Pawel hatte noch nicht allzu oft bundesdeutsche Autobahnen befahren.

Bei Aschaffenburg wollte er übernachten und am nächsten Morgen von der A 3 auf die weniger befahrene A 45 wechseln. Wenn alles ohne Zwischenfälle weiter lief, konnte er auf der Sauerlandlinie über Siegen bis hoch zum Westhofener Kreuz durchfahren, dann nochmals auf die A 46 wechseln, die ihn über Wuppertal direkt nach Neuss, seinem Zielort, führen sollte.

Unablässig kreisten seine Gedanken um die Ereignisse der jüngsten Vergangenheit.

Er verdrängte die Gedanken an Schleuserbanden und Menschenschmuggel, konzentrierte sich wieder auf den dichten Verkehr.

Obwohl er alle Nase lang von stärkeren Trucks überholt wurde, freundete er sich mehr und mehr mit seinem alten MAN an.

Pawel würde nie die bedienungsfreundliche Technik eines Mercedes Aktros kennen lernen.

Er wusste nichts vom ermüdungsfreien Fahren auf einem hochmodernen, luftgefederten LKW-Sitz, noch kannte er den Komfort von Tempomat und Klimaanlage.

Pawel schaltete sein Getriebe noch mit zwei mal Kuppeln und Zwischengas.

Der heutige Tag würde Arno Wittmann reichlich Arbeit bescheren.

Er blickte in den Terminkalender und legte seine Stirn in bedenkliche Falten.

Die Zeit zwischen den einzelnen Gesprächen war äußerst knapp bemessen.

Ich werde mich zurückhalten müssen, dachte er, *das wird nicht einfach sein.*

Aber alle Gespräche waren gleich wichtig.

Da die Zeit drängte, fehlte er zur Wachablösung. Aber dafür hatte er ja seine Hauptbrandmeister.

Als TUIS-Beauftragter der Werksfeuerwehr hatten sich seine Männer daran gewöhnt, dass er nicht ständig präsent sein konnte.

Arno Wittmann war der versierteste Fachmann seines Konzerns für Chemikalienunfälle.

Als Mann der Praxis galten seine fundierten Kenntnisse und sein Wort hatte Gewicht.

Gestern war es ziemlich spät geworden.

Der Vortrag, den er vor belgischen Fachkollegen in Lüttich gehalten hatte, endete zwar schon gegen 19.00 Uhr, aber wie immer gab es anschließend noch vieles zu erörtern.

Und das kleine Büfett durfte man auch nicht links liegen lassen.

Trotz vorgerückter Stunde hatte er sich entschlossen, die Heimfahrt mit dem PKW anzutreten.

Natürlich stand ihm die Möglichkeit der Übernachtung in einem Hotel zur Verfügung und die Kollegen der Lütticher Feuerwehr waren auch sofort bereit, ihm ein Zimmer zu geben.

Er hatte allerdings dankend abgelehnt, denn die Nachtluft war angenehm mild und klar gewesen, er hatte keinen Alkohol getrunken und sich nach seinem eigenen bequemen Bett gesehnt.

Heute Morgen reichte seine Zeit gerade noch für eine schnelle Tasse Kaffee im Stehen.

In einer Viertelstunde wollte er sich mit einigen Herren des Vorstandes und dem Leiter des Werkschutzes treffen.

Gegen 10.00 Uhr erwartete er Feuerwehrkollegen aus Eupen, um mit ihnen gemeinsame Verbesserungen im Rettungsdienst zu erörtern.

Ein ähnliches Projekt lief auch mit holländischen Kollegen.

Die wurden aber erst Mitte nächsten Monats erwartet.

Ein genauer Termin stand noch aus.

Wittmann machte sich eine Notiz*: Feuerwehr Eindhoven anrufen!*

Die Männer, die seinen Lkw beluden, trugen die gleichen dicken, grünen Gummihandschuhe wie die Fahrer der Tanklastzüge.

Das alleine machte ihn noch nicht stutzig, aber als er nach einer Weile wieder durch die schmutzige, blinde Glasscheibe der Baracke auf den vergammelten Hof blickte, hatten alle Schutzbrillen auf und Filtermasken über Mund und Nase. Sogar der Fahrer des Gabelstaplers trug diese Dinger.

»He, was ladet ihr mir da für ein Zeug auf? Scheint ja verdammt gefährlich zu sein.«

»Ach was, alles völlig harmlos. Die Jungs übertreiben wieder mal.«

Sein Gegenüber wiegelte ab:

»Das ist Fracht wie sonst auch, mach dir darüber keinen Kopf, Mann.«

Aber Pawel machte sich einen Kopf.

Erneut drehte er sich zum Fenster.

Gerade wurden blaue Fässer herangefahren.

Plötzlich geriet der Gabelstapler mit dem linken Vorderrad in ein Schlagloch. Der Gabelstapler neigte sich kritisch zur Seite und das Fass schien zu kippen.

Die drei Männer auf dem Hof schrien auf.

Einer sprang mit einem olympiaverdächtigen Satz vom Lkw weg. Erst als sie erkannten, dass es wieder ruhig stand, trauten sie sich heran. Dabei beschimpften sie lauthals den Staplerfahrer.

Der seinerseits zuckte nur mit den Schultern, winkte lässig ab. Doch die Männer beruhigten sich nicht und diskutierten weiter.

Pawel konnte die Worte nicht verstehen, aber dass es da draußen richtig zur Sache ging, erkannte er genau.

Schließlich schwang sich der Staplerfahrer wutentbrannt von seinem Sitz.

Jetzt schrie er die anderen an, riss sich die Maske vom Gesicht und tippte sich mit dem Finger an die Stirn. Dann kam er auf die Baracke zu.

Die anderen standen etwas ratlos da und sahen sich betreten an. Damit hatten sie nicht gerechnet.

Die Arbeit stockte.

Pawel sah den Ärger im Gesicht seines Gegenübers.

Dann polterte auch schon der Gabelstaplerfahrer herein. Laut knallte er die Türe hinter sich zu, kam sofort zur Sache und meckerte los:

»Also Chef, dafür werd ich nicht bezahlt!«

Schon wollte er weiterreden, da wurde er von dem, den er mit Chef tituliert hatte, scharf unterbrochen:

»Was soll der Quatsch, Gregorij!? Ich hab dich nicht eingestellt, damit du dich hier ausheulst! Sieh zu, dass die Fässer geladen werden!«

Aber Gregorij ließ sich nicht einschüchtern.

Er zog mit beiden Händen den schwarzen Ledergürtel über seinem gewaltigen Leib hoch und schnaubte verächtlich:

»So kannst du meinetwegen mit den Paslacken da draußen reden, aber ich weiß, was ich kann.«

Er streckte den Arm aus und zeigte zum Fenster.

»Sieh dir doch die Scheißer an, machen sich vor Angst in die Hose, nur weil so'n Fass mal wackelt und stänkern dann mit mir rum? Nee, nicht mit mir!«

Gregorij wusste, wie weit er gehen konnte.

Die anderen kamen mit dem Gabelstapler nämlich nicht klar und der Chef konnte so leicht keinen neuen Mann bekommen, zumal nicht für diese illegale Ladung.

»Was willst du?«, fragte dieser daher lauernd.

»Zweihundert mehr!«

»Ha! Du spinnst wohl!«

»Hundertfünfzig!«

»Hast du ’ne Macke? Ich gebe dir ’nen Fuffi, mehr ist nicht drin.«

»’Nen Blauen und ’nen Fuffi, oder du kannst deine Scheiße alleine aufladen!«

Pawel behagte das Ganze nicht.

Verlegen schielte er auf die Uhr an der Wand und bemerkte:

»Äh, ich, also ich sollte in spätestens einer Stunde vom Hof sein.«

Mit einem Ruck riss der Chef seinen Kopf herum und warf Pawel einen wütenden Blick zu.

Gregorij registrierte das mit sichtlicher Genugtuung und drängte:

»Also, was ist?«

»Ein Blauer, mein letztes Angebot«, knirschte der Chef zwischen seinen gelben Zähnen hervor, »und kein Wort zu denen da draußen.«

Gregorij grinste:

»Geht klar, Chef!«

Seine Tonlage hatte sich schlagartig verändert und diesmal schloss er die Tür hinter sich, ohne dass sie knallte.

Mehr als 3.000 Rauchmelder, über 900 Wärmemelder sowie eine Vielzahl weiterer Störmelder leiten den Ort der Gefahr mit einer speziellen Kennnummer über ein elektronisches Netz zur Feuerwehr, die dadurch sofort weiß, wo es brennt und gezielt eingreifen kann.

Eine der größten Pulverlöschanlagen Europas steht im Nordareal des Werkes.

Sie ist schneller als der beste Feuerwehrmann:

Nur 20 Sekunden vergehen zwischen Brandmeldung und Ausstoß der ersten Löschwolke.

Diese Spezialanlage kostete über eine Viertel Million Euro, aber das Geld ist gut angelegt, denn die Lagerbestände in der Halle sind weitaus mehr wert.

In insgesamt sechs Behältern befinden sich 15 Tonnen Löschpulver – etwa die Menge von 1.500 normalen Handfeuerlöschern!

Im Ernstfall verteilen 150 Bündeldüsen das hochwirksame Pulver.

Dazu braucht nur einer von 72 an der Hallendecke befestigten Melder anzusprechen. Seine Fühler registrieren einen sprunghaften Wärmeanstieg oder eine Temperatur von 107 Grad Celsius. Doch zunächst passiert nichts.

Erst wenn der Nachbardetektor ebenfalls Alarm auslöst, sprechen im Lagerraum der großen Pulverkessel die ersten Schalter an.

Pro Behälter öffnen Magnetventile zehn Stickstoff-Flaschen und das darin enthaltene Pulver wird unter Druck freigesetzt.

Zwanzig Sekunden später gibt eine elektronische Steuerung den Haupthahn frei:

Das Gemisch schießt in die Leitungen und löscht das Feuer.

Die Mitarbeiter in der Halle haben dann bereits vor Sekunden eine laute Sirene gehört und ihren Arbeitsplatz verlassen.

Gleichzeitig wird die Werkfeuerwehr alarmiert.

In knapp drei Minuten ist der Löschzug an der Brandstelle.

Einmal im Jahr proben die Techniker der Herstellerfirma den »Tag X«.

Leitungen, Ventile, Behälter und die elektronische Anlage werden kontrolliert. Die Stickstoffbatterien werden regelmäßig ausgetauscht.

Für heute stand die technische Überprüfung an.

Das bedeutete für die Männer der Werkfeuerwehr Präsenzpflicht und eine Menge Arbeit.

Die Rettungsassistenten Franz Alt und Jörg Hauser waren davon nicht betroffen.

Soeben beendeten sie die jeden Morgen stattfindende Wischdesinfektion in ihrem RTW.

Die Anforderungen an die Fahrzeughygiene sind hoch und die Feuerwehrmänner kommen ihrer Aufgabe gewissenhaft nach.

Ständige Schulung sowie das Auffrischen und Erweitern von Kenntnissen stehen selbstverständlich auch bei ihnen auf dem Programm.

Sie räumten ihr Putzzeug weg und unterhielten sich:

»He Jörg, hast du überhaupt schon mal an einer Prüfung der Pulveranlage teilgenommen?«

»Na klar, erst letztes Jahr. Meinst du, ich wäre sonst mit dir heute auf dem RTW?«

Franz stellte die Eimer ins Regal und nickte:

»Da war ich nicht da, hatte was Besseres vor – um diese Zeit lag ich am Strand in Spanien. Super war das, ich freue mich schon jetzt wieder darauf.«

Beide standen jetzt am Waschbecken und wuschen sich die Hände.

»Und? Fährst du wieder dahin?«

»Mmm, in zwei Wochen. Aber ich fahr nicht mit dem Auto, ist mir zu weit. Wir fliegen wie im vorigen Jahr mit der LTU ab Düsseldorf. Überleg mal, Jörg, mit dem Auto brauchst du locker 36 Stunden, das tu ich mir nicht an. Mit dem Flieger sind wir keine zwei Stunden unterwegs.«

Jörg nickte: »Ich würde auch gern wegfliegen, aber dieses Jahr klappt das nicht. Wir haben …«

Er hielt mitten in seiner Erklärung inne.

Ein Gong schallte durch die Räume der Feuerwache.

Unmittelbar darauf erfolgte die Durchsage der Leitstelle:

»Einsatz für RTW 4-21! Internistischer Notfall im Fortbildungszentrum.«

Nach nicht einmal dreißig Sekunden fuhr der RTW zu seinem heutigen ersten Einsatz.

Das Fortbildungszentrum liegt ziemlich genau am anderen Ende des stadtteilgroßen Werkgeländes und wird jedes Jahr von etwa 20.000 Personen genutzt.

Kunden lernen hier neue Verfahren kennen und werden mit Hygienetechniken und -systemen vertraut gemacht und firmeneigene Mitarbeiter bilden sich hier in Fachseminaren fort.

Franz schaute auf den Computerausdruck in seiner Hand:

»Wir müssen auf die erste Etage, Raum 14, Eingang Süd.«

Jörg bestätigte die Information durch ein kaum merkliches Kopfnicken. Er musste sich konzentrieren.

Im Werkgelände herrschen die gleichen Straßenverkehrsregeln wie außerhalb.

Er hatte natürlich die Sondersignale eingeschaltet, aber er wusste auch, dass ein rangierender LKW oder ein mit Kopfhörer ausgestatteter Gabelstaplerfahrer ihn nicht hören konnte.

Vera Landmann war froh, als der Overheadprojektor eingeschaltet wurde. Denn im gleichen Moment verdunkelten sich automatisch die Fenster, so dass die Teilnehmer dieser Fortbildungsveranstaltung die erste Folie gestochen scharf auf der Projektionswand erkennen konnten.

»Meine Damen und Herren, richten Sie bitte Ihr Augenmerk auf den Ausschnitt in der oberen rechten Bildmitte. Wie Sie unschwer erkennen können, handelt es sich hier um ...«

Vera konzentrierte sich nicht auf die obere rechte Bildmitte, sondern öffnete verstohlen die beiden seitlichen Schnallen an ihrer Umstandshose.

Sie befand sich bereits in der zweiunddreißigsten Schwangerschaftswoche und im Moment fühlte sie sich wieder einmal wie ausgespuckt.

Sie umfasste ihren Bauch mit beiden Händen, lehnte sich zurück und versuchte tief und gleichmäßig zu atmen.

Kleine Schweißperlen bildeten sich auf ihrer Stirn.

»So, wenn ich jetzt wieder um Licht bitten darf.«

Der Professor aus der Forschungsabteilung blickte in die Runde:

»Ich denke, dieses eindrucksvolle Bildmaterial hat Ihnen mehr vermitteln können, als viele Worte. Kommen wir nun zum theoretischen Hintergrund.«

Vera überkam eine heftige Übelkeit.

Sie schaffte den Weg zur Toilette nicht mehr.

Ihre Schwäche war so groß, dass sie sich nicht einmal mehr erheben konnte.

Ihr schmales Gesicht wurde kreideweiß, dann erbrach sie sich vor aller Augen.

Als sich die beiden Rettungsassistenten um die schwangere Frau kümmerten, fühlten sich viele der Anwesenden erleichtert.

Mehr oder weniger hilflos hatte man mit bangen Gedanken auf den Rettungswagen gewartet.

Franz und Jörg gingen mit gewohnter Professionalität vor.

Wie alle anderen glaubte auch Vera Landmann selbst, dass ihre derzeitige schlechte Verfassung auf die Schwangerschaft zurückzuführen sei.

Ein solcher Verdacht drängte sich in ihrem Zustand unwillkürlich auf, aber die gut ausgebildeten Feuerwehrmänner mussten auch andere Überlegungen in Betracht ziehen.

Auf einer Trage brachten sie die junge Frau in den RTW und meldeten sich bei ihrer Leitstelle.

Zehn Minuten später wurde Vera Landmann in der werkeigenen Krankenstation von einer Ärztin untersucht.

Beruhigend legte die Ärztin ihrer ängstlichen Patientin die Hand auf den Arm:

»Nun, Frau Landmann, ich sehe kein Problem darin und denke, wir können Ihrem Wunsch nachkommen. Die beiden jungen Männer, die Sie ja bereits kennengelernt haben, werden Sie jetzt nach Hilden ins Krankenhaus fahren. Da Sie dort wohnen und da ja auch entbinden möchten, ist das schon in Ordnung. Ich werde gleich mit den Kollegen telefonieren. Also nochmals, kein Grund zur Sorge.«

»Danke, Frau Doktor.«

»Alles Gute, Frau Landmann.«

Franz Alt rief seine Leitstelle an:

»Wir fahren die Patientin weiter nach Hilden ins Krankenhaus.«

Wiederum eine Viertelstunde später meldete er sich erneut über Funk:

»RTW 4-21 verlässt jetzt das Werkgelände Richtung Hilden.«

»RTW 4-21 verstanden, Ende.«, kam es zurück.

Etwas später bog Jörg in die Straße Am Schönenkamp ein.

Der Fahrzeugpark der Werkfeuerwehr Henkel besteht aus über dreißig Fahrzeugen.

Im Gegensatz zu den Löschzügen der meisten städtischen Feuerwehren, die gewöhnlich mit drei Großfahrzeugen inklusive einer Drehleiter ausrücken, besteht der Löschzug der Werkfeuerwehr aus fünf Großfahrzeugen.

Darunter befindet sich ein spezielles Zumischer-Löschfahrzeug mit einem 5.000 Liter Löschwasserbehälter, einem 4.000 Liter Schaummitteltank, einer 1.000 kg Pulverlöschanlage und einem Schaumwasserwerfer mit einer maximalen Auswurfleistung von 2.400 Litern pro Minute.

Dieser komplette Löschzug verließ jetzt die Fahrzeughalle und fuhr in das nördliche Areal, wo heute die automatische Pulverlöschanlage überprüft werden sollte.

Pawel Capek war erleichtert.

Endlich hatte er den Hof dieses zwielichtigen Spediteurs verlassen.

Zwar war ihm klar, dass er jetzt eine illegale Fracht transportierte, aber mittlerweile hatte er sich damit abgefunden.

Egal, welches ›Gebräu‹ da hinter ihm in unzähligen Behältern und Fässern lagerte, es juckte ihn nicht mehr. Vor ihm lagen über 800 Kilometer und er wollte nur noch nach Hause.

Am liebsten hätte er seinen vollbeladenen Truck direkt auf die Autobahn gelenkt.

Aber er musste noch ein einzelnes Paket in Düsseldorf-Reisholz abholen, für das man ihm ein ordentliches Handgeld zugesteckt hatte.

Pavel war um seinen LKW herumgeschritten, hatte sich selbst davon überzeugt, dass die Plane sicher verzurrt war. Ebenso sorgfältig kontrollierte er die Strom- und Pressluftverbindung zum Anhänger.

Alles in Ordnung, stellte er zufrieden fest.

Nur anstatt der orangefarbenen Warntafel und der vorschriftsmäßigen Gefahrenhinweisschilder prangte an seinem Lkw das TIR-Schild (Transport internationale Route).

In Verbindung mit den falschen Frachtpapieren und der Zollverplombung konnte er diesmal sogar außerhalb der gesetzlich vorgeschriebenen Lenk- und Ruhezeiten fahren.

Man hatte ihm eben nochmals einen Kaffee angeboten, aber er wollte nur weg. Kaffee konnte er sich auch hier in seinem Lkw selber kochen.

Neben ihm auf dem Beifahrersitz stand nämlich seine kleine Kaffeemaschine.

Pawel hatte extra ein Holzbrett passend zurechtgesägt. An das Kabel hatte er einen alten Stecker angelötet, der in den Zigarettenanzünder kam – fertig, das funktionierte.

Das Wasser blubberte bereits und der angenehme Geruch frisch gerösteter Bohnen überdeckte einen leicht fauligen Gestank, der ganz offensichtlich von der Ladung ausging.

In der einen Hand hielt er die verbeulte Blechtasse, mit der anderen schenkte er sich ein.

Kein Problem, dachte Pawel.

Die Straße verlief absolut geradeaus.

Plötzlich sah er den roten Unterlegkeil auf der Straße liegen, einer von der Art, wie sie jeder Lkw mitführt.

»Scheiße!«

Er schaffte keine drei Bewegungen gleichzeitig in einer Sekunde:

Tasse und Kaffeetopf absetzen, dazu noch lenken und ausweichen.

Hart und brutal trat er die Bremse. Zu spät!

Das rechte Vorderrad erhielt einen heftigen Schlag, der Lkw machte einen gewaltigen Satz, wobei das Steuer ohne sein Zutun blitzschnell nach links drehte. Sofort schoss der Lkw über die Straßenmitte auf die Leitplanke zu.

Dabei wurde ihm die Kaffeetasse aus der Hand geschleudert.

Weil es draußen so warm war, trug er nur eine kurze Hose.

Brühheiß ergoss sich die Flüssigkeit auf seine nackten Oberschenkel.

Pawel schrie auf.

Nur noch zwei Meter bis zur Leitplanke, dahinter ging es steil abwärts.

Verdammt, das waren bestimmt drei Meter und da unten floss zu allem Übel noch ein Bach.

In der Rechten hielt er immer noch krampfhaft den Kaffeetopf.

»**Aua**!«, wie das brannte.

Mit der schrecklichen Erkenntnis da gleich runterzustürzen, ließ Pawel den Topf fallen und griff jetzt auch mit der rechten Hand in das Lenkrad. Nur mit der Linken alleine konnte er den ausbrechenden Lkw nicht mehr herum reißen.

Seine Reaktion kam zu spät.

Zwar folgten die Räder seinen verzweifelten Bemühungen, aber der Lkw durchbrach bereits die Leitplanke.

Wie Butter verformte sie sich unter dem tonnenschweren Druck.

»Soll ich überholen?«, fragte Jörg.

Franz saß wie üblich hinten bei der Patientin, konnte den Lkw durch die Zwischenscheibe ebenfalls sehen.

»Lohnt nicht Jörg, der biegt bestimmt gleich auf die Autobahn.«

Dreihundert Meter weiter voraus war die Auffahrt bereits zu sehen.

Der Gestank des alten Lkw zog durch die Lüftung zu ihnen herein.

Jörg bremste leicht ab und ließ sich etwas zurückfallen, sofort wurde die Luft besser.

»He! Was macht der? Ist der irre?

Jörg glaubte seinen Augen nicht zu trauen. Direkt vor ihm raste der Lkw quer über die Straße auf die Leitplanke zu.

Franz hielt es nicht mehr auf seinem Sitz, er sprang auf, hing mit weit geöffneten Augen an der Zwischenscheibe und verfolgte das Geschehen mit dem gleichen ungläubigen Blick wie sein Kollege.

Die Räder des Lkw blockierten, quietschten.

Schwarze Streifen bildeten sich auf dem Straßenbelag, dann knirschte es kurz und laut.

An einer Stelle riss die Leitplanke auf.

Direkt vor ihren Augen kippte der Lkw samt Anhänger die Böschung hinunter.

Es klatschte, als er in das Wasser des Hoxbaches schlug.

»Das gibt's doch gar nicht!«, rief Jörg entsetzt.

»Wahnsinn, einfach Wahnsinn!«

Dann besann er sich auf seine Pflicht, schaltete die Blaulichter und die Warnblinkanlage ein und fuhr den RTW rechts ran.

Das logische, nüchterne Denken des Feuerwehrmannes hatte wieder die Oberhand gewonnen.

Jörg drehte sich um.

»Informiere du die Kollegen, ich kümmere mich um den Fahrer.«

»Okay.«

Franz zog den Hörer aus der Halterung und gab die Unfallmeldung seiner Leitstelle durch:

»LKW mit Anhänger in den Hoxbach gekippt. Ca. 200 Meter vor der Auffahrt zur A 59 Am Schönenkamp.«

»Gefahrguttransporter?«

»Nein, Ladung nicht bekannt. Weitere Fahrzeuge nicht betroffen. Vermutlich nur der Fahrer verletzt. Wir sehen nach. Weitere Rückmeldung folgt, Ende.«

Kurz und knapp fielen die Fragen und auch die Antworten aus.

Dem Mann auf der Leitstelle reichte diese Information.

Immerhin kam sie von einem Kollegen, mit dem er seit mehreren Jahren zusammenarbeitete. Darauf konnte er sich verlassen.

Er drückte nur einen Knopf und erhielt sofort eine direkte Verbindung mit der Leitstelle der Berufsfeuerwehr Düsseldorf.

Genauso rasch und nüchtern, wie er die Unfallmeldung selbst erhalten hatte, gab er sie jetzt weiter.

Das war's, ab jetzt war dies ein Einsatz für die Kollegen von der Stadt.

Natürlich würde ihr eigener RTW solange vor Ort bleiben, bis die anderen eintrafen. Und natürlich würden die beiden Rettungsassistenten auch die ersten Maßnahmen für den Fahrer ergreifen, aber spätestens, wenn der Notarzt von Feuerwache Sechs oder deren RTW einträfe, mussten die zwei ihre eigene Fahrt fortsetzten.

Immerhin hatten sie ja selbst eine Patientin an Bord.

Jörg sprintete über die Straße.

Die Leitplanke schwebte wie ein riesig wackelnder, ausgestreckter Arm weit über den Böschungsrand hinaus. Unten lag der Lkw auf der Seite und staute bereits das Wasser des etwa zwei Meter breiten Hoxbaches.

Der unangenehm scharfe, stechende Geruch fiel Jörg sofort auf.

Wahrscheinlich Batteriesäure, dachte er.

Die Möglichkeit, dass auf diesem Lkw eine beschädigte Gefahrgutladung verstaut war, kam ihm erst wesentlich später in den Sinn. Jetzt gab es auch keine Veranlassung, an so etwas zu denken.

Es war ja nicht der geringste Hinweis dazu gegeben.

Die frei in die Luft ragenden Räder der rechten Seite drehten sich noch.

Mit einem Satz sprang Jörg von der Mitte der steilen Böschung auf das Führerhaus. Er landete direkt auf der Beifahrertür.

Kein Problem, zumindest nicht für einen durchtrainierten Feuerwehrmann.

Die Türe ließ sich öffnen. Aber den Fahrer da herausbekommen?

Das würde ein hartes Stück Arbeit werden. Der Mann wirkte zwar ziemlich hager, war aber dafür endlos lang.

»He, Hallo! Hören Sie mich!«

Keine Antwort.

Oben an der Böschung erschien Franz:

»Was ist?«

»Kann ich noch nicht sagen, scheint bewusstlos! Ich klettere mal rein!«

»Warte, ich komme!«

Franz hatte seiner Patientin natürlich mitgeteilt, was geschehen war:

»Wir halten nur kurz und sehen nach, ob jemand unsere Hilfe benötigt. Mit unserem Rettungswagen können wir ja nicht einfach an einem Unfall vorbeifahren.«

»Machen Sie nur.«

Vera Landmann ging es, seit sie die Infusion erhalten hatte, wesentlich besser und es bestand keine Gefahr, sie für einige Zeit alleine zu lassen.

»Ich bin gleich zurück, Frau Landmann, oder ist es Ihnen lieber, wenn ich hier bleibe?«

»Nein, nein«, wehrte sie ab, »es geht wirklich, fast schäme ich mich schon für vorhin.«

»Also dazu besteht nun wirklich kein Grund. Ich geh dann mal schnell.«

Franz zog einen der Sanitätskoffer aus seinem Fach.

Der Handfeuerlöscher fehlte. Jörg hatte ihn bereits mitgenommen.

Dann überquerte er die Straße.

Das Wasser des Hoxbaches war inzwischen in die tiefer gelegenen Bereiche des LKW eingedrungen und bahnte sich seinen Weg.

Mehrere Behälter mit Chemikalien waren leck geschlagen, ebenso einige Fässer. Nach und nach traten unterschiedliche giftige Substanzen aus.

Der stechende Geruch verstärkte sich.

Franz verzog angewidert das Gesicht.

Sein Kollege tauchte soeben in das Führerhaus ab, da bemerkte er zum ersten Mal diesen feinen weißlichen Nebel.

Er quoll unter der Plane des Anhängers hervor.

Wo zum Teufel kommt denn das her? Was hat der Kerl geladen?

Ohne lange zu zögern, kletterte Franz auf den Anhänger.

Da hatte sich anscheinend jemand besondere Mühe gemacht mit dem Verzurren der Leine.

Er klappte sein Messer auf. Zeit war kostbar.

Ein rascher Schnitt durch die Plane ersparte ihm das mühselige Aufknoten.

Jetzt konnte er die Plane anheben.

Mit seiner kleinen MAG-LITE leuchtete er in das Dunkel hinein.

Ach, du Schande! Was ist denn das für eine Hexenküche?

Als TUIS-Feuerwehrmann eines Chemiekonzerns erkannte er sofort, dass er es hier mit einer hoch brisanten Ladung zu tun hatte.

Verdammt, sie mussten schnellstens den Fahrer retten, bevor das mit Chemikalien verseuchte Wasser in das Führerhaus eindrang. Außerdem musste er dringend eine neue Rückmeldung geben.

Die Einsatzlage hatte sich gefährlich verändert.

Ralf Masuhr machte für einige Schichten einen so genannten ›Schnupperkurs‹ auf der Leitstelle in der Hüttenstraße.

Dieses Angebot lockte immer wieder interessierte Kollegen aus dem Alarm. Sie erhalten so die Gelegenheit, die Arbeit eines Leitstellendisponenten live zu praktizieren.

Natürlich versprach man sich davon, dass manche Kollegen Gefallen an dieser Arbeit fanden und sich dazu entschieden, zu bleiben.

Gutes Leitstellenpersonal wird immer gebraucht.

Ralf hatte sich schnell in sein neues Aufgabengebiet eingefunden.

Er nahm die Unfallmeldung von dem Kollegen der Werkfeuerwehr in Empfang und es bereitete ihm eine diebische Freude, seine eigenen Kollegen von Feuerwache Sechs in den Alarm zu schicken.

Sekunden später klang seine unverwechselbare, markante Stimme aus sämtlichen Lautsprechern:

»Einsatz für Feuerwache Sechs! Umgestürzter Lkw im Hoxbach. Am Schönenkamp in Höhe Auffahrt A 59!

Es rücken aus: 6-46-1, 6-24-1, 6-51-1, der Notarzt 6-81-1.

Von Feuerwache Sieben der C-Dienst.

Sofort kam Bewegung in den Alltagstrott.

Unten im Hydraulikkeller warf Achim den Lappen, an dem er sich noch rasch die verschmierten Hände abwischte, in die Ecke. Dann flitzte er den langen Gang entlang und hechtete die 18 Stufen über das Treppenhaus hinauf.

Aus der Übungshalle, weit hinten im Schultrakt, kam Axel angerannt. Der feine, helle Holzstaub, der deutlich von seinen dunklen Haaren abstach, ließ klar erkennen, dass er in der Schreinerei gearbeitet hatte.

Ich selbst saß vor einem der beiden Computer im Büro des Dienstgruppenleiters.

Mein Freund Horst, der heute DGL war, hatte mich mit den Worten:

»Wird Zeit, dass du das lernst«, zu sich ins Büro geholt.

»Den Grundkurs hast du ja gemacht«, dann deutete er auf den Bürostuhl:

»Du kannst dich dahin setzen, ich hab noch andere Arbeiten zu erledigen. Wenn du willst, kannst du den Dienstplan für die nächste Schicht eingeben.«

Ich blickte ihn fragend an.

»Probleme?«

»Nö, nur wenn ich …?«

»Fang einfach an. Wenn du was nicht weißt, immer fragen.«

Nach zehn Minuten stand Horst auf:

»Ich muss mal eine qualmen und schau mal nach, was die Jungs so treiben. Du hältst die Stellung hier?«

»Geh ruhig, ich hab alles im Griff«, erwiderte ich und bearbeitete weiter fleißig die Tasten.

Horst verließ das Büro über die Wendeltreppe.

Er war noch nicht ganz unten, als es alarmierte.

Schluss mit der Schreibtisch-Quälerei.

Ich flitzte ebenfalls die Wendeltreppe hinunter.

Der neue Alarmdrucker, der hier unmittelbar neben der Eingangstür zur Fahrzeughalle steht, spuckte gleich mehrere Einsatzpapiere aus.

Im Vorbeigehen griff ich mir eins davon und rannte weiter zum Rüstwagen.

Da die Drehleiter nicht aufgerufen war, musste ich zusammen mit Achim dieses Fahrzeug besetzen.

»Wohin fahren wir?«, rief Achim und schwang sich hinter das Lenkrad.

»Ich hab die Durchsage nicht genau verstanden!«

»Schönenkamp!«, rief ich zurück und riss an der Schnur. Sofort rollte sich unser Ausfahrttor in die Höhe.

Alle Maschinisten hatten die Luft- und Stromleitungen ihrer Alarmfahrzeuge entkoppelt, jetzt starteten sie fast gleichzeitig.

Wieder einmal dröhnten die schweren Dieselmotoren in der Fahrzeughalle.

Die Ampel zeigte grün.

Das Löschgruppenfahrzeug überquerte als erstes die Frankfurter Straße, unmittelbar danach folgte das Tanklöschfahrzeug. Den Schluss bildeten wir mit unserem Rüstwagen.

»Fahr dran vorbei, wir sind viel schneller!«, forderte Dirk Ixkes seinen Fahrer auf.

Mit heulenden Sirenen scherte der Notarztwagen aus und raste an uns vorüber.

Bereits nach ein paar hundert Metern entschwanden sie unseren Augen.

Sie bogen von der Frankfurter Straße auf die A 59 ab. Die nächste Ausfahrt war schon Am Schönenkamp.

In weniger als vier Minuten mussten sie die Einsatzstelle erreichen.

Franz turnte flink wie ein Eichhörnchen nach vorne zum Führerhaus und blickte durch die offen stehende Beifahrertür zu seinem Kollegen hinunter.

»Wie sieht es aus, bekommen wir den hier raus?«

Jörg legte dem bewusstlosen Fahrer gerade einen Druckverband an und stillte damit eine tiefe Platzwunde auf dessen Stirne. Er blickte nicht auf und antwortete:

»Puls ist da, Atmung auch, aber ob er was gebrochen hat, weiß ich noch nicht. Ich denke, es ist vernünftiger wir warten, bis die anderen hier sind.«

»Vergiss es, Jörg, wir haben keine Zeit! Das hier ist das reinste Pulverfass. Der hat irgend so 'ne Chemiebrühe geladen, die gerade austritt. Der Mist kann jeden Moment mit dem Wasser von dem Bach hier hereinlaufen.«

»Dann komm bloß schnell runter, alleine schaff ich das hier nicht.«

»Warte!«

Franz kramte in seiner Jackentasche.

»Hier! Leg ihm die Bandschlaufe unter die Arme. Ich zieh von hier oben und du schiebst nach.«

»Okay, wirf runter.«

Jörg hatte es nicht leicht da unten. Der Fahrer war schwerer, als er vermutet hatte.

Wie bei allen Bewusstlosen war seine Skelettmuskulatur erschlafft.

Mit seinem rechten Knie presste sich Jörg gegen das eingebeulte Dach des Führerhauses und zog mit dem linken Arm den Mann zu sich heran. Bei seinem Versuch, die Bandschlaufe mit der freien Hand um den Rücken herumzuführen, rutschte er ab und schlug selbst mit dem Kopf gegen die Rückwand.

»Aua! Ach Mist! So geht das nicht! Du musst runterkommen! Ich schaff das nicht allein!«

Die Zeit drängte.

Schnell setzte sich Franz in die Türöffnung und hangelte sich vorsichtig hinunter. Einen Fuß hinter der Lenkradsäule, den anderen fest gegen die Rücksitzlehne gepresst, bückte er sich und konnte jetzt den Oberkörper des Verletzten vorziehen. Durch die zersplitterte Seitenscheibe drang Wasser ein.

»Mach, Jörg! Schnell! Das Wasser kommt!«

Langsam aber kontinuierlich stieg das Wasser in ihrem engen »Gefängnis« empor.

Zum Glück lief der größte Teil irgendwo weiter vorne wieder ab, aber in ein paar Sekunden würde es zumindest den Fahrer erreichen.

Die beiden Feuerwehrmänner gerieten mächtig ins Schwitzen, nicht nur wegen der schweren Arbeit und der hohen Temperaturen.

Es war nicht leicht, trotzdem schafften sie es, den Fahrer relativ schnell aus seinem Führerhaus zu befreien.

Franz schnaufte. Er stand wieder breitbeinig draußen über der Türe und zog an der Bandschlaufe mit der schweren Last.

Jörg hatte sich einen halbwegs sicheren Standplatz gesucht und schob mit aller Kraft von unten nach. Endlich lag der Fahrer oben.

Aus dem Führerhaus und die Böschung hoch war nochmals ein hartes Stück Arbeit.

»Los, Jörg, bring ihn noch etwas weiter weg in Sicherheit. Ich hab das Gefühl, da unten braut sich was zusammen. Ich lauf rüber zum RTW und funk die Leitstelle an. Das hier ist was für unseren Gerno.«

Arno Wittmann besichtigte gerade mit seinen belgischen Kollegen die zentrale Abwassersicherungsanlage im Firmengelände.

»Pro Jahr fließen etwa 3,5 Millionen Kubikmeter Abwasser durch die 70 Kilometer lange Werkkanalisation.«

Er erklärte seinen interessierten Besuchern, dass die Qualität des Abwassers an sieben Kontrollstationen ständig überprüft wird, bevor es den Weg zur städtischen Kläranlage antritt.

»Wir haben die Möglichkeit, bei starker Schadstoffbelastung das Wasser in dieser Abwassersicherungsanlage zurückzuhalten.«

»Also praktizieren Sie hier, was von uns an größeren Einsatzstellen bezüglich des Löschwassers immer öfter verlangt wird?«

»So in etwa, natürlich unter wesentlich besseren Bedingungen.

Die Abwasserdaten laufen über eine Online-Verbindung zwischen unserem Werk, dem Kanal- und Wasserbauamt der Stadt Düsseldorf ... bitte entschuldigen Sie mich einen Moment ...«

Sein Pager alarmierte:

TUIS-Einsatz! Dringend Leitstelle anrufen!

Über Handy verständigte er sich sofort mit der Leitstelle.

»Es tut mir leid, meine Herren«, begegnete er ihrem fragenden Blick, »aber wir müssen die Besichtigung hier abbrechen, ich werde dringend benötigt.«

»Haben Sie einen Alarm, Herr Kollege?«

»Ja, es sieht ganz so aus.«

»Nun, da könnten Sie uns doch mitnehmen. Es ist für uns sicher interessant zu beobachten, wie Sie hier in Deutschland arbeiten. Besser, denke ich, als alle Theorie. Was meinen Sie?«

Die Frage war nicht nur an ihren Gastgeber gerichtet, sondern ebenfalls an die beiden anderen Herren.

Jeder von ihnen bekleidete einen hohen Posten bei der belgischen Feuerwehr.

Sie nickten sofort zustimmend mit den Köpfen.

Arno Wittmann zögerte nicht lange.

»Warum eigentlich nicht? Also, auf geht's, meine Herren.«

Die vier Männer legten den Weg bis zu ihrem abgestellten Wagen in einem Sprint zurück.

Obwohl sie alle durch ihre Uniform als Feuerwehrmänner erkenntlich waren, wunderten sich doch einige in der Nähe beschäftigte Arbeiter über diese Eile.

Als der rote Mercedes dann mit eingeschalteten Blaulichtern und heulender Sirene davon fuhr, war ihnen klar, warum sie es so eilig gehabt hatten.

»Achtung! An alle Einsatzkräfte Am Schönenkamp: Fahren Sie mit dem Wind an! Gefahrguttransporter mit bisher unbekannter Ladung! B-Dienst und GW-U sind alarmiert. Spezialisten von TUIS sind unterwegs zu Ihnen!«

Unmittelbar darauf klang die Stimme unseres DGL über die Handsprechfunkgeräte:

»TLF und Rüstwagen für Zugführer kommen!«

»Hört, kommen!«

»Wir halten im Sicherheitsabstand von zweihundert Metern vor der Einsatzstelle! Zieht euch eine Atemschutzmaske mit Filter an!«

»Verstanden!«

Da uns noch keine genauen Informationen über die Einsatzsituation vorlagen, waren wir gezwungen, die üblichen Sicherheitsstandards anzuwenden.

Es war jetzt fast 12.00 Uhr.

Die Sonne brannte von einem wolkenlosen, strahlend blauen Himmel. Die Temperatur betrug 28 Grad Celsius im Schatten und es wehte nicht das geringste Lüftchen.

So gesehen war es unerheblich, aus welcher Richtung wir uns der Unfallstelle näherten. Trotzdem gab es einen positiven Aspekt, dass wir von Süden über die A 59 heranfuhren.

Die Kollegen der Werksfeuerwehr kamen nämlich genau entgegengesetzt über die Altenbrückstraße und so nahmen wir die Einsatzstelle in die Zange.

Arno Wittmann war mit seinen belgischen Gästen vor der Wache in den mit laufendem Motor wartenden ELW umgestiegen.

Dieser geräumige Einsatzleitwagen glich in seinem Inneren mehr der Schaltzentrale eines James Bond-Autos als einem Feuerwehrwagen.

Konventionelle Waffen befanden sich zwar nicht an Bord, dafür aber jede Menge hochmoderner wissenschaftlicher

Analyse- und Messgeräte, Nachschlagewerke in gebundener und elektronischer Art sowie eine Datenkommunikationsanlage, die jeden Computerfreak vom Hocker gerissen hätte.

Die Belgier waren begeistert.

Jeder von ihnen war ein Spezialist auf seinem Gebiet.

Da eine Alarmfahrt für sie keine Besonderheit darstellte, betrachteten sie interessiert die hochwertige Ausstattung.

Gerne hätten sie ihrem Gastgeber einige Fragen gestellt, aber der war jetzt mit wichtigeren Dingen voll beschäftigt.

Gerade sprach er mit seiner Leitstelle:

»Hört zu, die Polizei soll die Straße in beide Richtungen komplett sperren. Und informiert die Feuerwehr Düsseldorf noch mal. Die Wache Sieben soll möglichst noch einige Sperren errichten, bevor der Hoxbach hinter der A 46 am Eller-Friedhof in die Düssel mündet.«

Unmittelbar hinter seinem ELW folgte der GWU und der SLF 1. Somit standen ihm sechs seiner eigenen Spezialisten zur Verfügung, die mit der Ausrüstung des Gerätewagens Umwelt bestens vertraut waren.

Er hoffte sehr, dass der andere Wagen, ein Sonderlöschfahrzeug, nicht benötigt würde.

Die Straße Am Schönenkamp verlief hier schnurgerade.

Arno Wittmann erkannte daher schon vom Weitem den eigenen RTW sowie ein weiteres Rettungsfahrzeug der BF-Düsseldorf am rechten Straßenrand stehen.

Beide Fahrzeuge hatten ihre Blaulichter eingeschaltet.

Kurz vorher hatte er noch mit Franz Alt Funkkontakt gehabt:

»Gib mir mal 'nen Lagebericht, ich würde gerne bis zu euch durchfahren.«

»Da sehe ich kein Problem. Bisher treten in geringer Menge weißliche Dämpfe aus, die sich aber unten am Boden halten. Direkt am Lkw riecht es stechend. Oben am Straßenrand merkt man nichts davon.«

»Sehr gut, wir kommen.«, gab er zur Antwort, dann drehte er sich um und erklärte:

»Hinter der Türe links, ja genau«

Einer hatte auf die richtige Türe gezeigt.

»Da hängen Masken mit Filtern. Nehmen Sie sich jeder eine. Die Handhabung dürfte Ihnen ja bekannt sein.«

Er selbst hatte genau wie sein Fahrer seine Atemschutzmaske vorne im Staufach liegen und zog sie sich an.

»Irgendwelche kritischen Messdaten?«

Sie hatten angehalten und sein Fahrer, der ihm jetzt assistierte, betrachtete ein grünliches Display:

»Normal, dasselbe wie immer.«

»Okay, also dann raus!«

Sein erster Gang führte ihn an die Böschung.

Prüfend suchte er den Bereich um den Lkw ab.

Mit einem über der Schulter hängenden Gerät führte er erste präzise Messungen der unmittelbaren Umgebungsluft durch. Das Gerät arbeitete schnell.

In nur wenigen Sekunden erhielt er die erleichternde Information:

Keine giftigen Gase, keine unmittelbare Explosionsgefahr.

Hinter ihm tauchte der C-Dienst von Feuerwache Sieben auf und tippt ihm auf die Schulter:

»Hallo Arno, schon was festgestellt?«

Arno zog sich die Maske vom Gesicht:

»Hallo Peter, alles noch im grünen Bereich. Deine Leute können anrücken.«

Peter Küpperbusch zog ebenfalls seine Maske runter und gab die Order:

»LF, TLF und Rüstwagen vorfahren. Atemschutz nicht erforderlich.«

»Ah, sehr gut!«

Hinten im Mannschaftsraum des LF freute man sich, dass auf den unbequemen Atemschutz verzichtet werden durfte. Man riss die Masken vom Gesicht, aber damit lagen die Männer bei Horst Heck völlig falsch.

»Also, ich halte das für keine gute Idee.

Ich weiß, dass es draußen warm ist und die Masken unbequem, aber zieht euch die Dinger trotzdem wieder an.«

Leichtes Murren, aber jeder zog sich die Maske wieder über.

Peter Küpperbusch blickte leicht erstaunt, als er die Männer der Wache Sechs alle mit Atemschutz aus ihren Fahrzeugen steigen sah und rief:

»Die braucht ihr nicht, hab ich doch gesagt!«

Da ging Horst auf ihn zu und sprach so laut, dass wir es alle hören konnten:

»Das mag für dich ja gelten. Du musst ja auch nur hier oben an der Straße stehen. Meine Jungs müssen aber etwas näher ran und ich glaub nicht, dass das so gesund ist.«

»Gut Horst, so gefällt mir das: Kollegen, die mitdenken.«

Es hatte nur knapp zehn Minuten gedauert, bis der RTW mit Vera Landmann seine Fahrt zum Hildener Krankenhaus wieder aufnehmen konnte.

Um den verunglückten Fahrer kümmerte sich jetzt die Notarztbesatzung von Feuerwache Sechs.

Alles deutete darauf hin, dass sich der LKW-Fahrer das linke Schlüsselbein gebrochen hatte.

Inzwischen hatte er sein Bewusstsein wiedererlangt und klagte über heftige Kopfschmerzen. Außerdem schmerzte sein linkes Handgelenk, die Schulter, das linke Knie und die Hüfte. Kein Wunder, er war mit ziemlicher Gewalt auf diese Seite gefallen. Sein Blutdruck war immer noch erstaunlich stabil, dennoch erhielt er die übliche Infusion.

Einen venösen Zugang sollte sich ein versierter Notarzt immer offen halten.

Die Männer der Werksfeuerwehr hatten inzwischen ihre Chemikalienschutzanzüge angezogen, unter denen sie umluftunabhängige Atemschutzgeräte trugen.

Sie entnahmen Proben der Ladung zur Analyse, denn nirgendwo existierten auch nur die geringsten Hinweise über die brisante Fracht.

»Verdammt, mit TUIS haben wir wirklich eines der besten Sicherheitssysteme. Aber solange es immer noch solche illegalen Transporte gibt...!«

»Du bist ganz schön sauer, was?«

Peter Küpperbusch sah ihm bei der Analyse der ersten Proben über die Schulter.

Arno Wittmann arbeitete weiter, während er antwortete:

»Du etwa nicht? Ihr seid doch auch betroffen. Deine Männer müssen genauso da unten in dieser gefährlichen Suppe stehen und wir wissen noch nicht einmal, wer uns das eingebrockt hat. Ein legaler Unternehmer jedenfalls nicht.

So eine unverantwortliche Schweinerei würde unsere Firma niemals veranlassen.«

»Ich spreche noch einmal mit dem Fahrer. Ich glaub nämlich nicht, dass er kein Deutsch spricht. Vielleicht bekomme ich ja doch noch aus ihm raus, wo er das Zeug aufgeladen hat.«

Das wäre gut, Peter. Solchen Burschen muss man das Handwerk legen.«

Mittlerweile war auch der B-Dienst von Feuerwache Eins und der Umweltschutzwagen der Städtischen Feuerwehr eingetroffen.

Sie brachten Bohlen, Paletten und Fässer.

Lauter Materialien, die dringend benötigt wurden.

Improvisation hieß das Zauberwort und Feuerwehrmänner sind wahre Meister auf diesem Gebiet.

»Okay! Die Bohlen hierher!

Wir benötigen einen Laufsteg vom Straßenrand über die Böschung.

Am besten drei Bohlen nebeneinander, die bis zum Anhänger reichen.«

Mehrere Feuerwehrmänner waren damit beschäftigt.

Alles sollte schnell gehen, trotzdem musste die provisorische Brückenkonstruktion sicher sein und durfte kein schmaler Wackelsteg werden.

Laute Hammerschläge hallten über die Straße. Mehrzöllige Nägel wurden durch die langen Bretterbohlen in darunter liegende Kanthölzer getrieben.

Jetzt standen uns auch ausreichend Chemikalienschutzanzüge zur Verfügung.

Die erste Gruppe, die unten auf dem Anhänger gearbeitet hatte, kam gerade zurück.

Sie stöhnten und fluchten:

»So eine Hitze! Oh Mann, ist das ein Elend!«

»Und das war erst der Anfang, ich schätze, bis wir den Mist geborgen haben, wird es Abend!«

Ich befand mich in der nächsten Gruppe.

Achim zog sich neben mir an.

Wir hatten die Feuerwehrstiefel ausgezogen und auch die dicke Schutzbekleidung abgelegt. Trotzdem würden wir unter dem CSA schwitzen wie in einer Sauna.

Ich blickte zu meinen Kollegen, die ihre ersten zwanzig Minuten in dieser Hölle hinter sich hatten.

Zwanzig Minuten, das hört sich nach nichts an, aber länger hielt es keiner bei den mörderischen Außentemperaturen darin aus.

Mit geröteten Köpfen machten sie sich über die Mineralwasserflaschen her.

»Hier, trinkt auch noch 'nen Schluck. Das ist wichtig, sonst macht euer Kreislauf schlapp.«

Zwei Kollegen der Werksfeuerwehr stellten uns einen Wasserkasten vor die Füße.

»Danke.«

Ah, das tat gut.

Der kühle Schluck war die letzte Erfrischung, bevor uns der hermetisch dicht schließende Reißverschluss zugezogen wurde.

Ab jetzt waren wir, drei Mann, von der Außenwelt und der Umluft abgeschlossen.

Ich atmete die Luft aus den Stahlflaschen meines Pressluftatmers, der unter dem Schutzanzug schwer auf meinem Rücken lastete.

»Mitkommen!«

Im Gänsemarsch marschierten wir hinter unserem Führer her.

Von dem Platz, wo wir uns umgezogen hatten, bis zu dem verunglückten Lkw war es nicht allzu weit.

Aber weit genug, um in sicherer Entfernung zu sein.

Auf der Straße fuhr kein einziges Fahrzeug mehr.

Die Polizei hatte alles systematisch abgesperrt und Umleitungen eingerichtet.

Jeder hier wusste, dass dieser Einsatz viele Stunden dauern würde.

Inzwischen war die provisorische Brücke fertig und überspannte den tiefen Graben zwischen Anhänger und Straßenrand. Ein weiterer Steg aus den gleichen Bohlen wurde gerade zusammengezimmert.

Einer nach dem anderen gingen wir hinüber.

Die Plane war inzwischen zum größten Teil entfernt worden.

Über ein festgebundenes Steckleiterteil stiegen wir hinunter. Auch hier lagen Bohlen, damit wir einen einigermaßen guten Stand hatten.

So weit hatte die erste Gruppe vorgearbeitet.

Wir begannen jetzt mit der eigentlichen Bergung der gefährlichen Ladung.

Es wurde eine mühsame Arbeit, die sich, wie befürchtet, über viele lange Stunden hinzog.

Jeweils drei Teams arbeiteten gleichzeitig an dem verunglückten LKW. Unzählige Kartons und kleine Behälter lagen hier wild durcheinander.

Aus manchen aufgerissenen Paketen rieselte ein feines Granulat und noch wusste niemand von uns, mit was wir es hier zu tun hatten.

Jedes Teil, jeder einzelne Behälter wurde oben auf den Steg gesetzt und dort von weiteren Männern in Schutzanzügen in andere sichere Behälter verstaut.

Arno Wittmann hatte einen Gabelstapler aus seinem Werk kommen lassen.

In Kombination mit dem Kranwagen der Feuerwehr leistete er gute Arbeit, dennoch war das meiste schlichtweg mühsame, anstrengende Handarbeit.

Die Temperatur war mörderisch, ganz anders als bei einem Feuer.

Ich hatte den Eindruck, dass ich meine gesamte Körperflüssigkeit ausgeschwitzt hatte.

Im Laufe der Zeit hatte sich der Chemikalienschutzanzug wie ein unförmiger Ballon aufgebläht, die Scheibe war mittlerweile ständig beschlagen und ich atmete nur noch stickige, warme Luft.

Jede Arbeit, jedes Bücken wurde zur Qual.

Endlich kam die erlösende Nachricht:

»Rauskommen, zwanzig Minuten sind um!«

Ermattet kletterte ich als letzter die Sprossen der Steckleiter hoch und kroch auf den Steg.

Beim Aufrichten wurde mir schwindelig und ich bewegte mich wie ein Seiltänzer über die schmalen Holzbohlen.

Auf der anderen Seite trotteten wir zwischen rot-weißem Flatterband zu einem Dekontaminationsplatz.

Der Schutzanzug war natürlich von den Chemikalien äußerlich verunreinigt und bevor wir ihn ausziehen durften, duschte man uns auf einem eigens dafür hergerichteten Platz ab. Das kontaminierte Wasser wurde aufgefangen.

Endlich wurde ich die lästige Hülle los.

Der PA lastete wie ein Bleiklotz auf mir.

»Ah!«

Richtige Luft strömte in meine Lungen, aber erfrischend war die warme Luft hier draußen auch nicht.

Wir erreichten genauso abgekämpft wie die Kollegen von vorhin den Platz, wo unsere anderen Anziehsachen lagen.

Da stand immer noch der Kasten Mineralwasser. Gierig fielen wir über die Wasserflaschen her.

Nach einer Phase der Regeneration wiederholte sich die elende Prozedur. Irgendwann lief in unseren ermatteten Körpern alles nur noch mechanisch ab.

Ständig wurden weitere Messungen durchgeführt, aber die von allen sehnlichst erhoffte Entwarnung blieb aus. Im unmittelbaren Gefahrenbereich mussten wir bis zum bitteren Ende unter unseren Atemschutzgeräten und in unseren Chemikalienschutzanzügen schwitzen.

Das Risiko für alle, die sich mit dem Umladen befassten, war einfach zu hoch.

Letztlich war es ein glücklicher Zufall gewesen, der eine größere Umweltkatastrophe verhindert hatte. Wären die beiden Rettungsassistenten der Werksfeuerwehr nicht Augenzeugen dieses Unfalls gewesen und hätten sie nicht so umsichtig gehandelt, wäre der Schaden unübersehbar geworden!

Jedes System kann nur so gut sein, wie die Menschen, die dahinter stehen.

Das TUIS-System hatte sich heute bestens bewährt, weil es die Spezialisten der Werksfeuerwehr Henkel zusammen mit den Männern der Berufsfeuerwehr Düsseldorf konsequent und beherzt umgesetzt hatten.

Neue Herausforderungen

Ich hatte meine freien Tage dringend nötig. Die Belastungen des anstrengenden Einsatzes Am Schönenkamp wurden noch verstärkt durch zwei weitere Einsätze in der Nacht.

Nichts Besonderes, aber als wir um sechs Uhr wie immer von der Leitstelle geweckt wurden, fühlte ich mich wie zerschlagen.

Während der Heimfahrt wurde mir in der S-Bahn speiübel.

Die Luft in dem hoffnungslos überfüllten Zug war verbraucht, stickig und bereits jetzt drückend warm.

Mein Frühstück bestand heute nur aus Tee, ich bekam von den Brötchen keinen Bissen hinunter. Kopfschmerzen plagten mich und ich war froh, als ich wenig später endlich im eigenen Bett lag.

Richtig schlafen konnte ich aber nicht. Zwei Tage lang quälten mich die heftigen Kopfschmerzen.

Wahrscheinlich hatte ich nicht genug getrunken und zu viel Flüssigkeit unter dem mörderischen CSA verloren.

In diesen zwei Tagen trank ich nur lauwarmen, leicht gesüßten Tee und ernährte mich von Salzstangen und Zwieback. Mehr wollte der rebellierende Magen nicht annehmen, und auch das wenige schied mein ermatteter Körper in flüssiger Form schnell wieder aus.

Am dritten Tag beschloss ich, trotz zitteriger Knie meinen Hausarzt Dr. Rassekhi aufzusuchen. Der Durchfall verzehrte die allerletzten Kraftreserven.

Ich bekam sofort einen Termin.

Bereits eine Viertelstunde später lag ich, durch einen Vorhang von der Nebenkabine getrennt, auf einer der Behandlungsliegen. Über eine Kanüle lief eine Natriumkochsalzinfusion in meine Armvene.

»Sie bleiben die nächste Stunde hier liegen«, hatte mein Hausarzt gesagt.

»Wenn die erste Infusion durch ist, stellen Sie einfach ab und dann erhalten Sie noch eine zweite. Sie kennen das ja. Sie können aber auch ruhig die Augen zumachen und einschlafen. Die Mädchen werden ab und zu nach ihnen sehen.«

Ich kam mir vor wie damals auf dem NAW, als mir die Notärztin auf dem Rückweg vom Gerresheimer Krankenhaus zur Wache ebenfalls zwei Ionosteril verpasst hatte. Danach ging es mir erstaunlich gut.

Auch heute war die Wirkung verblüffend. Ich fühlte mich spürbar besser.

Dennoch ermahnte mich mein Hausarzt:

»Herr Meyer-Pyritz, Sie trinken einfach zu wenig. In Ihrem Beruf müssen Sie bei diesen Temperaturen und besonders nach außergewöhnlichen Belastungen unbedingt mehr trinken. Im Moment grassiert auch noch dieser Virus. Ich würde Sie gerne ein bis zwei Tage zu Hause lassen. Wann müssen Sie denn wieder arbeiten?«

»Morgen habe ich noch frei, aber am Freitag muss ich wieder zur Wache. Danach habe ich wieder Samstag frei und Sonntag Dienst«, antwortete ich.

Dr. Rassekhi blickte mich stumm an und pumpte die Blutdruckmanschette an meinem Arm auf. Dann setzte er sein Stethoskop auf die Armbeuge und entspannte langsam den Druck in der Manschette. Seine Augen beobachteten den Zeigerausschlag auf der kleinen, runden Messanzeige in seiner linken Hand. Er schüttelte bedenklich den Kopf:

»Ich schreibe Sie bis Anfang der Woche krank. Sie sind noch viel zu schwach. Ihr Blutdruck beträgt gerade 100 zu 60.« Nach einer kleinen Pause fragte er: »Sie sind doch nicht etwa mit dem Auto gekommen?«

Ich grinste:

»Es geht aber schon viel besser.«

Dr. Rassekhi schüttelte den Kopf:

»Ich gebe Ihnen ein vitaminhaltiges Aufbaupräparat mit einer Kombination zur Stärkung Ihres Immunsystems auf rein pflanzlicher Basis. Wie lange ist das jetzt her mit Ihrer Streptokokkeninfektion?«

Er erwartete keine Antwort und griff nach der Krankenakte, die alles über mich enthielt.

»Hmm«, brummte er und klappte die Papiere wieder zu. »Nach so einer gefährlichen Sache muss man noch sehr lange vorsichtig sein. Also, Sie bekommen gleich die Spritze und bleiben noch eine Viertelstunde liegen, danach möchte ich noch einmal Ihren Blutdruck messen. So dürfen Sie auf keinen Fall Auto fahren.«

»Und wenn der Blutdruck dann immer noch nicht ...?«

Dr. Rassekhi blieb mir die Antwort schuldig, tätschelte meine Hand und verließ wortlos die Kabine.

Etwas später kam eine Arzthelferin. Sie trug eine silbrige Nierenschale, stellte sie auf den kleinen weißen Tisch und lächelte:

»Der Doktor kommt gleich.«

Ich schielte zu der Spritze.

Winzig und harmlos lag sie da, lediglich zwei Milliliter wässrig-gelbe Flüssigkeit, dazu die obligatorischen Tupfer, Desinfektionsspray sowie ein Pflaster.

Unzählige Male hatte ich solche Spritzen aufgezogen und nicht wenige selbst meinen Patienten gegeben. Aber das hier war etwas ganz anderes, diesmal war ich selbst das »Opfer«.

Mein Magen krampfte sich zusammen.

Ich hasse Spritzen.

Dr. Rassekhi riss den Vorhang zur Seite:

»Okay, dann drehen Sie sich mal um und machen das Gesäß frei.«

Feine Schweißperlen traten auf meine Stirne; gut, dass er mir nicht in die Augen sehen konnte.

»Wie ist das eigentlich bei Ihnen auf dem Notarztwagen? Ich wundere mich immer wieder, wie viele Menschen Angst vor so einer kleinen Spritze haben. Na ja, Sie sind ja Feuerwehrmann.«

Seine Feststellung, die wohl mit »euch Burschen macht das ja nichts aus« gleichzusetzen war, jagte er die Spritze in meinen Gesäßmuskel.

Ich kniff, versteckt vor allen Augen, die Daumennägel in die Kuppen meiner Zeigefinger.

So, jetzt ist es raus, ich habe mich, wie es so schön neudeutsch heißt, geoutet.

Millionen von Lesern (*ich hoffe doch sehr, dass es so viele werden*) kennen jetzt meinen wunden Punkt – Angst vor Spritzen!

Übrigens, es tat gar nicht weh!

Mit einer Krankmeldung für mehrere Tage wurde ich nach Hause entlassen, war aber bereits am Sonntag schon wieder auf der Wache.

Die drei Tage hatten gereicht, offensichtlich steckte dieser Virus, von dem er gesprochen hatte, nicht in mir und so sah ich keinen Grund, länger zu Hause herumzugammeln.

Natürlich freute man sich auf der Wache, als ich mich wieder ankündigte, denn ein anderer musste ja schließlich seine freie Zeit opfern, um mich zu ersetzen. Bei dreizehn Mann im Dienst kann man keine langen Ausfälle verkraften.

Ich hatte auf meinen Monatsdienstplan geschaut und befriedigt festgestellt, dass mein »Greencard-Inder« Daniel Schlagmann zusammen mit mir Dienst hatte. Daher packte ich bereits am Abend meinen altersschwachen Laptop ein.

Zum wiederholten Male bereitete mir das Gerät Probleme beim Abspeichern, und da mein Sohn fern vom Elternhaus studiert, war Daniel mein Rettungsanker für sämtliche Probleme, die mir dieses Gerät bescherte.

Meine eigenen Kenntnisse, aber auch meine Bereitschaft, mich tiefergehend mit der Materie auseinanderzusetzen, halten sich gelinde gesagt sehr in Grenzen.

So traf es sich gut, dass heute Sonntag war, der Tag an dem wir lediglich Bereitschaftsdienst haben und uns daher mit privaten Dingen beschäftigen konnten, vorausgesetzt es gab keinen Alarm.

Heute war ich mit dem Auto gekommen, hatte also auf die S-Bahn verzichtet.

Als ich den Eingangsbereich der Feuerwache Sechs betrat, warf ich einen Blick auf den ausgehangenen heutigen Dienstplan.

Sehr gut, Daniel war Maschinist auf dem LF.

Wäre er auf dem RTW oder NAW eingeteilt gewesen, hätte er für mein Computerproblem mit Sicherheit keine Zeit gehabt, da die beiden Fahrzeuge selbst am Sonntag viele Einsätze fahren. Manchmal sogar mehr als an normalen Wochentagen.

Die Wahrscheinlichkeit eines Feueralarms ist dagegen eher geringer, wie ich in über fünfundzwanzig Jahren feststellen konnte.

Den Aufzug links liegen lassend, stieg die Treppe hinauf.

Meine heutige Aufgabe bestand darin, das TLF, den Bus und den Kombi zu besetzen.

Achim, mit dem ich ein Team bildete, stand bereits umgezogen vor seinem Spind.

»Morgen, Martin«, grüßte er und erklärte: »Heute darf nichts passieren. Ich habe meinen Wohnwagen mit, den will ich mal richtig auf Vordermann bringen. Seit dem Urlaub hab ich nichts mehr daran getan.«

»Passt gut«, erwiderte ich, »ich hab nämlich auch was vor.«

»Und was?«

»Och, ich hab nur meinen Laptop mit. Greencard-Daniel muss mal wieder helfen.«

»Da hab ich auch so meine Probleme«, brummelte Achim.

»Wie, du auch, seit wann hast du einen Computer?«

Achim lachte:

»Was heißt ich? Mein Sohn hat einen und Papa versucht sich eben auch daran. Der Junge hat da keine Probleme. Ich hab das Gefühl, die Kinder kriegen das ganz spielerisch hin. Wenn ich zum Beispiel in dem dicken Handbuch blättere, lacht der nur und meint, das braucht man nicht.«

»Das kenne ich. Mein Sohn genauso. Betriebsanleitungen interessieren den auch nicht. Ist halt ’ne andere Generation. Die werden damit groß, so wie wir mit dem Telefon. Ich könnte das Ding manchmal aus dem Fenster werfen.«

»Wem sagst du das, aber es hilft nichts. Du siehst ja, selbst bei der Feuerwehr läuft ohne die Computer nichts mehr. Oder hättest du dir noch vor ein paar Jahren träumen lassen, dass wir unseren gesamten Schriftkram nur noch mit diesen Kisten erledigen müssen?«

Ich schloss meinen Spind ab und wir gingen über die Treppe noch eine Etage höher, dabei setzten wir unser Gespräch fort.

Achim meinte:

»Wir sind ja noch gut dran. Im Moment müssen wir nur Krankentransportberichte eingeben, aber …«

»Wart nur ab, das wird noch mehr.«

»Ja, wahrscheinlich, aber den meisten Bürokram haben doch die DGL. Was ist überhaupt mit dir? Schon was gehört?«

Ich schüttelte den Kopf:

»Bis jetzt ist noch nichts raus, aber bei nur drei Stellen sind die Chancen nicht gerade groß.«

»Meines Erachtens müssen die dich nehmen. Ich bin jedenfalls dafür.«

»Danke, Achim, nutzt mir nur nichts, darüber entscheiden andere.«

»Weiß ich, weiß ich doch. Ich mein ja nur. Mann, wir sind jetzt schon bestimmt zwanzig Jahre zusammen und …«

»Dann solltet ihr unbedingt heiraten! Morgen, ihr Schnecken!« Hajo sprintete an uns vorbei und lachte.

Die Kollegen der ersten Tour saßen fast vollzählig in der Küche. Genauer gesagt, nur die Nichtraucher unter ihnen, denn die Nikotinknechte saßen nebenan im Aufenthaltsraum und pafften, was das Zeug hielt.

Ich stand mit Hajo und Achim an der Kaffeemaschine.

»Was ist das denn?«

Hajo sah entsetzt zu, wie ich die große Tasse zuerst halb mit Leitungswasser füllte und dann noch einen riesigen

Schuss Milch dazu goss. Erst dann füllte ich den Rest mit Kaffee auf.

»Und so was kann man trinken?«

»Ist nur für harte Männer«, kommentierte ich trocken.

Dann rührte ich zwei Teelöffel Zucker ein.

»Ist sonst zu stark«, erklärte ich mit einer tierisch ernsten Miene, »nichts für Raucher.«

»Nee, wirklich nicht.« Hajo schüttelte sich und ging mit seiner pechschwarzen Brühe ins Raucherzimmer.

»Ah, meine Ablösung! Du hast doch Tagesdienst oder?«

Ich nickte und zog mir einen Stuhl heran, quetschte mich zwischen zwei andere an dem dichtbesetzten, großen Tisch.

Wolfgang schob mir den Schlüsselbund mit der Kette zu: »Hier, es war nichts Besonderes. Unten vor der Zentrale liegen zwei PA. Wenn ihr tauschen wollt, denk dran heute ist Sonntag, da kommt kein Arbeitswagen.«

»Ich weiß. Habt ihr Feuer gehabt?«

»Ja, ein Pkw, hinten auf dem Parkplatz an der Kirmes. Ne alte Schrottmühle, bestimmt so ein Wagen, den keiner abmelden wollte.«

»Oder Versicherungsbetrug!«, warf ein anderer ein.

»Möglich. Jedenfalls ist der jetzt im Autohimmel. Sonst war nix. Wir sehen uns morgen früh, 'ne ruhige Schicht.« Wolfgang schluckte den Rest seines Kaffees hinunter und stand auf: »Tschüss, Leute!«

»Tschüss, Wolfgang!«

Langsam lichteten sich die Reihen unter der ersten Tour, gleichzeitig trudelten die letzten meiner Wachtour ein.

Fünf vor sieben Uhr erhoben wir uns alle und begaben uns in die Fahrzeughalle. Der Aufzug war brechend voll, nur ein kleines Grüppchen lief die Treppe hinunter.

»Wollen doch mal sehen, ob noch alle drin sind.«

Uli drückte im Zwischengeschoss den Aufzugknopf.

»Ha, ha, sehr lustig!«, tönte es gar nicht lustig aus dem Aufzug.

Aber wir waren längst weitergelaufen, als sich die Aufzugtüre wieder schloss. In diesem Moment alarmierte es.

Der Vierergong schallte laut durch das Treppenhaus.

Sofort quetschten sich die Kollegen aus dem Aufzug und stürzten hinter uns die restlichen Treppenstufen hinunter.

An den Fahrzeugen ging es zu wie im Taubenschlag. Während die einen noch schnell ihre Einsatzausrüstung von den Plätzen raffte, nahmen die anderen schon davon Besitz.

Aus dem Lautsprecher dröhnte die Wiederholung des Einsatzes:

»Person droht vom Dach zu springen. XX Straße 78 in Urdenbach!«

»Sonntagmorgen 7.00 Uhr, wer springt denn um diese Zeit aus dem Fenster?«

»Und dann noch vor dem Frühstück!«, rief ein anderer, aber niemand konnte über diesen Satz lachen.

Daniel steuerte das LF mit Vollgas über die Frankfurter Straße, dicht gefolgt von unserer Drehleiter.

Bereits nach zwei Minuten befanden wir uns auf der Koblenzer Straße, da wurde der Einsatz von der Leitstelle abgebrochen.

»... Person gesichert. Ihr Einsatz entfällt. Ich wiederhole: Person gesichert, alle Kräfte können einrücken, nur der C-Dienst fährt durch.«

Wir drehten eine Ehrenrunde um den nächsten Häuserblock und fuhren zurück zur Wache.

»Fängt ja gut an«, meinte ich, »hoffentlich war's das für heute, ich hab nämlich noch viel vor.«

Aber es kam anders, als ich es mir gewünscht hatte.

An diesem Sonntagmorgen bestieg eine Gruppe von sieben jungen Leuten ihre beiden Autos, die auf der taufeuchten Wiese standen. Der Älteste unter ihnen, Markus, war vor zwei Tagen zwanzig geworden. Es war seine Geburtstagstour.

Er setzte sich hinter das Steuer des weißen Golf II.

Daniela warf sich auf den Beifahrersitz: »Und jetzt?«

»Jetzt fahren wir an die Sorpe. Baden, Grillen, einfach nur so.«

»Klasse! Mensch, wo bleiben denn die anderen?«

Daniela hatte die Seitenscheibe ganz hinuntergekurbelt und lehnte sich weit aus dem Fenster:

»Los, ihr Schlafmützen! Worauf wartet ihr noch?«

Wolfgang winkte ab.

Sein Ordnungsfimmel ging den anderen manchmal mächtig auf den Geist.

Nachdem er sorgfältig den Reißverschluss ihres Zeltes zugezogen hatte, kontrollierte er auch noch das zweite. Die anderen stöhnten auf.

Mittlerweile saßen alle in den Autos und warteten nur noch auf ihn.

»Meine Güte, ist das eine Träne! Mensch, Wolfgang! Komm schon! Die Zelte klaut hier keiner!«

Wolfgang hatte immer noch Bedenken, aber auf ihn hörte ja niemand. Wenn es nach ihm gegangen wäre, hätten sie auf dem offiziellen Campingplatz gezeltet. Aber es war ja Markus' Geburtstagstour.

»Endlich.«

Wolfgang setzte sich hinten zu Hubert in den Opel Kadett.

Er hatte als Einziger eine lange Hose und ein Hemd angezogen, alle anderen trugen nur Badesachen.

Die Temperaturen sollten heute auf über 35° Grad steigen. Außergewöhnlich für das Hochsauerland. Es war jetzt schon sehr warm.

Am gestrigen Vormittag hatten sie sich in der Landmetzgerei von Hans Werner Ulrich mit leckeren Grillsachen eingedeckt.

Markus kannte den Laden.

Sein Vater hatte ihn früher öfters mitgenommen, wenn er beruflich die kleinen malerischen Orte des Sauerlandes bereiste.

Von Köln bis zur Bigge-Talsperre waren es gerade anderthalb Stunden. Zur Sorpe war es etwas länger, dafür aber auch nicht so überlaufen.

Die Metzgerei lag genau an der Durchgangsstraße, mitten im Kern von Allendorf. Mit der hier angebotenen Qualität konnten die Supermärkte in den Ballungszentren nicht konkurrieren.

Die rote Plastikkühlkiste stand jetzt gut gefüllt hinten im Kofferraum des Golfs neben einem großen Sack Grillkohle und diversen Getränken.

Das aufblasbare Gummiboot lag bei Hubert im Wagen, auch die Decken und Handtücher.

In mäßigem Tempo fuhren sie die Serpentinenstraße hinunter.

Kurz vor der Ortseinfahrt donnerten vier schwere Motorräder mit halsbrecherischer Geschwindigkeit an ihnen vorbei.

Markus schüttelte verärgert den Kopf.

Das Dröhnen der hochdrehenden Motoren verursachte echte Schmerzen.

Daniela zuckte erschrocken zusammen und hielt sich die Ohren zu. Allerdings kam ihre Reaktion zu spät, denn die Vier rasten schon um die nächste Kurve und entschwanden ihren Augen so schnell, wie sie aufgetaucht waren.

Etwas später vergaßen sie den kleinen Vorfall.

Das Wasser der Sorpe schimmerte verführerisch zwischen den grünbewaldeten Hängen zu ihnen herauf.

Zur gleichen Zeit läuteten die Glocken in Allendorf zum sonntäglichen Gottesdienst.

Die Verbundenheit mit der Natur und der Respekt vor ihr äußerte sich auch in dem Besuch des Gotteshauses.

Die Männer der Freiwilligen Feuerwehr nickten beifällig und stumm, als ihr Pfarrer mit den Worten endete:

»... und beschütze und behüte auch unsere schnell fahrenden Gäste. Amen.«

Sie wussten nur zu gut, wie ernst dieser fromme Wunsch gemeint war.

Brände waren Gott sei Dank recht selten, aber schlimme Unfälle mit Rasern hatten sie immer wieder.

Unfälle, die manchen Berufsfeuerwehrmann erschaudern ließen.

Etwas später standen sie bei einem gemütlichen Bierchen beisammen.

Franz, ihr Wehrleiter, setzte sein Glas ab und wischte sich genüsslich den Schaum von der Oberlippe.

»Eins reicht bei der Hitze. Geht mir sonst zu sehr in den Kopf.«

Dann sprachen sie wie so oft über ihr Lieblingsthema – ein neues Feuerwehrfahrzeug. Optimal wäre ein TLF 16/24.

Aber es gab keine Gelder und sie würden sich, sollte kein Wunder geschehen, wohl noch weitere lange Jahre mit ihrem alten Gerät abmühen müssen.

Seit der Topf aus der Provinzial Feuerversicherung geschlossen war, waren die Zeiten für die Freiwilligen Feuerwehren noch härter geworden.

Die Männer von Franz hatten sich sogar schon aus ihrem eigenen Portemonnaie eine vernünftige Schutzbekleidung kaufen müssen, aber für ein TLF 16/24 reichte es nun wirklich nicht.

Okay, es brannte ja nicht oft, aber wenn, dann ging es immer gleich richtig zur Sache. Sicher, sie waren gut im Aufbau einer Wasserversorgung, aber sie wären tausend Mal schneller und effektiver mit einem ausreichenden Wassertank für den Erstangriff.

Zu Hause im Arbeitszimmer von Franz lagen in der oberen Schreibtischschublade diverse Prospekte und an der hinteren Wand ihres Gerätehauses prangte ein Hochglanzplakat ihres Wunschgerätes von der Firma Ziegler.

Wenn sie damals dieses Fahrzeug besessen hätten, wäre der Hof vom Wiesenwirt mit Sicherheit nicht abgebrannt. So hatten sie »nur« die Tiere retten können. Und wäre der Franz nicht selbst in das brennende Haupthaus mit eingestiegen, wer weiß, ob sie die kleine Marie lebend rausbekommen hätten.

Verdammt, die Männer hier am Biertisch hatten weiß Gott mehr riskiert, als ihnen auch nur irgendjemand abverlangt hätte, aber sie hatten es getan – ohne Zögern.

Während die Kameraden noch die B-Schläuche aneinander kuppelten und die Tragkraftspritze in Stellung brachten, gab es keine Zeit mehr, auf Wasser zu warten.

Praktisch ohne Schutz hatten sie sich die Treppe hoch in das Obergeschoss durchgekämpft. Auf demselben Weg zurück ging es nicht mehr. Alle beide waren aus dem Fenster gesprungen. Franz als zweiter. Er hatte die kleine Marie in Roberts Arme hinuntergeworfen.

So etwas wollte er nie wieder erleben.

Und es waren nicht nur die schmerzhaften Brandblasen, die die Erinnerung an ihren tollkühnen Einsatz noch lange wach hielten.

Einer der Badenden in der Sorpe war Ralf Kober, ein Berufsfeuerwehrmann aus Köln.

Mit mächtigen Armstößen pflügte er wie ein Schubschiff durch das Wasser. Die kräftigen Arme ließen auf einen ebenso großen Körper schließen und erstaunt sahen die anderen Badegäste zu, wie der Mann mit dem freundlich lächelnden Gesicht eine kleine Frau spielerisch aus dem Wasser hob.

»Ralf! Ralf, lass mich sofort wieder runter!«, rief sie erschreckt.

»Aber sicher, mein Bärchen.«

Mühelos ließ er sie auf einem Arm hinuntergleiten und blickte auf seine Uhr:

»Du, ich glaube, wir sollten uns langsam fertig machen, deine Eltern wollten doch um 12.00 Uhr mit uns essen.«

»Wie spät ist es denn?«

»Viertel vor.«

»Ja los, dann aber schnell.«

Die beiden eilten aus dem Wasser. Am Steg lagen ihre Handtücher.

Die anderen Leute blickten dem einsneunzig Mann und der kleinen zierlichen Frau hinterher.

»Weißt du was, Barbara, beim nächsten Mal muss Martin unbedingt mitfahren. Das ist so toll hier. Schade, dass er heute Dienst hat.«

Ja, ich wäre gerne mit meinem Freund schwimmen gegangen, aber von einem erfrischenden Bad in der Sorpe konnte ich nicht einmal träumen.

Seit über zwei Stunden waren wir im Düsseldorfer Süden mit einer extrem langen Ölspur beschäftigt.

Ein Linienbus hatte sie unbemerkt durch einen Defekt verursacht.

Erst am Busbahnhof bemerkten andere Fahrer die schwarze, sich ausbreitende Lache unter dem großen Fahrzeug und informierten den Fahrdienstleiter.

Der wiederum alarmierte die Feuerwehr und nur kurze Zeit später waren wir mit einem größeren Aufgebot unterwegs.

Die Linie, die der Bus an diesem Sonntagmorgen zu fahren hatte, unterschied sich in nichts von seiner Tour an einem normalen Wochentag.

Entsprechend mussten die Straßen von halb Garath mit einem abstumpfenden Bindemittel abgestreut werden. Dazu waren weitere Einsatzkräfte nötig, wenn wir nicht ewig damit beschäftigt sein wollten. Auch würde unser Vorrat an Bindemittel rasch aufgebraucht werden.

Jürgen Leineweber, der C-Dienst, forderte unverzüglich die Freiwillige Feuerwehr von Garath, die Feuerwache Sieben und die Umweltschutzwache an.

Das mit Streugutsäcken vollbepackte Containerfahrzeug der Wache U wählte seinen Standort am Busbahnhof.

Immer wenn wir unseren Vorrat verbraucht hatten, fuhren wir hierher und luden neue Säcke ein.

Ein weiterer C-Dienst koordinierte die Fahrzeuge in zugewiesene Straßenabschnitte.

Inzwischen steuerte Achim unser KEF zum dritten Mal neben den Container.

Mein »alter« Kumpel Lothar Schröder trat neben die hinuntergedrehte Seitenscheibe und wunderte sich:

»Also, das kann doch nicht wahr sein! Ihr wart doch gerade erst hier. Fresst ihr das Zeug oder kippt ihr es säckeweise auf die Ölspur?«

»Quatsch, was denkst du denn? Wir haben den größten Teil bei unserem LF abgeliefert. Das geht flotter, als wenn die selbst hierher fahren müssen.«

»Ah ja, und welches LF versorgt ihr denn, wenn man mal fragen darf. Das von Wache Sechs oder das von Wache Sieben?«

»Natürlich von Sechs, was haben wir denn mit den anderen zu tun?«

Lothar machte ein pfiffiges Gesicht:

»Na ja Martin, man sagt sich, dass du demnächst DGL auf der ersten Tour von Wache Sieben wirst. Da könntest du ja schon ...«

»Woher hast du das denn?« Ich war erstaunt.

»Ha, das ist gut. Weißt du wirklich nichts? Das pfeifen doch mittlerweile die Spatzen von den Dächern.«

»Offiziell ist noch nichts gesagt worden. Und vorher sage ich lieber nichts dazu. Gerüchte können immer noch zerplatzen wie eine Seifenblase.«

Lothar winkte lässig ab:

»Das ist gelaufen, der Wolle geht nach Acht, der Frank nach Zwei und du nach Sieben.«

Am späten Nachmittag brachen die jungen Leute ihre Zelte ab und verstauten das reichliche Gepäck in den beiden Fahrzeugen, um jetzt wieder die Heimfahrt anzutreten.

Einige Kilometer entfernt verabschiedeten sich der Feuerwehrmann Ralf und Barbara von den Eltern, um ebenfalls nach Hause zu fahren.

Der Motor des neuen Ford Galaxy summte kaum hörbar, als der schwarze Van die Einfahrt des elterlichen Grundstückes verließ. Bis zur Kurve winkten beide, dann, als sie in die befestigte Straße einbogen, betätigte Ralf die elektrischen Fensterheber und beschleunigte.

Er kannte diese Strecke aus dem ff, jede Kurve war ihm vertraut, auch die Stellen, wo die Blitzkästen hingen.

Aber er zählte sowieso nicht zu den Rasern.

Einen richtigen Schleicher hatte dagegen die Gruppe von sechs Motorrädern vor sich, die aus dem Tal kommend die Serpentinenstraße hinauffuhr.

Nervös spielte der Vorderste mit dem Gas, beschleunigte kurz, um dann aber zum wiederholten Male im letzten Moment abzubremsen.

Endlich bot sich eine, wenn auch riskante Möglichkeit zum Überholen. Laut heulten die Motoren auf und in einem kurzen, schnellen Schwenk schossen die schweren Maschinen an dem langsamen Pkw vorbei.

Sie beschleunigten noch höher und legten sich elegant in die dicht aufeinander folgenden Kurven.

Jeder von ihnen war ein erfahrener Biker, sonst hätten sie diese Streckenführung nicht mit solcher Souveränität durchfahren können.

Zweitausend Meter weiter oberhalb bemerkte Ralf im Rückspiegel einen sich rasch nähernden PKW.

Mein lieber Freund, der fährt aber riskant, dachte er, ließ sich dadurch aber selbst nicht zu einer höheren Geschwindigkeit drängen.

Er wusste, dass gleich eine Folge scharfer Kurven kam, in denen man sowieso abbremsen musste.

Der weiße Golf fuhr gefährlich nah auf.

Hinter ihm schien es ein anderer noch eiliger zu haben.

Immer wieder sah Ralf im Rückspiegel, wie dieser zum Überholvorgang seitlich ausscherte, dann aber wieder hinter dem Golf verschwand.

Spinner, dachte Ralf, *dumme, leichtsinnige Spinner.*

In der dritten Kurve machte der zweite Wagen Ernst, zog an dem weißen Golf vorbei und unter lautem Hupen auch an Ralfs schwarzem Van.

Sofort hängte sich der Golf dahinter.

Es kam ihm so vor, als gehörten die beiden zusammen.

Ralf blickte Barbara an und beide schüttelten den Kopf über so viel Leichtsinn.

Als Hubert mit seinem Opel Kadett an Markus vorbeifuhr, vergaß der ebenfalls sämtliche Regeln der Sicherheit.

»He, den holen wir uns!«, rief er und gab Gas.

»Fahr nicht so schnell!«, warnte Daniela, die sich bei diesem gefährlichen Tempo nicht wohl fühlte, aber Markus achtete nicht auf ihre Warnung. Dicht hinter dem Kadett klebte er fast an dessen Stoßstange.

Die vor ihnen liegende Rechtskurve wurde immer enger, die Geschwindigkeit der beiden vollbeladenen Pkw war viel zu schnell.

Hubert verlor als erster die Kontrolle über sein Fahrzeug.

Die Vorderreifen übersteuerten und radierten auf dem glatten Asphalt. Sekundenbruchteile später brach das Heck aus.

Ein Schrei hallte aus den offen stehenden Fenstern, als sich der Kadett rasend schnell seitlich überschlug und krachend gegen den Berghang schleuderte.

Den Golf ereilte ein ähnliches Schicksal.

Auch er brach aus – schleuderte ... Bremsen quietschten.

Von unten donnerten die Motorradfahrer in die Kurve.

Der erste Motorradfahrer richtete blitzschnell seine Maschine auf, warf sich auf die andere Seite und konnte dem unkontrolliert entgegenkommenden Golf um Haaresbreite ausweichen.

Vier der nachfolgenden Maschinen schafften das Meisterstück ebenfalls, aber der letzte hatte keine Chance.

Bevor der Golf gegen den demolierten Kadett knallte, streifte er die Satteltasche des Motorrades. Der Schlag reichte aus, um die Maschine aus der Spur zu reißen.

Instinktiv löste sich der Fahrer von seinem stürzenden Gefährt, das unmittelbar danach den steilen Abhang hinab in die Tiefe flog.

Krachend schlug die Maschine gegen mehrere Tannen, um endlich mehr als hundert Meter unterhalb der Unfallstelle liegen zu bleiben.

Ihr Fahrer rutschte über den Asphalt und rappelte sich weit gehend unverletzt auf. Sein Leben verdankte er seinem Können und seiner soliden Lederkluft.

Noch hatte er nicht vollständig realisieren können, wie es überhaupt zu dem Sturz gekommen war und er starrte entsetzt den steilen Hang hinunter, wo die Trümmer seiner teuren, geliebten Maschine lagen.

Ralf sah die entgegenkommenden Motorräder und staunte nicht schlecht.

Alle rissen sie gleichzeitig, wie einstudiert, die Hinterräder ihrer Maschinen herum und machten kehrt. Die Erklärung für dieses sonderbare Verhalten lieferte ihm der Anblick hinter der nächsten Kurve.

Ein Anblick, der ihm die Haare zu Berge stehen ließ.

Die zwei Pkw, die ihn eben noch überholt hatten, waren nur noch Schrott. Sie klebten beide am Hang, einer, der Kadett hatte Feuer gefangen.

Ein junger Mann kletterte aus dem weißen Golf, rannte laut schreiend einige Meter die Straße hinunter und drehte sich wieder um. Er schlug seine blutenden Hände über dem Kopf zusammen und schrie wie am Spieß.

Ein Motorradfahrer rannte auf ihn zu.

»Hier, Barbara! Ruf die Feuerwehr an!«

Ralf drückte ihr sein Handy in die Hand.

»Ich muss nachsehen, ob ich noch jemanden retten kann!«

Und schon hechtete er aus seinem Wagen, raste an die Heckklappe und riss den Handfeuerlöscher aus der Halterung.

Es war ein Sechs-Kilogramm-Glutbrandpulverlöscher, also nicht der übliche Kleine, wie ihn viele Autofahrer mit sich führen.

Dieser Feuerlöscher und sein fachlich versierter Umgang damit rettete den Insassen des Kadetts das Leben.

Als nach einer schier endlos scheinenden Zeit das Löschfahrzeug der Freiwilligen Feuerwehr Allendorf eintraf, hatten die Motorradfahrer unter der Anleitung von Ralf Kober, dem Kölner Feuerwehrmann, die meisten der Verunglückten gerettet.

Es gab drei lebensgefährlich verletzte, junge Menschen.

Alle hatten Knochenbrüche und schlimme, blutende Wunden. So gut es ging, legten die Helfer Notverbände an, aber ihre Mittel waren einfach zu beschränkt, als dass sie jeden ausreichend versorgen konnten.

Endlich trafen auch die Rettungswagen und ein Notarzt ein.

Für Hubert kam jede Hilfe zu spät.

Er starb trotz intensiver Bemühungen auf der Fahrt in die Klinik.

An diesem Nachmittag wollten Ralf und Barbara nicht mehr weiterfahren.

Aber nachdem sie sich notdürftig mit dem Löschwasser am Feuerwehrauto gewaschen und der Polizei alle Fragen beantwortet hatten, erklärte Ralf:

»Komm, Barbara, lass uns doch nach Hause fahren und nicht zu deinen Eltern zurückkehren, ich hab doch morgen früh wieder Dienst auf der Feuerwache. Übrigens, du warst großartig, ich bin richtig stolz auf dich. Du könntest fast bei uns anfangen.«

Doch Barbara schüttelte nur stumm den Kopf.

Noch nie zuvor hatte sie so viel grauenvolles Leid in der Realität erleben müssen.

Sie blickte ihren Ralf immer wieder von der Seite an.

Der fuhr leise summend so souverän wie immer und auf einmal ahnte sie, dass seine vielen Geschichten aus dem Leben eines Feuerwehrmannes Wirklichkeit waren und nicht die Fantasien eines liebenswerten Geschichtenerzählers.

Mehrere Versuche, mich mit Daniel zusammenzusetzen, scheiterten.

Zwar hatte ich meinen Laptop oben in dem kleinen Lesezimmer aufgebaut, aber jedes Mal, wenn wir uns zusammen setzen wollten, alarmierte es.

Das ging so bis zum späten Nachmittag. Dann erhielt ich einen außergewöhnlichen Auftrag.

Mit dem Kombi fuhren wir zu einer Tiefgarage. Angeblich hatten die Anwohner dort einen Dachs (!) gesehen.

Auf der Anfahrt ergingen wir uns in allerlei abenteuerlichen Übertreibungen. Ein Dachs, mitten in der Großstadt.

Aber es war tatsächlich so.

Eine geschlagene dreiviertel Stunde narrte uns das verängstigte Tier.

Nachdem es sich immer wieder unter diverse Autos geflüchtet hatte, gelang es uns endlich, den ausgewachsenen Burschen mit einem Netz zu fangen.

Nach Rücksprache mit dem Förster setzten wir ihn im Benrather Staatsforst aus.

Es war bereits dunkel und im Licht der eingeschalteten Autoscheinwerfer flitzte das flinke grauweiße Tier, sicher froh wieder in seiner natürlichen Umgebung zu sein, ohne sich umzusehen ins Dickicht des Waldes.

Als wir wieder auf der Wache eingetroffen waren, rief mich mein Chef Jürgen Leineweber ins Büro.

Ich glaubte erst, dass ihn als Pressesprecher der Ausgang unserer außergewöhnlichen Jagd interessierte. Aber dem war nicht so.

Stattdessen hielt er eine wesentlich erfreulichere Nachricht für mich bereit.

Nachdem er mir offiziell mitgeteilt hatte, dass ich tatsächlich den Posten eines Dienstgruppenleiters übernehmen sollte, war ich überglücklich.

Ich würde meine alten Kameraden von Wache Sechs bestimmt vermissen, aber eine neue verantwortungsvolle Aufgabe erwartete mich.

Bis zum Antritt auf meiner neuen Wache hatte ich nur noch wenige Dienstschichten an Feuerwache Sechs vor mir.

Am letzten Tag feierten wir bis spät in den Abend meinen Abschied und viele unserer gemeinsam erlebten Einsätze wurden dabei erzählt.

Einige dieser Einsätze habe ich meinen langjährigen Weggefährten zu Ehren in diesem Buch niedergeschrieben.

»Ich wünsche euch alles Gute, liebe Freunde von Feuerwache Sechs. Spätestens beim nächsten großen Einsatz werden wir uns wieder sehen!«

Dann kam der Tag, an dem ich zum ersten Mal als neuer Mitarbeiter das Tor von Feuerwache Sieben durchschritt.

Es war ein dunkler, regnerischer Herbstmorgen und die richtige, diesem Tag angemessene Stimmung wollte nicht in mir aufkommen.

Als ich dann aber die hell erleuchteten Räume betrat, wurde mir ein herzlicher Empfang zuteil.

Mein neuer Chef, Klaus Wloka, und meine künftigen Kollegen machten mir den Wechsel leicht.

Und schon bald spürte ich, dass ich keine Freunde verloren, sondern neue Freunde gewonnen hatte!

Ab heute hieß es für mich:

»Einsatz für Zug Sieben!«

Ich werde mich bemühen, meinen neuen Kollegen ein guter Dienstgruppenleiter zu sein.

Gemeinsam werden wir unsere Aufgaben gewissenhaft erfüllen und für die Menschen in unserer Stadt löschen, retten, bergen und schützen,

so wie man es von uns erwartet, von uns, den

Feuerwehrmännern

Anhang

AB-Rett.: Abrollbehälter Rettung. Speziell ausgestattetes Containerfahrzeug für große Einsatzstellen mit vielen Verletzten.

A-Dienst: Beamter der Branddirektion mit höchster Entscheidungskompetenz an Einsatzstellen.

Anästhesist: Narkosearzt.

BKS-Zug: mechanisches, handbetriebenes Hebegerät.

Bolus: Verschluss von Speise- oder Luftröhre durch Fremdkörper.

B-Schlauch: (auch Bertha) Feuerwehrschlauch von 75 Millimeter Durchmesser und 20 Meter Länge.

C-Schlauch: (auch Cäsar) Feuerwehrschlauch von 55 Millimeter Durchmesser und 15 Meter Länge.

DGL: Dienstgruppenleiter. Leitet eine der Dienstgruppen der 10 Düsseldorfer Feuerwachen im 24-Stunden-Dienst.

Endotrachealtubus: Kunststoffschlauch, der zur künstlichen Beatmung durch Mund oder Nase bis in die Luftröhre geschoben wird. (siehe: *Intubation*)

FW-U: Feuerwache Umweltschutz.
Spezialtruppe der Feuerwehr mit Sonderfahrzeugen und Spezial-Geräten.

Führungsstab:
a) mehrere Personen, die einen Einsatz leiten
b) biegsamer Kunststoffstab, wird als Einführhilfe in den *Endotrachealtubus* eingeführt.

G 5: Glukose 5 %. Infusionslösung mit 5% Zuckeranteil.

GAT: General Aviation Terminal.

GKTW: Großraumkrankentransportwagen
Hier: Ein speziell ausgestatteter Feuerwehrbus.

Glukose: Zuckerlösung. Entweder als Infusion (siehe: *G5*) oder als Ampulle zur Injektion.

Grigri: Eigenname Fa. Petzel. Seilsicherungsgerät.

Großlumig: hier: med. Ausdruck für Injektionsnadeln mit großem Innendurchmesser.

Guedeltubus: kurzer, harter Kunststoffschlauch. Schützt, in die Mundhöhle eingeführt, Bewusstlose vor dem Ersticken.

GW-U: Gerätewagen Umweltschutz. Sonderfahrzeug der *FW-U.*

Hyperventilieren: falsches, überhastetes Atmen. Verschiebt den Säure-Basenhaushalt. Erste Anzeichen: Schwindel und Ohnmacht.

Hypno: med. Kürzel für Hypnomidate. Kurzzeitnarkotikum, auch zur Narkoseeinleitung.

Inspirationsphase: Einatemphase.

IONO: Infusionslösung zur Volumenauffüllung.

KEF: Katastropheneinsatzfahrzeug. Hier ein VW-Bus (auch Kombi genannt) für kleinere Einsätze.

Konnektor: Verbindungsstück zwischen *Endotrachealtubus* und dem Schlauch des Beatmungsgerätes.

Laryngoskop: med. Gerät zur Kehlkopfspiegelung. Wird bei der *Intubation* eingesetzt.

Lutten: Faltbare Kunststoffschläuche zum Be- und Entlüften geschlossener Räume.

Neurogener Schock: Schockzustand durch nervliche Fehlsteuerung (z. B. durch Angst, Schreck, Unfallerleben).

Oxylog: Tragbares Beatmungsgerät der Fa. Dräger Medizintechnik.

PEEP: positiv endexpiratory pressue. Steuerungsventil für den Luftdruck in der Lunge von Beatmungspatienten.

Perfusor: med. Gerät zur genauen Dosierung von Medikamenten in den Blutkreislauf.

Plasmaexpander: Infusionslösung zur Volumenauffüllung.

Pneumothorax: Eine spezielle Brustkorb/Lungenverletzung.

Reanimieren: Wieder beleben durch Herzmassage und künstliche Beatmung.

Reponieren: Einrichten von Knochenbrüchen in ihre natürliche Lage.

RTW: Rettungs-Transport-Wagen.

RW I: Rüstwagen. Zweimannfahrzeug mit einer Ausstattung für techn. Einsätze.

SEG: Sonder-Einsatz-Gruppe.

Schleuderketten: Eine Art Schneekette für Großfahrzeuge, welche nicht aufgezogen werden muss. Kettenstränge werden während der Fahrt bei Bedarf über einen eigenen Antrieb permanent unter die Antriebsräder geschleudert.

Steckleiter: Tragbare Feuerwehrleiter aus drei ineinander gesteckten Teilen, von denen je nach Bedarf ein bis drei Teile eingesetzt werden.

Urbason: Medikament zur Schockprophylaxe.

Viggo: Med. Firmenname für eine Venenverweilkanüle über die flüssige Medikamente in den Blutkreislauf gegeben werden.

VU: Verkehrsunfall.

Wadi: Ausgetrocknetes Flussbett.